剑来

37
只是朱颜改

◎ 烽火戏诸侯 著

浙江文艺出版社
Zhejiang Literature & Art Publishing House

第一章
故地重游如翻书

落魄山，山门口。

陈灵均四处张望，趁着无外人，偷偷摸出一壶酒，手腕一拧转，手中便多出两只叠好的酒碗，抛给桌对面新任看门人一只。

一个青衣小童，跟个年轻道士，相对而坐。一个脚踩长凳，一个脱了靴子，盘腿而坐。

陈灵均身体前倾，伸长胳膊，与那年轻道士磕碰一下，后者喝了一大口酒，哈哈笑道："舒服舒服。"

陈灵均问道："仙尉老弟，不会觉得在这边看门丢面子吧？要是不乐意，说一嘴，我把你调回骑龙巷就是了，反正老厨子那边好商量，对我来说就是一句话的小事。"

"说啥傻话，赶紧的，自罚一碗。"仙尉抬了抬下巴，"我这个人品行如何，景清老哥你还不了解？嘴上藏不住话，心里藏不住事，那叫一个心直口快，做人绝不委曲求全。要是不喜欢待在这边，早就卷铺盖回骑龙巷了。"

按照陈灵均的说法，仙尉算是从骑龙巷草头铺子杂役子弟破格升迁为落魄山外门子弟了，即便算不得什么一步登天，也差不太远了。

听说落魄山的第一任看门人，是个叫郑大风的家伙，之后陈山主的得意弟子曹晴朗、卢白象嫡传弟子元来，还有贵为落魄山右护法的周大人，都曾在这边当过差，要不是右护法出远门了，这等好事根本轮不到仙尉。

如今这份重担，就落在了仙尉肩头上，当然是景清老哥鼎力推荐的结果。

那骑龙巷草头铺子，没了贾老哥坐镇，就真心没啥意思了，来这边，天不管地不管的，倒也舒坦。

其实一开始，仙尉也觉得闷，只是一个不小心，仙尉就在郑大风的宅子里边发现了一座宝山！好个学海无涯。如今别说是什么雨雪天气了，就是天上下刀子，仙尉也能杵在山门口纹丝不动。

仙尉有些替自家兄弟打抱不平："创建下宗这么大事，山主都不喊你过去？"

只是不等陈灵均找理由，仙尉就自问自答起来："是了是了，咱们上宗这边总得有个主心骨，不然山主肯定不放心，这么大一份家业，遭贼就不妥了。算我说错话了，自罚一碗便是。"

陈灵均放声大笑，高高举起酒碗："兄弟齐心，其利断金。有咱们俩看大门，老爷只管放一百个心。"

一个粉裙女童默默站在台阶那边。陈灵均立即摆出一个饿虎扑羊的姿势，身体猛然间前倾，趴在桌面上，再伸出一只手，挡住酒壶和酒碗，侧过身，背对着台阶那边大声埋怨道："仙尉，咋个还喝上酒了？不成体统啊，怎么劝都劝不住，今儿就算了，下次再这样，我可要生气了，兄弟归兄弟，规矩归规矩，下不为例啊！"

仙尉心领神会，目不斜视，一脸的愧疚难当，点头道："怨我嘴馋，一个没管住。"

暖树提醒道："郑叔叔说过，山门就是人之眉目，给人的第一印象如何，是很重要的，所以平时最好不要喝酒，实在馋酒，也要少喝酒，可以在宅子小院里边小酌几杯，同时稍稍留心门口有无客人登门，等到有人靠近山门，就赶紧散散身上酒气，再出门来待客，免得让外乡客人们误会我们落魄山的风气。"

陈灵均一边故作竖耳聆听状，一边偷偷朝仙尉做鬼脸。

暖树看也不看陈灵均，对仙尉笑道："仙尉道长，没说你，我说某人呢。"

陈灵均气不打一处来，咋个还胳膊肘往外拐了，不过犯不着跟个丫头片子置气。他转过头，嬉皮笑脸道："今儿这么闲，都逛到山门口了，是偷懒啦？"

暖树没好气道："朱先生让我捎句话给你，黄庭国那位御江水神，刚刚寄了封信到咱们山上，说今儿申时就到落魄山做客，要找你喝酒，朱先生让你自己看着办。呵，等会儿好好喝酒，可劲儿喝，谁稀罕管你。"

暖树说完就走了，山上还有好些事务要忙。

仙尉一脸讶异，等到落魄山小管家拾级而上，渐渐走远，才压低嗓音问道："难得瞧见暖树也有生气的时候，怎么回事？"

陈灵均一脸悻悻然，憋了半天，含糊其词道："小丫头片子，对我那位御江水神兄弟有那么点小误会。"

仙尉好奇道："给说道说道。"

陈灵均越发尴尬:"头发长见识短,她懂什么。没啥好说的,喝酒喝酒。"

原来当年那位御江水神求到了陈灵均这边,最后成功得到了一块大骊刑部颁发的太平无事牌。

在山外小镇酒桌上,给出无事牌的时候,青衣小童在酒桌上挺起胸脯,嘴上说是小事一桩。可事实上,光是在魏檗那边,陈灵均就碰了一鼻子灰。披云山还是自家落魄山的邻居呢,身为北岳山君的魏檗更是跟老爷好像穿一条裤子的朋友,结果不肯帮忙也就算了,还说了一大堆故意恶心人的话。陈灵均实在没辙,就只得去别处烧香呗,反正都求了一遍,最后只得拿出一颗老爷当新年红包送给自己的蛇胆石,还是最喜欢的那颗,再次连夜偷偷跑去披云山。其间陈灵均在山脚盘桓了老半天,倒不是舍不得那颗蛇胆石,实在是担心第三次听着魏狗屁的狗屁话,一咬牙,总觉得不能对不住御江水神兄弟,自己那点面子,至多是丢在披云山捡不起来,反正也没谁见着,丢人也丢不到落魄山和御江去,最后算是跟魏檗做了笔买卖,才算用真金白银买下了块太平无事牌。

过了几年,御江水神还来找过青衣小童喝酒,说是太久没见他了,挂念兄弟,所以哪怕作为水神,得跟黄庭国和大骊朝廷讨要两份关牒,才能离开辖境,一路走到落魄山,也不打紧,这些都是小事。

然后在那座小镇最高的酒楼内,兄弟二人酒足饭饱后,御江水神突然想起一事,说是来时路上,瞧见了铁符江杨花的那座水神庙,有些羡慕,就想让陈灵均再帮点小忙,跟作为黄庭国宗主国的大骊王朝美言几句,好将御江境线上几条别家的支流江河划拨到御江地盘里边。如此一来,陈灵均以后回到御江,老弟兄们也都有面子。

御江水神笑着说自己就是顺嘴一说,让陈灵均不用太当真。

陈灵均硬着头皮,当然没有婉拒此事,陈大爷的酒桌上,就没有一个"不"字。不过陈灵均这次倒是没有大包大揽,说自己一定能够办成,可还是给出了一大笔神仙钱,说是让兄弟先去跟黄庭国朝廷那边打点打点关系,至于自己这边,当然会帮忙说几句话,义不容辞。

其实那会儿御江水神的脸色就不太好看了。陈灵均也只是心情黯然,没多说什么。

御江水神一离开小镇,陈灵均就硬着头皮先去了趟披云山。

回了落魄山,就蹲在地上捡瓜子吃。在暖树这个好像突然开窍的笨妮子那边,陈灵均当然说自己没有给钱。

只是之前在披云山,魏檗说话就难听了,不帮就不帮,还喜欢扯些有的没的,半点不仗义,还说了句让陈灵均心里顶难受的话。大致意思是骂陈灵均,那御江水神把你当傻子,你就把傻子当得这么开心?

哪怕时隔多年,一想到这句混账话,陈灵均还是觉得心里不得劲,当年确实是自己没能帮上水神兄弟，御江最终还是没能兼并那几条江河，所以这么多年过去了，他一趟衣锦还乡的故地重游都没有。

陈灵均喝了一大口闷酒，杯中酒一饮而尽。

当年在御江，御江水神没亏待过他陈灵均。没理由自己混得好了，就不认以前的朋友了。只是不知道这次水神兄弟来落魄山找自己，是不是有事相求，自己又能不能帮忙办成。

也愁，愁也。所幸手边有酒，眼前有友。

离申时还有小半个时辰，陈灵均犹豫了很久，还是没有在山门口等御江水神兄弟，而是与仙尉告辞一声，说自己要去红烛镇那边接朋友。

约莫一个时辰过后，陈灵均从红烛镇那边御风返回，飘然落地，两只袖子甩得飞起，大摇大摆走向山门口，扯开嗓门与坐在竹椅上看门的仙尉老弟大笑道："我这水神兄弟，傻了吧唧的，浪费那么多的官场香火情，走那么远的路，你猜怎么着，就只是找我喝酒！"

仙尉懒洋洋靠着椅背，晒着冬末的温煦阳光，使劲点头，竖起大拇指："物以类聚，人以群分，毕竟是景清老哥的朋友嘛，下次有机会，帮我引荐引荐。"

如此一来，自己将来去御江那边游历，不得蹭几顿好酒好肉？

仙尉如今算是摸清楚陈灵均的脾气了，夸他的朋友，比夸他更管用。

陈灵均大手一挥，坐在一旁的竹椅上边，伸长双腿，抱着后脑勺，满脸灿烂笑意："屁大事，恁多废话。"

其实他曾经私底下问过老爷，说将来御江水神哪天来落魄山做客了，自己能不能带着朋友逛逛落魄山。

老爷当时笑着说："当然没问题啊，除了竹楼和霁色峰祖师堂之外，都是可以的。祖山霁色峰山顶的风景就不错，你一定要带他去，回头你可以跟暖树招呼一声，帮你们俩备些瓜果点心，就说是我说的。"只是老爷还说了："不如哪天我在山上的时候，你们俩约个时间，让我这个山主来做东，请他喝顿酒好了。"

今儿老爷凑巧不在山上，在桐叶洲那边忙大事呢。

陈灵均到底担心老厨子和暖树会嫌烦，便没好意思带着御江水神登上落魄山。

如果自家老爷就在山上，看他还去不去红烛镇，只在那边找个酒楼喝酒？

不过让老爷亲自请人喝酒就算了。所以陈灵均就一直没与御江水神约酒。

陈灵均不愿意让老爷喝这种应酬酒水，自己的朋友，毕竟不是老爷的朋友，没那必要。

自己毕竟是最早跟着老爷来这落魄山的，最知道老爷这么多年来的辛苦和不容易，自己的面子可以半点不值钱，但是老爷的面子必须很值钱。

朱敛坐在台阶顶部，山君魏檗站在一旁，一起看着山门口那个眉眼飞扬的小傻子。

魏檗赶在陈灵均之前就找到了那个飞剑传信落魄山的御江水神。

其实是山主陈平安的授意。

他好像早就料到会有这么一出了，说如果他不在山上的时候，那位御江水神再来找陈灵均，如果真的只是喝酒，很好，让陈灵均领他逛过了落魄山，再去披云山那边喝顿酒都没问题，让朱敛与魏檗打声招呼，就说是自己答应陈灵均的。可如果又是让陈灵均帮忙，那么飞剑传信到落魄山后，朱敛就第一时间通知魏檗，劳烦魏山君去堵门，能帮忙就尽量帮忙，需要折算成神仙钱的，不用跟落魄山客气，就当是亲兄弟明算账了。但是得好好提醒那位御江水神一句了，下不为例。

魏檗好奇问道："如果御江水神今天不开这个口，陈平安真会在山上请他喝酒？"

朱敛笑道："当然啊。不然你以为？我家公子对这个陈大爷，其实都快宠到天上去了。既然陈灵均傻，公子也就陪着一起傻了。"

不然也不会故意将落魄山左护法位置空悬多年。

只说陈灵均去北俱芦洲的那趟大渎走江，就耗费了自家公子多少心思？用崔东山的话说，就是恨不得在哪里上茅厕都给仔细标注出来了。

朱敛抬起手，轻轻呵了口气，笑问道："帮了什么忙？"

魏檗扯了扯嘴角，没好气道："还好没有狮子大开口，只是这次山水神灵考评，御江水神府那边原本得了个丙上，我帮忙提了一级，升为乙下了。"

宝瓶洲五岳地界与中部大渎两座公侯水府才有资格举办每十年一度的山水考评，针对各自辖境内的各路山水神灵、各级城隍庙的考评，总共才甲、乙、丙三级评语，甲上空悬，其实就是做做样子的，除非是功德极大，一般不会给出这个评语。甲下等，可以升迁一级。故而甲中，是可以跳级升迁的。

一般来说，大骊朝廷只是负责勘验，不太会推翻某个考评结果，除非是甲上评语，需要皇帝陛下召开廷议。如果有山水神灵获评甲中，会被散朝后的御书房议事提上议程，至于甲下，只需要专门负责山水谱牒的礼部侍郎，与五岳山君、大渎公侯府私下接洽即可。

朱敛啧啧道："这还算小忙小人情？按大骊山水律例，被打入丙等，就要吃不了兜着走了。"

若是最次等的丙下，直接就会失去神位；丙中，金身降一级品秩；丙上，品秩不变，但是除了以观后效，如果下一次考评，未能达到乙中，哪怕是乙下，一样被降低神位。

相信这也是御江水神敢来落魄山找陈灵均的根源所在。

不然如今宝瓶洲的山水神灵，别说一个大骊藩属小国的从五品水神，估计就是正三品高位，但凡没有一点早年积攒下来的香火情，都没谁敢保证到了落魄山的山门口就一定能够登山。故而谁敢贸贸然赶往落魄山做客？道理很简单，一座落魄山，谱牒成员总共就那么些，你想让谁来负责待客？是落魄山的年轻剑仙山主，还是剑气长城的隐官陈平安?!

魏檗笑道："我其实也就是多给御江十年期限，要是下次大考，没能得到一个乙中，我那北岳考评司就得新账旧账一并算了。

"虽然我没这么直接说，那家伙倒是听明白了，反正以御江的底蕴，真要上点心，再从财库里边拿出一点家底，往御江和支流里边多砸点神仙钱，得个乙中，不是太难。何况真要得了个乙中，还能得到赏罚司送出去的一笔金精铜钱，这笔账很容易算清楚，御江亏钱不多。"

朱敛打趣道："别的不说，只说能够让咱们山君大人亲自现身拦路，不管是好言相劝，还是敲打一番，就是一桩花多少钱都买不来的酒桌谈资。"

魏檗看了眼山门口，忍不住问道："你说咱们这位陈大爷猜得到这里边的弯弯绕绕吗？"

朱敛笑着摇头道："他就是个真傻子，猜不到的，都不会往这方面想。"

魏檗笑着点头："真要有那脑子，早就是玉璞境了，尾巴还不得翘到天上去。"

朱敛到底是向着自家人的："还好了。"

魏檗忍不住又问道："我就想不明白了，陈灵均到底是怎么想的，再笨，也总该知道点数了，到底是真傻，还是装傻？"

朱敛笑而不言。他只是坐在台阶上，双手笼袖，抬起头，眺望远方。

云生大壑无人境，搜尽奇峰打草稿。

魏檗想起一事，忍俊不禁道："落魄山送去的那副对联，广福寺那边是真心喜欢，不然也不会与中土玄空寺的赠联，一并居中悬挂了。"

朱敛笑了笑，也没说什么。

宝瓶洲那座刚刚跻身宗字头的禅寺，有位德高望重的佛门龙象，前不久刚刚举办升座庆典。不知怎么就托关系找到了披云山魏檗，再找到了落魄山，因为事出仓促，拖延不得，魏檗就让朱敛代劳，赠送了一副对联。

朱敛本想飞剑传信仙都山，原本这种事情，于情于理都该是山主亲笔，只是时间上确实来不及，就只得模仿自家公子的笔迹，而且公子有意在竹楼留了一方刻有"陈平安"的私章，本就是让朱敛随用随取的。朱敛写完那副对联后，再钤印上私章，让魏檗一并送去了那座佛寺，而那位刚刚担任住持的老僧佛法艰深，且有采云、放虎两桩禅宗典故在。

采云补衲，放虎归山。宗风如龙，见性成佛

登法王座，作狮子吼。千年暗室，一灯即明

魏檗就要返回披云山，案牍如山海，半点不夸张。不承想朱敛的一些言语，让魏檗不但停步，还一并坐在了台阶上。

"有些人读书，喜欢倒回去翻书看。"朱敛双手托腮，眯眼而笑，轻声道，"陈灵均是，你魏檗也是，只不过你们翻看的内容不一样罢了。而且拣选着翻看旧书页时，我们都喜欢看那些最美好的文字。故而即便时过境迁，真的物是人非了，又有什么关系呢？"

薄暮远岫茫茫山，细雨微风淡淡云。自家数峰清瘦出云来。

彻底搬出处州地界的龙泉剑宗，徐小桥带着两位新收的嫡传弟子外出游历，谢灵在闭关修行。以至于新任宗主刘羡阳，带着余姑娘难得回一趟师门，结果就只见着个在为一拨再传弟子传授剑术的大师兄董谷。

当年比董谷、徐小桥几个稍晚上山的那拨记名弟子，上任宗主阮邛并没有留下那几个剑仙坯子，真正成为阮邛入室弟子的，反而是几个资质相对较差的，其中就有两个卢氏刑徒遗民，只是当年的年幼孩子，如今也都成为别人的师父了。

刘羡阳问道："阮铁匠呢？今儿个怎么没在山上打铁？我来山上之前，不是飞剑传信了吗？"

董谷没搭理。整个宝瓶洲敢称呼师父为阮铁匠的，恐怕就只有刘羡阳这个师弟了。

先后两位皇帝陛下都对师父敬重有加，一洲仙师，都不用说别人，只说昔年邻居落魄山陈山主，敢吗？

所以如今龙泉剑宗的再传弟子，一个个的，都对那位常年深居简出见不着人影的祖师爷阮邛佩服得五体投地，只因为他们都曾听师门长辈徐小桥说过寥寥几句"曾经事"。徐小桥说当年那位陈剑仙还是小镇少年时，曾经在咱们宗门建造在龙须河畔的铁匠铺子打杂，算是山下市井的那种打短工，而陈剑仙早年在师父这边一样礼数周到，毕恭毕敬。

刘羡阳咳嗽一声，提醒道："董师兄，宗主问你话呢。"

董谷一板一眼说道："回宗主的话，不知道。"

圆脸姑娘轻声埋怨道："在董师兄这边，你端啥宗主架子啊？见外不见外，无聊不无聊？"

赊月没有用心声言语，是故意说给董谷听呢。啧啧，如今自己的人情世故，不说炉火纯青，也算登堂入室了吧。

刘羡阳埋怨道："咱们宗门上上下下，就这么几十号人，加在一起有没有五十个？

是不是太寒酸了点,想我当年在外求学,蹲茅坑都要排队的。"

董谷呵呵一笑。

按照当年的那个承诺,阮邛辞去宗主职位,交由龙泉剑宗首位跻身玉璞境的刘羡阳继任,但是这么件大事,就只是在一张饭桌上就决定了,然后也没有举办什么庆典,以至于如今宝瓶洲知晓此事的,就没几个仙家山头,大骊朝廷倒是派遣了一位礼部尚书,亲自带人来龙泉剑宗补上了那场道贺,人不多,分量不轻。

刘羡阳担任宗主后的第一件事,就是"擅作主张",去披云山找到魏山君,让他施展大神通,帮忙将神秀山在内的几座山头搬迁到这边。

拍了拍董谷的肩膀,刘羡阳语重心长道:"董师兄,要好好修行啊,我堂堂龙泉剑宗的一宗掌律,竟然只是个元婴境,不像话。"

之后刘羡阳便带着赊月一起逛别处山头去了。走在半山道上,刘羡阳和赊月一样,穿着棉袄,低头揣手,不然过冬怎么叫猫冬呢。

给自己取了个余情月名字的圆脸姑娘问道:"创建下宗,那么大的事,他怎么都没邀请你去?"

刘羡阳笑道:"怕我抢他的风头呗,我要是出场,谁还管他陈平安。"

关于这件事,陈平安当然早就跟刘羡阳解释过了。

赊月翻了个白眼。

刘羡阳没来由笑道:"同样一个人,吃苦和享福,是两种截然不同的学问。"

赊月点点头:"有那么点道理。"

刘羡阳有些感慨,停步远望:"虚设心宅,义理、物欲争相做主人。"

相处久了,赊月差点忘了这个家伙曾经在南婆娑洲醇儒陈氏那边求学多年。

赊月问道:"你打小就跟陈平安关系那么好吗?"

"当然!"刘羡阳大笑道,"不是!"

赊月便有些奇怪,不是?

刘羡阳蹲下身,找了半天也没能找到根甘草,只得放弃,缓缓道:"都说性情相投,两个朋友的关系才能长久,我和陈平安的性格,你觉得一样吗?"

赊月直摇头,你要是跟那个隐官一般德行,咱俩根本吃不了一锅老鸭笋干煲。

"陈平安从小就心细,话不多,我呢,大大咧咧的,什么话都想说,好听的不好听的,都不管,说了再说。当年两人认识了,一开始我跟陈平安相处,其实也觉得没啥意思,觉得这家伙没劲,我这个人喜欢开玩笑,经常跟同龄人相互间拳打脚踢的,好像这样才显得亲近,这样才算关系好,当然了,会稍微注意点力道,陈平安那会儿就没少挨打,不过就当是我跟他开玩笑,倒是不生气。后来有一天,我被一个邻居从背后踹了一脚,对方自然也是开玩笑了,却气得我火冒三丈,刚好心情不好,就跟他狠狠打了一架,后来是陈平安找来了草药，我突然间就明白了一件事，我这个人，做人有问题，可能这辈子很难交到真正的朋友了。反正从那之后，我就很少跟谁毛手毛脚了，只是陈平安依旧经常跟在我后边，一起上山下水的，我就教了他一些乱七八糟的事情，久而久之，也就习惯了，好像也就成了朋友了。

"小时候经常跟人玩那种互砸拳头的游戏，看谁先吃不住疼，直到一方认输为止，我从来都是赢的那个，陈平安从不玩这个。后来他屁股后头跟了个小鼻涕虫，倒是喜欢跟我玩，屁大孩子，不认输，一边哭一边玩，坚决不肯服软，陈平安好说歹说，才说服小鼻涕虫别玩，再让我也别跟小鼻涕虫玩这个，那么点大孩子，正是长身体的时候，经不住打的。"

不知为何，不管如今的陈平安是什么样子，以后的陈平安又会是什么样的人，在刘羡阳眼中，他好像永远只是那个黑黑瘦瘦、眼神明亮的泥瓶巷少年，做任何事都会神色认真，和人说话时就会看着对方的眼睛，只有想心事的时候，才会抿起嘴，不知道在想什么，问了也不说，就像整个家乡，混日子的混当下日子，有盼头的想着未来，没钱的想着挣钱，只有沉默寡言的草鞋少年，好像独自一人，倒退而走。

刘羡阳唏嘘不已："不管怎么说，我们仨都长大啦。"

曾几何时，溪水渐浅，井水愈寒，槐树更老，铁锁生锈，大云低垂。今年桃叶见不到桃花。如今却是，积雪消融，青山解冻，冰下水声，叶底黄莺，又一年桃花开，报今年春色最好。

夜幕中，一人潜入随驾城的火神祠庙。

此人进了修缮一新的火神祠庙主殿后，不敢吵醒那个已经鼾声如雷的庙祝，只是撕去身上那张雪泥符，防止被城隍庙冥官胥吏察觉到踪迹，不过男人手心依旧偷偷攥紧那颗陈前辈当年赠送的核桃，面朝那尊泥塑彩绘的神像，抱拳说道："鬼斧宫杜俞，拜见庙尊，多有叨扰，歇脚片刻就会离开。"

杜俞这些年游历江湖，除了从当年的洞府境巅峰跻身了观海境，还学成了两道符箓。当年那位好人前辈给了他两页纸，上边分别记载了阳气挑灯符与山水破障符的画符诀窍。

杜俞自然是有修行符箓资质的，不然当年也无法将属于"山上家学"的驮碑符和雪泥符教给那位自称陈好人的剑仙前辈。

看得出来，这两道仙箓，和寻常那些拿来防止鬼打墙的山水符极不一样。

一位大髯汉子从祠庙塑像中现出真身，飘落在地，笑问道："又摊上事了？"

杜俞惨然一笑，还真被说中了。

来随驾城火神祠庙之前，杜俞还曾偷偷走了一趟苍筤湖，找到了那个湖君殷侯。

对方倒是没有落井下石，听过了杜俞的遭遇后，只说小小苍筠湖是决然护不住他杜俞的，让他赶紧另谋出路。

那位湖君还算讲义气，临了问他需不需要跑路所需的盘缠。

"庙小，待客不周。"汉子一招手，从墙角那边驾驭过来两条并排长凳，还给杜俞丢过去一壶酒，"说说看，犯了什么事，我这点微末道行，帮忙是肯定帮不上了，但是请你喝酒，听你吐吐苦水，还是没问题的。"

杜俞这一路奔波流窜，精疲力尽又提心吊胆，这会儿一屁股坐在长凳上，抬手接住酒壶，仰头狠狠灌了一口："其实不该来这里的，一个不留神，就会连累庙尊老爷惹上山水官司，回头要是有仙师找上门来盘问，庙尊就只管照实说我确实来过此地，莫要帮我遮掩。至于犯了什么事就不说了，能够在火神庙这边喘口气，已经是万幸了。"

大髯汉子笑了笑，不置可否，问道："要不然我让庙祝炒几盘下酒菜？小庙后边就有灶房，要是嫌弃我家庙祝厨艺不行，可以让他去随驾城里边买些消夜吃食回来，我晓得几个苍蝇馆子，手艺不错，价廉物美……"

杜俞连忙摆手："多一事不如少一事，光喝酒就成。"

看着眼前这个风尘仆仆疲态尽显的修士，大髯汉子抚须而笑："都是观海境的神仙老爷了，还闹得这么狼狈？"

杜俞苦笑道："喝过酒，打算去别处碰碰运气，再不行，就只能跑去宝瓶洲避风头了。"

大髯汉子点头道："看来麻烦不小。"

杜俞打算死马当活马医了，在这边缓过一口气，今夜离开随驾城后，便走一趟浮萍剑湖！

万一那个名叫周肥、出手阔绰的家伙，真是那个能够让郦剑仙都念念不忘的姜尚真呢？

当年替陈前辈看家护院，负责照看那个襁褓里的孩子，有人翻墙而入，说话很不着调，自我介绍了一句，却是弯来绕去说什么"生姜的生，崇尚的崇，真假的假"。当时杜俞就回骂了一句"我是你姜尚真大爷"。

只不过那人唯一和姜尚真相似的地方，就是……有钱！当年给杜俞的见面礼，一出手就是一枚金色兵家甲丸，竟还是在山上价值连城且有价无市的金乌甲。

万一真是那个姜尚真？一洲山上都说浮萍剑湖的女子剑仙郦采和姜尚真不是道侣胜似道侣。现在的问题在于，即便自己可以活着走到浮萍剑湖，如何见得着郦剑仙的面，又是个天大麻烦。

大髯汉子笑道："先来找我，就算找对了。"

杜俞一头雾水。

汉子晃着酒壶，老神在在道："陈剑仙之前来过这边，好像早就料到有今天之事了。嗯，也不能这么说，算是陈剑仙的未雨绸缪吧，他让我帮忙捎些话给你。"

一听到是那位好人前辈，杜俞顿时精神一振，安心几分。

即便无法解燃眉之急，可在人生最为落魄时，杜俞好像只是听旁人聊几句，便如渴时有人递来一瓢清水。

大髯汉子笑道："他说了，只要是占理的事情，让你觉得问心无愧，你就去找离这边不算太远的金乌宫，找剑仙柳质清求助，如果觉得柳质清剑术不够高，一个元婴境剑修依旧解决不了麻烦，就去太徽剑宗找宗主刘景龙。

"要是麻烦很大，让你觉得连刘景龙都没法子摆平，就让你直接去趴地峰，找那位火龙真人。

"不管找到谁，就说你叫杜俞，是陈好人在随驾城认识的江湖朋友，就一定能喝上酒。

"这只是一种法子。如果情况紧急、形势险峻，还有另外一种临时抱佛脚的法子。你可以就近找人，比如在一洲最南边，就去骸骨滩找披麻宗，去木衣山找竺泉，或是韦雨松、杜文思他们，找到其中任何一人就行。在一洲中部，就找济渎灵源公沈霖，或是龙亭侯李源，此外云上城沈震泽，东南边那边的春露圃唐玺、宋兰樵等，彩雀府孙清、武崐等，都是可以的。如果不是特别着急，却无法赶远路，就给上述任何一座山头飞剑传信，只是记得在信封上的寄信人一事上，动点手脚，找个人冒充，免得密信被晾在一边，白白耽误事。

"陈剑仙还说了一番言语，之所以没有将这些事情，通过鬼斧宫给你留下一封书信，是担心把你的江湖胆子给撑大了，对你反而不是什么好事。像你往常那样，胆子小一点走江湖，就挺好的，可以尽量不惹麻烦。所以陈剑仙喝酒喝到最后，与我笑言一句，希望我没机会跟你说这些，但是如果真有这么一天，就像今天见着了你杜俞，也让你不用怕事，出门在外靠朋友，反正他的朋友，就是你杜俞的朋友。"

看着那个呆若木鸡的傻子，大髯汉子笑呵呵道："傻眼了？正常，我也觉得陈剑仙是在说笑话。"

要说认识金乌宫柳剑仙、太徽剑宗的刘宗主，是信的。可要说去了趴地峰，只需要报上名字，就能够让火龙真人帮忙，真不信。

当自己是龙虎山大天师吗？还是那位当年拦下北俱芦洲跨海剑修的文圣老爷？或者你小子跟赵天师、文圣都很熟？

不过酒桌上的大老爷们，还是个年轻剑仙，喝点酒，说点大话，吹吹牛皮，又不犯法。

杜俞咽了口唾沫，问道："那位好人前辈，到底姓甚名谁？"

大髯汉子有些无语,愣了愣,指了指眼前这个兵家修士,气笑道:"杜俞,你真是个人才。"

跟在那位剑仙身边那么久了,竟然跟自己一个德行,只知道对方姓陈?

你杜俞好歹和那位年轻剑仙是实打实患难与共过一场的。当年在随驾城闹出那么大的动静,都扛下了那场天劫。

杜俞有些难为情,自己确实不知道更多了,那位剑仙前辈行走江湖喜欢自称"陈好人"。

早年一个叫郑钱的少女,跟一个叫李槐的儒士,他们好像曾经去鬼斧宫那边找过自己,不过当时他不在山上,后来听说了,也没多想。

再后来倒是有个同名同姓的年轻女子,在中土大端王朝和曹慈接连问拳四场,杜俞当然听说了一些江湖上的小道消息,只是也没多想。不然还让杜俞怎么多想?那个能和曹慈问拳的郑钱,还能是那个主动找过自己的少女啊?

杜俞喝完一壶酒,胆气横生,抱拳告辞离去,大髯汉子也没有挽留,抱拳而笑:"一路顺风。记得有空再来喝酒,上三炷香都是可以的。"

悄悄离开随驾城后,杜俞一路上尽量拣选那些人迹罕至的荒郊野岭,绕开诸多山头门派和仙家渡口,终于到了金乌宫山门口。

杜俞硬着头皮自报名号:"鬼斧宫杜俞,求见柳剑仙。"

那门房修士倒是知道鬼斧宫和这个名叫杜俞的兵家修士,毕竟杜俞的父亲是金铎国那对山上道侣的嫡子,只不过门房修士也就仅限于听过一耳朵了。

金乌宫门房修士笑道:"就算你爹娘来了,都见不着咱们柳师叔祖。"

自家那位师叔祖,可不是谁想见就能见着的。

天下公认,北俱芦洲的元婴境剑仙分量之重,仅次于剑气长城的元婴境剑修,不掺水的。

门房修士挥手道:"杜俞,走吧,别自讨没趣了,也别害我讨骂。"

柳师叔祖是出了名的性情寡淡,远离红尘,除了早年在春露圃玉莹崖那边认识了个年纪轻轻的外乡剑仙,双方关系极好,此外几乎就没什么山上朋友,可能太徽剑宗的刘宗主得算一个,师叔祖拜访过翩然峰,传闻双方喝过酒,当然是输了,刘宗主的酒量之无敌,一洲皆知。故而别说是杜俞,就是鬼斧宫宫主的山上关系,都够不着自家柳师叔祖。

杜俞急得直挠头:"这位仙师,帮帮忙,我有个朋友是柳剑仙的朋友,让我有事可以来找柳剑仙……"

门房修士气笑道:"我有个朋友的朋友的朋友,他认识指玄峰一脉的弟子,而这位道士又是袁真君的徒孙,那我是不是就跟袁真君是朋友了?"

杜俞实在是没辙了,刚想要扯开嗓门喊柳质清的名字,门房修士抬起一手,指了指空中那座闪电交加的雷云,微笑提醒道:"杜俞,劝你别做傻事,我们金乌宫的规矩都在那边呢。"

杜俞走出去几步,转头望去,甚至都不知道柳剑仙在金乌宫哪座山头修行,又不愿就此离去,便远远蹲在路边,狠狠甩了自己一耳光,让你喜欢管闲事,没有陈前辈的本事,偏喜欢强出头做好事。实在不行,就只能走一趟浮萍剑湖了,怕就怕重蹈覆辙,继续吃闭门羹。

一道剑光悄然离开金乌宫一处山巅,来到杜俞身边,问道:"你就是杜俞?"

杜俞抬起头,一脸茫然,来者少年容貌,头别金簪,身穿一袭白玉长袍。

杜俞疑惑道:"你是?"

是金乌宫某位路过山门的嫡传弟子?

那人开门见山道:"我叫柳质清,就是你要找的人。"

杜俞急匆匆起身,正要客套几句,柳质清已经说道:"说吧,是想让我找谁,找哪座山头的麻烦?"

杜俞愣在当场,这位柳剑仙就不问问看是什么事吗?

"你既然是陈平安的朋友,我就信得过你。"约莫是看穿了杜俞的心思,柳质清扯了扯嘴角,大概就算是笑脸了,"既然你愿意来找我,就是信得过我的剑术了,所以只管带路即可。"

这么些年,杜俞还是一直在江湖浪荡厮混,其间只回过两趟鬼斧宫,一次是山门庆典,一次是娘亲的寿诞。

对山上的壮举事迹,一些个风吹草动,杜俞历来不感兴趣,反正都是些跟自己八竿子打不着的天边事,自顾自混我的江湖就好了。

难道那位陈好人,剑仙前辈的真名,就叫陈平安?

这个名字……不太仙气,但是……挺好的。

只是为何在北俱芦洲,好像从未听说过这个名字?北俱芦洲剑修再多,再剑修如云,以陈前辈的境界和剑术,杜俞再懒得在山水邸报上边花钱,再不喜欢去仙家渡口逛荡,怎么也该听说过的。

反正杜俞这辈子就没打算跟山上神仙套近乎,老子花那冤枉钱做什么,喝花酒不好吗?虽说杜俞偶尔还是会乘坐一趟仙家渡船,只是都住那种最便宜的房间,除了那笔渡船费用之外,绝对不会有任何额外开销,想赚我的神仙钱,做梦去。一枚雪花钱就是一千两白银,老子在山下任何一国江湖,不能是腰缠万贯的有钱大爷?

杜俞小心翼翼问道:"柳剑仙,陈前辈提起过我?"

柳质清点点头:"当然,说你是他的朋友,而且救过他。"

说到这里，柳质清忍不住仔细打量了一眼杜俞，一个救过陈平安的人？这要是传出去，只说在剑修如云的北俱芦洲，这个鬼斧宫兵家修士的护身符、保命符有点多。

唯一的问题，是那些去过剑气长城的剑修，未必肯相信一个观海境的兵家修士对隐官大人有救命之恩。

杜俞脸皮再厚，也有些遭不住，陈前辈哪里需要他救。他当年也就是脑子一热，去见了正在养伤的陈前辈一面。

陈剑仙也真是的，在他朋友这边，都愿意说这些有的没的，不怕被朋友笑话吗？不过也对，好像确实是好人前辈会做的事情，恐怕这也是自己能够在山下江湖中遇到陈剑仙的原因吧。

柳质清问道："是多管闲事惹出的祸事？"

杜俞有些赧颜，轻轻嗯了一声。

柳质清笑眯起眼，拍了拍杜俞的肩膀："很好，从今天起，欢迎来此做客。"

杜俞既忐忑，又荣幸，只得客气道："不敢。"

柳质清："嗯？"

杜俞立即见风使舵："敢的，为何不敢。柳剑仙都敢认我做朋友，我为何不敢高攀柳剑仙？"

柳质清忍了忍。很好，一看就是陈平安的江湖朋友。

之后杜俞与柳质清解释了那桩麻烦的缘由，原来与那个财大气粗的琼林宗有关。

钱能通神，琼林宗这么多年打着追杀蛮荒妖族余孽的幌子，大肆搜捕山泽精怪、各路山野水族，贩卖牟利，挣了个盆满钵盈。那个桐叶洲小龙湫打造出的野园，与之相比，简直就是小巫见大巫，手段拙劣，而且几乎没什么盈利。琼林宗的山上盟友、生意伙伴遍及一洲，而且底蕴越浅薄的山头门派路数越野，挣钱手法越凶，再者物以类聚人、以群分，会唯琼林宗马首是瞻的山上仙府和江湖门派，可想而知，都是些掉到钱眼里出不来的货色，故而许多与世无争的本土妖族修士，就被殃及池鱼了，但是琼林宗修士手法隐蔽，出手又快，很难被外人抓住把柄。

恰好杜俞在江湖上闯荡，就认识了一位下五境的妖族修士，是个心思单纯的少年，常年守着一座市井宅子，偶尔会去天桥听说书逛集会，其实那头小精怪刚刚炼形成功没几年，杜俞先后救了少年两次，凭借身上那件金乌甲，挡下了两拨修士的追捕，但最终还是没能救下少年。因为最后一次，一位琼林宗的祖师堂嫡传亲自露面，是位极为年轻的金丹境地仙，听说是琼林宗掌律祖师的得意弟子，如果不是对方忌惮杜俞手中的那颗核桃，被泼了一大桶脏水的杜俞也逃不掉。那个年轻金丹境心思缜密，行事狠辣，早就编派好了小精怪的"根脚"和包庇一头蛮荒妖族的证据，小精怪没什么江湖经验，不愿意连累杜俞，便傻乎乎主动认罪画押了，如今生死不知，杜俞只知道少年被带到了一处琼林宗藩属山头。

杜俞觉得这样不对，天底下没有这样的道理。

何况那场大战，蛮荒天下被大骊铁骑阻拦在宝瓶洲中部，都没打到北俱芦洲。虽然确实会有些蛮荒妖族修士四处流窜，可是太徽剑宗和浮萍剑湖、清凉宗在内的修士，当年早就在一洲沿海地界严密布防了。

杜俞一想到这些，便红了眼睛。不单单因为自己的遭遇，还因为连累了爹娘和鬼斧宫。

那厮就曾扬言要亲自走一趟鬼斧宫。

逃亡路上，杜俞偶尔也会后悔，早知道就不混江湖、当什么好人了。所以今天被柳剑仙说成是什么朋友，杜俞心里反而挺难受的。

境界这么低，心性这么差，这样的朋友，剑仙愿意结交，我杜俞也没脸认。

"是琼林宗？那我得喊一两个剑修同行。"柳质清眯眼说道，"光凭我现在的境界，公然问剑不难，就是很难砍到对方的祖师堂。"

杜俞听得心惊胆战，其实自己就是求个公道，让琼林宗放了那头精怪就可以，最好是让那个年轻地仙不要再纠缠自己，琼林宗事后也不要对鬼斧宫记仇。不然以琼林宗的广大神通，只需要暗中作梗，鬼斧宫用不了几年就会陷入困境，形同封山。

柳质清明显知道杜俞的想法，说道："杜俞，问剑一事，你不用露面，事情肯定会帮你解决。那头小精怪只要暂时没死，就一定救得出来，可如果已经死了，就帮你讨要一个公道，这一点，你自己要做好心理准备。此外真有什么后遗症，交给陈平安解决就是了，他最擅长收拾烂摊子，我可以替他保证，绝对不会殃及鬼斧宫。"

杜俞摇摇头，试探性说道："真的不用问剑，只要柳剑仙帮忙开口求情，想来琼林宗不会强行留下一头下五境精怪，我到时候愿意花钱。"

"我不愿意难得出门走一趟，去跟什么琼林宗求情。"柳质清说道，"杜俞，境界低的，就听境界高的。"

杜俞倍感无奈，剑仙就是剑仙，说话就是霸气。

柳质清见杜俞当真了，解释道："是句玩笑话。"

杜俞只得违心道："晚辈听出来了。"

柳质清说道："放心吧，我不会莽撞行事。"

之后柳质清带着杜俞返回自家山头，让杜俞稍等片刻，他先飞剑传信两封，分别寄往浮萍剑湖和太徽剑宗。

之后柳质清祭出一条符舟，登船后，提醒道："杜俞，接下来我们要去两个地方，在这期间，你先炼气养伤，不可分心。这段时日的仓皇逃命，让你心神有些受损，要是不注意，就会成为道心上的瑕疵，将来无论是结丹还是孕育元婴，都会有很大麻烦，一旦道心不够圆满，想要跻身上五境，就比登天还难了。传闻心魔就如春草，生发于道心缝隙间，能够与心神山岳连根通气，不知不觉鸠占鹊巢，若是心魔不断获得滋养，最终便会成为一头道高一尺魔高一丈的化外天魔。所以越是老元婴，越是闭关，越坐越死，越容易形神腐朽，根源就在这里。"

柳质清递给杜俞一只瓷瓶，里边装了几颗安神凝气的仙家丹药，算不得品秩多好的灵丹妙药，是金乌宫祖师堂嫡传的标配。柳质清说道："每服下一粒药，就收敛心神默然吐纳，争取在运转一个大周天内，就将丹药灵气汲取完毕，化为你几处本命气府的灵泉积蓄。"

杜俞在渡船上呼吸吐纳，昏昏沉沉，突然听到柳质清说道："到了。"

杜俞睁开眼，低头俯瞰下去，一处湖泊，岛屿众多，如碧玉盘中青螺蛳。

柳质清找到了浮萍剑湖的大弟子荣畅，一位元婴境剑修，大致说明来意。

荣畅很快就去师父那边请示，返回后，笑道："师父爽快答应了，说她如今境界稀拉，没脸出门，只是让我与你同行，不过师父说你做事情不老到，哪有这么明晃晃问剑别家宗门祖师堂的剑修，这种勾当，太不讲究了，打人不打脸，比砍祖师堂更打脸了。先去琼林宗的藩属山头抢下那头小精怪，有命救命，没命便去琼林宗讨债，施展障眼法，悄摸去琼林宗祖师堂，都省去几剑砍开山水禁制的麻烦了，到了祖师堂附近，咱们递剑之前，蒙上脸，随便报上一句'我是北地剑仙第一人白裳大爷'之类的豪言壮语，砍完就跑路。"

其实师父的原话，不是稀拉，是拉稀……只是这种话，师父说得天经地义，荣畅这个当大弟子的，当然要含蓄几分。

柳质清点头道："受教了。在这种事情上，金乌宫经验确实不如你们。"

荣畅会心一笑。在北俱芦洲，这当然是顶天的好话。

杜俞根本不知道眼前这位和颜悦色的高大男子是何方神圣。不过听双方对话的口气，肯定也是一位境界不输柳剑仙的山上前辈。不然谁吃饱了撑的，经常问剑一座宗门？

荣畅转头朝杜俞抱拳笑道："幸会。"

杜俞连忙战战兢兢抱拳还礼。

很快来了三人。其中有个姿容极美的女子，自称姓隋。还有一对少年少女，画上的璧人一般。

一堆人一起看着杜俞，把杜俞看得有点发毛。

陈李问道："大师兄，我们能不能一起啊？"

荣畅无奈道："这得先问过师父才行。"

一个个的，都是师父的宝贝疙瘩，在宗门外头稍有意外，他这个当大师兄的，可担待不起，就师父那脾气，都能把他打出屎来。何况师父这几年的脾气，确实不太好。

陈李双手环胸："师父明摆着知道我们会跟着啊，既然没有额外提醒大师兄，就肯定是答应了的。"

郦采在本洲收取的嫡传弟子中，浮萍剑湖练剑资质最好、也是郦采最为宠溺的徒弟，如今名为隋景澄，不过在祖师堂的山水谱牒上边是另外一个旧名字。

小隐官陈李。

高野侯的妹妹高幼清。

陈李如今已是金丹境剑修。不像白玄那个自封的"小小隐官"，陈李的这个绰号是家乡前辈剑修们给的。

在某座酒铺的某块无事牌上边写着："陈李，佩剑晦暝，飞剑窨寐。百岁剑仙，唾手可得。"

至于高幼清，其实也是一位龙门境剑修了。只是身边有个陈李，她才相形见绌。不然在浩然天下任何一座剑道宗门，高幼清都是当之无愧的剑道天才。用师父郦采的话说，就是荣畅你这个大师兄当得真带劲，眼巴巴等着被师妹师弟们一个个追平境界。

最后荣畅还是去问了师父的意思，他可不敢擅作主张带着三位师妹师弟去问剑一座宗门。

郦采都懒得说话，只是丢给荣畅一个眼神。荣畅点点头，也无须废话。

一行人乘坐柳质清的那条符舟，已经与太徽剑宗刘景龙约好了，就在那处琼林宗藩属山头碰面。

柳质清和荣畅闲聊道："我打算问剑结束，就去蛮荒战场上寻找破境机会。"

金乌宫历代修士都不曾去过剑气长城。一来剑修寥寥，再者柳质清从金丹境破境没几年，实在不愿自己到了剑气长城的战场，还需要那边的本土剑修护道，不是帮倒忙是什么。

荣畅笑道："是好事。"

高幼清一直在打量那个兵家修士，不太敢相信柳质清的那个说法，以心声问道："师兄，你觉得这个人当真救过隐官大人？"

在剑气长城那种凶险万分的战场上，只有年轻隐官救别人的份。

陈李略微思量一番，点头说道："按照时间判断，隐官大人与杜俞相逢是第一次从剑气长城返乡与第二次游历剑气长城担任隐官之间，那会儿的隐官大人还不是剑修，所以是有可能的。其实不是什么可能，是一定了。隐官大人在这种事情上，肯定不会开玩笑。"

隋景澄笑问道："杜仙师，你觉得剑气长城的外乡剑修里边，谁最厉害，名气最大？"

杜俞连忙说道："还能是谁，当然是那个据说出身宝瓶洲的隐官啊。"

他曾经偶然间路过一座仙家渡口，发现了一部《莳剑仙印谱》，其中有一方印文，最让杜俞拍案叫绝,百看不厌。

让三招!

哈哈,天底下竟有如此巧合的趣事,看得杜俞差点笑得肚子疼。

东宝瓶洲,那么个小地方,浩然九洲里边版图最小,却是最让浩然另外八洲刮目相看的豪杰辈出之地。

江湖上流传着一个小道消息,最早是从北俱芦洲一条跨洲渡船的管事那边传出来的。老管事言之凿凿,说那位剑气长城历史上最年轻的隐官,玉树临风,心狠手辣,杀人不眨眼。当年在倒悬山春幡斋的头场议事中,悬挂一枚"隐官"腰牌的年轻人,最后现身。剑仙与管事面对面而坐,结果两拨人还没聊几句,一言不合,那隐官就在厅堂内一声令下,结果二十来个跨洲渡船管事,被当场做掉了一半,一命呜呼,毫无还手之力……

爱信不信。反正我在场,还曾拼了一条老命不要,救下了两个朋友。那位年轻隐官,约莫是见我这人最讲义气,便有几分佩服,英雄相惜,不打不相识,把臂言欢,隐官便坐在我旁边,在那满地头颅滚落的血污之地,各自饮酒。

如今浩然天下,最为吹捧年轻隐官的地方,可能都不是宝瓶洲,而是爱憎分明的北俱芦洲。

那个老气横秋的少年剑修,眯眼而笑,轻轻点头。

少女眨了眨眼睛。眼前这个杜仙师,莫不是个傻子吧?

杜俞虽然疑惑,也不敢多问。

陈李笑道:"有机会,认识认识?"

杜俞连忙摆手:"哪有这命。"

扶摇洲。

一大拨家乡各异的剑修,陆陆续续在一处矿脉入口附近的仙家渡口碰头。

皑皑洲女子剑仙谢松花,两位弟子分别名叫朝暮、举形,一对少年少女,一个背竹箱,一个手持绿竹杖。

同样是女子剑仙的金甲洲宋聘,同样收了两个剑气长城的孩子作为嫡传,不过皆是少女,名为孙藻、金銮。

还有一位玉璞境剑修于樾,带着两位新收弟子虞青章、贺乡亭。

在剑气长城跌境的流霞洲老剑修蒲禾如今是元婴境,老人当年同样从剑气长城带走了两个孩子——少年野渡、少女雪舟。

这会儿蒲禾正在与一个刚刚来到客栈的同乡剑修对骂呢。

"哟,这不是战功卓著的司徒积玉,司徒大剑仙嘛。稀客稀客,如果我没记错,咱们隐官这次只请了我和宋聘出山,可没有邀请你来这边,咋个自己来了?

"作为唯一一个元婴境,就乖乖闭嘴,别跟玉璞境剑修说话。

"隐官大人对你最是刮目相看了,确实是好心哪,怕你资质太好,耽误司徒大剑仙一步跻身飞升境呢,这不都没舍得让你收徒弟,难怪说话这么冲。来,我自罚一碗,给你赔不是了。司徒大剑仙要是还不满意,我跪在地上给你老人家敬酒成不成?"

其实屋内,还有几位不曾去过剑气长城的各洲老剑修,都是谢松花他们的山上好友,知根知底,性情相投。只是今天挤在这间屋子里边,根本轮不到他们说话。

事实上在司徒积玉赶来之前,于樾就已经被蒲禾骂了个狗血淋头,指着鼻子骂的那种。

而谢松花也觉得于樾做人有点不地道了,竟然有脸跑去落魄山挖墙脚,甚至还捷足先登捞了个供奉身份,你于老剑仙怎么不干脆直接跟隐官大人讨个副山长当当?

这让原本想要好好跟蒲老儿炫耀一番的于老剑仙,恨不得挖个地洞钻下去。

要知道于樾好歹还是去过剑气长城战场的。

所以剩余六七位浩然老剑修,简直就是大气都不敢喘了,一个个眼观鼻鼻观心,各自默默饮酒喝茶。其中不是没有老人想要客套寒暄几句,毕竟有些剑仙其实素未谋面,只是久闻大名,比如那个皑皑洲的谢松花。只是很快他们就发现,无论是相传曾经在剑气长城砍死一头玉璞境剑修妖族的谢松花,还是姿容极美、背扶摇剑的宋聘,都懒得与任何人言语。

此外,这些在各自家乡都会被尊称一声"剑仙"的老人,也确实好奇那些年龄差不多的剑仙坯子。

可惜此次北俱芦洲的女子剑仙郦采没来,听说她收了两个弟子,也是资质极好。其中一人甚至有小隐官的绰号。

"差不多人都到齐了,我来说一下隐官大人的意思。"宋聘突然开口说道,"其实就一个意思,谁挣钱,怎么挣钱,都不去管,但是如果谁有'我得不到就谁都别想要'的心思和举动,就做掉他。"

蒲禾抚须而笑:"肯定是隐官大人的原话了。"

宋聘笑道:"其实隐官的原话,是让我们好好'讲理'。"

蒲禾顿时拍手叫绝:"原话更好。"

司徒积玉忍不住骂道:"你当年怎么不跪在避暑行宫门口?"

蒲禾冷笑道:"老子跌了境,得养伤,不然避暑行宫肯定有我一席之地。不像某些人,在战场上摸鱼呢。"

于樾总觉得蒲老儿是在骂自己。

谢松花笑道:"能够在战场上捡破烂也是一门手艺。"

宋聘率先起身,神色淡然道:"动身。"

天幕处,负责坐镇桐叶洲的一位陪祀圣贤,和一袭青衫剑客点头道:"礼圣曾经吩咐过,允许隐官在一甲子之内,去五彩天下一趟,不用消耗战功。但是无须我主动提醒隐官,过期作废。"

陈平安作揖致谢,然后正要开口询问一事,那位文庙圣贤便已经抢先笑道:"有谁要和隐官同游吗,我怎么没看见?"

而此刻陈平安身边其实就站着一个黄帽青鞋绿竹杖的随从。

陈平安心领神会。小陌瞬间变化身形,一只雪白蜘蛛便趴在了青衫肩头。

那位文庙圣贤笑着提醒道:"记得不要逗留太久。"

陈平安点头道:"再过几天就是立春了,晚辈肯定速去速回。"

陈平安低头看了眼大地山河,收敛思绪,青衫大袖随风飘摇,步入那道大门。

老人暗赞一声,后生好风采。

袖底生白知海色,眉端压青识天痕。

五彩天下,飞升城。有人故地重游,是异乡也算故乡。

飞升城。

今天酒铺生意不错,前后脚来了两拨酒客,范大澈和王忻水在内的几个光棍刚落座,就又来了司徒龙湫和罗真意在内的几位女子。

都不用代掌柜郑大风丢个眼神,范大澈他们就主动给后者让出最后的酒桌座位,乖乖去路边蹲着喝酒,要听自家大风兄弟说些关于神仙打架床走路的故事。不承想郑大风已经屁颠屁颠去酒桌旁边落座了。

一位坐在路边的金丹境老剑修便哀叹了一声。这个年纪不小的老光棍,一碗酒能喝老半天,每次听过了郑大风的故事,一碗酒至少还能剩下大半碗,竖起耳朵听过了代掌柜的故事,老人临了还要说一句口头禅感慨一番:不承想老夫这辈子洁身自好,一身正气,竟然会听到这些东西。

郑大风落座后,都已经坐在了长条凳的边沿,一位女子剑修依旧立即起身,转去与两个朋友挤一条凳子。

郑大风便默默抬起屁股,沿着长凳一路滑过去,嗯,暖和呢。都还没喝酒,大风哥哥就心里暖洋洋的了。

那女子瞧见这一幕,顿时柳眉倒竖,只是一想到骂也没用,说不定只会让他变本加厉,说些不着调的怪话,她便抬起酒碗,喝了一大口闷酒。

坐在郑大风对面的,刚好是那个避暑行宫隐官一脉的女子剑修罗真意。女子面容、身段、气质、剑道境界，都没话说。左看右看，正面看背面看，反正怎么看都养眼。

大概如今飞升城年轻男子眼中的罗真意，就是曾经剑气长城老人心目中的宋彩云、周澄吧。

咱们这位代掌柜郑大风，当年刚接管酒铺没多久，只靠着三件事，很快就在剑气长城站稳了脚跟。

浓眉大眼、玉树临风的相貌；酒桌上赌品好；再加上捣鼓出了两份榜单，每隔几年就选出十大仙子、十大美人坯子，一网打尽。每两三年一评，罗真意次次都高居十大仙子榜前三名。

至于那个今天没来喝酒的董不得，入选了两次，名次起伏不定，落差比较大，第一次名次垫底，第二次就直接闯入了前三名。不过即将新鲜出炉的下一次评选，董姑娘已经被郑大风内定为榜首人选了。

没办法啊，郭竹酒离开五彩天下之前，又偷偷给了一笔神仙钱，说某位老姑娘这次必须第一，不然就真要嫁不出去了。小姑娘还有那做好事不留名的女侠之风，反复叮嘱代掌柜，千万别说是她的功劳，老姑娘真要问起来，就说是邓凉邓首席掏的钱。

司徒龙湫问道："听隐官说你们宝瓶洲有个叫雁荡山的地方，风景很好？还要成为什么储君之山？"

以前她和两个闺阁好友向陈平安讨要了三方印章，她那方藏书印，就跟一处名为雁荡山大龙湫的形胜有关。

郑大风点头道："确实风景极好，有机会是要去看看，下次大风哥帮忙带路，司徒姑娘你是不知道，浩然天下那边读书人多，如大风哥哥这般的正经人少。"

司徒龙湫是太象街司徒家族的庶女，大战之前只是观海境瓶颈剑修，在飞升城破的境，之后在五彩天下外出历练途中跻身的金丹境。她和董不得是无话不聊的闺中好友。在剑气长城年轻一辈里边，司徒龙湫算不上什么天才，不过人缘极好。结果前些年她莫名其妙得了个绰号，名号有点长，被说成是"一份剑气长城行走的山水邸报"。她这个绰号，一下子就传遍了整座飞升城，据说最早是从避暑行宫里边不小心流传出来的说法。

其实是那位隐官大人早年无意间说漏了嘴，避暑行宫那几位出了名的狗腿为之叹服，拍案叫绝，一来二去，就渐渐传开了。再加上避暑行宫里边有个董不得，能藏得住话？

郭竹酒作为弟子，师父不在飞升城，当然就得由她顶上了。既然有父债子还的讲究，那么师债徒偿就更是天经地义的规矩了，有什么说不开、解不了的江湖恩怨，有本事都朝我来！于是郭竹酒的下场就是咚咚咚。

郑大风突然问道："司徒姑娘，你觉得大风兄弟人咋样？"

司徒龙啾瞥了眼郑大风，道："不晓得中不中用，反正不中看。"

这样的姑娘，这样的飞升城，让郑大风如何能够不喜欢？实在是跟在家乡没啥两样嘛。

郑大风举起酒碗："漂亮女子说话，就是信不得，当反话听才行。"

罗真意在酒桌底下轻轻踩了朋友一脚。

名叫官梅的女子白了好友一眼，向郑大风笑问道："代掌柜，宁姚从浩然天下那边回了这边，就没带回什么消息？比如林君璧他们回到家乡，如今过得咋样了？"

来时路上，罗真意让她帮忙向郑大风问一件事看，说是她想知道避暑行宫那拨外乡剑修如今如何了。

官梅倒是对郑大风印象蛮好的，他言语风趣，脾气还好，不管谁怎么说他都不生气，荤话是多了点，但凡瞧见个身段好的女子就要目露精光，可是这个小酒铺的代掌柜从不毛手毛脚啊。

郑大风揉着下巴，一脸为难。喊代掌柜，见外了，心疼得说不出话来。

官梅赶紧身体前倾，给郑大风倒了一碗酒，娇滴滴道："大风哥，说说看嘛，算我求你了。"

郑大风双手抬碗接酒，伸长脖子，朝那衣领口一探究竟，嘴上说道："官梅妹子，你要是这么说，大风哥可就得伤心了，说什么求不求的，在自家大风哥这边，需要求？"

官梅故意保持倒酒姿势，不着急坐回去，她一个撒娇，香肩晃动："说嘛。"

老娘为了朋友，今儿算是豁出去了。

哎哟喂，晃得大风哥哥心颤眼睛疼。

郑大风见那妹子坐了回去，便道："宁姚没多说，反正就是各回各家，各自修行呗。不过好像林君璧那小子当上了邵元王朝的国师，成为浩然十大王朝当中最年轻的国师，说是名动天下，半点不过分。曹衮那小子运气好，所在宗门在流霞洲，没被战火殃及，都打算在扶摇洲开辟下宗了，说不定曹衮就能破例捞个宗主当当。宋高元和玄参运气相对差点，宗门一个在扶摇洲一个在金甲洲，如今忙着重建宗门吧，至于是修缮旧址还是干脆另起炉灶，我就不知道喽。"

上一代的避暑行宫，隐官一脉剑修，外乡剑修有陈平安、林君璧、邓凉、曹衮、玄参、宋高元，本土剑修有愁苗、庞元济、董不得、郭竹酒、顾见龙、王忻水、徐凝、罗真意、常太清。随便拎出一个，与外人问剑，都属于既能打又能算计的，只要双方境界不悬殊，不能说稳操胜券，但肯定胜算很大。

在郑大风看来，如今的避暑行宫里边，后边成为隐官一脉剑修的两拨年轻人，相比这些"前辈"，还是要逊色不少的。

官梅等了半天，见郑大风只是低头喝酒，她疑惑道："这就没啦？"

郑大风抬起头，神色腼腆道："有些事也不是硬撑就能行的啊？又不是读书人写文章，熬一熬，憋一憋，总是有的。"

官梅一时间疑惑不解，他到底在害羞个什么？可惜那个打小就没羞没臊的董不得不在场，她是行家里手，在的话肯定晓得郑大风的心思。

司徒龙湫这拨女子一走，郑大风整个人就跟着一垮，终于不用刻意绷着自己身上那股老男人的独到风韵了，不然这拨涉世未深的小姑娘未必敌得过。她们敌不过，就是一堆情债，犯不着，没必要。

郑大风赶紧转头招手道："赶紧的，一个个杵那儿蹲坑呢，再晚点，凳子可就凉了。"

郑大风踢掉靴子，盘腿坐在长凳上，问道："忻水，有没有几个让你朝思暮想、大晚上辗转反侧的姑娘？"

一拨光棍屁颠屁颠跑去占位置，王忻水闻言摇头道："没有。"

郑大风摇头晃脑道："你小子要是稍微花点心思在男女情事上，也不至于跟范大澈一起混。"

王忻水当然是个名副其实的天才剑修，唯一的问题在于心思太快，预感极准，以至于递剑速度完全跟不上，这种微妙状况极难改善。所以这些年来，王忻水还是喜欢来这边喝闷酒解愁。

范大澈一脸无奈，好好的，扯我做什么。

郑大风抿了一口酒，夹了一筷子佐酒菜，咸是真心咸了点，赶紧又灌了口酒，转头问道："大澈啊，如今走在街上，见着那孩子喊你一声范叔叔，是啥感想啊？"

范大澈笑道："没啥感想，挺好的。"

郑大风揉了揉下巴，听说早年避暑行宫里边，庞元济、林君璧、曹衮这几个，当然还有米大剑仙，都是皮囊极出彩的，不知道有无自己七八成的风采。

范大澈一行人离开后，夕阳西下，酒铺的空桌子渐渐多了，郑大风就趴在柜台那边算账。

郑大风接手酒铺后，生意其实算可以了，钱没少挣，平日里的热闹程度，在飞升城算独一份的。只是冯康乐和桃板俩小兔崽子，总嫌弃如今酒铺不如以前热闹，差太多了。

郑大风也着实憋屈，如今整座飞升城，上五境剑修就那么几个，年轻元婴境也不算多。

这就叫巧妇难为无米之炊，你们让我到哪儿给你们找一拨玉璞境、元婴境剑修蹲路边喝酒？

酒铺都是老面孔，除了掌柜换了人，还是丘垄、刘娥、冯康乐、桃板几个店伙计。只是张嘉贞和蒋去，早年都被二掌柜带去了浩然天下。

其实丘垅和刘娥早就到了谈婚论嫁的岁数，只是一直拖了好些年，后来丘垅总算是听进去了代掌柜的那句话：收一收远在天边的心思，不如就近怜取眼前人。两人在年前就已经成亲，郑大风主的婚，当然还曾带头闹洞房听墙脚来着。

小两口过上了安稳日子，打算再挣点钱，多攒下些积蓄，就自己开个夫妻档的酒铺，当然不开在飞升城，会从四座边境藩属城池里边挑一个落脚，最大可能，还是那座避暑城。因为是避暑行宫隐官一脉的剑修当城主，所以算是半个自家人，酒铺真遇到事情了，也好有个照应。

刚刚进入避暑行宫的剑修，都会来这边喝顿酒，这已经成为一个约定俗成的规矩了，就跟拜山头差不多。

以前帮忙打杂的两个少年冯康乐和桃板，如今成了酒铺正儿八经的店小二。

酒铺还是只有三种酒水，价格便宜的竹海洞天酒，死贵死贵的青神山酒水，烧刀子一般的哑巴湖酒，外加不收钱的一碟酱菜和一碗阳春面。

酒碗和以往一般大，长凳还是一般瘦。只是并排两间屋子的酒铺墙上，那些无事牌还是老样子，没少一块，也没多一块。

因为郑大风来到飞升城，当了代掌柜，酒铺得以重新开门后，就没喝过了酒给写一块无事牌的传统了。如同封山。

既然真的无事了，就不用写无事牌了。

一开始还有人闹过，老主顾和新酒客都有，只是都没用，郑大风低头哈腰，赔笑道歉，自罚三碗，但是无事牌就是不给写了。

好在二掌柜早年秘密栽培起来的酒托多，大多帮着郑大风说话，一来二去，加上郑大风也确实是个讨喜的家伙，客人们也就渐渐习惯了，不再继续为难这个同样是外乡人和读书人的代掌柜。

代掌柜读书真多，只说某些方面的书上门道，二掌柜真心比不了。

飞升城的别处酒楼，不知道从哪里高价买来几坛货真价实的青神山酒水，被当成了镇店之宝，当然也有跟那个小酒铺打擂台的意思，论两卖，结果很快就有人去捧场，喝了一杯后，一个个骂骂咧咧就走，都差点不乐意掏钱结账。

假酒，卖假酒！青神山酒水，根本就不是这个味儿！一个个深以为然，铺子桌边和路边，一大帮的小鸡啄米。

那个酒楼掌柜都快要疯了。直到现在，才卖出去不到一坛青神山酒水，酒楼别说挣钱了，本钱都收不回来。

郑大风瞥了眼不远处那张酒桌上的两人，他们埋头吃着一碗阳春面，倒是不亏待自己，知道加俩荷包蛋。

如今的桃板和冯康乐，其实一样都是屁股上可以烙饼的壮小伙了，都有胡楂了。

还是个孩子的时候,桃板其实就问过二掌柜一个问题,到了代掌柜郑大风这边,又问了一个差不多的,只是将剑仙坯子变成了武学天才。

后来桃板又问了个让郑大风不知如何作答的问题:我这辈子还能瞧见二掌柜吗?

因为桃板知道自己既不是什么剑仙坯子,也不是什么练武奇才,就只是个普通人,很快就会变成中年人、老年人,不一定能够等到下一次五彩天下开门。

当时见郑大风没说什么,桃板就自言自语,说自己那会儿年纪小,喝不得酒,所以还没跟二掌柜一起喝过酒呢。

暮色沉沉里,有一桌酒鬼喝了个醉醺醺,有人嘿嘿笑道:"大风兄弟,总这么赢你的钱,从一开始的开心,到别扭,再到痛心,如今都快悔恨了啊。"

郑大风打着算盘,点头道:"嗯,跟男女情爱差不多了。"

有人恍然,嚼出些余味来,大声叫好。

又有人问道:"代掌柜,你给我们说句交心的实话,你到底是赌品好,还是一年到头不洗手给闹的?"

郑大风懒得搭话,竖起一根中指。

有人开始说醉话了:"说句不昧良心的大实话,与二掌柜问拳,他根本打不了我两拳。"

"二掌柜咋个还不回来,都没人坐庄了。"

剑气长城曾经有新旧五绝两个说法。

旧的,分别是那狗日的赌品过硬,老聋儿的是人就说人话,陆芝的国色天香,隐官大人的怜花惜玉,米裕的自古深情留不住。

新的,二掌柜的童叟无欺、从不坐庄,司徒龙湫的我发誓绝对是真事,顾见龙的容老子说句公道话,董画符的花钱如流水,王忻水的出剑之前没问题、打架之后算我的。

新旧两个说法,都有外乡人同时登榜,而且这两位荣登榜单的家伙,都算读书人,只不过有些区别,阿良恨不得将斯文、书生、你觉得我不英俊就是你眼神有问题……这些说法刻在脑门上。年轻隐官则恰恰相反,从不刻意标榜自己的读书人身份,在酒铺那边,信誓旦旦说些昧良心的言语,如"我实在酒量一般""我这个人从不坐庄""桌上劝酒伤人品""你们做人得讲良心""栽赃嫁祸得讲证据"……

后来的飞升城,其实又有了个"四怪"的新说法。

一个是宁姚暂领隐官,却没有当城主。再就是身为刑官二把手的捻芯,其真实身份,直到现在还没有人能够说出个所以然来。只听说捻芯在祖师堂议事从不开口说话。然后是昔年城外剑仙私宅之一的簸箕斋中三位男子剑修穿女子衣裙。最后是泉府一脉账房修士们的见钱眼开捡破烂,拦我赚钱就是问剑。这些修士,在各自账屋内悬挂的一块块文房匾额,都极有特色,什么天道酬勤、勤能补拙、财源广进、天高三尺。

尤其是后两者,名声都快传遍整座天下了。

歆州、水玉、赝真三位地仙剑修,凭借某种师传神通,可以轮流出城搜寻外乡的剑仙坯子。而这道秘法传承,门槛极高,如今十几个嫡传弟子当中,也只有两人勉强掌握。

其中歆州其实已经跻身元婴境,按照师父留下的那道旨意,他已经可以换上正常装束。但是听说歆州刚刚穿上一件昔年衣坊的制式法袍,都还没来得及走出门去找人喝酒,就被两位师弟找上了门,差点跟他反目成仇,只得继续"有福同享"。

归功于歆州和师弟水玉各自收取的嫡传弟子当年问了个好死不死的问题,导致现在簸箕斋一脉,所有弟子都得跟着师父们一起穿女子衣裙。于是这两位"大师兄",到现在都是同门师弟们的眼中钉。

其实这个"四怪"的说法,有趣也有趣,好玩也好玩。只是不知为何,所有人都觉得不是那么有意思了,总觉得少了点什么。

可能是如今的飞升城,少了那几位曾经熟悉至极的上五境剑修,少了那几个剑气长城的老人,也可能是少了那两个挨骂最多的读书人。

就像骂人,如果从头到尾,都只有自己一个人在那边叉腰骂人,唾沫四溅,都没个人还嘴,到最后也就觉得会累人了。所以得有人对骂啊。

程荃和赵个篓,算是会骂人的老剑修了吧?可是对上二掌柜,俩加一块儿,都不够看。

如今刑官一脉掌门人齐狩,听说当年只是坐在城头,明明啥事没做,一句话都没说,只是被吵架双方伤及无辜而已,就差点被程荃骂出一脑门屎。

剑气长城对待那位年轻隐官,要么喜欢,要么讨厌,就没有第三种人。当然也分被坑过钱和没有被坑过钱的。

曾经有个不知道是想钱想到失心疯了,还是对二掌柜仰慕已久的泉府修士,在一天夜里鬼鬼祟祟来到酒铺这边,想要偷走二掌柜的那副对联,当然没忘记随身携带一副赝品对联,结果这个小毛贼被郑大风搂住了脖子。在那之后,年轻人连续来酒铺喝了一个月的酒水,才算把那笔账一笔勾销。

郑大风转头望向大街,叹了口气。

如今的飞升城,大致上三个山头已经定型。分别是刑官、隐官、泉府三股势力。

宁姚暂领隐官一职,如今避暑行宫一脉的剑修,人数已经达到二十人。但是在郑大风看来,一座飞升城还是有很多隐忧。

只说隐官一脉内部,就缺少一个真正服众的二把手,罗真意虽然是元婴境剑修,而且几乎可以确定她会跻身上五境,但是因为她性格的关系,宁姚不在飞升城的时候,避暑行宫里边,遇到了争执不休的情况,就很难有人做到真正的一锤定音,不是他们不够聪明,而是人人都很聪明,但是又没有谁能够做到当之无愧的"最聪明"。

此外，避暑行宫的新隐官一脉，也很难恢复到之前的那种亲密无间了，氛围冷清了许多。比如当年最早向新任隐官靠拢的那座小山头就有六位剑修，除了郭竹酒和米大剑仙，还有四个，即顾见龙和王忻水、曹衮和玄参。两本土两外乡，四位年轻剑修号称避暑行宫四大狗腿，一同心悦诚服尊奉郭竹酒为某个帮派的盟主。如今的避暑行宫，怎么可能会出现这种场景。毕竟既无陈平安，也无愁苗剑仙了。

宁姚是天下第一人了，是五彩天下唯一一位飞升境修士，何况还是剑修。可是宁姚面对那些鸡毛蒜皮的烦琐事务，是很难做到方方面面都周全的，何况这也确实不该是她宁姚需要做的事情。

此外，首席供奉邓凉无形中也逐渐拉拢起了一座隐蔽山头。倒不是邓凉出于什么私心，想要跟谁争权夺利，而是某种大势所趋。

再加上天下大势趋于明朗，不断有外乡修士往飞升城这边赶来，虽说有四座藩属城池挡着，层层把关，但是各种层出不穷的渗透防不胜防。

此外整座飞升城还没有意识到一件事。那就是真正能够决定飞升城未来走向的，除了台面上的那一小撮剑仙，或者说所有剑修，其实更是那些不起眼的凡俗夫子。

郑大风倒是知道一些寻常剑修不知道的内幕。

前不久，宁姚突然仗剑离开五彩天下，再从浩然天下返回飞升城。她召集了一场祖师堂议事，敬香过后，宁姚只说了几句话，愣是把有座位的四十余人给整蒙了。

陈平安带着她，还有齐廷济、陆芝、刑官豪素，联手白玉京三掌教陆沉，几人一起走了趟蛮荒天下腹地。将仙簪城打成两截，打死了飞升境大妖玄圃，剑开托月山，斩杀蛮荒大祖大弟子元凶，一轮明月皓彩被搬迁去了青冥天下。

至于他们一行人是怎么做到的，又是谁做成了其中哪桩壮举，宁姚都没说，而是很快就转移话题，开始讨论其他事情。

就算是隐官一脉的剑修事后问起，宁姚也一样没有泄露天机，只说以后你们自己去问某人，反正她在这次远游途中，就没怎么出力。

其中一项祖师堂议事，是关于选定历书。

一座天下的元年，年号为"嘉春"，这是儒家文庙订立的。五彩天下本就是儒家圣贤付出极大代价，辛苦开辟出来的一块崭新地盘，故而对此谁都没有异议。但是编撰历书一事，文庙并未插手，而是交给了五彩天下的本土势力，这可不是什么小事，尤其是这本历书若是能够通行天下，就可以冥冥之中占据一份"顺应天意"的宝贵"天时"。

在浩然、青冥两座天下，天象变化，自古便与人间帝王的兴衰相关，故而编订历法、替天授时，是一种被誉为确立正朔的重大举措，故而各国钦天监都设置有术算科，专门以术算之法推算天行之度，层层把关，不允许出现丝毫偏差。

白玉京道士最早推出一部历书，已经在五彩天下流传颇广。岁除宫联手玄都观，同样编撰了一本与之针锋相对的历书。此外扶摇洲和桐叶洲的"亡国流民",也各自推出了多达十数个不同版本的历书。

在这场飞升城祖师堂议事中,宁姚建议使用岁除宫和玄都观合力编撰的那本历书。

倒是没有谁有异议,只是除了隐官一脉剑修,所有祖师堂成员一个个都望向宁姚,大多神色复杂,有好奇,有疑惑。好像在向宁姚询问一事,咱们那位隐官就没有?

宁姚哭笑不得,你们真当他无所不知无所不能吗?

暮色里,范大澈离开了酒铺,和朋友们分开后,独自走在也不知道比以前更热闹还是更冷清的大街上,形单影只的金丹境剑修,既没有返回自家宅子,也没有去往避暑行宫翻看档案,就只是闲逛,一直逛到了深夜,回到酒铺门口那边,酒铺早已打烊,他就坐在了按照老规矩从来不收的门外酒桌旁。

捻芯在小宅子里坐着发呆,之前祖师堂议事通过了一项决议,她如今秘密掌管着一座新建牢狱,跟以前的老聋儿差不多。

某位被说成是老姑娘的女子坐在高高的闺阁栏杆上边,看着灯火依稀的飞升城。她手里边拿着一把精巧团扇,轻轻扇风,淡淡愁绪。

当年避暑行宫分账,董不得拿到了手中这把扇子,宝光流转,扇面上边文字优美:金涟涟,玉团团。老痴顽,梦游月宫,斫去桂婆娑,人道是,清光更多。此夜最团圆,灯火百万家。

要说年轻隐官假公济私,算也不算,不算是因为隐官一脉剑修都是靠实打实的战功换取的,算是因为隐官到底是将某些好东西留给了自己人。

这些年一直就住在避暑行宫里边的罗真意,此刻坐在桌旁,托着腮帮子,手边就是一方古砚台,也是件咫尺物。

这方夔龙纹虫蛀砚台上边,刻有鉴藏印:云垂水立,文字缘深。

徐凝和常太清在避暑行宫别处一起喝酒。两位好友,什么都聊,但是都有意无意绕过了那个年轻隐官。

当年一个都不是剑修的外乡人,为何能够坐稳位置?

只说一事,让徐凝至今每每想起,就心情复杂。

昔年剑气长城的所有剑修,甚至是大小街巷所有不是剑修的人,只要避暑行宫有档案记录的,那个年轻隐官都记得一清二楚。如果只是记住个名字、大致履历,根本不算什么,问题在于那个隐官大人,将所有人都串联成线,就只为了寻找出有可能是蛮荒暗棋的人物。

齐狩此刻不在飞升城,而是站在拖月城的城头上,他双手负后,眺望天幕,一天星斗。

在他看来，一些个修行路上无忧无虑的谱牒仙师，如果下山到红尘历练次数不多的话，可能空有百岁高龄，就真的只是个修道坏子。要说心智，尤其是人情世故，估计都比不过许多山下的弱冠男子。

所幸飞升城的年轻剑修们正在以一种极快速度成长起来。人人锐意进取，致力于开疆拓土。剑修们在锋芒毕露的同时，不断犯错纠错。所幸这里是一座崭新天下，无论是地方与时间，都容许飞升城剑修犯错。加上邓凉这个来自浩然天下的飞升城首席供奉，起到了极好的桥梁作用。

如今已经开辟出八座山头，又建造了四座城池，以飞升城为中心，圈画出一个方圆千里的山水地界。

此外还有距离飞升城极其遥远的四处飞地，已经站稳脚跟，那些驻守剑修已经足足两年没有向外乡人递剑了。

齐狩突然拍了拍崭新城墙，眯眼笑道："总算都是新的了。"

太象街的陈家府邸。一个名为陈缉的少年，闲来无事，在书房翻看一本文人笔记，是远游剑修从桐叶洲遗民那边低价买来的。

屋内默默站着一位贴身侍女，不过前不久她从当年的元婴境跻身了玉璞境。

于是一直停滞在元婴境的陈缉，就收了个玉璞境剑修作为自己这一世的大弟子。给她赐姓陈，名晦。

晦，每个月的最后一天。寓意她能够大道高远，真正做到长生久视，故而可以一直留在飞升城，成为某种关键时刻的后手。

陈缉，或者说上一世的陈熙，在兵解转世后，通过秘法补上了一魂一魄，既然魂魄有所变化，心性难免随之变化，所以他不是特别着急成为飞升城首任城主，只希望齐狩或者某人能够挑起担子，至于宁姚就算了，她肯定是不会当什么城主的。

其实如今的飞升城，不少剑修都会替老剑仙陈熙打抱不平，如果不是斩杀一头飞升境大妖后，身陷重围，被两头旧王座大妖领着一大帮蛮荒修士死死困住，最终在又斩杀了一头玉璞境剑修后，不得不兵解离世，那么陈熙就可以成为剑气长城历史上首个刻两个字的剑修。陈缉当然无所谓这种事情。

飞升城外八座藩属山头之一的紫府山。邓凉站在一块古老石碑之前，看着那两行古老篆文："六洞丹霞玄书，三清紫府绿章。"

邓凉从袖中摸出一只玉匣，自己很快就会将其彻底炼化，不出意外的话，就可以摸到玉璞境的瓶颈门槛了。这就是玄之又玄的道缘。

好像这座山头，已经默默等待邓凉万年了。故而这些年邓凉就在此结茅修行。

某个名为不得的心仪女子，既然求不得，也就不求了。

邓凉是在嘉春六年进入的五彩天下，担任了飞升城的首席供奉。那会儿，齐狩刚好跻身玉璞境,不过高野侯还是元婴境。

邓凉转身离开,在紫府山中散步。

第五座天下实在太大,进入这座崭新天下的人又太少。就像一座巨大湖泊,被丢入几篓鱼而已。

邓凉走到一棵树下,蹲在地上,捡起一片落叶。落叶他乡树。

思念如满地落叶,看上去片片都一样,其实都不一样。

那位代掌柜说得好,单相思就像一场上吊,自缢的绳子就是思念,头顶那根横梁就是那个求而不得的心上人。所有不曾遂愿的单相思,都是个阴魂不散的吊死鬼。不吓人,不害人,只恼人,只愁人。

高野侯如今也已经是玉璞境剑修,泉府将昔年剑气长城的剑坊、衣坊、丹坊兼并,高野侯就成了飞升城当之无愧的财神爷。

不过高野侯不太插手具体事务,泉府一脉修士如今真正管钱管事的,多是当年从晏家和纳兰家中挑选出来的年轻人,其中剑修数量不多,资质一般,不然也不至于来泉府打算盘,约莫是化悲愤为力量,因此比起一般泉府成员,要更加一门心思铺在账本上。

泉府之内,灯火通明,高野侯坐在自己账房里边,有些想念自己的那个妹妹了,不知道在北俱芦洲的浮萍剑湖,她修行是否顺遂,有无找到心仪的如意郎君。

只是一想到飞升城就要筹建书院一事,高野侯就有些烦心,根本不是钱的问题,所以才麻烦。

夜幕中,最南边的一座藩属城池来了两个外乡修士,一个青衫长褂布鞋的中年男子,一个黄帽青衫绿竹杖的年轻人。

城门口有个摊子,如今的五彩天下也没什么关牒可言,不过按照飞升城订立的规矩,访客一律都得在这边老老实实落座,写清楚自己的来历、名字道号、家乡籍贯、师承山头,越详细越好,反正不得少于三百字,多多益善,如果写上个把时辰,也算本事,字数多了,还能喝上一壶早就备好的酒水,像在北边的避暑城,就是一壶哑巴湖酒,在这儿,就是晏家酿造的酒水了。

摊子后面,一条长凳上坐着两位年轻剑修,一男一女,境界都不高,其中一个甚至都不是中五境修士。

"来者何人?"

"听不懂。"

男子便比画了一下南北方向,大致意思是询问从哪儿来的。

若是北边来的,家乡就是扶摇洲,不然就是那个名声烂大街的桐叶洲。

那个青衫客用一洲雅言说道:"桐叶洲修士窦乂,随从陌生。"

男子忍着心中不适,用蹩脚的桐叶洲雅言问道:"知不知道这里的规矩?"

"刚来,不知道。"

男子拿起一张纸,翻转过来,在桌上一抹向前:"照着上边的条目,一一写清楚就是了。"

一听说对方是桐叶洲修士,男子脸色就不太好,只是好歹没怎么恶言相向,如果不是职责所在,换成别的地方,正眼都不瞧一下。

于是那个自称窦乂的男子,便坐在长条凳上,与两位剑修隔桌对坐,开始提笔书写。

年轻男子不动声色,只是以心声向身边女子问道:"这个字,读义?"

女子无奈道:"不晓得,也是第一次见着。"

男子忍不住以心声骂了一句:"狗日的读书人。不愧是桐叶洲那边来的王八蛋。"

女子轻轻点头,深以为然。

不承想那个青衫客越写越起劲,纸要了一张又要一张,还没完了。

对方每写完一张,年轻剑修就伸手拿过一张,他娘的好些个生僻字认得老子,老子不认得它们,文绉绉酸溜溜的,你当自己是咱们那位二掌柜呢。

那位女子剑修倒是看得津津有味,嗯,写得颇有几分文采呢。再打量那位青衫男子,算不得俊俏,模样周正吧,只是多看了几眼,便越发顺眼几分。

实在是见那个青衫客写得太敬业了,看架势,还能多写几张纸,因为方才最后一页纸,才堪堪写到这家伙如何在科场屡战屡败又如何屡败屡战,终于得以金榜题名,其实早就超出三百字了,男人便忍不住问道:"喝不喝得酒? 要是能喝,就歇一会儿,慢慢写就是了,酒水不收钱。"

那人一边提笔写字,一边抬头笑道:"我酒量不行。"

"那就算了?"

"喝,怎么不喝,反正又不收钱。"

女子闻言嫣然一笑,帮忙倒了一碗酒。

青衫男子放下手中毛笔,轻轻拧转手腕,转头邀请道:"小陌,坐下一起喝。你那份履历,还得稍等等,今夜文思如泉涌,挡都挡不住。"

那位名字古怪的年轻随从便坐在长凳一端,正襟危坐,接过酒碗,再与那女子剑修微笑点头致谢。

抬碗抿了一口酒水,青衫男子突然眯眼笑问道:"就不奇怪,我为什么突然听得懂你们飞升城的官话了?"

女子笑道:"不奇怪啊,反正已经飞剑传信城内了。"

原来男子剑修问对方喝不喝酒时,故意改用了飞升城官话,而那个青衫客,也真就傻了吧唧上钩了。

陈平安点点头,刑官一脉的剑修,很不错啊。齐狩老兄可以啊。都是做过买卖的过命好兄弟了,想必一定很想念自己吧。

陈平安背后突然响起一个清冷嗓音:"酒好喝吗?"

大概意思,其实是想问他这么闹好玩吗? 你是不是要把四座藩属城池和八个山头都逛遍,才会去飞升城? 那你怎么不干脆去玄都观和岁除宫坐一坐? 反正你朋友多。然后到了飞升城,先在自家酒铺坐一坐,避暑行宫慢悠悠逛一逛,躲寒行宫再看一看?

小陌已经站起身,横移几步。

桌对面那两位剑修面面相觑,然后赶紧起身。宁姚怎么来了?!

然后两位剑修就看到那个青衫客一个抬脚转身再起身,笑着朝宁姚伸出手。宁姚一挑眉头,什么意思?

陈平安微笑道:"收心。"

宁姚瞪眼道:"毛病!"

那俩剑修,还有一拨御剑而至的城池驻守剑修,都有点傻眼,这家伙是不是喝多了某个酒铺的酒水,把脑子喝傻了,敢这么跟宁姚说话? 退一万步说,就算宁姚不砍死你,要是被那个二掌柜知道了,啧啧。

陈平安轻轻一抖袖子,撤掉障眼法,恢复真实面容,抱拳笑道:"诸位,好久不见。"

那拨远远御剑悬空的剑修立即飘落在地,人人抱拳沉声道:"见过隐官!"

也不管宁姚是不是暂领隐官了,反正他们俩是一家人。再说了,不管对那个年轻隐官观感如何,是好是坏,在担任剑气长城的末代隐官这件事上,谁都得认。

一座城池,瞬间剑光四起,与此同时,灯火依次亮起,无比喧闹,一时间闹哄哄、乱糟糟的声响此起彼伏。

"隐官回了!""真的假的?""骗你我就是酒托。""狗日的二掌柜,坐庄捎上我啊。""二掌柜,飞升城里边有人卖假酒,你这都不管管? 我可以帮忙带路。""我早就说了,隐官舍不得咱们这儿的酒水,浩然天下有什么好的,来了就别走了啊。"

也许在飞升城剑修心中,剑气长城的隐官,早已不是萧瑟,甚至不是宁姚,可能从来都只是那个独自站在城头,与整座飞升城挥手作别的不人不鬼的年轻人。那个叫陈平安的家伙,既是外乡人,也是家乡人。

第二章
如此问剑

三人离开这座武魁城,城头上顿时口哨声四起。

有宁姚在怎么了,不还有二掌柜在。

在剑气长城,谁不知道在宁府之外,宁姚还是很给二掌柜面子的,至于回了宁府里边,二掌柜会不会跪搓衣板,关我们屁事。

御风途中,陈平安笑道:"先去伏仙湖那边瞧瞧。"

如今飞升城拥有两座仙家渡口,除了最北边避暑城内的避暑渡,在成为邓凉修道之地的紫府山山脚还有座建造在伏仙湖上的渡口,取名为迷魂渡,一北一南,刚好做两个方向的商贸生意。

避暑行宫,避暑城,避暑渡……取名一事,比较省心省力了。

宁姚板着脸说道:"也没有想出特别好的名字。"

陈平安点头道:"如果好名字太多,确实取舍不易。"

宁姚瞥了眼小陌。

小陌立即解释道:"夫人,公子之所以没有立即去往飞升城,是因为公子由于承载大妖真名一事,加上又与合道所在的半座城头隔着一座天下,故而会被飞升城地界的那份无形道韵天然排斥,甚至被视为某种敌我难测的潜在隐患,若是公子贸贸然进入飞升城,就会被误认为是一场问剑。"

小陌按了按头顶帽子,愧疚道:"这件事,也怪小陌的出身,与公子结伴来此,就像坐实了公子的大妖身份。"

宁姚听得一头雾水。一座飞升城，难不成还如修道之士一样开了窍，生出了一份灵智？就像她背后剑匣里那把仙剑天真的剑灵？只是她作为飞升境修士，为何不知此事？

陈平安便跟着解释了一番，就像他家乡的骊珠洞天，就曾经孕育出一个金色香火小人，当年藏在陈平安背后的槐木剑匣里边，最终交给了杨老头。这等山水神异事，类似修士的元婴，孕育之初，灵智未开，懵懵懂懂，脾气不小，很难分清楚敌我。一方水土养育一方人，飞升城的这位香火小人儿，当然只会脾气更大。

陈平安说道："陈绺应该是唯一察觉到此事的人，他故意不跟你说此事，想必自有考虑。"

一开始陈平安还心存侥幸，总觉得即便飞升城当真有此机缘，短短十几年时间内，也不太可能开窍得如此之快，更多是处于一种酣眠状态，再说了，陈平安还随身携带了那块隐官玉牌，一定程度上可以表明身份，可就算陈平安先前取出了象征身份的玉牌，悬挂腰间，不能说没有效果，只是效果不大。先前和小陌只是靠近飞升城，就让陈平安感觉如同面对一位神到境的武学大宗师，冥冥之中，好像在和陈平安讲个道理：请止步，敢近身，即问拳。

这就意味着陈平安要是硬闯飞升城，就等同于一场问剑。

有小陌在身边，进入飞升城当然问题不大，但是陈平安哪里舍得消耗丝毫"飞升城"的灵智。所以陈平安才打算在飞升城周边地界"混熟了"，再去飞升城找宁姚，而且得在城外打声招呼，解释清楚，再寻个法子，保证不伤及那个虚无缥缈的飞升城香火小人，陈平安才会进入飞升城。正好可以通过一个外乡人的视角拣选三处，看看能否从一些细微处为飞升城查漏补缺。刑官一脉的武魁城，隐官一脉的避暑城，泉府一脉的迷魂渡，他都会走走看看。

宁姚恍然，难怪她之前会心生感应，总觉得哪里不对劲，所以她才御剑升空，巡视四方，于是很快就发现了小陌的身影。

宁姚柔声问道："怎么不早说？"

早知如此，她就不直接在武魁城门口那边现身了，说不定她这一现身已经打乱了他的好些谋划。

陈平安笑道："等我重新跻身玉璞境，情况就会好很多，如果哪天跻身了仙人境，再来飞升城就毫无问题了。"

一个元婴境很难真正压制住那些大妖真名，尤其是如今的蛮荒天下多出了那拨和小陌差不多"道龄"的远古修士，其中有三头大妖的真名，当年缝衣人捻芯就帮陈平安缝制过。

小陌笑道："再过几天，就是浩然天下的立春时节，又正值公子刚刚恢复元婴境，一般来说,应该留在仙都山道场内继续稳固境界,所以这次游历五彩天下是公子临时起意,小陌苦拦不住。"

凭借埋河古碑那道祈雨篇,对结金丹和跻身元婴境两事,陈平安早就熟能生巧。

宁姚瞥了眼陈平安,这么环环相扣的,唱双簧呢,你们俩来之前专门演练过?

陈平安委屈道:"天地良心。"

宁姚问道:"是好事吧? 有无需要额外注意的事项、隐藏的弊端?"

陈平安以拳击掌,神采奕奕,点头笑道:"当然是好事,而且是件天大的好事,没什么后遗症,甚至没有什么利大于弊,就真的只有好处,绝对是一桩让白玉京道士们求之不得的莫大道缘!"

其实被飞升城如此排斥,对陈平安来说自然是一件比较棘手的事情,但是对整个飞升城而言,却是一件了不得的好事。因为这就意味着,飞升城不但已经真正融入五彩天下,甚至得到了这座天下大道的认可,获得了某种"天地眷顾"的青睐。

不同于白玉京和西方佛门只有修士跨过大门进入五彩天下,飞升城的剑修们是带着一整座城池,硬生生斩开光阴长河,"御剑飞升"至此的。

只说一事,便知道这份天道馈赠是怎么个稀罕了,一旦有飞升境大修士想要偷偷潜入此地,就会引发某种天地异象。宁姚只要当时刚好待在城内,就会第一时间察觉到不对劲。

这种玄之又玄的护城大阵,简直就是专门用来针对所有十四境和飞升境大修士的。而且不用消耗飞升城丝毫天地灵气,无须半枚神仙钱。

到了伏仙湖,一同落下身形,陈平安蹲在岸边,一手掬水,凝为一粒碧绿水团,仔细勘察其中丝丝缕缕水运的深浅、流转,再一手拧转,掬了一捧天地气息,清浊混淆,似云雾缭绕指尖。

仙家渡口营建 事最紧要的便是"水文地理",如临水王朝的寻常渡口,都要找深水港,并确定船舶吃水深浅。因为自家牛角渡在内的一系列仙家渡口的关系,陈平安至少能算半个行家里手,他松开双手,抬头环顾四周,一座渡口,没有任何精雕细琢的痕迹,显得极为粗糙。这其实才是对的,确定大方向,搭建框架,一切务实,渡船能停泊能起航就足够了。

如今的飞升城,方方面面还远远没有到要去精益求精的地步,那是至少百年之后才会考虑的事情。

一道剑光划破夜空,飘落在山脚这边,邓凉高高抱拳,朗声道:"见过隐官!"

看着那个青衫男子,邓凉心情大好,这家伙终于回来了。有些事情,邓凉还真要好好和眼前这个家伙吐一吐苦水。

一座飞升城,错综复杂的关系,近年几场祖师堂议事,总是透着一股玄乎劲。

只说避暑行宫,不是暂领隐官的宁姚不好商量,而是太好商量了,无非是一件事情成与不成,绝不拖泥带水。只是习惯了早年避暑行宫的那种氛围,邓凉总觉得少了点什么。

宁姚身为天下第一人,她的境界太高,在修行道路上,一骑绝尘,让所有人都难以望其项背,就像一棵参天大树,树荫满城,其实就算是董不得他们,在内心深处也不会真正将宁姚视为一位身份纯粹的隐官。而宁姚的某些想法,如剑术,如修行,如战场递剑,太直截了当。

以前的避暑行宫,从陈平安到愁苗剑仙,再到林君璧、董不得在内所有人,所有隐官一脉剑修相得益彰,无论性格、出身如何不同,不管是本土还是外乡剑修,只要是一件事被摆在台面上议论,往往是所有人不但可以解决掉眼前事,还可以顺藤摸瓜解决掉同一条脉络上的三五件甚至是所有相关事情。

再者邓凉离乡多年,也想从隐官这边知道一些九都山的近况。

陈平安拱手还礼,笑道:"见过邓首席。"

一起登上前身曾是一处远古遗址的紫府山,来到山巅,陈平安蹲在那块石碑前。

邓凉蹲在一旁,大大方方说道:"别怪我假公济私,这份机缘,我就是抢也要抢到手的。"

陈平安啧啧道:"这话说得,滋味不对啊,就像一坛馊了的酒水,一听就是背叛隐官一脉,投敌刑官了。"

骂骂咧咧,矛头直指刑官一脉的头把交椅:"狗日的齐狩,挖墙脚都挖到我们避暑行宫来了,枉费我一门心思把他当好兄弟。"

邓凉听过就算。

齐狩也是倒了八辈子霉,当年守关遇到了陈平安,然后双方就开始针尖对麦芒了,结果当年驻守城头期间,齐狩又刚好和陈平安、程荃当邻居。

剑气长城有那么几个老剑修,是出了名的天不怕地不怕,程荃肯定算一个,因为跌过境,在拥有一把飞剑兵解、绰号齐上路的老剑仙齐廷济那边,程荃从来都是言语无忌的。

陈平安依旧端详那块碑文,字不多,意思却多,况且碑首、碑身、碑座都是学问,都可以帮助后世推敲"到代",鉴定具体的年份。

陈平安打算离开飞升城之前,一定来这边拓碑一番,回去交给刘景龙研究研究,反正一件咫尺物里边家伙什都齐全的,至多一刻钟光阴就能完工。

陈平安递过去一坛酒,是封姨给的百花酿。

邓凉识货,接住酒坛:"是?"

陈平安点点头:"猜对了。"

邓凉怀捧酒坛,毫不犹豫再伸出手:"再给一坛,我喝一坛留一坛,回头你再帮我捎给九都山祖师堂,有大用处。"

用手肘打掉邓凉的手掌,陈平安笑道:"当了首席供奉的人,脸皮就是不一样。行了,已经帮你预留了两坛百花酿,等我将来游历皑皑洲,就以你的名义送给九都山。"

邓凉是在嘉春六年进入飞升城的,比郑大风差不多晚一年。

邓凉给飞升城的见面礼不轻,带了一大拨九都山特有的山上物资,六十坛秘酿岁旦酒,三百张被誉为绿筋金书的却鬼符,以及八百斤名为重思米的仙家稻。在陈平安看来,如果说酒酿与符箓只算是锦上添花,那些稻米种子却是实打实的雪中送炭。如今紫府山地界和武魁城,已经开始广泛种植这种仙家稻谷了。

许多想法,不谋而合。唯一的问题,还是当下的飞升城一心致力于扩张,对于首席供奉邓凉的一些建议,祖师堂那边不是没有采纳,而是只能暂时搁置,或者说没有给予足够的重视。

这也实属正常,需要做的事情以及手边可以做的事情实在太多,千头万绪。

其实飞升城三脉修士已经做得很好了。

婉拒了邓凉的邀请,陈平安没有去他府邸小酌两杯。如今邓凉也收取了两位入室弟子和一拨记名弟子,算是打定主意要在这边为九都山建立下宗了。

御风离开紫府山,途中宁姚以心声与陈平安言语,陈平安立即让小陌先去飞升城那边,再祭出一把笼中雀。

宁姚脸微红,脱下身上那件法袍金醴,再摘下剑匣,一并交给陈平安,这像一份极为特殊的通关文牒,帮助陈平安进入飞升城。

陈平安只是眼一花,宁姚就已经穿上了一件昔年衣坊制式法袍。

宁姚说道:"不要耽搁修行。"

陈平安笑着穿上法袍金醴,怀捧剑匣。

宁姚说道:"我没跟你开玩笑。"

此情若是久长时,又岂在朝朝暮暮。尤其是对有希望真正做到长生久视的山上修道之人来说,几十年光阴确实不算什么。

陈平安收起笼中雀,点头道:"最近在仙都山修行勤勉得前所未有,就跟当年刚开始学习撼山拳差不多。"

宁姚点点头,说道:"到了家里,我要闭关,不过只要有事,敲门便是,不会耽误我的修行。"

这话说得就很独一无二很宁姚了。

陈平安疑惑道:"怎么又要闭关?"

好像认识宁姚以来,她就只有过两次闭关,上一次就在前不久,宁姚在大骊京城那边,需要稳固飞升境一层的境界。

宁姚看了眼陈平安,欲言又止。

陈平安越发奇怪:"怎么了?"

宁姚以心声说道:"我要为跻身十四境早做准备,道路有了,约莫有两三道门槛需要跨越。"

陈平安抹了把脸,默不作声。

小陌真应该听听,修行万年都还没能真正找到那条跻身十四境纯粹剑修的大道,小陌你惭愧不惭愧?

宁姚嘴角翘起,又迅速压下。

呵。听说某人曾经在托月山那边,向大妖元凶放言一句:"我要是有你这岁数,你都看不见我出剑。"

两人御风速度不快,小陌在飞升城边界上空那边隐匿身形,等候已久。

相对于承载大妖真名的陈平安,飞升城对小陌的警惕和敌意反而不大,这其实和小陌的剑术一脉太过"正统"有一点关系。毕竟真要计较起来,不谈大道根脚,只谈道脉传承,小陌说不定都能和老大剑仙陈清都以师兄弟相称。

宁姚带着两人飘落在家中演武场那边,就自顾自闭关去了,反正某人熟得很。

陈平安已经将怀中捧的剑匣递还给宁姚。

偌大一座宁府,显得越发空旷幽静。少了两位老人,没了一座斩龙崖。

陈平安的那栋宅子,被收拾得干干净净,床上被褥折叠整齐,没有半点腐旧气,应该是经常会拿出去晒太阳的缘故。

对面厢房的一张桌上还有些当年没有来得及雕刻的素章,堆积成山,还有几本册子,上面都是从书上东抄西搬而来的诗词语句。如果晏胖子丝绸铺子的生意多做几个月,估计如今就要多出一本《三百剑仙印谱》了。

当年董不得为自己和两个闺阁好友,向印章生意做得风生水起的二掌柜讨要了三方藏书印,另两位女子剑修便是司徒龙湫和官梅。

董不得出手阔绰,直接给了陈平安一大块名为霜降玉的珍贵仙材,沉甸甸,七八斤重,在浩然天下都是价值连城的天材地宝。按照约定,三方印章之外的剩余边角料,都作为二掌柜的工钱。结果那些边角料,被陈平安雕琢出十二方极小的素章,以飞剑十五作为刻刀,一方私章一枚小暑钱,恕不还价。其中就有那方底款是"观道观道观道"的藏书印,只是如今花落谁家,还是个谜。

若是流落到了浩然天下,一些个眼光独到的有识之士,按照《百剑仙印谱》和《丽剑仙印谱》去按图索骥,勘验无误,确定是真品——如被蒲山云草堂的檀溶檀掌律碰着了——估计哪怕花一枚谷雨钱,只要能买下,都绝对不会皱一下眉头。

陈平安双指捻动灯芯,瞬间点燃桌上一盏灯火,然后坐在桌前,摊开册子,笑问道:"小陌,来瞅瞅,有没有特别想要的印文,我可以送你。"

小陌坐在一旁,接过册子,一页页仔细翻过,停下动作,笑道:"公子,就这句吧。"

陈平安转头瞥了眼书页上边的印文,是那句"清逸之气如太阿之出匣"。哟呵,小陌眼光不错,还挺会挑。

再抬了抬下巴,陈平安从袖中摸出一把崭新刻刀,之前在仙都山道场内修行,闲暇时亲手打造了一把刻刀。"自己挑印章,这份待遇,不常见的。"

小陌起身,挑选了一块个头最高的素章,好似群峰独高,交给陈平安。

陈平安卷起袖子,搓手呵气,做了几个舒展胳膊的动作,重操旧业,就是不知道会不会生疏了。既然是送给小陌的,又不是什么挣钱买卖,就得上点心。

陈平安伏案篆刻时,一间屋内唯有窸窸窣窣的声响。

等到陈平安双指拈起印章,篆刻完数行临时编撰的边款内容,稍微抬高几分,轻轻吹掉印章碎屑,小陌轻声道:"公子,在武魁城和拖月城,暂时都没发现什么异样。"

陈平安只是轻轻嗯了一声,继续埋头篆刻。

先前在武魁城那边,宁姚一现身,陈平安就让他阴神出窍远游,再以阳神身外身赶赴拖月城,查看两城修士的心弦变化。就像一方无形的急就章。

但是此刻安安静静坐在桌旁的小陌真身,却知道自家公子不是真心愿意这么做,而是不得不这么做。而这趟临时起意的出门远游,公子其实并不是放心不下这座朝气勃勃的飞升城,而是放心不下宁姚。

至于原因,公子只说了个古怪的比喻,却没有细说缘由。只说是个很麻烦的猜谜,谜题谜底都给了的那种猜谜。和太平山女冠黄庭在这座天下收取的那名弟子有关。

其实当下宁府,除了宁姚,还有个外乡客人,不是飞升城本土人氏,而是桐叶洲遗民,准确说来,是那些遗民避难进入五彩天下的后代。外乡客人是个小姑娘,出生在五彩天下。故而五彩天下如今是嘉春几年,她便是几岁。

小姑娘是黄庭在这边收取的唯一弟子,姓冯,名元宵,好像因为是在嘉春元年的元宵节这天生的,所以她爹娘就给她取了这么个名字。

黄庭当时没有把她带往浩然天下,而是交给宁姚代为照顾,小姑娘就被留在了飞升城宁府这边。

陈平安起先以为冯元宵会是个类似柴芜的小姑娘,修道资质会好到无法无天的那种。但是宁姚却说,小姑娘修行资质一般,很一般,不过性情憨厚纯朴,很讨喜,如果不是遇上了福缘深厚的黄庭,一般来说冯元宵是不太可能涉足修行登山一事的。

但恰恰如此,反而让陈平安心情不轻松。

修道天才也分几种。宁姚是一种极致。另外一种,就像桐叶洲的黄庭,昔年神诰宗的贺小凉，还有中土神洲那个有"少年姜太公"之绰号的许愿。

小陌突然说道："之前没答应公子去扶摇洲，公子如果生气，就骂小陌几句。"

原来陈平安曾经和小陌商量一事，询问小陌能否走一趟扶摇洲矿脉，去与几位浩然剑仙会合。小陌没有答应，他既然是自家公子的死士，就没有理由离开仙都山地界，他必须寸步不离，跟在陈平安身边。

一旦陈平安的修行出了意外，小陌百死难赎。所以这也是极好说话的小陌，第一次拒绝陈平安的请求。

"你拒绝此事，我当然会有点郁闷，却肯定不会生气。"

灯火下，陈平安神色和煦，显得柔和，他轻轻摇头，微笑道："小陌，相信我，每个人都该有自己的人生，大概好的人生，就是我们能够为自己的人生负责。对吧？"

小陌笑道："公子的道理，想来总是对的。"

陈平安摇摇头，不再言语，等到刻完那方印章，深呼一口气，伸了个懒腰，笑问道："小陌，要不要吃顿消夜？我亲自下厨，尝尝我的手艺？"

小陌笑着点头，诚心诚意道："期待已久。"

"稍等片刻。"

陈平安站起身，熟门熟路去了灶房那边，再从咫尺物里边取出早就准备好的食材，鸡蛋、青椒、葱蒜等。他卷起袖管，系上围裙，放好砧板，摆好碗碟，分门别类，小陌先前只是在灶房门口看着，就觉得赏心悦目。陈平安很快就炒了两大碗蛋炒饭，端去堂屋那边的桌上，和小陌相对而坐，各自吃饭。

陈平安放下筷子，见小陌还在细嚼慢咽，让他慢点吃就是了。陈平安犹豫了一下，问道："小陌，你当年在蛮荒天下，有没有遇到让你觉得特别奇怪的道人？"

小陌咽下一口饭，疑惑道："公子，是说后来的蛮荒天下，而不是旧天庭辖下的人间？"

陈平安点点头："是说后来的蛮荒天下。"

小陌摇摇头："小陌当年受了重伤，在蛮荒天下留下了那几洞道脉，很快就去皓彩明月那边趴窝不动了，不曾遇到什么奇异之人。"

能够让小陌称作"奇异"的道人，被后世尊称为飞升境修士的当然不能算，得是"道士头别木簪"的仙尉这种。

都不说什么蛮荒新王座大妖，即便是旧王座里边，仰止要不是被朱厌救下，小陌当年说砍死也就砍死了。

至于双方冲突的起因也很简单，不过是仰止讥讽了小陌几句，觉得小陌的剑术"得之不正"，不如陈清都、元乡他们这拨人族剑修来得纯粹，而且都不是什么仰止与小陌当面言语，而是一不小心流传开来，被游历途中的小陌听见了，就有了那场问剑和追杀。

没办法，白泽亲自发话，不得不去。不去？白泽就要动手了。远古时代，妖族出身的山巅道士，脾气再好也好不到哪里去。

小陌几个当时是受了重伤的，何况就算没受伤，也绝对打不过那个从不轻易出手，一出手就天崩地裂的白老爷啊。

连小陌在内的那几位同龄道友，就没谁愿意为了一个所谓的养伤而陷入沉睡的，毕竟那种"闭关"就是一场未必有机会醒来的漫长"冬眠"，是真正意义上的"大睡小死"。

小陌小心翼翼问道："公子，是因为飞升城的排斥，想到了什么？"

陈平安嗯了一声，没有任何藏掖，直接跟小陌说出了心中所想："我猜想每一座天下都存在着某种最大的压胜，所以三教祖师这趟各自出门远游，其中很重要的一件事情，极有可能就是分别与之论道。"

小陌笑道："原来公子还是担心夫人啊。"

所谓的谜题，就是那个名叫冯元宵的小姑娘？

至于三教祖师如何，想什么做什么，小陌其实并不关心，自己只是一个飞升境剑修，都还没有到十四境呢，不掺和。

陈平安笑道："算是未雨绸缪吧，不过这类状况，其实没有严格意义上的好与坏，双方都属于应运而生、顺势而起，准确说来，是互为压胜的关系，不是什么非敌即友、非友即敌的关系。"

因为之前在功德林，陈平安听先生讲过一个很有些年头的故事，先生说至圣先师早年游学天下时，路过河边，曾经遇到一个在那边摆渡的老渔翁，双方论道一场，算是各执己见，谁都未能说服谁。总之至圣先师最后没能乘船过河，渔夫独自撑船远去了。

这件看似不大不小的陈年旧事，文庙那边没有任何文字记载，倒是陆沉在杜撰的一篇寓言里边有过描述，好似那位白玉京三掌教亲眼看过一般。

先生绝对不会当着经生熹平的面，故意跟关门弟子随口扯几句老皇历。而当时经生熹平也确实脸色古怪，算是帮着验证了陈平安心中所想。

像蛮荒天下，陈平安猜测斐然这家伙，极有可能就是那个压胜蛮荒老祖的存在。但是不排除还藏着一个更古老更隐蔽的存在，如今一跃成为蛮荒共主的斐然，只是与之相互压胜。

如果是后者，那么这位蛮荒天下的得道之士，比蛮荒大祖，还有白泽、小陌他们都要年轻几分。因为这个存在，只会与蛮荒天下恰巧"同龄"，且一定会与整座天下刚好"同寿"。这位真正属于"天地生养"的修道之士，会与天地同寿，同年同月同日生，同年同月同日死。

而这位几乎可以视为一座天下气运所在的"道士"，与一座天下的修道第一人，双方关系就会变得很复杂、很微妙。若是双方大道背离，就是一场极为凶险的大道之争。

若是双方大道契合，就可以成为名副其实的大道之友。

小陌说道："要是搁在蛮荒天下，不管能否确定这个小姑娘的身份，这会儿肯定已经死了，准确说来，是生不如死，会用某种秘法将其严密拘禁起来，被剥离三魂七魄，至多只剩下一魂一魄，任其转世，免得过犹不及，被一座天下的大道反扑过多，其余的，肯定都要被分别囚禁在天地四方了，下场就像那位兵家初祖的'共斩'。"

陈平安说道："那就各自修行山巅见。"

小陌笑道："碰到公子和夫人，小姑娘真是幸运。"

之后陈平安独自走出宅子，闲庭信步，满天星斗。

陈平安不知不觉就走到了府邸门口那边，坐在小小的门房里。

人生无常，萍踪聚散。

一夜无事。

拂晓时分，门外大街上来了个老金丹，意外之喜，见着了那个二掌柜在门房里边，都不用敲门，立即乐了。

"二掌柜，不当账房当门房啦，罚站呢？咋个回事嘛，一回到剑气长城就这待遇，要不要我去跟宁姚说一声，太不像话，传出去不好听，有损隐官大人的威严。"

二掌柜经常在自家酒铺那边喝了酒就被关在门外，曾有老剑修言之凿凿，说咱们二掌柜可怜啊，大晚上回家，敲门不应，又不敢硬闯，连偷偷翻墙的胆子都没有，就只能在门口台阶上边躺着对付一宿。

二掌柜走出门房，斜靠在门口，双手笼袖，面带微笑。

老修士见机不妙，小跑拾级而上，同时抛过去一壶酒，结果被二掌柜一巴掌拍回："老宋，大清早喝什么还魂酒，一晚上竹夫人没抱够？"

嗯，是真的二掌柜，做不得假了。一般人言语，说不出这味儿。代掌柜说话也风骚，不过跟二掌柜还是不太一样的。

两人一起坐在门外台阶上。这位老宋，当然是早年的酒托之一，是个剑气长城的老金丹了，曾经是丹坊那边的修士，也会帮忙记录战功，好酒，也好赌，酒品真不行，喝高了就一把鼻涕一把泪的，赌术差赌运更差，逢赌必输。说是老金丹，其实不是说他年纪如何大，在结丹之前，也是一位资质相当不错的剑修。老宋还年轻那会儿，即便称不上头等天才，也算是他那一辈里边的俊彦，所以酒桌上，他总说自己少年时的皮囊之好，吴承需、米裕都要甘拜下风。不少上了岁数的元婴境剑修，在酒铺喝酒，也都喜欢喊他老宋。

"隐官大人，打算待多久？"

"又缺钱花了？"

"正谈感情呢，谈钱作甚。"

"老宋，你好歹是个金丹境，就没去刑官一脉那边混个差使？"

"没去，飞升城祖师堂不要，我也没脸在那边落座，你们避暑行宫又不收，我倒是想去，没门路啊，高不成低不就的，就这么混着呗。你是知道的，我对齐狩这种大门户里边走出来的公子哥，怎么看都不顺眼，陈三秋当年就没少被我灌酒。在老鳞城那边捞了个还算有点油水的活计，至少不用看人脸色，可惜手头一有几个闲钱，就全部交给你那个酒铺，每月初来两壶青神山酒水，到了月中，就喝竹海洞天酒，月底再喝那哑巴湖酒水，一个月也就这么过去了。现在的那帮小兔崽子，但凡是个剑修，都不谈是不是什么剑仙坯子了，一个个境界不高，眼睛都长在额头上边，见着我老宋，都不知道约个酒。"

"以前穿开裆裤的孩子，路上见着你不也一口一个老宋。"

"不太一样，具体怎么个不一样，我也说不上来，就是个感觉。"

老宋说到这里，忍不住喝了口闷酒。

"二掌柜，是不是不太好？"

"现在是好事，以后好不好，暂时说不准。"

"那你倒是管管啊。"

"有些事，就只能走一步看一步，不然到头来就是个'如果如何'，一笔糊涂账，满是怨怼。"

"二掌柜，你可别跟我扯这些虚头巴脑的啊，好不容易回来一趟，你可不能……那句话咋说来着？"

"袖手旁观？"

"不是，没这么文绉绉的。"

"是我家乡的那句土话，站在岸上看大水？"

"对头，就是这句。不过用你那边的方言说更顺耳些。"

"一大早跑这儿堵门，不会就为了跟我显摆自己还是条光棍吧？"

"这不是想二掌柜了嘛。"

"老宋，以后你跟冯畦几个再去酒铺喝酒，可以破例赊账，我会跟郑大风打声招呼，但是你们几个记得也别对外宣扬，不然以后铺子就别想开门做生意了。"

"这敢情好。"

"想啥呢，只是赊账，不是不给钱！"

"我懂的，懂的。"

"你懂个屁，月中赊欠，月初还钱。"

"只要能赊账，别说懂个屁，屁都不懂也成啊。这是钱的事情吗，是面子，独一份的！二掌柜，不如打个商量，我那些个朋友就别让赊账了，他们如今有钱，就我一人可以赊账,如何？他们几个演技还差,好几次都差点露馅了,被骂酒托也不是一天两天了,不像我,到现在也没几个晓得咱俩的关系。"

"老宋,你这些年一直打光棍,还被朋友骂比狗都不如,不是没有理由的。"

"不如二掌柜,不稀奇,我认。"

"……"

"二掌柜,咋个被骂不还嘴了,别这样啊,我心里怵。"

老宋的真名,可能除了他那些个老朋友,如今很多飞升城的年轻人都不知道了,听习惯了老宋,也就跟着喊习惯了老宋。其实名字极好,宋幽微。

以前的浩然天下,根本无所谓剑气长城剑修的生死;如今的浩然天下,又总觉得剑气长城的剑修个个都是杀力卓绝、战功无数。

不是这样的。

剑气长城历史上,有很多很多宋幽微这样的剑修,喝酒终难真正快意,赢钱也不痛快。

问题就出在他们这些剑修的本命飞剑之上。比如宋幽微其实拥有两把本命飞剑,又是个金丹境剑修,照理说在剑气长城怎么也不算差了。两把本命飞剑,一把名为龙脉,一把名为镀金,前者能够在大地上牵扯出一条条巨大山脉;后者却是只能在战场上,为一些陷入困境的剑修增加一座防御阵法,就像凭空为剑士增添了一件法宝品秩的救命法袍。所以宋幽微在跻身中五境后,成为金丹之前,只因为那把镀金飞剑,就跌境两次,此生已经彻底无望跻身元婴境了。

像宋幽微这样的剑修还算好了,好歹去城外的战场厮杀过。有剑修的本命飞剑名为织女,剑修几乎一辈子都待在衣坊中,只在年少时曾经去过城头。有飞剑本命神通只与淬炼有关的,便只能窝在剑坊里边,深居简出,几乎没有朋友。更有一些剑修,飞剑的本命神通简直就像一个个笑话,令人哭笑不得,他们就算去了战场,也像一位没有飞剑的剑修,空有境界,却只能以剑坊长剑迎敌杀妖。

只说陈平安带回家乡的那九个孩子,若是剑气长城再打几十年的仗,白玄就会像历史上很多剑修前辈那般,一旦跻身了中五境,就会沦为"只打一架"的剑修,姚小妍即便拥有三把本命飞剑,在剑气长城战场上,除了家族供奉剑师,几乎不可能专门为她配备护道人的,因为完全没必要。

而酒铺当年那个莫名其妙就会写诗的老元婴,一把本命飞剑名为门神,毫无锋芒可言,若是在战场上祭出,剑光极慢,被讥笑为蚂蚁搬家,所以只能用来温养金丹元神,经常也会在其他剑修闭关时帮助护道。所以就有了那个"城内元婴城外金丹"的说法。

他们是剑修吗？当然是,都是。但是剑气长城的剑修认不认？有人可能也认,有人可能不认。

要是双方关系不好,只需随便说一句,你去过战场吗,战功有多少? 让人如何作答?

剑气长城的酒鬼们,未必真的有多喜欢喝酒,只是不喝酒,又能做什么?

老剑修约莫是察觉到二掌柜好像心情不太好,便拍了拍陈平安的肩膀,安慰道:"二掌柜,别生闷气了,不是光棍胜似光棍这种事情,习惯就好,我老宋是啥性格,你还不清楚,是出了名的嘴巴严,不会到处乱说的。"

陈平安大骂道:"老子是在为你那两把破烂飞剑伤感。"

唉,咋个还急眼了。果然读书人就喜欢翻脸不认人。

老剑修爽朗大笑起来。喝二掌柜的酒,挨二掌柜的骂,看二掌柜的拳,都是极好的。

年轻隐官不在飞升城的这么多年,不管是喜欢还是不喜欢二掌柜的,都怪寂寞的。

今年入冬后小雪时分收到飞剑传信,柳质清邀请刘景龙一起问剑琼林宗。

双方约在琼林宗那座藩属门派地界碰头,但是刘景龙离开翩然峰后,就撇开弟子白首,独自御剑前往,让白首按照约定时日到达渡口即可。

所以刘景龙比白首和柳质清都要早了三天,悄然到达墨龙派辖下的渡口,他更换了一身道袍,下榻于一家名为落花斋的仙家客栈。

夜幕沉沉,大雨滂沱中,刘景龙撑着伞,带着一位身形消瘦的少年,轻轻按住他的胳膊,并为他施展障眼法,一同徒步返回客栈。

客栈那边勘验过少年的山水谱牒身份,记录在册后,便为那位云游道人的嫡传弟子新开了一间屋子。

刘景龙送给少年两只瓷瓶的药膏、丹药,一外敷一内服,仔细说了两遍具体如何服药,等到少年说自己已经记住了,刘景龙让那少年只管放心好好养伤,自己就住在隔壁。

恍若隔世的少年颤声道:"敢问仙师尊号?"

刘景龙微笑道:"太徽剑宗,刘景龙。"

刚好窗外雷声大作,在墨龙派山中那处山牢内饱受折磨的少年被吓了一大跳,满脸不敢置信,喃喃自语,反复念叨着太徽剑宗,刘宗主,刘剑仙……

刘景龙弯腰拿起斜靠在墙角的油纸伞,离开屋子之前,问道:"剡藤,会恨那些谱牒仙师吗?"

少年神色黯然,死死抿起嘴唇,想要点头,不敢,想要摇头,又不愿意。

刘景龙说道:"以德报怨,何以报德,不恨才有鬼呢。只是报仇一事,不能着急。"

名叫剡藤的少年死气沉沉的眼中终于恢复些许光彩,他抬起头,看着那个和想象中不太一样的大剑仙,壮起胆子问道:"真的可以报仇吗?"

刘景龙笑道:"必须报仇。"

刘景龙轻轻关上房门之前,笑着解释道:"剡藤,你很快就可以看到杜俞了。"

剡藤恍然大悟,只是很快就又觉得匪夷所思,小心翼翼问道:"刘宗主,杜大哥跟你是……朋友?"

刘景龙摇头道:"我之前并不认识杜俞,不过杜俞有个朋友,是我的朋友。相信我和杜俞也会成为朋友。"

隔壁少年睡得浅,两次被电闪雷鸣惊醒。剡藤坐起身后满头大汗,脸色惨白,环顾四周,有点蒙,好像不敢确定自己是不是在做梦。杜大哥怎么能够认识刘大剑仙那样的天边人物,刘宗主又怎么可能亲自将自己从墨龙派中救出来?

盘腿坐在床上吐纳的刘景龙只是看了眼窗外。于是很快雨就停了,天空再无雷声。

之后大弟子白首几乎是跟柳质清那拨人前后脚进入的客栈,当然都用了化名和障眼法。

太徽剑宗,当代宗主刘景龙,翩然峰峰主白首。

金乌宫柳质清,浮萍剑湖荣畅、隋景澄、陈李、高幼清。

鬼斧宫兵家修士杜俞,以及那个名叫剡藤的精怪少年。

刘景龙笑着主动向杜俞自我介绍道:"你好,我叫刘景龙,跟柳剑仙、荣剑仙一样,都是陈平安的朋友。"

杜俞咽了口唾沫,除了道谢也不知道应该说什么。

白首瞧见了那个安然无恙的少年后,心中还是有些佩服师父的手段的。瞧瞧,姓刘的一出马,啥事就都没有了,不过白首嘴上却是小声道:"姓刘的,你做事情是不是太顾头不顾腚了,就算你捷足先登,成功救了人,确实是不错,可是你就这么留在人家墨龙派的眼皮子底下?江湖演义小说上边说的'最危险的地方就是最安全的地方',你还真信啊?要我说啊,姓刘的你做事情,终究还是不如我那位陈兄弟老到周全。"

刘景龙只是与柳质清和荣畅叙旧,没搭理这个口无遮拦的大弟子,有本事到了仙都山继续这么聊天。

那个神态萎靡的少年见着了杜俞,一下子就红了眼睛,哽咽喊道:"杜大哥。"

当时偶遇,剡藤只觉得对方性格豪爽、言语风趣,一见投缘,杜大哥喜欢自称杜好人。是遭遇了那场劫难后,少年才知道他名叫杜俞,是鬼斧宫谱牒修士。

少年先前一直以为杜大哥只是个喜欢走江湖的山泽野修,兜里没几个钱,在山上混不开,又喜欢行侠仗义,所以连野修都当不好。

杜俞伸手抓住少年的胳膊,笑着颤声道:"没死就好,没事就好。"

不知为何，见着了那位刘宗主，就跟当年待在陈前辈身边差不多，即便是去刀山火海，哪怕置身于龙潭虎穴，好像依旧可以……我行我素。

杜俞再轻轻一拍少年肩膀，疼得剡藤龇牙咧嘴，杜俞藏好眼神里边的愧疚，嘴上大大咧咧笑道："小胳膊小腿的，就是经不起风雨，搁我，这会儿肯定活蹦乱跳的。"

刘景龙之后便向众人大致解释了缘由，说得简明扼要，只说在墨龙派一处牢狱中，顺利找到了这个名叫剡藤的少年，救了出来，再用了一张自己琢磨出来的秘制符箓，李代桃僵，所以墨龙派至今还未察觉到不对劲，不然早就闹开了。

对刘景龙来说，所谓的戒备森严、山水禁制重重，其实也就是三道形同虚设的山水迷障，外加一位元婴境修士的看守，自然是如入无人之境。

至于那位老元婴，当然是范峭的护道人，贵为琼林宗次席客卿，墨龙派的这点小买卖，还不至于让一位元婴境老神仙在这边虚度光阴。先前双方擦肩而过，看对方的样子，还是个极讲究清洁的山上老神仙，偎红倚翠喝酒时，就向两位墨龙派女修士埋怨不休。而刘景龙留下的那道替身符箓，当然不是寻常的傀儡符，不然那位老元婴终究不是个傻子，每天都会巡查牢笼，早就看出马脚了。

刘景龙笑道："把剡藤带出来之后，我先后去见了范峭两次，比较意外，还是一位故意隐藏剑修底细的金丹，不过刚刚结丹没多久，估计这趟出门本意是散心。"

范峭是琼林宗祖师堂嫡传、掌律祖师的得意弟子。如今还不到甲子岁数，是位极为年轻的金丹境地仙，传闻精通符箓阵法，炼化了五行本命物，故而是一位大道前程不可限量的符箓修士。

荣畅打趣道："竟然还是个剑修？这可不太像是琼林宗的作风，看来琼林宗对此人寄予厚望，才会这么藏藏掖掖，是防止被人问剑？"

柳质清松了口气，就像他在金乌宫那边，早早向杜俞明说一事，剡藤性命如何，见到之前，是谁都不好说的。毕竟杜俞第一个找的是自己，柳质清便与刘景龙略显见外地道了一声谢，然后开始掏袖子，作甚，必须是找酒啊。刘景龙赶紧伸手按住柳质清的胳膊，微笑道："就算我不出手，你们也是赶得及的，因为……"

刘景龙停下言语，转头问剡藤道："可以说吗？"

剡藤灿烂一笑："刘先生随便说，又不是啥见不得光的事。"

剡藤还是觉得称呼刘宗主为刘先生更好些，刘先生学问很大的，这两天的朝夕相处，几乎就没有刘先生不知道的事情。

刘景龙这才继续说道："剡藤出身剡溪，那边自古多藤蔓，最适宜拿来造纸，曾是周边数国文书公函的官府用纸，性耐久，百年不蠹，尤其是那种金版笺，便是山上仙师都会用来写信，但是两百年前，剡溪水位骤然清浅，近乎干涸，两岸古藤也就跟着逐渐凋零了。由于原料枯竭，剡纸绝迹多年，一国当地仙师受限于境界，也查不出个所以然，便失去了这笔财源。其实这是剡藤得了一份天地造化，被当地气运无形庇护，所以炼形期间，得山水清气，类似修士闭关，天然封山了，免得招徕觊觎。

"等到剡藤炼形成功，地界自然而然就恢复了山水原貌，而且古藤相较以往越发繁茂，这便是一种大道反哺。剡藤性情纯朴，不愿立即离开，心意是好的，结果就被墨龙派修士盯上了，因为他们发现斩藤造纸，若是再加入几味仙材草木，纸张质地极好，说不定就可以畅销一洲仙府，所以剡藤就被墨龙派视为了一棵摇钱树，拿去给范峭邀功，这也是为何剡藤有此劫难，范峭又为何会势在必得，不惜大费周章的同时，又暗中留下剡藤的性命，就是在等剡藤低头服软。剡藤在牢狱内，让范峭发誓，放过杜俞和鬼斧宫，才愿意返回剡溪，范峭觉得此事太过丢人现眼，甚至都不愿意随便假装发个誓蒙骗剡藤，觉得只要抓住了杜俞，就可以一劳永逸，由不得剡藤不配合。鬼斧宫那边，我已经让我们太徽剑宗的一位剑修候着了，只等琼林宗修士去兴师问罪。"

刘景龙娓娓道来，说得极为细致，但是没有谁觉得刘宗主说得絮叨。

陈李默默记住了那个名叫范峭的琼林宗谱牒修士，呵呵，半百岁数的金丹境剑修，天才得很哪，毕竟结丹一事，比自己不过晚了约莫三十年嘛。

好人做好事往往没有理由，聪明人做坏事倒是目的明确、脉络分明。

陈李望向那个少年，轻声笑道："剡藤，按照你们那边的地方县志记载，剡纸里边还有种失传已久的捶冰纸，比那金版笺材质更好，以后我能不能向你预定一百刀那种纸？"

剡藤神色腼腆道："多少都成！"

高幼清小声问道："陈李，你怎么知道这些的？"

陈李斜眼望去："你觉得呢？"

高幼清笑了笑，是自己问了个傻问题，不能怪陈李没耐心。

除了修行一事，陈李这些年在浮萍剑湖翻遍了宗门档案不说，还专门恳请那些师兄师姐，帮忙收集、归拢北俱芦洲历史上的山水邸报、王朝官史档案，以及各地地方县志。

练剑之余，便是看书。陈李也不觉枯燥，修道日子过得像是个老人。

二十多个留在浩然天下修行的剑仙坯子中，便是自认"我俩徒弟天下最好"的谢松花都不得不承认一事，真要论资质、天赋、心性、机缘的话，陈李哪怕是在剑气长城，在齐狩、庞元济之后的剑气长城最年轻一辈剑修当中，一样当得起"领衔"二字。所以陈李当初没有留在剑气长城，不曾跟随飞升城去往崭新天下，对于如今的飞升城而言，也是一桩不小的遗憾事。至今老人们还会时常提起陈李，言语之中，满是惆怅，不然陈李在飞升城祖师堂，肯定会有一席之地。

只是陈李跟随郦采去了那座北俱芦洲，倒也不差。其佩剑晦暝曾是一位私宅主人的遗物，而私宅上一任主人刚好是一位北俱芦洲的散修剑仙。至于陈李的那把本名飞剑瘟疬,神通玄妙,避暑行宫评点为乙上品秩,据说这还是隐官大人刻意压低了品秩。

可惜当初未能去往避暑行宫,在那位年轻隐官身边耳濡目染,不然陈李的"小隐官"绰号,就更名副其实了。

荣畅问道:"那咱们这就动身去往琼林宗?"

陈李说道:"荣师兄,我们住一两天再走不迟,不然我们人太多,太显眼了。反正琼林宗的祖师堂又不会长脚跑路。"

杜俞已经近乎麻木了,见怪不怪。

好人前辈怎么认识这么多的山上朋友。

临近渡口时才知道这位和颜悦色的荣师兄,竟然是浮萍剑湖郦采剑仙的开山大弟子。

大概我是陈剑仙认识的朋友里边最没出息的一个?不用大概,肯定是了。这么一想,杜俞非但没有羞愧,嘿,反而挺自豪的。

两袖清风琼林宗,天下无敌玉璞境。

北俱芦洲的琼林宗可谓名动天下,更是被誉为"被问剑次数最多"的宗字头门派。历史上大大小小的问剑,不下百次。不过许多所谓的问剑也就是远远亮起一道剑光,遥遥砸在琼林宗的山水大阵之上。而且只有九次砸中了祖师堂,三次真正打碎了祖师堂,其中就有昔年猿啼山剑仙嵇岳的一剑。

琼林宗始终屹立不倒。难怪琼林宗宗主娄貕有底气与一洲剑修放言,我要以一宗战一洲!剑仙于我是浮云!

至于到底是不是娄貕亲口所说,还是有人代劳,帮着娄宗主道出心声,重要吗?不重要。

反正传闻连咱们那位德高望重的火龙真人,早年走在百泉山上,都要抚须颔首,由衷称赞一句"好强"。

琼林宗有钱。有钱是真有钱。只说那处经常有修士订立生死状的砥砺山,附近有个近水楼台先得月的百泉山,最适宜修士观战,大如小国山岳,琼林宗不但买下了整座山头,还在那边开辟出千余座仙家洞府宅邸,只租不卖,有点类似玉圭宗的云窟福地,财源滚滚,细水长流,一笔笔神仙钱都落入了琼林宗的口袋。单笔神仙钱,并不起眼,可累积在一起,就极为可观了,而且越是长租,价格反而越昂贵。

基本上北俱芦洲排得上名号的门派、修士在百泉山上,都会有一两处私宅。不少山泽野修,更是如此。

不问姓名,也无须与琼林宗报备来历根脚,只需一个化名、一袋子分量足够的神仙钱,就可以得到两块玉牌,用来登山和开门。琼林宗驻守修士,历来只认玉牌不认人。

再加上那边的镜花水月已经营千年,使得一座百泉山,天地灵气之充沛,护山大阵之坚固，已经完全可以媲美一洲大国五岳。

此外担心被问剑，断了财路，一些个占地最好、最宜修行的风水宝地，都被琼林宗无偿送给了一些老仙师，所以山上常年会有数位老仙师坐镇各自府邸，他们只需要在修行期间，可能是十年，至多二十年，帮忙挡下那些毫无征兆的问剑即可。

琼林宗娄藐，指玄峰袁灵殿，二郎庙袁鞅，北俱芦洲的这三位玉璞境，能随便打个中土神洲的仙人。这是"一洲公认"的事情。

据说最早是姜尚真提出来的，一下子就传遍了北俱芦洲。姜狗贼难得说句人话。

刘景龙说道："问剑一事，人不用多，质清、荣剑仙，加上我就够了。你们几个，就留在琼林宗的那座铜钱渡，不用跟随我们登山。"

白首白眼道："嫌弃我们境界低拖后腿，就直说。"

柳质清已经开始跟荣畅喝上酒了，刘景龙视而不见，约莫是瞧不上两人的酒量吧。

刘宗主的酒量到底是怎么个深不见底，别说如今的北俱芦洲，就是剑气长城那边，谁人不知谁人不晓。

在这件事上，金乌宫柳质清、浮萍剑湖郦采、老匹夫王赴愬，还有最早云上城的徐杏酒，人人有份，都有功劳。至于那个罪魁祸首，如今忙着在桐叶洲那边筹建下宗呢。

陈李犹豫了一下。

刘景龙笑问道："陈李，是有什么建议？"

陈李腼腆一笑："那我就随便说几句。"

陈李一挥袖子，水雾朦胧，最终出现了一处琼林宗地界的堪舆图，他指了指祖山半山腰处："刘宗主，我就是有个猜测，这座琼林宗祖山，自半山腰的这座泉涌亭起，我觉得就是一座迷阵，邻近祖师堂处的这条白蛇径，又是一座山水阵法，故而历代外乡剑修与之问剑，看似破开了山水禁制，即便剑光成功落在祖师堂上边，最终一剑搅烂祖师堂，其实皆是落了空。

"琼林宗才有了那个'纸糊的山水阵法，流水的祖师堂'一说，往往过不了两个月，琼林宗就能重新建造出一座崭新祖师堂。在我看来，并非是外界传闻的琼林宗财大气粗，什么唯手熟耳，当然琼林宗肯定不缺这个钱，可以是可以，但是这种勾当，根本不符合琼林宗修士的性格，所以极有可能，外人眼中的祖师堂，就只是个高明的障眼法，真身是一处螺蛳壳道场，故而剑光打碎的，就只是个空壳子。

"所以刘宗主你们这场问剑，如果只是想要个面子，大不了跟以往剑修一样，站在临近山巅，朝那琼林宗祖山遥遥递出几剑，也算让琼林宗颜面扫地，可如果希望问剑在实处，不但要登山，路过泉涌亭，还要小心山水迷障，之后走在白蛇径上，亦是同理。

"像我师父说的那样，潜入祖师堂附近，想要做到神不知鬼不觉，其实难度很大。"

刘景龙微笑点头，不愧是剑气长城的小隐官。

陈李说中了七八分。光是凭着一份四处拼凑而来的堪舆图,就推断出这些,已经很难得了。

再看看自家那个正忙着偷偷喝酒的大弟子,刘景龙便有些无奈,这么喜欢喝酒,到了仙都山,跟某人好好称兄道弟喝一场。

高幼清听得聚精会神,虽说陈李在她这边从没个好脸色,但是习惯就好呀,师父说啦,陈李就是个面冷心热的。

杜俞听得大为叹服,这位小剑仙,瞧着年纪不大,江湖经验十分老到啊。

陈李试探性问道:"刘宗主,我能不能不报名号,偷偷与那范峭问剑一场?"

刘景龙点头道:"你与范峭问剑过后,我可以让这个消息近期之内传不到琼林宗去。用某人的话说,可问可不问的剑……"

陈李立即心中了然,笑着接话道:"我辈剑修,先问再说!"

刘景龙提醒道:"前提是打完能跑,最好是尽量做到不露痕迹。对了,别杀人,以后有的是机会。"

陈李沉声道:"懂了。"

刘景龙突然笑问道:"陈李,如果我没有记错,这是你在浩然天下的第一次问剑吧。选择与范峭问剑,不会觉得别扭?"

陈李摇头道:"这有什么好别扭的,只要我不高过对方境界,跟谁问剑不是问。"

我们隐官大人,都能身穿女子衣裙去战场厮杀,身姿婀娜,花枝招展,娇叱几声,也没觉得有丝毫别扭啊。一想到这种事情,陈李便只觉得隐官大人真是高山仰止,他这辈子都难以企及了,只求在登山途中,自己能够依稀看到隐官大人的那个青衫背影吧。

陈李突然闭上眼睛,祭出飞剑,却只是游弋去往一处邻近的本命窍穴,陈李的一粒芥子心神沉浸其中。片刻之后,陈李睁开眼睛,问剑完毕。

本命飞剑寤寐,醒时为寤,睡时为寐。

陈李没下狠手,只是往那个范峭身上戳了几个小窟窿。因为他对于这把本命飞剑的炼化,远远称不上"大成"。

之后一天晚上,范峭又挨了一场问剑。

都是一个眼花,便有一位面容、身形缥缈不定的剑修,毫无征兆地出现在眼前,再戳他几剑,范峭毫无还手之力。而那个老元婴境的护道人,竟然根本就见不着那个剑修。

不说范峭,就是那个老元婴都被吓得肝胆欲裂。到底是哪位与琼林宗不对付的上五境剑仙,好意思如此阴魂不散,纠缠一个金丹境晚辈?!

至于从墨龙派寄给琼林宗的先后两把传信飞剑,都悄无声息跑到了刘景龙袖中,会稍晚一点再寄给琼林宗祖山。

之后一行人动身去往琼林宗。

陈李他们留在了铜钱渡口。刘景龙三人去往琼林宗祖山,外乡游历之人,需要在半山腰的泉涌亭止步。

可其实一登山便是学问。因为柳质清和荣畅惊讶地发现,视野模糊的山水朦胧中,好像又有三人,就走在了旁边道路上,他们三人与"自己"愈行愈远。

好个琼林宗,竟然几乎是砸钱砸出了两座虚实无比接近的祖山。

在真正的祖山登山神道,刘景龙手持符箓率先开路,而且每一步皆是画符,柳质清和荣畅就像走在一座符阵之中。

刘景龙只是在涌泉亭和白蛇径某地驻足片刻,很快就带着身后两人继续"散步"。

一行人很快就来到了那座祖师堂外。

荣畅忍不住以心声问道:"是这里了?"

刘景龙开口笑道:"不用心声也是可以的,琼林宗修士听不见。"

柳质清问了句题外话:"刘景龙,你跟我说实话,与剑修之外的仙人对敌,你需要递出几剑?"

结果刘景龙笑道:"不好说,又没跟仙人打过。"

柳质清一时语噎。

刘景龙说道:"这次问剑,不宜太过打草惊蛇,因为陈平安下次游历北俱芦洲,一定会亲自走一趟琼林宗,他有件私事要聊,所以我们砍完这座祖师堂就撤退,就不与琼林宗修士问剑了。"

柳质清气笑道:"就这么个祖师堂,杵在原地任由我们砍,我们跟樵夫砍柴有什么两样,也算问剑?"

刘景龙无奈道:"怪我?"

荣畅放声大笑,柳剑仙忒矫情,我可是无所谓的,他立即祭出本命飞剑,朝祖师堂就是一通乱砍。柳质清只得跟上。

刘景龙倒是没有递剑,只是一手负后,抬起一手,指指点点,留下了一道符箓,再指着地面,最终留下了两符两句话:头顶三尺有神明。回头再来场问剑。

三位剑修原路返回,只留下一座彻底沦为废墟的祖师堂。

刘景龙让柳质清和荣畅停步,下一刻挪步,他们就与泉涌亭"三人"身形重叠,不少修士都在此扎堆眺望景色。

随后便有轰然一声,惊心动魄,声势之大,如耳畔打雷,只是修士们四处张望,却不明就里,整座琼林宗祖山和邻近诸峰,分明都毫无异样,到底是哪里传出的动静?

刘景龙三人便夹杂在山道人流中,潇洒下山去了。

他们还在铜钱渡那边逗留了两天,这才一同慢悠悠乘坐渡船去往中部济渎,逛过了大源王朝京城和水龙洞天,这才分道扬镳。

刘景龙带着弟子白首坐上了那条风鸢渡船,杜俞和剡藤暂时跟随荣畅他们去浮萍剑湖,柳质清要沿着那条大渎一路游历。

在渡船上,白首和白玄是熟人,相谈甚欢,还要加上那个二管事贾晟。

刘景龙按照陈平安在信上的叮嘱,找到了那个名叫柴芜的小姑娘,取出两张符纸,放在桌上,让柴芜自己学画符。

柴芜画得一丝不苟,反正就是依葫芦画瓢。

白玄看得哈哈笑。这个草木丫头,鬼画符呢。

小米粒端坐在一旁,为柴芜轻轻鼓掌。

刘景龙看了眼一粒符胆灵光,心中有数了,笑问道:"柴芜,想不想学画符? 只要不耽误主业修行,就艺多不压身。"

柴芜点点头,说道:"如果刘宗主愿意教,我当然愿意学,不过我的修行资质不太好。"

刘景龙忍不住问道:"为什么会觉得自己的修道资质不太好?"

柴芜有些难为情,摇摇头,不说话了。

陈山主曾经亲自教了两次,以后都不稀罕找自己了,只让小陌先生代劳。

也没啥,自己在渡船上边蹭吃蹭喝,每天一斤酒,还是山上神仙老爷们才能喝得上的仙家酒酿,那滋味,比起山下酒铺的劣酒,不那么像是喝刀子,而且余味长,所以做人不能不讲良心,得念那位陈山主的好。

再说了,别看周护法平时瞧着迷迷糊糊的,聪明着呢,记性好得很。落魄山上上下下,里里外外,右护法啥都记得,啥都知道。所以周米粒知道的事情,基本上就是陈山主知道的事情。

风鸢渡船一路跨海南下,即将进入宝瓶洲陆地。

这天夜幕里,刘景龙与米裕站在船头,小米粒也就没有继续巡夜,担心打搅余米和刘先生聊大事哈。

她在自己屋子里边趴在桌上,扳着手指头数日子呢,啥时候才能路过落魄山,什么时候再到达仙都山。

等到米裕走后,刘景龙独自站在栏杆旁,想起一事,陈平安在信上反复叮嘱。关键是那封密信还设置了一道自己教给陈平安的独门禁制,陈平安在"第二封"信上提醒他,一定要偷偷摸摸跻身仙人境,不要大张旗鼓对外宣扬,如果可以的话,在祖师堂内部都不要提。尤其是要小心北边那个大剑仙白裳。不是信不过太徽剑宗的剑修,而是言者无意,听者有心,你刘景龙的那把本命飞剑,实在太特殊了。将来等你下次闭关,试图跻身飞升境,我来太徽剑宗,帮你守关……刘景龙要是剑气长城的本土剑修,在避暑行宫的册子上边,他的本命飞剑必然是甲上品秩!

而陈平安自己的那两把本命飞剑笼中雀和井底月,才是甲下与甲中。

当然剑修飞剑的品秩是可以提升的,并非一成不变。

刘景龙会心一笑,自言自语道:"真是比我还婆婆妈妈了。"

他那把飞剑的本命神通是规矩。就像现在,刘景龙目之所及,皆是规矩天地所在。

风鸢渡船路过长春宫渡口上空时,刘景龙悄然御剑下船,要去趟大骊京城,在一座仙家客栈,他见着了那个韩昼锦,刘景龙自报名号。结果那个韩昼锦就给了刘宗主一个措手不及。刘景龙只得向她反复解释,我不喝酒。

最后渡船那边,发现赶上风鸢重新登船的刘剑仙杀气腾腾,一副要与人问剑的架势。

第三章
龙门对

　　清晨时分，陈平安伸手攥住袖中那块隐官玉牌，缩地山河，一步就来到避暑行宫门外台阶上，跟以往一天到晚大门紧闭不一样，现在避暑行宫有点衙署的意思了。

　　不同于那些藩属城池，此地没有门房修士，有事登门，并无妨碍，只是别闲逛就是了，有事说事，谈完就走，干脆利落。要让隐官一脉剑修拿出酒水待客，就别想了。

　　早年的避暑行宫，除了老大剑仙，便是陈熙和齐廷济都没办法跨过大门。宁姚在飞升城落地，暂领隐官一职之前，从不曾踏足避暑行宫。

　　一大早范大澈就在打扫庭院，肩膀被轻轻一拍，有人笑着喊道："大澈。"

　　范大澈听到嗓音这么熟悉的一声称呼，差点没当场落泪，转过头去，喊道："隐官大人。"

　　陈平安轻轻拍了拍范大澈的胳膊，说道："我们边走边聊。"

　　其实如今隐官一脉的大致情况，先前都已听宁姚说过，只是范大澈显然说得更仔细些，陈平安就耐心听着。

　　第一拨进入避暑行宫的五位年轻剑修，都是资质极佳的剑仙坯子，哪怕他们如今还不是金丹境剑修，可他们在成为隐官一脉剑修之前，就已经在飞升城祖师堂里边，各自拥有了一把座椅。没过几年，这拨少年少女，陆陆续续就都正式成了隐官一脉。

　　如今飞升城的金玉谱牒，除了修士各自的师传，可以分为祖师堂嫡传、刑官在内三脉修士，以及飞升城外的四城八山十二处藩属势力，例如首席供奉邓凉占据紫府山，这位玉璞境剑修就等于有资格开峰建府了，可以传下自家道脉。当然一位修士可以兼具多重身份。

在那五位天才剑修之后，避暑行宫又收取了一拨成员，依旧都是些资质不错的少年少女，不过他们暂时都还只能算是候补，还需要按例考察三到五年，这是当年林君璧联手宋高元订立的一条规矩，类似山下世俗官场的新科进士，会在各个衙门"行走"，作为正式补缺之前的历练，却不是所有候补可以成为真正的隐官一脉剑修，一些个最终未能成为正式成员的剑修，就去往避暑城，在董不得和徐凝手下当差。肥水不流外人田嘛。

陈平安点头道："在这件事上，隐官一脉确实有掐尖的嫌疑。"

范大澈笑道："隐官大人，飞升城没谁好意思跟我们争抢的，再说了，对于那些年纪小的剑修来说，成为我们隐官一脉剑修，当然是毋庸置疑的首选。如果不是咱们这儿门槛太高，今天避暑行宫剑修人数至少翻一番！"

陈平安问了一连串的问题："外边就没有些风言风语？有没有谁对隐官一脉剑修的行事风格指手画脚？避暑行宫就没有为那些说公道话的家伙，单独开个账簿？"

范大澈赧颜一笑："闲话也有些，只是不太多，我们就都没有怎么计较。"

陈平安拍了拍范大澈的肩膀："大澈啊，你们还是老实。"

现在隐官一脉剑修主要就是负责三事：监察、搜集谍报、培养死士。全权负责避暑城的大小事务。

今天留在避暑行宫的剑修其实不到半数。

罗真意和范大澈这些年一直负责避暑行宫的日常事务。

王忻水和常太清负责各类情报的收集、筛选和勘验。董不得如今是避暑城的城主，徐凝是副城主，需要每天按时点卯，培养谍子和死士一事，也落在了避暑城。

顾见龙还在外边游历，作为隐官一脉的护道人，和刑官一脉剑修同行历练，各自带着一拨年轻剑修，在一处立碑的遥远飞地。

那五个飞升城祖师堂嫡传剑修如今也分散四方，各司其职，在外历练。

避暑行宫大堂门外，挂了一副楹联，是那种不太常见的龙门对，以神意古拙的碑楷字体写就：

千古风流，得山水岳渎造化清气，山高水深剑气长，唯我剑光似虹，蛮荒天下对此俯首一万年

一城独高，极天地日月乾坤大观，天宽地阔酒味足，吾乡剑修如云，同浩然九洲分出两种剑修

范大澈会心一笑。这副楹联自然是我们隐官大人的手笔。

据说当年战事间隙的一次年关时分,愁苗剑仙邀请隐官写一副对联,隐官不肯,说是自己的字写得不行,结果就连郭竹酒领衔的四大护法都一并倒戈了,隐官就只肯口述内容,让愁苗和林君璧代笔,分别写上下联,结果还是不成,最终就有了这副后来在飞升城老幼皆知的楹联。

便是那些对隐官观感不好的本土剑修,对这副楹联也挑不出半点毛病,只得捏着鼻子说一句:"那个狗日的,都没有这么贴心,难怪老大剑仙会让这家伙当隐官。"

陈平安跨过大堂门槛,进入那座再熟悉不过的大堂,座位几乎没有什么变化,依旧是一张小几案,一张蒲团,至多就是换了主人,几案之上,文房四宝、书籍公簿各凭主人喜好随意摆放。

陈平安没有坐在主位上,挑了那个曾经属于林君璧的位置落座。

看几案上边的摆设,应该是顾见龙的位置,两部剑谱,数方印章,还有凭借战功从行宫财库里边换来的一件文房清供。

罗真意和王忻水、常太清闻讯赶来,三个早年避暑行宫的年轻人,如今都算是隐官一脉的"老人"了。

看到那一袭青衫,罗真意愣了愣,她很快就恢复了神色,面带微笑,抱拳道:"见过隐官。"

王忻水和常太清同样笑着抱拳,自然而然就喊了声"隐官"。

就算宁姚在场,估计也是如此。

陈平安笑着摆手道:"闲人一个。"

昔年四大狗腿之一的王忻水,热泪盈眶,脚步一滑,就坐在隐官大人身边开始嘘寒问暖,结果被陈平安一巴掌推在额头上,王忻水悻悻然返回自己座位。

常太清问道:"隐官大人,要不要把董不得他们都从避暑城喊过来?"

陈平安笑着摇头道:"不用。"

罗真意几个各自落座,她那张几案上边摆放了一盆蜡梅,裁剪得当,挨着一盆青翠欲滴的菖蒲。

当下留在避暑行宫里边的剑修几乎都是十几岁的少年少女,犹然面带几分稚气。这会儿一个个拥堵在门口,瞪大眼睛,仔细打量起那个传说中的隐官大人。

陈平安当酒铺二掌柜的时候,他们年纪还小,多是下五境剑修,当然不可能去酒铺喝酒。陈平安成为隐官之后,除了去战场,就都待在避暑行宫里边不露面。何况年轻隐官每次赶赴战场,花样百出,谁认得出来?

要不是陆芝说漏了嘴,谁敢相信,那位让多少光棍心心念念的"陌生女子",竟然会是二掌柜?!

故而如今泉府一脉的修士间,便流传着一句脍炙人口的至理名言:确实没理由为了点脸皮,连破烂都不捡钱都不挣了。

但是其中两个少年,倒是曾经远远见过二掌柜跟一个外乡女子武夫问拳,反正就是一拳就倒怜香惜玉呗。至于更多门道,他们又不是纯粹武夫,也看不出啥。不过当年大街上,喝彩声震天响,尤其是二掌柜被人一拳撂倒,所有观战和押注的,就跟打了鸡血似的,使劲吹口哨,尤其是那个郭竹酒,还曾在墙头一路敲锣打鼓。

罗真意瞥了眼门口:"都回去做事。"

看得出来,罗真意如今作为避暑行宫境界仅次于宁姚的剑修,加之又管着日常事务,还是很有威严的,那几个少年少女立即散开,各自返回衙署公房处理事务,只是年轻剑修们一路上兴高采烈,议论纷纷。如今的避暑行宫,麻雀虽小五脏俱全,设置了诸多司院,监察司、斩勘司、簿录处、秘档房、赃罚库等,不过往往一处衙署就只有一间屋子,除了规模最大的监察、斩勘两司,其余公务衙屋里边当下都只有一人。

一位少年剑修回到衙署公房,他因为做事情细致,又出身玉笏街,自幼读书识字,所以如今管着档案房,屋内书架贴着三面墙壁,书籍册子层层叠叠堆积到屋顶,数以千计的纸条、便笺,夹在一本本书里边,都是同一种字迹。

如果说避暑行宫大堂那副楹联,像是一个酒鬼微醺后的字迹,看似古拙,实则锋芒毕露、意气风发,那么这些便笺上边的小楷文字,写得就像是一个从不喝酒的永远清醒之人,一丝不苟,从不出错。所以原本可以进入斩勘司的少年剑修主动要求在此办公,成天和秘录档案打交道,成了个不太有机会外出历练和向谁递剑的文簿先生。

大堂那边,陈平安拿袖子擦了擦几案,随口笑道:"城外紫府山在内的那八座山头,刑官五泉府三,就这么瓜分殆尽了。咱们应该至少占两个位置的,哪怕被骂成是蹲着茅坑不拉屎,都是无所谓的事情。

"祖师堂议事的时候,一开始可以直接开口要三个,这种事情宁姚当然不好开口,但是你们,比如让范大澈打头阵,王忻水跟上,再让顾见龙说几句公道话,最后拿下其中两个山头,无非是从刑官、泉府两脉各自拿出一座,我想问题不大,四二二的格局,当是齐狩和高野侯心里的底线,差不多就是这样。

"那八处山头,不同于避暑、拖月、武魁这样的藩属城池,后者想要运作得当,不出纰漏,就得拿出相当数量的剑修去分心庶务,但是紫府山这样的风水宝地,除了构建出第二座护城大阵,更像是修道之地,不会分摊掉隐官一脉太多的人力,何况以后避暑行宫剑修多了,就能多出两个道场,将来两位元婴境剑修的炼剑修道就有着落了。"

罗真意一个没忍住:"不早说?"

陈平安双手笼袖,笑呵呵道:"你当我是未卜先知的算命先生啊,还是我拿头撞开五彩天下啊,再扯开嗓子给你们打招呼?"

罗真意吃瘪不已。常太清忍住笑。

陈平安伸出一只手,手指轻轻敲击几案,缓缓道:"有个建议,你们听听看。隐官一脉,可以单独开辟出一座城池,我们自己掏钱就是了,不用跟泉府一脉开口要,当然了,人家主动愿意给,也别客气。这座城池规模越大越好,可以建造在避暑城东北方八百里外的大、小龙驹坳,避暑行宫里边,除了几个关键位置上的剑修,可能都需要把手头事情暂且放一放了,当然能够兼顾最好,去……抢人。"

常太清立即精神一振,说道:"要抢多少?"

陈平安继续道:"争取在三五十年内,从扶摇洲和桐叶洲手中抢来六十万到一百万的人口,这里边有没有练气士不重要,至于建造新城池,有先前避暑城的经验在,想必不用外人帮忙,但是牵引人流,南北两股,没有一百位剑修的保驾护航、帮忙开道,很难保证不出现意外。这期间需要动用大量的仙家渡船,以及两条稳固的航线,制定详细精准的堪舆路线图,设置一连串的沿途驻点,肯定要刑官和泉府两脉配合,不过记住一点,他们只是配合我们,以及……"

王忻水嘿嘿笑着接话道:"没有报酬!"

罗真意一挑眉头:"谈什么报酬,涉及飞升城的千秋大业,本就该精诚合作。"

"抢人一事,什么练气士都不用当个宝,顺带有是最好,没有也无所谓,唯独要抢那些农家修士,我知道他们现在金贵得很,各方势力都尊奉为座上宾,未必愿意刚刚落脚就长途跋涉,背井离乡,所以打闷棍套麻袋都没问题,既然先礼后兵是做不到了,先兵后礼就是必需的了。我们隐官一脉,可以专门给这些修士承诺给予供奉、客卿身份,这拨农家练气士的数量至少得有个二三十人,多多益善。

"要早早跟他们做出约定。首先,除了保证他们的个人利益,还可以允许他们带人一起离乡赶赴新城,可以是亲人家眷,也可以是嫡传弟子,你们给个类似避暑城户籍的身份,即便未来脱离户籍了,各自重返故地,也可以视为一种特殊关牒,可以'世袭'三代,意思就是说他们的子孙后代,将来凭此关牒,在差不多百年内可以自由出入避暑城在内的飞升城所有藩属之地。"

王忻水点头道:"要让五彩天下所有人,都觉得获得飞升城给予的户籍和颁发的关牒是一种殊荣,这本身就可以招徕外乡人来此扎根。

"其次,甲子之内,飞升城修士必须在规矩框架之内,给予他们足够的尊重,六十年期限一到,如果他们还是要走,绝不强留,该给钱给钱,不用犹豫,就当是好聚好散,双方余着一份细水长流的香火情。

"所以他们如果离开飞升城后,想要回去开山立派,或是在各个新王朝、藩属国谋求个官场身份,我们可以帮衬一把。例如避暑行宫一脉的剑修,甚至可以担任一定年份的供奉、客卿,切记,一定要约定好年限,不然就显得太过不值钱了。如此一来,这拨农家修士就没有了后顾之忧,飞升城甲子之行,可以成为他们的一笔珍贵资历,本是强扭瓜的一场买卖,反而让人越嚼越甜。"

听到这里,罗真意试探性问道:"若是我们暗中找到那些农家修士的山头势力,打个商量,会不会都不用我们抢人了? 说不定很多势力,都愿意上竿子求着要与我们合作,因为避暑行宫目前收集而来的各路谍报显示,南北两处的农家修士,或练气士主动或被人授意,都开始放低门槛,大肆收取弟子,何况成为农家修士的门槛本就不高,以前在蛮荒和浩然天下,只是因为地位低、收益小,才没人愿意成为农家子弟,今时不同往日,地位一高,收益就多,所以隐官大人所谓的二三十人,其实不多,说不定我们找到两三个门派,就有了。"

现在就是个傻子,也知道飞升城在这座五彩天下到底意味着什么,不然也不会有人挖空心思在那边瞎猜,到底是成为浩然天下的中土文庙,还是青冥天下的白玉京。

陈平安犹豫了一下,似乎有些顾虑,不过最终还是点头道:"此事可行,你们抓紧制定出个大致章程。"

罗真意想了想,承诺道:"我在一天之内就可以拿出个草稿方案。"

可惜林君璧他们不在,不然罗真意会更有底气。

文人清高,书生气重,总觉得做得了天下事,其实甚至做不了几件手边事。

当年林君璧、曹衮这几个浩然剑修,虽然年轻,但是在经济一途却无比熟稔。

常太清立即意识到一个潜在隐患,问道:"如果只是打闷棍抢人,问题不大,可要是与那些山下王朝、山上势力牵扯太多,我们避暑行宫难免会沾惹太多是非,会不会影响隐官一脉在飞升城的超然地位?"

虽说常太清跟罗真意是一个山头的,但是事关重大,常太清绝不会因为私谊而有所保留。何况避暑行宫早有默契,对事不对人,既然没有谁可以不犯错,那么谁都可以为他人查漏补缺。

陈平安点头道:"当然会。一旦掌握不了分寸,我们就会得不偿失。如果将来某一天,飞升城和所有藩属势力,从以往至多质疑隐官一脉剑修的赏罚力度、出手轻重可能是有一定问题的,变成习惯性质疑隐官一脉该不该对某人出手,就意味着避暑行宫出现大问题了。"

罗真意有些愧疚,是自己想得简单了。难怪某人刚才会犹豫,是早就预料到循着这条脉络一路蔓延出去引发的这个隐患了?

陈平安笑望向他们几个,好像在说你们是做什么的,不就是解决问题的吗?

常太清试探性说道:"不如让刑官一脉去做这种事,我们就当是适当分出一部分利益? 台面上,让刑官一脉修士去跟那些外界势力打点关系,反正他们人数多,我们就只负责暗地里安插谍子死士,与刑官一脉修士也好打个配合,不至于天高皇帝远的,我们的剑修一旦遇到意外,就会陷入势单力薄的险境,稍不留心,就会出现折损。隐官大人,你觉得呢？"

避暑行宫还有一条不成文的规矩，谁提出了质疑，否定他人，最好自己能有某个解决问题的方案，只是并不苛求。

愁苗剑仙曾经私底下与罗真意几个好友闲聊，对此评价极高，说避暑行宫只要养成了这种认知，并且最终形成一种类似风俗、传统、规矩的良好习惯，隐官大人可谓功莫大焉。

依旧很剑气长城。不然只知一味袖手清谈太浩然。

"很好啊，都能算是一举三得了。"陈平安丢过去一个赞许的眼神，点头道，"但是不能全盘托出，隐官一脉还是得继续'掐尖'，审时度势的前提下，保留几个私家地盘，数量可以不多，但是要底蕴深、潜力好，此外还要保证所有盟友势力境内的剑修坯子，未来只要想修习上乘剑术，或是远游历练，第一时间就得想到避暑行宫，而非刑官一脉。"

罗真意如释重负："我就按照这个大方向制定具体方案。"

陈平安突然问道："嘉春七年议事，被宁姚丢出祖师堂的那个金丹境剑修怎么样了？"

罗真意说道："这些年，一直是顾见龙负责暗中盯着此人。当年被从谱牒除名一事，被此人视为奇耻大辱，但是他在外边几乎没有说过一句怨言，这些年多是闭关，潜心炼剑，应该是想要尽早跻身元婴境，好重新返回祖师堂。"

陈平安问道："那两名举荐人和担保人呢？"

罗真意摇摇头。

陈平安说道："没有让你们公报私仇？"

罗真意点点头，明白了。

陈平安眯眼说道："要明白一个道理，纯粹剑修的爱恨情仇都很纯粹，剑气长城的剑修，没有什么事情，是用问剑无法解决的。所以怕就怕，偏偏有那么一件事情，注定问剑无用，而且辛苦修行一辈子都无用，那么该怎么办？气难消意难平，难道还要去我那铺子喝酒吗？"

以前大不了就是去战场上递剑，看谁战功更大，杀妖更多，谁就嗓门大，更占理。所有的私人恩怨，往往仅限于私底下的几句唠叨，至多就是酒桌上骂几句。

曾经的剑气长城，去一趟城头，下了城头，呼朋唤友酒桌上见，竟然没死人？如今的剑气长城，剑修们再出门历练，开始逐渐与各方势力打交道，等到返乡，竟然死人了？

陈平安建议道："其实避暑行宫的门槛可以高，但是门脸儿得大，只说安插谍子、培养死士一事，是不是剑修，资质好不好，境界高不高，并不是最重要的，修士得心细，同时心狠。"

常太清说道："回头我就去跟董不得、徐凝细说此事。"

从头到尾，范大澈一直插不上嘴。

如今飞升城有句口头禅：你连避暑行宫的大门都看不到。

之前有个未能成功补缺的年轻剑修，按例去了避暑城任职。曾在酒桌上与人笑言两句。离开避暑行宫之后，逐渐发现自己是个普通人。但是在那之前，就一直觉得自己是个废物。

陈平安神色严肃道："要小心外界对飞升城的各种渗透。针对四座藩属城池的所有外乡人，虽然已经单独建立档案房，听大澈说，目前记录在册的就有一千六百多人，但说句难听的，刑官、泉府两脉，如何拉拢是他们的事情，职责所在，我们避暑行宫却不得不将他们视为潜在的敌人。

"如今的五彩天下，鱼龙混杂，再古怪的练气士都会有，只说浩然天下，就有南海独骑郎、过客、瘟神、艳尸、剑者和卖镜人等修士，而那青冥天下，也有米贼、尸解仙、卷帘红酥手、挑夫、抬棺人、巡山使节、梳妆女官、捉刀客、一字师、他了汉。各种匪夷所思的术法神通，手段千奇百怪，防不胜防，比如那种看似毫无征兆暴发的瘟疫，说不定就是某个瘟神早已潜藏在某个藩属城池当中，尤其是那种专门针对非练气士的大范围'天灾人祸'，一定要早做准备。同理，紫府山在内的所有山头府邸，以后肯定要收取不同数量的侍女杂役，八座山头，是不是要提防那些巡山使节的潜入？各地水源，隐官一脉剑修需不需要按时巡视？

"这件事，除了避暑行宫秘密严查，不可以有丝毫懈怠，落实到具体事务上边，肯定是要刑官联手泉府，一起早做准备了，以防万一。

"而且这件事，必须是整个祖师堂议事的重中之重。

"此外，你们几个应该很清楚一事，当年我们避暑行宫就未能找出全部的蛮荒暗棋。"

陈平安抬起手指，指了指天："假设下了一场被动了手脚的暴雨，凡俗夫子如何遮挡？如果有人在雨水中动了手脚，怎么办？藩属四城，是不是得有人专门盯着？"

陈平安再抖了抖袖子："要说想要在雨水中动手脚，那么下雨之前，必须乌云密布，好歹还能有个预兆，那么风呢？或是将来城池扩建，街道上种植有各种草木花卉，届时某种花香呢？"

陈平安再随手翻开一本册子，手指捻动，沉声道："别忘了，还有那几处学塾的蒙学书籍。"

陈平安好像在自言自语："未来我们培养起来的死士和谍子，突然做起了两边倒的买卖，避暑行宫又该如何防备和甄别？"

罗真意几个听得头皮发麻。

陈平安回过神，说道："旁观者清，所以要让避暑行宫某些年轻剑修设身处地，假扮成飞升城的敌人，与你们做战场上的攻防推演。

"飞升城剑修的敌人，不再是只有战场上的面对面厮杀了，这种弯弯绕绕的阴谋诡计，会越来越多。

"真正能够为飞升城遮风挡雨的，不是那些站着不动的护城大阵，而是这里，是你们，是我们避暑行宫和隐官一脉的剑修。

"但是归根结底，想要真正解决问题，还是问剑而已。在五彩天下，没有一场飞升城问剑解决不了的事情，如果有，就两场，再不够，就三场，直到问得整座天下都后怕，谁都不敢轻易往飞升城伸手。

"比如以后被你们顺藤摸瓜揪出了某个幕后势力，飞升城就必须杀鸡儆猴，没有任何好犹豫的，那场问剑必须足够快准狠，必须声势浩大。敌对者，无论是山上宗门，还是山下王朝，只管连根拔起，断其香火，断其国祚，在保证不滥杀的前提下，真正做到斩草除根。"

范大澈终于有机会开口说话了，轻声问道："办一场祖师堂议事，隐官大人来说这些，不是更好？"

陈平安无奈道："我这次不会久留，过几天，桐叶洲那边就要举办落魄山的下宗创建庆典，我必须赶回去。下次返回这里，可能是二三十年后了。而且加上某些原因，我当下不太适合现身祖师堂。"

陈平安揉了揉眉心："我们那位首席供奉，将来肯定是要在五彩天下开宗立派的，而且邓凉多半会亲自担任九都山下宗的首任宗主。"

罗真意微微皱眉，问道："是担心邓凉创建的下宗，会是一座有实无名的剑道宗门？"

类似青冥天下的大玄都观，作为道门剑仙一脉执牛耳者，道观里边的修士当然都是道士谱牒身份，可其实相当一部分嫡传弟子就是顶着道士头衔的纯粹剑修，这拨道士的所有修行，诸如研习一切玄都观祖传的道法仙诀，都是为了辅佐剑术。

常太清说道："以邓首席的人品，就算未来他会脱离飞升城，相信也是主动选择净身出户，除了一小撮嫡传弟子，不会带走更多剑修。"

常太清没好意思把话说得太过直白，邓凉即便是首席供奉，他敢这么想，敢这么做吗？

说穿了，在常太清内心深处，邓凉还是半个外人，撑死了只能算是半个家乡剑修。常太清尚且如此，就更不用说寻常本土剑修了。

陈平安摇头说道："就算邓凉带走一拨投靠紫府山的本土剑修，都不算什么，我不是计较这个，就算那座宗门剑修多些，占据五彩天下，分走飞升城一部分剑道气运，还是不算什么问题。这些都是邓凉和他那个未来宗门该得的，而且五彩天下如此广袤，就算多出一个剑道宗门，刚好是邓凉和九都山，对飞升城和邓凉来说，反而都是好事。

"我只是担心邓凉之后的继任宗主，以及祖师堂成员，与飞升城已经没有什么香火情可言，但是此人却自认飞升城理当给他们宗门让步再让步。"

在剑修身份之外，邓凉还是九都山肃然峰的一峰之主，更是一位身份隐蔽、位列绿籍的闰编郎，身负一部分九都山气运。故而邓凉存在本身，就是连接九都山和五彩天下的一座无形桥梁。

尤其是下次五彩天下开门，九都山练气士涌入，过不了几年，在邓凉手上，就能够培养起一大拨阴灵鬼修，说不定短短三五百年间，浩然九都山就可以凭此一跃成为同时拥有上宗和下宗的"正宗"。

以邓凉的修行资质，以及他和歙州三位剑修的密切关系，簸箕斋一脉的师传神通，他肯定可以学到手。陈平安对此事，只会睁一只眼闭一只眼，就像常太清说的，相信邓凉的人品。

陈平安只是担心曾经的隐官一脉剑修同僚，如今的飞升城首席供奉，未来的九都山下宗首任宗主，因为身份的逐渐转变，在某天陷入事事两难的尴尬境地，无法与飞升城做到好聚好散，善始善终。

如果按照山下王朝的衙门划分职权，刑官一脉差不多等于手握吏部和兵部，泉府一脉职掌户部和工部，避暑行宫等同于刑部。至于剩下的礼部，估计就要看即将建成的那座书院了。

不出意料的话，邓凉与飞升城的"六部衙门"都会有相当不错的关系。

最好的情况，是双方盟约长久稳固。最坏的结局，是貌合神离、反目成仇。追求前者，避免后者。

一旦邓凉将来选择清净修行，比如追求一个飞升境，九都山下宗会不会因为某个和飞升城的冲突，矛盾愈演愈烈，一发不可收拾，最终转去投靠白玉京之类的势力？

王忻水有些疑惑，这种事情，至少也是数百年之后的最坏情况，虽说人无远虑必有近忧，只是在隐官大人今天的一系列言语中，还是显得极为突兀。

陈平安很快就给出了那个理由。

"飞升城不需要唯唯诺诺的马前卒，需要一大拨真正的盟友。

"整个五彩天下，都在看着飞升城的一举一动。

"打个比方，飞升城就像一条大渎，若是水势汹涌，变幻莫测，邻水建城者便少；若是水势平缓，旱涝保收，依水建城者就多。

"先前我说的抢人一事，除了是为飞升城和避暑行宫谋求一份切身利益，必须如此作为之外，也是顺便做样子给五彩天下看，甲子之约到期后，那些农家练气士获得飞升城扶持，各自势力得以茁壮发展，就是……在低处。"

陈平安伸出一只手掌,放在几案上边,然后抬升:"那么邓凉的下宗建立,就是在高处。

"一高一低都有了,而且飞升城都处置得当,关系融洽,人心就稳,未来整座五彩天下,看待剑气长城的眼光和心态,就会不一样。"

"这是整个飞升城。"陈平安手腕拧转,画了一个大圆,再画了一个小圆,"这是避暑行宫隐官一脉剑修。"

随后双指并拢,轻轻一点圆心中央处:"我们自己,个人私心。"

最后陈平安画了一个最大的圆圈:"有可能的话,将来考虑问题,还要想一想整座五彩天下。

"如果大小四者,能够皆不冲突,此即大道。

"日升月落,星斗移转,剑修递剑,大道之行。"

常太清轻轻点头。罗真意怔怔出神。王忻水沉默片刻,拍案叫绝道:"眼界如此高屋建瓴,胸襟气量如此宏大,偏偏道理说得这般深入浅出的,唯有我们隐官大人了,不作第二人想!"

隐官大人板着脸不说话。

某个小山头的郭盟主不在,其余三狗腿也都缺席,一时间王忻水便小有尴尬,范大澈也真是的,一点都不懂得捧场。

陈平安微笑道:"我要是不开口说话,至少得冷场半个时辰。"

王忻水嘿嘿一笑。转头看了眼大堂外边的和煦日头,今天尤为温暖人心。

陈平安笑道:"说实话,不光是我们避暑行宫,其余刑官、泉府两脉,其实做得都很好。只说齐狩的刑官一脉,我就是想要故意挑他的刺,都很难。"

陈平安发现自己说完这句话后,范大澈几个的眼神都有些古怪。

陈平安只得澄清道:"没有话里带话。"

王忻水立即说道:"隐官说了算!"

就说躲寒行宫武夫一脉,齐狩明知道那个捻芯与隐官一脉走得很近,依旧不遗余力栽培那拨武夫,专门安排了两位金丹境剑修和数位投靠刑官一脉的兵家修士,他们都会定时去躲寒行宫那边"喂剑"和"喂招",帮着暂时出手机会不多的年轻武夫尽量增加实战经验。

陈平安从袖中摸出一件咫尺物,丢给王忻水,说道:"里边都是关于桐叶洲旧山河的各种官府史书、地方县志,我来不及全部整理,只是临时写了两本类似书目的册子,以及一本专门记录注意事项的小册子,避暑行宫这边全部保留,但是可以让刑官一脉抄录一份,要是嫌麻烦,就只能多跑路了,以后可以来咱们这边借书看,方便飞升城四大藩属城池,验证外乡修士的身份籍贯和山头谱牒。对了,咫尺物记得还我。"

王忻水接住那件已经取消山水禁制的咫尺物，稍稍瞥了眼里边的光景，那是一座名副其实的小书山，不由得震惊道："这么多本书?!"

就算动用一些山上术法，抄书或是翻刻一事，也绝对是一件实打实的浩大工程。

陈平安笑呵呵道："我那位齐兄弟，这会儿肯定忙着以小人之心度君子之腹呢，替他臊得慌。"

等到陈平安站起身，范大澈、王忻水一同起身，跟着隐官大人一起跨过门槛，走出大堂。

陈平安在台阶顶部驻足停步，双手笼袖，抬起头，眯眼望向日头，轻声道："一些个处心积虑，要是不小心被我们找到了某个'万一'，那他们就要小心再小心了。

"比如是白玉京动了手脚，然后被我们找到确凿证据，在未来的百年千年万年，就一律不准白玉京修士进入五彩天下。

"那么下次开门，我来带头堵门。"

等到下次开门，相信自己至少也该恢复巅峰实力了，重返玉璞境，武夫止境归真一层，捉对厮杀，打个白玉京仙人不在话下。

走下台阶，陈平安与范大澈、王忻水并肩而行，随便逛一逛避暑行宫诸多司院衙署。

陈平安只进了那处档案房的屋子，至于其他地方，都是站在门口看几眼。

档案房管事人是个名叫怀丛芝的少年，才十四岁，就已经是一位观海境剑修。要是在早年的剑气长城，算不得太过天才，但是别忘了，少年是年幼时就跟随飞升城来到五彩天下的，破境如此之快，在陈平安看来堪称神速。所以陈平安就很好奇怀丛芝为何选择档案房，照理说他去门槛最高的监察、斩勘两司，没有任何难度。听到隐官大人的询问后，怀丛芝腼腆一笑，只说自己喜欢看书。

陈平安也没有刨根问底，从屋内"东"字书架上边的"玉"字一格，抽出一本记载白玉京势力的"乙"本"七"字秘录册子，随手翻阅起来。一座天下的最东边，紫气升腾，天地间道韵浓郁，全部都是来自青冥天下的道门势力，当然由白玉京领衔，紧随其后的是玄都观和岁除宫在内的几个山头，再往后，就是一些寻常宗字头的道门了，最后才是那些小门派或者散修，阶梯分明。

按照当年避暑行宫的旧例，飞升城专门编订了正副两份档案，分别记录天下所有门派和上五境、地仙修士。随着两本册子不断加厚，档案内容逐渐增多，这就意味着一座崭新天下，越来越筋骨雄健、血肉丰满起来。只不过这两本绝密档案，不会放在避暑行宫这边，而是搁在飞升城祖师堂。

陈平安翻开一页书，用手指抵住夹在书页间的一张便笺，不同于先前的白纸黑字，这个条目以朱笔红字书写，显然是比较重要的注解，他转头望向身边站着的少年，笑道：

"丛芝,这是你自己的见解?"

怀丛芝使劲点头。

陈平安笑道:"类似见解,如果不是特别紧急的事务,可以慢慢汇总起来,等到凑集三五十条,就交给罗真意或是范大澈看看,可以的话,形成咱们档案房这边的某种定例,以后人手多了,就不会手忙脚乱,有个循规蹈矩的章程在,就可以让后面进入档案房的同僚们按部就班行事了,你这个一把手,也会省力不少。"

怀丛芝使劲点头,默默记住。

"丛芝,要知道你可是咱们避暑行宫档案房的第一任主官,除了每天的手边事务不能马虎,还有如何为后人开路,平时也是要多想一想的。"

怀丛芝还是小鸡啄米般点头。

"丛芝,知不知道一个衙署的一把手,除了以身作则,兢兢业业做好分内事,还要注意什么?"

这次怀丛芝终于没点头,但是一脸茫然。

陈平安笑道:"是不多事,要与诸司衙署界限分明,做到相互间井水不犯河水,不可随便插手'屋外'其他事宜。

"但是这个道理,是有门槛的,得是很多年后的避暑行宫才用得着,所以现在你可以抽空多看几本杂书,多了解一点历史上一些个世俗王朝的衙门变迁、冗官现象和胥吏之治,以及为何朝廷越是裁撤,机构反而越是繁多,最终导致臃肿不堪。各种衙门越多,办事效率越低,看似每天谁都在忙忙碌碌,其实等到真正想要推进某项举措,只会极为缓慢。"

如今的这座档案房,对陈平安来说,确实有着一份特殊意义,毕竟当年所有从躲寒行宫搬迁到避暑行宫的秘档、书籍,都是陈平安独自一人一本一本分门别类整理出来的,并不是一件多简单的轻松事情。所以对这边,陈平安自然会额外亲近几分。

怀丛芝点头道:"记住了!"

陈平安离开后,王忻水故意放慢脚步,突然一巴掌拍在怀丛芝脑袋上,压低嗓音笑骂道:"瓜样,好不容易见着了隐官大人,就不知道抓住机会,赶紧多聊几句?"

王忻水拧住怀丛芝的耳朵:"你知不知道咱们隐官大人,就只进了你这档案房的门槛?啊?!以后别说是跟我混的。"

隐官大人说了,打人一事要趁早。尤其是那些个年少的天才,说不定过个一百年几百年的,就是一位剑仙了。

怀丛芝歪着脑袋,踮起脚尖,一边嘿嘿笑着,一边悄悄朝王忻水摊开手。

原来他的手心里全是汗水。就算开口说话,也肯定会结结巴巴,让我咋个说嘛。

王忻水笑问道:"想说啥?"

怀丛芝小声道:"他当隐官更好些。"

至于暂领隐官一职的宁姚,当那众望所归的城主大人就是了嘛。

王忻水心知不妙,立即一把捂住怀丛芝的嘴巴。果不其然,门口那边,一袭青衫重新现身,面带微笑。怀丛芝立即傻眼了。所幸隐官大人微笑道:"没事,少年言语无忌讳,敢想敢说敢作敢当是好事。倒是忻水治理有方,让人记忆深刻。"

王忻水斩钉截铁道:"隐官大人,实不相瞒,其实我也是一位青葱一般的惨绿少年啊!"

罗真意跟常太清拣选另外一条抄手游廊,准备返回各自衙屋处理公务。

"先前提及邓首席一事,你一开始是不是担心隐官大人会对邓凉过河拆桥,利用完了就舍弃?"常太清以心声问道,"等到发现事实并非如此,反而是需要我们为邓凉和他的下宗一直修路铺桥,才松了口气?"

罗真意默不作声。

常太清笑道:"即便真是如此,也不必对隐官大人的所作所为感到失落,毕竟是一心向着咱们飞升城,在其位谋其政,公门修行,官场里边,不可能只有清风明月。"

罗真意点点头,依旧一言不发。

常太清好不容易将一句跑到嘴边的话强行咽回肚子。

对隐官大人无须苛责半点,可你要是对陈平安这个人感到失望,也实属正常。

常太清很庆幸自己忍住了,不然估计自己要被罗真意记仇很久吧。

另外那条走廊上,陈平安逛过了那些衙屋后,再去王忻水的屋子坐了片刻,就和范大澈一起离开了。

范大澈犹豫了一下,还是实话实说:"隐官大人,你要是再晚来几年,我可能就要主动离开避暑行宫了,总觉得帮不上什么忙,想着唯一能做的,就是腾个位置给别人了,用你的话说,就是蹲茅坑光喝酒吃饭睡觉唯独不拉屎。"

"我没有说过这种话吧?"

"有的。我记得很清楚,那次在铺子喝酒,陈三秋和董画符都在。"

"大澈啊,说话这么耿直,怨不得别人说你是靠走后门进的避暑行宫。"

范大澈笑了起来。

"大澈,相信我,避暑行宫需要聪明人,但是一样需要沉默者,日久见人心,你要相信他们会看见,更要相信自己能做到。"陈平安轻声道,"真正的强者,不独有令人侧目的壮举事迹,还有坚持不懈的细微付出。"

即便到最后,还是不被人知道,知道了也不被理解,我们至少自己知道,曾经为这个世界做了点什么。

只是这句话,陈平安没有说出口。

四座藩属城池之一的拖月城，与武魁城一样，亦是刑官一脉名下的城池。现任城主溥瑜，副城主任毅，两位都是金丹境剑修，剑气长城曾经的年轻天才，自然都是飞升城的祖师堂成员。

这两人，当年都是阻拦陈平安的守关剑修，不过那会儿负责守第一关的任毅还是龙门境修为，任毅是在飞升城落地后破境结丹的。反观城主溥瑜，因为曾经受伤不轻，一把本命飞剑雨幕折损严重，导致他这辈子极有可能很难打破金丹境瓶颈了，这也是溥瑜担任拖月城一把手的原因之一，不希望大道成就更高的好友任毅为世俗庶务太过分心。

早年在剑气长城，一场厮杀惨烈的城外战场，他们都曾被一位陌生面孔的"老剑修"救过。

尤记战场上，横空出世的"老剑修"路过一处战场，递剑刁钻，出手狠辣，刚好救下溥瑜、任毅在内的一拨年轻剑修。打得"险象环生"，自称"侥幸小胜"。虽然对方没有自报名号，但是溥瑜当时就猜出了对方的身份，肯定是那个最擅长捡漏的年轻隐官。

"南绥臣，北隐官"，两位敌对剑修，能够获此称号，都绝非浪得虚名。双方都很奸诈、鸡贼、阴险。

今天的拖月城议事大堂，除了正副两位城主，还有刑官齐狩和出身簸箕斋一脉的水玉，一行人正在传阅那一摞纸张。除了他们这四位岁数相差不多的剑修，还有一位老元婴在场。

水玉抖了抖手中纸张，啧啧笑道："真是个怪名字。"

化名窦乂。乂，确实是个很生僻的字。

溥瑜笑道："乂字，是治理、安定的意思，若是再加上个字，组成'乂安'一词，就又有了'天下太平'的寓意。"

既然注定破境无望，溥瑜就安心当这城主了，这些年还积攒了不少杂书，没事就翻翻，溥瑜甚至想着哪天卸下了城主担子，自己能不能去当个教书先生？齐狩默默喝着茶，有些头疼，以那个家伙的一贯德性，肯定会变着法子找自己的麻烦。

嘉春七年开春时分，飞升城举办了第二场极为正式的祖师堂议事。也正是那场至关重要的议事，真正奠定了飞升城的内部职责划分以及对外扩张方案。

当年祖师堂内摆放有四十一把椅子，后来陆续增添了六把，但是挂像下的那两把椅子始终空着。

两位隶属于刑官一脉的老元婴剑修，分别来自太象街和玉笏街，曾是陈氏和纳兰两个大家族的附庸门户。这些年，两位老人一直在为年轻人传授剑术。

刑官一脉在飞升城和拖月城内分别设有一座搜山司和斩妖院，两位老元婴各自坐镇其一，偶尔也会悄然离开飞升城，都是为那些出门历练的下五境剑修暗中护道，而这种所谓的"历练"，可不是浩然天下那些谱牒修士的游山玩水，也不是什么所谓的红尘历练。飞升城绝大多数剑修的伤亡，都出现在历练过程中。为了开辟地盘，确定路线安危，涉险勘探那些诡谲的山水秘境，遭逢一些闻所未闻的怪异，数位护道剑师因此陨落，甚至尸骨无存，最后都需要飞升城宁姚在内的几位上五境剑修亲自仗剑前往这些险地。

就像这次和隐官一脉剑修联袂外出历练，刑官一脉的幕后护道人就是一位老元婴境剑修。

剑气长城万年以来，撇开那些先天受制于本命飞剑的剑修，从无"孱弱的剑修，纸糊的境界"。这个传统，飞升城绝对不能丢。

但是不得不承认，离开剑气长城后，所有剑修的破境速度越来越慢了。当然宁姚是个例外。

而最年轻一辈剑修的出现，也越来越无法像之前那样一茬接一茬，多如雨后春笋了。

与此同时，两位老人还管着一座问剑楼的钥匙。

虽说如今飞升城的剑修依旧各有师传，但是飞升城建造了一处藏书楼，取名为问剑楼。

经由阿良改良过的剑气十八停，如今所有剑修都可以修行，至于最终能够学到几成神意精髓，各凭造化。

此外避暑行宫当年收集、整理了大量原本禁制重重的历代剑修遗留道诀、剑经、秘籍，都汇总于那座戒备森严的问剑楼。

许多原本早已断了香火传承的剑术，都有一定机会找到"隔代"弟子。比如陶文、吴承霈、宋彩云、殷沉，还有生前最后一次出剑就是与龙君问剑的高魁，等等。甚至还有叛出隐官一脉的两位剑仙洛衫和竹庵。

这些剑修的独门剑术，只要避暑行宫那边曾经有过记载，如今的飞升城年轻剑修都有希望学成，但是不强求后世剑修一定要"认祖归宗"，只是学成了这一门剑术的剑修，在各自开辟出来的剑术道脉传承过程中，绝对不可故意隐讳此事，必须写明这份传承的来历。

避暑行宫当初编撰出一本内容详细的小册子，大致写明了某一脉剑术的传承要求、修行门槛，故而想要传承那些剑术，有两点要求：一个是自身本命飞剑与剑术契合，再就是战功足够，然后经由刑官和隐官两脉确定和认可，年轻剑修才可以去问剑楼翻阅某本剑谱，修行对应的某部秘籍。

老元婴好奇问道："之前那趟远游蛮荒，宁姚说得含糊其词，只说是隐官大人起的头,可他们一行人,既然做掉了仙簪城玄圃和托月山元凶这两个飞升境,难道城头那边,如今新刻了两个字?"

其实就连这位老修士也是才知道原来剑气长城还有个刑官,名为豪素。

将那仙簪城打断为两截,当然大快人心。但是对剑气长城的剑修而言,刻字一事,自古就是天大地大此事最大。

齐狩看着那几道视线,无奈道:"就算是我去问,有用吗?宁姚明摆着不愿意多说什么。"

水玉也倍感奇怪:"既然做成了这么多大事,为何不直接告诉整个飞升城?怎么想都没理由藏藏掖掖啊。"

溥瑜笑着调侃道:"想不明白就对了,所以你进不去避暑行宫。"

当年簸箕斋三位师兄弟,确实是想要进入避暑行宫的,可惜宁姚没答应。不然如今的隐官一脉,完全有实力与刑官一脉分庭抗礼。

如今的飞升城,上五境剑修有四位。飞升境宁姚,暂时无仙人境,玉璞境剑修有三人,分别是齐狩、高野侯、邓凉。

元婴境总计四人。两位刑官一脉的老元婴境剑修,再加上簸箕斋一脉的歙州,以及避暑行宫的罗真意。

其实太象街陈府那边,还有陈缉和他身边的侍女陈晦。曾经的主仆双方,如今的师徒两人,分别是元婴境和玉璞境。只是此事,除了宁姚,暂时无人知晓。

齐狩冷不丁说道:"如果,我是说如果,陈平安在下一场祖师堂议事中,要求我们和泉府各自拿出一座山头,交给避暑行宫打理,是答应,还是不答应?"

老元婴缓缓道:"凭什么?"

齐狩说道:"还是一个如果,如果刻字之人,正好是陈平安呢?"

老元婴立即说道:"那就给啊。"

虽然是刑官一脉的剑修,但是这种事情,老人没什么可犹豫不决的,必须给。

齐狩点点头:"理当如此。"

水玉幸灾乐祸道:"刑官大人,要是陈平安不走了,你怎么办?"

齐狩微笑道:"家给人足,时和岁丰,筋骸康健,里闾乐从,君子饮酒,其乐无穷。"

老元婴听得一头雾水:"啥玩意?"

溥瑜笑着解释道:"出自康节先生的《击壤集》,《丽剑仙印谱》上边也有照抄,是一方印章的边款内容,底款印文是'而吾独未及四方',亦是康节先生年少读书时有感而发。老邵,你与这位康节先生还是同姓,回头可以翻翻印谱。不过咱们刑官大人的意思,是说与人斗,其乐无穷。"

任毅笑道:"亏得隐官大人不在场,不然这会儿就要摆出一副笑眯眯的玩味表情了吧。"

姓邵的老元婴手心摩挲着椅把手，撇嘴道："读书人就是弯弯肠子，骂人都能骂出朵花来。"

可陈平安要真能在城头新刻一字，老元婴都愿意去酒铺那边自罚三碗。反正那边的酒碗也不大。

毕竟老元婴对印章印谱一事，最是不以为然，这些年他没少发牢骚，净整些花里胡哨的，有本事你这隐官倒是去城头刻个字啊。

喝酒一事，既想又不想。不想的理由很简单，老人抹不开面子。可仔细思量一番，老人还是希望年轻隐官当真刻字居多。

原本属于隐官一脉私产的躲寒行宫，如今像是成了专属于刑官一脉纯粹武夫的地盘。只不过这件事，双方都有默契，一个无所谓，一个也不提。

剑气长城仅有的三个古老官职，除了隐官、刑官，其实还有祭官，只是祭官一脉早已失传。

传闻躲寒行宫最早就曾是祭官的衙署所在，只是隐官一脉在萧愻手上太过瞩目，就占据了早已废弃不用的躲寒行宫，反正老大剑仙对此也没说什么，久而久之，躲寒行宫自然而然就被视为隐官一脉的私产了，以至于许多不喜欢翻皇历的年轻剑修，根本就不知道家乡历史上还曾有过什么祭官。

躲寒行宫那帮最早的武夫坯子，也就是当年第一拨进入此地习武练拳的孩子都已经长大。

作为刑官管辖的武夫一脉，如今人数总计将近百人，而且越往后，人数和势力会越来越可观。

一个眉眼清秀的高大少年，今天在两位教拳师傅休息间隙，独自在演武场上出拳如龙，呼啸成风。

旁边蹲着不少屁大点的孩子，都是年纪辈分最小的。如果说成为剑修，得看老天爷赏不赏饭吃，不然求也求不来，那么武夫学拳要趁早，也是公认的。

作为大师傅的郑大风，每天早晚两次来躲寒行宫教拳喂拳，各一个半时辰。

姜匀一边出拳，一边自夸："当年隐官来这边为我们几个悉心教拳，我是唯一一个沾到隐官衣衫边角的纯粹武夫，所以说我习武资质如何，你们懂了吧？

"其实隐官曾经私底下专程找到我，他说了，当年十人里边，就数我天赋最好，高出别人一大截，所以必须为我开个小灶，才算不浪费我的习武资质。开小灶是啥个意思，意味着什么，知道吧？

"看好了，我这一手空手夺白刃、可随便抓飞剑的擒拿术，就是隐官的真传。按照他家乡那边的规矩，一般情况下，是非嫡传绝不轻传的，就连那个郭竹酒都未必已经学会了,如今由我一拳递出,多半是青出于蓝而胜于蓝了,所以就算隐官再给我喂拳,一样得小心了……"

演武场边缘地界,有人出声:"哦?得是怎么个小心?"

姜匀耳尖,立马不乐意了:"哦啥哦,谁不信?站出来!"

那人站在那边,笑答道:"我不信。"

姜匀揉了揉眼睛,确定不是自己眼花后,偷偷咽了口唾沫,眼珠子急转,想着如何补救才能逃过一劫。

那人笑眯眯伸出一手:"不用补救了,来,练练手,就当我帮你开个小灶,省得没人信你。"

姜匀小心翼翼搓手道:"隐官大人,这些年怪想你的。我可不像许恭、元造化这些没良心的家伙,我每天练拳之前,都要在心中默念三声隐官大人,才会递出神意饱满的第一拳。"

晓之以理就算了,谁不知道二掌柜是出了名的"买卖公道、最讲道理",那小爷我就动之以情!

演武场四周,顿时一片哗然。真是那个传说中的隐官大人?!

问题是也不是那么相貌英俊、高大威猛啊。看上去,就是高高瘦瘦的,嗯,好像跟学塾里边的教书先生差不多。他真的是一位武学大宗师吗?郑师傅说他曾经悉心指点过隐官大人好些拳法,现在看来,多半是真的吧。

陈平安暂且放过姜匀这个小刺头,向那两个快步走到身边的外乡武夫抱拳笑道:"辛苦了。"

一男一女,都是金身境,岁数差不多都是花甲之年,只不过面容瞧着显年轻,也就四十岁出头。

两位武夫异口同声道:"不敢当!"

若是在五彩天下别处,他们随便拣选一地开山立派,原本都是轻而易举的小事。

至于为何两位跻身"炼神三境"的武学宗师,会赶来飞升城,只因家家有本难念的经,他们是躲避山上的仇家,逃难而来。

何况除了避暑行宫会验明身份,还有郑大风和捻芯盯着,出不了差错。

就像之前在武魁城,要求外乡人填写籍贯、履历,就是一种看似表面功夫的无聊事,很容易蒙混过关,但事实上,是典型的外松内紧,而且记录在册的外乡人越多,飞升城就越容易相互验证,一旦发现谁动了手脚,故意瞒报身份、履历作伪,那就要去跟如今管着一座牢狱的捻芯打交道了。一个能让陈平安至今都心有余悸的缝衣人,手段如何,可想而知。

陈平安一出现,演武场这边很快就聚拢起一拨年轻武夫,不多不少,刚好十人。

一袭青衫长褂侧过身,同时一个胳膊翻转,一巴掌向后,按住身后一个偷袭少年的面门,往地上一按,脑袋砸地弹三弹。

再身形飘然转动,手拽住一记凶狠扫来的鞭腿,右手肘高高抬起,一个猛然下坠,就是一记顶心肘,敲中少年的心口,后者砰然摔在地上,陈平安又脚尖一挑,少年在空中翻滚十数圈,瘫软在地,几次想要挣扎起身都无果,呕血不已。

那个名叫孙藁的少女,一记膝撞,结果被陈平安一腿重重扫中腰肢,当场横飞出去,和另外一位女子武夫撞了个满怀,两人一起摔了出去。

顷刻间,十人围殴,相互间根本不用打招呼,配合不可谓不精巧,最后却全部倒地不起,惨不忍睹。

鼻青脸肿的姜匀坐在地上,高高抬起头,流鼻血了。

当年的假小子、如今的大姑娘元造化坐在地上,一拳重重砸在地面上。

暮蒙巷许恭揉了揉心口,龇牙咧嘴。

姜匀、许恭、元造化,他们三人资质最好,学拳最快,靠着一座崭新天下的天时馈赠,姜匀得过三次武运,许恭和元造化各自得过两次。

此外也有多人获得过一次武运馈赠。

其实这跟宁姚的破境也有不小关系,尤其是等她真正坐稳了天下第一人的位子,再加上飞升城获得了某种天地眷顾,就会使得躲寒行宫一脉的武夫,在破境一事上,势如破竹。

当然这些曾经的孩子,确实习武勤勉,都吃得住苦,不曾挥霍他们自身的天赋和外在机缘。

只是不得不承认,这种凭借某境"最强"而来的武运,相较于其他任何一座天下,都很有水分,而且水分很大。如果是在浩然天下,哪个门派能够拥有将近十人,如此密集地先后获得武运,不是自家开武运铺子的是什么?

陈平安站在原地,微笑道:"要是那种点到即止的切磋,联手打个远游境,问题不大。"

习武登高,急不来。躲寒行宫的武夫一脉,想要真正为飞升城分忧做事,确实还需要二三十年的打熬。

到时候有了一两个远游境武夫,外出游历就很安稳了,都不太用得着剑修护道。

如果是一场有预谋的偷袭,撇开郑大风和两位教拳师傅不谈,那么一位飞升城去过战场的金丹境剑修,一人一飞剑,就可以彻底杀穿躲寒行宫。

陈平安挪步,从近到远,将那些年轻武夫一个个拉起身,当然女子除外,隐官只需轻轻踩脚,她们便能飘然起身。

玉笏街的孙藁有个妹妹叫孙藻,早年跟随一位名叫宋聘的金甲洲女子剑仙离开了家乡。她起身后,问道:"隐官大人,孙藻现在怎么样了?有没有丢人现眼?"

陈平安笑道:"她已经是观海境剑修了。"

孙藻点头道:"凑合吧。"

躲寒行宫历史上的教拳之人,先后是宁府老嬷嬷白炼霜、年轻隐官陈平安、外来户郑大风。

其实陈平安只是偶尔去指点一番,不算严格意义上的师父,但是躲寒行宫的孩子哪里管这个,有事没事就拿郑师傅跟隐官大人做对比。

陈平安走到两位金身境武夫那边,笑道:"马师傅、刘师傅,如果可以的话,以后喂拳可以出手再重一点,至于打熬筋骨的药材一事,加上一日三餐的药膳,可以适当多要一点,不用担心在泉府一脉那边报账通不过。"

看着这位年轻隐官和煦的神色,听着他打商量的语气,两人便有几分意外,同时有些轻松。

今天有了隐官大人亲自发话,想必以后在泉府那边就更好商量了。谁不知道泉府一脉的账房先生们在挣钱这件事上,就差没有将年轻隐官尊奉为初代祖师爷了。

躲寒行宫一脉的纯粹武夫,这些年的处境,其实颇为尴尬,一来就像是刑官一脉山头的"庶子",不太讨喜;再者钱财一事,只进不出,虽说不至于讨人嫌,可到底不是什么值得夸耀的事情。泉府那边倒是不会克扣半点,只说他们两人与大师傅郑大风三位教拳的,泉府每月按例给的俸禄,一文钱不少,孩子们习武练拳打熬筋骨一切所需,也都足量分发,躲寒行宫报多少就给多少,从无二话。只是一些个琐碎言语,以及某些眼神和脸色,谁都不傻,都听得见,看得明白。

此外,躲寒行宫的习武之人,在剑修如云的飞升城,难免会觉得矮人一头,说话做事也就跟着束手束脚了。

就像练武资质最好的姜勾,很快就会是一位金身境武夫了,已经是躲寒行宫未来板上钉钉的中流砥柱,他若是出门在外,路上遇到了同龄人剑修,心中岂会没有半点遗憾?虽说姜勾到了外边,还是一年到头咋咋呼呼的,可其实一个人说话嗓门越大,越是心虚。

陈平安抱拳告辞:"就不耽误你们教拳了。"

那位女子武夫问道:"陈宗师不为孩子们教教拳?"

若是喊对方一声隐官,好像不妥当,毕竟如今的隐官是宁姚。既然对方是一位山巅境武夫,喊一声宗师,甚至是前辈,都不为过。

开山立派为宗,拳更高者为师。

他们两位外乡武夫,到底不比剑气长城的本土剑修,虽说在此教拳多年,可因为两人极少外出走动,对剑气长城的许多独有风俗其实只算一知半解。关于这位末代隐官的诸多传闻事迹，其实也不太能够理解。就像姓刘的女子武夫，就很是想不明白，为何姜勾几个，每每聊到陈隐官，都绕不过与曹慈的三场的问拳，明明是三连败，还能说得那么眉飞色舞，即便是说到与郁狷夫的问拳，也几乎从不谈年轻宗师出拳如何凌厉，反而只说郁狷夫一拳隐官就倒。不光是姜勾，几乎所有人都乐得不行。

陈平安摇头笑道："不了。"

姓马的魁梧男子，小心翼翼问道："陈宗师返回家乡后，可曾与那曹慈再次问拳？"

陈平安点头道："有过一场问拳，还是输了。"

男子倒是不奇怪，赢了曹慈才是怪事。

女子忍不住问道："敢问陈宗师，曹慈如今是什么境界了？"

显而易见，她是一位曹慈的仰慕者。

陈平安说道："跟曹慈问拳之时，他是止境归真一层。"

女子便眼神复杂，只是很快就巧妙隐藏起来。

陈平安知道她的心思，大概是觉得一位山巅境武夫，去与一个止境归真的曹慈问拳，有点不自量力了。只是陈平安也没解释什么。

等到两位金身境武夫重新开始教拳，陈平安只是在演武场边缘驻足片刻，很快便默默离去。

对那两位教拳师傅而言，等到陈平安一走，当下心境大概能算是如释重负。

躲寒行宫最早十人，都看到那个年轻隐官在离去之前朝他们竖起大拇指。

走出大门，陈平安回头望了眼匾额，这座曾经属于祭官一脉的躲寒行宫，确实古怪。

躲寒？躲？可惜就算是避暑行宫，对祭官一脉都没有任何文字记载，就像是被人故意销毁了所有记录。陈平安只在记录刑官一脉的秘档书页空白处，看到了一句类似批注的言语，是上任隐官萧愻的笔迹，歪歪扭扭的，很好辨认："每一位纯粹武夫的肉身，就是一座香火鼎盛的万神殿。"

第四章

一张桌子

泉府一脉。

陈平安带着小陌穿廊过道，登门拜访高野侯。

高野侯站在屋子门口迎接，开玩笑道："逛自家地盘的感觉怎么样，还不错吧？"

如今飞升城谁不知道，拥护隐官陈平安最多的衙署，甚至不是剑修人数稀少的避暑行宫，而是这座打算盘声震天响的泉府。

曾经有个当窃贼偷对联不成的年轻剑修直接放出一句话："但凡被我听到一句说二掌柜的不是，对不住，以后来泉府办事，就等着被穿小鞋吧。"

陈平安搬了把椅子坐下，开门见山道："高财神，你不得先谢我？"

小陌站在门外，看得出来，公子在这边很受欢迎，就是此地修士敢主动跟公子打招呼的好像不多。

高野侯疑惑道："此话从何谈起？"

陈平安啧啧道："跟我揣着明白装糊涂呢？"

高野侯笑道："还是请隐官明言。"

陈平安摇摇头："算了，就当我对牛弹琴了。"

高野侯笑呵呵道："不如换个说法，抛媚眼给瞎子看，更准确些。"

骂人先骂己，曾是避暑行宫一脉的独门秘诀。我先把自己骂得狠了，你还能拿我怎么办？

陈平安环顾四周，屋子装饰朴素得近乎寒酸了，连块文房匾额都没有，先前一路走来，朝沿途屋舍里边都扫了几眼，匾额五花八门的，"天道酬勤""兢兢业业""唯手熟耳""君子爱财"……这些文房匾额搁在泉府衙署里边，怎么看怎么怪。

其实高野侯这会儿已经想明白了，陈平安是说自己的妹妹高幼清跟随女子剑仙郦采去了北俱芦洲，与之同行的剑修是那个有"小隐官"绰号的少年陈李。算是送了个"妹夫"给自己？

要是陈平安今天没提这一茬，高野侯根本不会往这方面想，一来陈李的那把佩剑晦暝是北俱芦洲某位剑仙的遗物，所以陈李去那边练剑修行是避暑行宫一个很好的安排；再者妹妹当年在家乡，对那个庞元济印象极好，当了好几年的跟屁虫，一副非庞元济不嫁的架势，看得高野侯揪心。

在剑气长城那会儿，市井陋巷出身的高野侯，跟庞元济关系一直不错，只是傻子都看得出来，庞元济对男女情爱一事并不上心，所以妹妹的这份单相思，意义不大，双方很难修成正果。

所以如果真能成事，妹妹高幼清与陈李能够在异乡结为道侣，妹妹也算多出个照应，高野侯当然要好好感谢陈平安。既然陈李有个"小隐官"的绰号，又对陈平安极为仰慕，若是在某件事上，陈李真能与陈平安有样学样，想来不坏。不然浩然天下就是个花花世界，陈李练剑资质太好，当年少年的皮囊又极为出彩，稍不留神，就会是个米剑仙第二。

高野侯想到这里，便又有些担忧，都不喊什么隐官了，直呼其名道："陈平安，要是陈李不喜欢幼清也就罢了，幼清自己一厢情愿，怨不得谁，可要是陈李明明喜欢幼清，却敢见异思迁，辜负了幼清，那么这笔账，我要找你算，当然陈李也肯定跑不掉。"

高野侯对那个妹妹的宠爱，曾是剑气长城路人皆知的事情。

高野侯三次与人主动问剑，都是因为高幼清在路上被人嘴花花，结果两个同龄人、一个酒鬼光棍汉，三人的下场都不太好。

换句话说，妹妹跟陈李要是就在跟前，高野侯一样会想对陈李套麻袋打闷棍。

陈平安笑道："虽说找我算账毫无道理，但是我对陈李的品行，还有高幼清的眼光，都很有信心。"

高野侯心里舒坦几分。

不愿跟陈平安兜圈子，高野侯直接问道："是查账簿来了？"

按例隐官一脉剑修是有这个权力的，负责监察飞升城的避暑行宫，连齐狩和高野侯都能查，何况是几本账簿。

"这话说得不对。"陈平安笑道，"得是你们泉府一脉，主动将账簿按期送往避暑行宫。"

高野侯摇头道："没有这样的规矩。"

陈平安靠着椅背，抖了抖青衫长褂，跷起二郎腿："定例，传统，不都是先开个好头才有的。"

高野侯还是摇头道："别想了，我不会答应此事的。除非隐官大人召开一场祖师堂议事，通过了此事，我们泉府再按例行事。"

本以为把话聊到这里，双方就算谈崩了，高野侯甚至已经做好了最坏的心理准备，大不了让陈平安在泉府大闹一场。反正齐狩又不是没有被暂领隐官的宁姚砍过，自己这个泉府一把手，再被真正隐官砍一通，好像也没什么。

不承想陈平安嗯了一声："高兄越发沉稳了。"

如此一来，高野侯反而心里打鼓，被陈平安当面闹一场，总好过被这家伙阴啊。

高野侯当下心情颇为复杂，突然有些怀念宁姚主持避暑行宫事务的岁月了。不用提心吊胆，没有拐弯抹角，公事公办，清清爽爽。

高野侯好奇道："今天来这边，真就没什么正经事？"

陈平安笑道："还真没有，就只是找高兄叙旧。怎么，是觉得咱俩其实没啥交情，嫌我高攀了当上高官的高兄？"

陈平安低头从袖中摸出一件东西，轻轻抛给高野侯："就算是补上一份泉府建立的礼物。"

高野侯抓在手中，是块小木片，老檀木材质，样式颇为雅致且古怪，曲尺状，上边刻有铭文和落款，应该是个老物件，只是高野侯猜不出是做什么用的。

"抬头"四字铭文"循规蹈矩"，下边还有一行字迹稍小的文字，是"可规可矩谓之国士，合情合理是为良法"。

陈平安笑问道："知道是做什么用的吗？"

高野侯没好气道："别卖关子，直接说。"

陈平安说道："是印规，本身不值钱，在山上可能都卖不出半枚雪花钱，但是我珍藏多年，送了你，吃灰可以，别随便送人。"

高野侯轻轻将那规放在桌上，点头道："一见投缘，会珍惜的。"

高野侯疑惑道："这就走了？"

陈平安说道："去你们泉府议事大堂看看，不会不合规矩吧？"

高野侯摇头笑道："这有什么。真要计较起来，整个泉府衙署都是隐官大人搬来的，除了财库和簿房两地，你可以随便逛。"

曾经的倒悬山四大私宅，分别是春幡斋、梅花园子、猿蹂府和水精宫。

皑皑洲刘氏的猿蹂府，刘财神的嫡子刘幽州曾经主动提出将整座府邸送给剑气长城，当年猿蹂府能搬走的，确实都被剑气长城搬空了，所以如今整个飞升城剑修，都很念这份情谊。

属于雨龙宗的水精宫，是唯一一个没有跟剑气长城扯上关系的私宅。

至于剑仙邵云岩的春幡斋，和酠颜夫人的梅花园子，因为都设置有禁制阵法，一个可以收拢为掌心袖珍府邸，一个能够"连根拔起"，当年就都到了城内，最终跟随飞升城一起来到了五彩天下。酠颜夫人凭此"投名状"，得以成为陆芝的"侍女"，得到一份庇护，如今还成了龙象剑宗的祖师堂供奉成员，浩然修士再想找她的麻烦，就得好好掂量掂量，会不会莫名其妙就被"兵解"和"上路"了。

而这一切，当年都是隐官陈平安一手主导。

春幡斋连同衣坊剑坊，一并划拨给了泉府一脉。

高野侯放下手边事务，亲自带路，领着陈平安和小陌一同去往昔年春幡斋大堂。

其实陈平安对昔年春幡斋诸多夹壁、密室的了解，并不比高野侯少。

其间路过一座座墨香浓郁的账房，里面多是好奇这位年轻隐官的年轻修士，不少来自晏家和纳兰家，其中有女子持扇倚门而立，见着了那一袭青衫，却没打招呼，好像见了一面便心满意足，她手持一把并拢折扇，落座绣凳之前，轻轻拂过浑圆，免得衣裙褶皱。

女子蓦然回首，朝门外嫣然一笑，她比昔年当家做主的纳兰彩焕低了一个辈分，按照家谱，她是纳兰玉牒的姑姑。可惜屋外那个不解风情的青衫男子，目不斜视，从门外廊道快步走过。

陈平安问道："那处梅花园子，你们泉府是打算赠送给下一位玉璞境女子剑修？"

高野侯点头道："是有这个打算，目前看来，你们隐官一脉的罗真意，可能性最大。"

飞升城和八座山头之间，已经开始圈划地界，以供未来剑仙私宅建造。比如歠州师兄弟三人，就自己掏钱买下一块地，打算重新打造出一座簸箕斋。

只是类似种榆仙馆、停云馆、万釐居、甲仗库等，这些曾经各有玄妙的剑仙私宅就很难重建了。没有了，就只能是没有了。

陈平安来到再熟悉不过的大堂，停步片刻，跨过门槛。

高野侯坐在门槛那边，背对庭院，面朝那些椅子，从袖中摸出一壶酒，问道："喝不喝？"

陈平安背靠一根柱子，双臂环胸，看着两排椅子，摇摇头。

米裕、孙巨源、高魁、晏溪、纳兰彩焕、谢松花、郦采、苦夏、元青蜀、谢稚、宋聘、蒲禾、邵云岩。再加上最后一个到场的新任隐官。当时赶赴倒悬山，总计十四位剑修在场。如今回头再看，竟然是外乡剑修居多。

陈平安挪步，选择坐在靠近门口的椅子上，是春幡斋主人邵剑仙的位置，有点负责关门打狗的意思。

陈平安闻着门口那边飘溢而起的醇香酒味，忍不住转头问道："什么酒？挺香啊。"

高野侯笑呵呵道："听说是地地道道的青神山酒水，我让人偷偷买下一坛，价格确实贵，担心被我一口气喝没了，就自己分装了几壶。不过买酒的时候，就跟酒楼约定好了，没让他们大张旗鼓对外宣扬。我也不知道酒水的真假，反正尝过之后，觉得值那个价格。"

陈平安笑道："酒水真假，我没喝过，不好妄下断言，但是价格嘛，高兄多半是当了回冤大头，被杀猪了。"

高野侯一笑置之。

看着对面的那些椅子，陈平安沉默许久，终于开口说道："高野侯，一定要让飞升城一直是飞升城。"

高野侯打趣道："一个来自浩然天下的家伙，说这种话，是不是有点怪？"

陈平安抬起右手，凝聚天地灵气为一颗圆球，以一缕纯粹真气作为绳线，高高举起，再用左手轻轻一推圆球。圆球随之晃荡起来，陈平安看着那颗球朝两个方向的一次次摇摆，自顾自说道："我那师兄崔瀺，曾是大骊当今天子的先生，听说他给当年还是皇子的宋和看过两件事的首尾。

"一处是边境州郡，一个位于京畿之地，同样是出了一桩不小的丑闻，前者的处理手腕，极为蛮横，民怨沸腾，强行镇压下去就是了，最终变成了一桩官不究民不举的事情，好像什么都没有发生。京畿之地的官员，就处理得很……漂亮，确实没有瞒报，密折，公文，邸报，事情一起，就立即处理妥当了，看上去滴水不漏，既没有遮掩，也没有弹压，从头到尾，好像什么都公之于众了，好像什么都明明白白了。

"可其实在这里边，是当地官府与百姓达成了一种默契，就那么在台面下摆平了。就算是大骊朝廷的刑部追究起来，好像也没什么过错可以秋后算账的，因为既没有谁贪污受贿，也没有谁渎职，而且就一郡百姓而言，民心很好啊，只觉得官府处置得当，雷厉风行，大快人心。但是天底下纸是包不住火的，只要事情败露，只会愈演愈烈，想要事态不至于一发不可收拾，就要用一个更大的手腕，将其压下去，必须更好地遮掩起来。"

高野侯问道："是担心未来的飞升城，众多剑修的行事风格，从一个极端变成另外一个极端，会渐渐变成那个大骊京畿之地的官员，手法娴熟，滴水不漏，练剑做人，为官做事……越来越精巧圆滑？"

"不用我担心。"陈平安面无表情道，"因为一定会的。"

高野侯顿时哑然。

陈平安打散那颗圆球，缓缓道："下五境的剑修见到中五境的剑修，中五境的剑修见到上五境的剑修，玉璞、仙人两境的剑修，见到飞升境的剑修，当然还有不是剑修的见到是剑修的。

"等到避暑行宫在内的三座衙署，剑修们一个个都有了官身，而且越来越等级分明，走在街上，还敢像以前那样，像喊董三更、陈熙的名字一样，直接喊你高野侯、喊齐狩吗？

"修道之人的生死大敌，就是自己，结金丹，孕育元婴，面对心魔，等到跻身了上五境又要'返璞求真'，一路艰辛。

"飞升城的敌人，亦是如此。

"不过这种事情，也不用太担心，既然躲不掉，就早做准备。飞升城如今形势其实很好，当年我和愁苗剑仙两人私底下有过一场比较粗糙的推演，我当时相对悲观，愁苗剑仙就要乐观几分。不说我，飞升城这些年发展迅猛，并且能够做到井然有序，已经远远超出了愁苗剑仙的预期，由此可见，齐狩和高野侯你做得有多好了。"

陈平安站起身，笑道："大有可为，任重道远。"

高野侯却没有起身，依旧坐在门槛上，说道："飞升城里边马上就要建立书院了，你是怎么看的，有没有需要特别注意的？如今是刑官一脉管此事，不太愿意让外人掺和，所以如果你有想法，我听过了，就可以先跟避暑行宫那边通通气，等到下次祖师堂议事，该建议建议，该驳回驳回，都不用你出面当恶人了。"

陈平安摇头道："其实没什么想法。齐狩这个人，没有什么小的私心，眼光和胸襟都是有的。"

一个人有了长远眼光，就不太容易急功近利。野心勃勃，志向高远，本就是一对近义词。

高野侯好像就没打算放过陈平安，问道："关于书院的名称，还有那些匾额、楹联，找谁写？"

陈平安只得坐回椅子："北边的扶摇洲遗民当中，又不缺饱读诗书的文豪硕儒。我肚子里那点墨水，早就送给两本印谱了。"

高野侯是市井底层出身，从小就与妹妹相依为命，打过很多短工，什么钱都挣，生平第一次去往太象街，是成为剑修去过战场后，得到了老剑仙纳兰烧苇的青睐，再被纳兰家族招徕为家族剑师，又过了几年，高野侯就顺势成了纳兰家族的乘龙快婿，娶了一位性情贤淑的同龄女子，她也是一位剑修，只不过姿容与练剑资质都很寻常，其实纳兰烧苇起先有意让高野侯迎娶另外一位，但是高野侯没有答应。

飞升城和周边四座藩属城池都创办了学塾，近期正在筹建书院。

孩子们读书识字，除了避暑行宫当初鼎力推荐的那本《说文解字》，大部分的文字都来自飞升城内散落在大街小巷的石碑，并非浩然天下通行九洲的那些蒙学书籍。

那些曾经谁都不当回事的古老石碑，如今都被一一搜集、搬迁到了几处学塾里边，就像出现了一座座小碑林。

碑文勒石记事，大多字迹浸剥，依稀可辨，或行或楷，文字皆筋骨强健，劲道可观，和后世的馆阁体,是截然不同的风格。

寥落几片石,古字满幽苔。若非逢闲客,何人肯读来。

学塾蒙童除了跟着夫子们认识文字,术算和地理两科也都是要学要考的,后者由避暑行宫和刑官一脉合力编订成册,介绍五彩天下的山川河流、各地物产。

至于那本《说文解字》,编撰者是那位被浩然天下誉为"召陵字圣"的许夫子。

此外三教典籍,避暑行宫挑选显得极为慎重,比如儒家书籍,就只有一本《礼记》,以及属于单独摘出的一篇《劝学》。并没有因为老秀才是隐官的先生,避暑行宫就大肆推广文圣一脉的典籍学问。

道家是一本《黄庭经》,佛家则是那本《楞严经》。

其实归根结底,所有学塾就只有一个宗旨,保证飞升城的孩子们都能够识文断字。不用什么都知道,但是不能什么都不知道。

陈平安随口问道:"学塾逃课情况多不多?"

高野侯有些头疼:"多,怎么不多。学塾都要专门安排几个教书先生,在那几条特定街巷拦路才行,把他们一个个抓回去,跟逮鸡崽儿差不多,再跑再抓,每天都在那边斗智斗勇呢。现在已经算好的了,一开始那会儿,几乎每天学塾里边都是空荡荡的,怎么劝都不管用,就是不愿意读书,从孩子到他们爹娘,好像都觉得这是一件丢人现眼的事情,祖师堂专门为此议过事,我差点没忍住,就要提出是不是上学就给钱,一个孩子每天给几文钱,泉府当然掏得起,只是被齐狩拒绝了,劝我干脆别开这个口。"

陈平安摇摇头:"齐狩是对的,可不能开这个口子。"

高野侯聊起这个,话倒是多了不少,酒都不喝了,满脸笑意,娓娓道来:"过了两三年,愿意主动上学的孩子终于稍微多一点了,结果就又有了个新麻烦。太象街、玉筡街这些地方出身的孩子,与那些个穷酸街巷的同窗,一言不合就干架,喜欢各自抱团,一打打一堆,本来就觉得读书太闷,还是打架带劲些,往往是教书先生还在那边之乎者也,下边就鸡飞狗跳了,所以前几年去学塾当夫子的,一个个叫苦不迭,每天的口头禅就是教不了教不了。在学塾里边闹,毕竟束手束脚,所以每天不等放学两帮人就约好架了,教书先生们都不知道怎么管,也不好管。第二天上课,一个个鼻青脸肿的,看得夫子们又好气又好笑。

"说到这个,真得好好感谢郭竹酒,由她牵头,给孩子们订立了几条江湖规矩,算是约法三章吧。两帮人想要解决江湖恩怨,首先,双方必须赤手空拳;其次,在家里边学过武练过拳的,不能下场打架,只能当位高权重的将帅,负责调兵遣将;第三,动手之前,必须将书包放好,交由一两人看管,谁都不能把书包当武器用,谁敢打坏了里边的书籍,就别怪她亲自指定的那几位督战官铁面无私不客气了;最后,江湖恩怨江湖了,在学塾里边谁都不能动手,不然做事情就不讲究了,算不得真正的老江湖。"

陈平安忍住笑："竹酒到了落魄山，都没跟我说这个。"

高野侯突然问道："你是不是有个弟子叫裴钱？"

陈平安点头道："怎么了？"

高野侯笑道："咱们那位当孩子王的郭竹酒，没有成为武林盟主，说她有个叫裴钱的师姐，个头很高，一身神力，拳脚了得，所以她自己只是狗头军师。"

陈平安忍俊不禁。裴钱只在郭竹酒这边完全没辙，不是没有理由的。

高野侯啧啧称奇道："你能想象吗，到后来动辄一百多号学塾孩子，浩浩荡荡到了约定战场，分成两拨人，不仅主战场上一拥而上，竟然还有各种迂回包抄，分兵绕路偷袭，都用上兵法了。尤其是等到冬天下雪，那才叫一个热闹，四个藩属城池的学塾，都来飞升城这边聚拢，大几百个孩子，在太象街那边拥挤在一起，其中还有不少穿开裆裤的，一起打雪仗，时不时就会'城门大开'，从某个宅邸门边杀出一支伏兵。"

陈平安问道："有没有偷偷拿积雪裹住石头砸人的小王八蛋？"

高野侯无言以对，还真有。

高野侯斜眼道："有些个小兔崽子，打架之前，还喜欢慢悠悠卷袖子卷裤管，学某人，还挺有模有样的。"

陈平安大笑起来。

一个避暑行宫的旧隐官，一个泉府一脉的财神爷，聊孩子们打群架，竟然也能聊得眉眼飞扬，笑声不断。

陈平安离开泉府，来到太象街，已经是夕阳西下时分，举目远眺，送送飞鸟。

飞升城是一座没有城墙的城池。因为不需要。

陈平安带着小陌来到一处府邸门外。

太象街陈府。这里将会有一轮朝阳冉冉升起，很快就会让整座五彩天下为之侧目。因为这座府邸的真正主人，还是曾经的陈熙。

以前在剑气长城，关于那一小撮巅峰剑仙的战力高低，一直争吵不断，尤其是董三更、萧愻、陈熙和齐廷济这四位，具体位次如何，众说纷纭。

陈平安当然也很好奇，所以有次老大剑仙做客避暑行宫，就问过这个问题，老大剑仙原本一向不掺和这类有的没的的排名，大概是觉得新任隐官没有功劳也有苦劳，就破例给了一个不是答案的答案：杀力是董三更最大，本命飞剑是萧愻最多最好，剑术是齐廷济最高，剑道造诣是陈熙第一，董三更输在年轻时受伤太重，萧愻输在心不定，齐廷济输在不纯粹，陈熙输在体魄相对孱弱又心太高。

少年模样的陈缉不等陈平安行礼，就已经摆手道："免了，省得双方都别扭。"

那位侍女抱拳道："陈晦见过隐官大人。"

陈平安笑着抱拳还礼："恭喜陈姑娘跻身玉璞境。"

如果不是陈晦如今的身份、境界都不宜泄露，飞升城外那座梅花园子就已经是属于她的私宅了。

屋内两坐两站。

陈平安笑着介绍道："陌生，道号喜烛，喊他小陌就是了。他是一位飞升境剑修，来自蛮荒天下，在明月皓彩中沉睡多年，与元乡问过剑，也曾砍过仰止和朱厌。"

言下之意，陌生就只是一位纯粹剑修，与剑气长城并无恩怨。

饶是陈晦道心坚韧，此刻亦是难以遮掩一脸震惊。也就是年轻隐官说出口的，不然她就只当是听个笑话了。

一位活到万岁高龄的远古剑修？与龙君、观照、元乡他们都是同辈？

小陌作揖道："小陌见过陈老剑仙。"

陈缉同样吃惊不小，起身抱拳道："剑气长城，剑修陈熙，有幸一见。"

陈平安跟着陈缉起身再落座。

陈缉问道："要不要我帮忙想个法子，让你去祖师堂议事？"

陈平安摇头道："这次就算了。"

陈缉也不勉强，笑问道："不摆酒？"

陈平安赧颜道："太仓促了。下次回这边，肯定摆酒。"

陈缉不以为然道："仓促？仓促个什么，这种事情，总不好让宁姚开口吧，她到底是个女子。我就奇怪了，你小子胆子也不算小啊，怎么唯独遇到这件事，这么磨磨唧唧的。再说了，即便不摆酒，生米煮成熟饭都不会？"

陈平安听得一脸尴尬，可对方毕竟是长辈，不好说什么。

陈缉摇摇头，也没有多说什么，倚老卖老的言语，说多了容易惹人厌，只是跟陈平安问了些关于陈三秋的近况。听过了陈三秋的大致游历过程，陈缉显然不太满意，给了一句脚踩西瓜皮的评价。再问了些董画符、晏琢和陈李、高幼清这两辈年轻人离乡后的修行情况，倒是让陈缉颇为满意。

陈缉问道："齐廷济的那个龙象剑宗如何了？"

陈平安笑道："收了十几个年轻剑修当弟子，齐宗主如今在蛮荒天下那边负责驻守一处渡口。"

"难为他了。"陈缉自嘲道，"果然人都是会变的。"

陈缉突然问道："你觉得齐狩担任城主，合不合适？"

陈平安说道："可以多看几年，好歹等齐狩跻身了仙人境，其实合不合适，还是齐狩自己说了算。"

陈缉点点头，算是认可了年轻隐官的这个说法。

可能如今的飞升城剑修还不太清楚，最希望齐狩能够当上城主并且当好城主的两个人,就是此刻屋内两人。

陈平安是希望齐狩坐稳那把暂时空悬的交椅之一,只要齐狩能够真正服众,那么宁姚就不用分心。陈缉是自己不太乐意去当什么城主,如今更多心思还是放在了看看能否比上一世的修行境界百尺竿头更进一步上。

但是由陈缉担任首任城主,曾经是老大剑仙的亲自安排,知道此事的,除了陈缉自己,就只有年轻隐官了。陈缉还真怕陈平安这小子不仗义,为了能够让宁姚轻松些,某天就在祖师堂那边当众搬出这道"法旨"。

陈缉又问道:"以后飞升城的供奉、客卿,数量需要有个定额吗?"

陈平安想了想:"个人建议,最好人数不要超过祖师堂三成。"

陈缉问道:"邓凉以后脱离飞升城,由他创建的那个九都山下宗,我们飞升城需不需要礼尚往来,安排一个首席供奉?"

陈平安摇摇头:"不需要盯着,意图太过明显了,会成为隐患重重的一条潜在脉络,一旦开枝散叶,就是飞升城与邓凉下宗分裂的根源所在。"

陈缉笑道:"我倒是觉得意图明显一点更好,省得人心不足蛇吞象,飞升城没那闲工夫去安抚人心,有些毛病,就是缺少敲打,给惯出来的。"

陈平安微笑道:"反正不是迫在眉睫的事情,那就再议?"

陈缉点头道:"可以。"

陈平安和小陌离开后,陈缉继续看书,陈晦站在一旁,无声无息,她自幼生长在陈府,既是死士,更是刺客。

陈缉问道:"怎么样?"

陈晦毕恭毕敬答道:"若是奴婢与之对敌,毫无胜算。"

陈缉笑问道:"如果是战场偷袭,或是一场精心准备的刺杀?"

陈晦摇头道:"奴婢多半还是送死。"

陈缉笑道:"知道什么叫真正的天才吗? 分两种,一种是宁姚那种,轻轻松松就高出齐狩、高野侯两个境界;还有一种就是陈平安、斐然和绶臣这种了,只要是与人同境厮杀,就能够立于不败之地。"

陈晦难得主动询问,小心翼翼说道:"主人,一座五彩天下,能够容纳几位十四境大修士?"

陈缉轻轻翻着书页,微笑道:"可以有很多个十四境,也可以只有一个,这就得看天下第一人的态度了。"

夜色里,一条陋巷,一栋小宅子,灯火昏暗,作为刑官二把手的捻芯这些年一直住在这里,关于她的身份,至今还是个谜,只是也没谁敢去刨根问底。毕竟捻芯作为躲寒行宫武夫一脉的主事人，还管着一座牢狱，身份地位，已经超过当年的老聋儿。

今天难得有客登门，捻芯打开院门，将陈平安和一个黄帽青鞋的青年修士带入正屋。

陈平安取出那支老烟杆，很快就开始吞云吐雾起来。

捻芯皱眉问道："怎么回事？"

本来以为眼前这个男人，现在怎么都该是一位玉璞境剑修，外加止境武夫的归真一层。

陈平安解释道："去了趟蛮荒天下，代价不小，跌境比较多。"

捻芯点点头，也不细问。

有敲门声响起，小陌去开门，看到了一个身形佝偻的男人，一手提着酒壶，一手拎着油纸包裹的酱肉，小陌立即露出笑脸，因为认出了对方的身份，作揖道："落魄山供奉陌生，拜见郑先生。郑先生喊我小陌就是了。"

男人一脸尴尬道："怎么觉得像是被捉奸在床了。"

捻芯转头望向院门口那边，黑着脸沉声道："郑大风，你给我说话注意点！"

郑大风笑容灿烂，与小陌点头致意，既然是自家人，就不用客套寒暄了。他大步走入院子，一本正经道："山主，我必须好好解释一下了，其实我不常来这边的，跟捻芯姑娘半点不熟。"

落座后，郑大风看着那个抽旱烟的山主，笑问道："什么时候养成的习惯？"

陈平安笑道："去过杨家药铺之后的事情。"

郑大风放下酒壶和油纸包，抬起手掌晃了晃，摇头道："道行差得远了。"

转头望向小陌，郑大风一脸诚挚问道："小陌，咱哥俩多年不见，不得喝点？"

陈平安本来想调侃几句，只是再一想，不由得脸色古怪起来，便忍住了跑到嘴边的话。

小陌立即起身，拿起酒壶，给郑大风和自己各倒了一碗酒，微笑道："确实是一别多年。"

因为小陌刚才在门口那边，只是一眼，就认出了郑大风的双重身份，除了是落魄山的看门人，很久之前，更是某地的看门人。不过那会儿的"郑大风"相貌堂堂，英姿勃发，身上披挂一件"大霜甲"。

郑大风一只脚踩在长凳上，问道："去过躲寒行宫了？"

陈平安点点头："都不赖。"

郑大风嗯了一声："不错是不错，也就仅限于不错了。麻烦得很。这帮孩子，就像是一直被剑气长城压着，拳意未曾真正起来，即便是资质最好的姜匀，也会觉得自己面对剑修，矮人一头。这种念头，一天不打消，就会一直是个无形瓶颈，最麻烦的是，明明有此瓶颈,还不耽误破境。这就很难讲道理了。我这个教拳的师傅,总不能按住他们的脑袋,去跟那些眼高于顶的同龄剑修问拳搏命打几架。"

其实换成是陈平安,如果是在剑气长城土生土长的武夫,不曾遇到崔诚,不曾有过竹楼练拳,一样会难以逾越那道天堑。

但是白天在躲寒行宫那边,陈平安确实对那些年轻武夫很满意,是一种发自肺腑的认可。很大程度上,从姜匀和元造化他们身上,陈平安就像看到了曾经的自己。这就像一个境界已经足够高的长辈,看到一个资质只能算是凑合的晚辈,后者虽然嘴上不曾豪言壮语,但是一双眼睛里,就像一直在反复念叨一句话:我一定可以成为大剑仙,对不对?

陈平安觉得这样的"言语",实在是美好动人至极。

郑大风抿了口酒,立即打了个哆嗦,叹了口气,缓缓道:"要是搁在浩然天下,除了姜匀有可能侥幸得到一次武运馈赠,其余所有人就都别想了。"

陈平安笑道:"反正不是在浩然天下,等姜匀几个都跻身了金身境,你多花点心思,底子一样会很好。"

郑大风说道:"不如找一拨剑修演场戏,来场剑修和纯粹武夫之间的内讧?双方互为守关过关,结结实实打过一场,无论输赢,对姜匀他们都是好事。我就是个每月只领一笔俸禄的教拳师傅,连个芝麻官都算不上,没那么大本事。让隐官或是刑官两座山头的管事人掌握好火候,挑选出来的剑修,不光要境界合适,心性都有要求,不然这种事情,一方问拳,一方问剑,那些个飞升城的宝贝疙瘩,一个打急眼了,就要不管不顾,一旦跟姜匀他们生死相向,伤感情不说,就怕谁受伤,尤其是伤及大道根本,更怕牵一发而动全身,打破飞升城三座山头的微妙平衡。"

陈平安点点头:"你确实不适合出面促成此事。"

郑大风大笑道:"这就叫姜尚真照镜子。"

"我们周首席的名声,等到下一次开门,肯定就能传到青冥天下那边去了。"陈平安跟着笑了起来,略略思量,"找人切磋这件事,我来办好了,不过你得做好拉架的准备。"

郑大风点点头:"捻芯姑娘,闲着也是闲着,不陪大风哥喝两口?"

捻芯眯眼冷笑。

郑大风自顾自抿了口酒,眼神幽怨道:"不喝就不喝,凶大风哥做啥子嘛。"

陈平安犹豫了一下,还是问道:"半斤八两真气符,能不能画出来,可不可以用在躲寒行宫那些孩子身上?"

郑大风点头道:"能画,也可以用。"

陈平安有些疑惑不解,之前还以为这里边有忌讳,有师传禁制之类的讲究。

郑大风笑道:"按照我师父的说法,无缘无故的,凭什么白给好处?

"再说了，当年我师兄在药铺后院挨了顿骂，难得被师父骂了个狗血淋头，李二那会儿不就是想当个好人吗？"

"要不是高煊那小子抢先买下那条金色鲤鱼和龙王篓，李二当时又得了师父的提醒，还有后来的落魄山，剑气长城的二掌柜和末代隐官？我看悬。"

"佛家所谓的福慧双修，既是最容易的事情，又是最难的事情。"

郑大风放下酒碗，双手抱住后脑勺，打了个酒嗝，笑道："不过既然你开了口，我就将那两张符篆用上。"

其实他是位山巅境武夫了。只不过在躲寒行宫那边，一直"吹嘘"自己是位覆地远游的羽化境大宗师。被孩子们瞧不上眼，真是郑大风自找的。

成为山巅境武夫后，郑大风就开始刻意练拳懈怠了，确实是懒，而且是一种心懒。

因为一旦成为五彩天下的首位止境武夫，就由不得郑大风懈怠了。

我远风波，风波未必远我。

郑大风觉得现在的安稳日子，就很好嘛。

从不收拾酒桌碗筷，只有擦凳子一事，代掌柜最勤快。

我大风哥是那差婆姨的人吗？错了，是我大风哥的那些未过门媳妇们，寻寻觅觅，还没能找到她们夫君罢了。

郑大风问道："落魄山那边，如今是谁看大门？"

"小米粒帮忙看门最久，每天巡山完毕，就去门口坐着。不过现在是个叫年景的道士代为看门，他刚刚到小镇没几天。"

"真道士假道士？"

"还真不好说，按照现在的说法，当然是没有度牒的假道士，可如果按照老皇历，算是真道士。"

郑大风点点头。我不多想。

陈平安笑问道："就没想着在这边找个媳妇？"

郑大风笑呵呵道："我又不是那帮毛头小子，每天嚷嚷着'老子进不了避暑行宫，就娶个隐官一脉的女子剑修'。

"离乡多年，小镇那边啥都不想，就是有点想念毛大娘家的肉包子，啧啧，够大，当然还有黄二娘的酒水，酒碗也不小。嗯，再就是胡沣他爷爷的那个喜事铺子。

"对了，你知不知道黄二娘的那个宝贝疙瘩？"

陈平安点头道："知道得不多，只听说是个小秀才，读书种子，后来去了龙尾溪陈氏开办的学塾继续念书。"

"就这些？"

"不然？"

"黄二娘的那个死鬼丈夫,姓白,她儿子叫白商。"

陈平安问道:"是那个秋季别称之一的'白商'?"

郑大风笑道:"不然?"

"还有那个胡沣,如果我没记错,跟你是同龄人吧,就是经常跟董水井一起去老瓷山捡碎瓷片那个,你们两人怎么都该打过照面的。"

陈平安点头道:"是见过很多次,但是我跟胡沣从来没说过话。"

郑大风再次泄露天机:"胡沣姓胡,他爷爷姓柴,你就不觉得奇怪?"

陈平安气笑道:"我怎么知道胡沣的爷爷姓柴不姓胡。"

小时候陈平安都不敢走近那间喜事铺子,而那个走街串巷做缝补生意的老人也从不走泥瓶巷。

郑大风翻了个白眼,摇摇头,问道:"除了老瓷山,还有呢?"

陈平安默不作声。

是那个神仙坟。

当年小镇孩子们经常逛的地方,其实就那么几个地方。在老槐树下纳凉嬉闹听故事,在石拱桥和青牛背那边钓鱼游水,去老瓷山各凭喜好捡取碎瓷片,去神仙坟那边放纸鸢、玩过家家。

陈平安心弦瞬间紧绷起来。玩过家家?!

郑大风摇晃酒碗:"邹子去过骊珠洞天,如果我没记错,是在杏花巷那边摆的摊子,后来还有个心比天高命比纸薄的婆姨,就是那个邹子的师妹,当年其实也去过骊珠洞天。既然半部姻缘簿都被柳七带去了青冥天下的诗余福地,她手上的那些红线,从哪儿来的?这玩意儿,是谁都能炼制出来的?就算是三山九侯先生,他老人家的道法,足够通天了吧,一样没法子炼制。那么多的红线,到底是怎么来的,就是她从柴老儿手中求来的。

"都说二掌柜坐庄无敌,年轻隐官算无遗策,要我看啊,真心不怎么样。"

陈平安笑道:"你年纪大,你说了算。"

关于小镇的那幅光阴长河走马图,知道师兄崔瀺肯定动过手脚,故意删减掉了很多内幕,但是陈平安怎么都没有想到,他会抹掉如此之多的真相。

郑大风用手指蘸了蘸酒水,在桌上写下五个字,刚好围成一个圆,缓缓道:"是邹子率先创建了五行学说,金木水火土,既有五行相生,亦有五行相克,金生水生木生火生土生金,金克木克土克水克火克金。高煊的那尾金色鲤鱼,赵繇的木雕镇纸,你送给顾璨的小泥鳅,秀秀姑娘的火龙手镯,你家隔壁的那条四脚蛇。这里边的学问,大了去,多想想,好好想。"

郑大风冷不丁说道:"我觉得那个罗真意,有点古怪。"

陈平安回过神，一头雾水："什么？"

罗真意绝对没有问题才对。

郑大风呵呵一笑。

陈平安的心思还在家乡小镇和神仙坟那边，问道："还有更多的'来路'吗？"

郑大风说道："差不多也就那样了，山主你自己扳手指数数看，一双手数得过来吗？是不是已经够多了？"

捻芯听出了一个大概，试探性说道："养蛊？"

郑大风一口酒水喷出来，想要向捻芯姑娘瞪眼，又不舍得，只好摆手道："别瞎说。"

小陌轻声说道："是一种无形中的大道流转，谁都有机会获得全部。"

郑大风笑道："别扯得那么玄乎，说得形象一点，就是有人坐庄，所有人都在赌桌上，有人不断输掉筹码，离开桌子，在别处挣了钱，可能是借了钱，可能是捡了钱，总之只要有钱，就都还能继续返回桌子，但是大体上，这张桌子上，人还是越来越少，桌上的筹码自然而然就越聚越多了，等到桌上只剩下一个人的时候，才算结束。"

直到那一刻，坐庄的那个人就走了。也就是杨家药铺后院的那个老人、郑大风的师父。

郑大风端起桌上酒碗，一饮而尽。

陈平安欲言又止。

郑大风瞥了眼陈平安手中的旱烟杆，笑道："没什么，其实当年离开之前，我就有点察觉了。"

当时说不出口的话，往往一辈子都是那个"当时"。

一起离开捻芯的宅子，走在巷弄中，郑大风笑道："去酒铺坐会儿？打烊关门了，再开就是了。"

陈平安点点头。

到了酒铺那边，帮着郑大风重新开门，陈平安发现柜台桌上多出一样新鲜物件，是一只青竹筒，里边装满了竹雕酒令筹。

陈平安随便抽出一支竹筹，写了一句"天何言哉，四时行焉。在座各劝十分"。

陈平安笑问道："抽中这支竹签，是所有人都得喝一碗？"

郑大风点头道："为了维持你这个铺子的生意，我算是殚精竭虑绞尽脑汁了，不过那帮酒鬼一开始挺闹腾，没过半个月，就都觉得还是喝酒划拳更舒坦，但是在飞升城别的酒楼，直到现在还是很受欢迎，墙里开花墙外香，没法子的事情。"

酒令筹上的文字五花八门。比如有那"新旧五绝，平分秋色，各饮五分"，就是抽中者任意挑选十人，如果人数不够，就是满座都饮酒半碗。

此外还有人担任监酒官，类似坐庄，还有督饮官，防止被罚饮酒之人脚底下养鱼。

陈平安又随便抽出一支竹筹,看得脸一黑。

惧内两碗。认饮一碗,不认三碗。

郑大风伸长脖子瞥了眼:"你这手气,也是没谁了。小陌,还不快帮我们山主倒满三碗酒?"

小陌笑了笑,没挪步去拿酒。

郑大风挥挥手:"既然不喝酒,就赶紧回吧,不然又得在门口睡一宿。"

陈平安背靠柜台,看着墙壁。

郑大风将钥匙丢在桌上:"我顶不住了,你等下自己关门,明早不用赶来开门,刘娥那边有钥匙。"

从酒铺拎起一壶酒,郑大风独自返回住处,住处离酒铺不远。郑大风走在一条巷弄里边,脚步缓慢,运气不错,果然又听见了些动静,停下脚步,他咳嗽一声,问道:"还不睡啊?"

漆黑屋内,顿时响起妇人笑骂声和男人怒骂声。

郑大风踮起脚尖,趴在墙头那边,好心好意"劝架"道:"大晚上吵架就算了,咋个还打架呢,要不要大风兄弟给你们俩当个和事佬?"

屋子里响起男人下床穿鞋还有抄家伙的动静,郑大风立即脚底抹油。

酒铺那边,小陌笑道:"郑先生风采依旧。"

陈平安笑着摇摇头,将钥匙留在柜台上边,关了店铺门板,带着小陌重新回到宁府。

在演武场六步走桩了约莫半个时辰,陈平安回到宅子,去厢房那边点燃灯火,看着桌上那几方材质相同的素章,喃喃道:"不至于吧?"

那些印章都是用霜降玉的边角料雕琢而成。

陈平安其实很想询问董不得,当年她那块霜降玉是怎么得到的。

早年倒悬山,一条断头路的狭小巷弄里边,有座可以说是寂寂无闻的鹳雀客栈。陈平安第一次乘坐桂花岛登上倒悬山,就是住在那座小客栈,掌柜是个年轻人,有几个对生意都不太上心的店伙计。是很后面,陈平安才知道原来这座鹳雀客栈,从掌柜到店伙计,就没一个是省油的灯,全部来自青冥天下的岁除宫,是奔着那头化外天魔去的,也就是宫主吴霜降的心魔道侣"天然"、当年剑气长城牢狱里边的那个白发童子。

就是不知道那块霜降玉,或是某些流入剑气长城的霜降玉,鹳雀客栈有无动手脚。

陈平安犹豫了一下,还是以心声喊来小陌。

小陌将那些霜降玉材质的素章一一攥在手心,片刻之后,摇头道:"没有异样。"

言外之意,就是吴霜降并没有分出一粒心神隐匿其中,至少不在桌上这些素章之中。

陈平安想起一事，先生说过那趟远游，曾在大玄都观里边刚好遇到跻身十四境的吴霜降做客道观，当时的吴宫主，瞧着气象略微不稳，有那么一点美中不足的意思。

照理说，别说是什么跻身十四境，所有练气士在各自破境之初，都需要稳固境界。但是吴霜降，能够用常理揣度吗？

只说在那条夜航船上边，吴霜降就曾与小米粒说过一句让陈平安当时没多想、如今却不得不疑神疑鬼的言语。

"我那份归你了。"

假定吴霜降真的这么做了，现如今他的那粒心神，就一定在五彩天下某地，可能就在飞升城，也可能是去了岁除宫建在五彩天下的那处山头。

这种举动，何止是涉险行事，一来心神不全，再来闭关是修行头等大忌，何况是打破飞升境瓶颈试图跻身十四境？

而这一粒心神化身，不比大修士的阳神身外身或是阴神出窍远游，离开真身之时，注定境界高不到哪里去，一旦落入其他修士手中，后果不堪设想。

不是个彻头彻尾的疯子，根本做不出这种勾当。但是对吴霜降来说，好像又确实不算什么。

何况吴霜降如果真来了五彩天下，也不是只有风险而无半点机遇，比如兵家修行，最终一举成为五彩天下第一位上五境的兵家修士。甚至有无可能，吴霜降会颠倒主次之分？

为了能够与道老二做那生死之争，这位吴宫主什么事情做不出来？

整个青冥天下，唯有吴霜降是早早摆明了要与那位真无敌往死里干一架的。在这件事上，玄都观的孙道长，好像都只能排第二。

陈平安试探性喊了一声："吴宫主？"

又喊了一遍，毫无回应。

干脆直呼其名喊吴霜降，依旧没有动静。

陈平安瞥了眼小陌，小陌面无表情。

避暑城一座学塾，有位瞧着年轻容貌的教书先生，月下散步，双手负后，看着一副亲笔手书的楹联：

上梁巧遇紫微星，竖柱幸逢黄道日

这位不起眼的教书先生是剑气长城本土人氏，因为是练气士，却不是剑修，所以早年一直在玉璞境剑修孙巨源的宅子里当差，这些年就住在学塾里边，去年刚收了个书童。书童其实是可怜至极的天生"瘟神"出身，跟随一位扶摇洲修士游历至此，只不过少年自己并不知晓此事,如此一来,才能神不知鬼不觉。至于那个云游修士,自然也是个一问三不知的牵线傀儡。

不是不可以循着那条线,做些大道推演,只是这位教书先生暂时还不想泄露身份,就直接选择将其斩断。反正他只用猜的,都比那算卦更准确。

听到两声吴宫主和一声吴霜降之后,教书先生啧啧道:"莫不是个傻子。"

第二天清晨时分,陈平安就去了酒铺那边,刚刚开门没多久,一大早没什么生意,丘垅和刘娥,还有冯康乐和桃板都在,围在一张桌上,闲着聊天。

昔年的少女、已经嫁为人妇的刘娥惊喜道:"二掌柜!"

丘垅也是满脸笑意,只是比自己媳妇相对矜持些。

陈平安笑道:"回头你们在避暑城那边开酒铺,我可能无法亲自到场道贺捧捧场了,不过新酒铺的匾额、对联什么的,全部包在我身上。"

刘娥赶紧给二掌柜施了个万福,丘垅站在一旁笑得合不拢嘴。

早年那个虎头虎脑的小屁孩冯康乐都是个大小伙子了。

桃板去了趟灶房那边,很快就给二掌柜拿了一碗面条过来,绷着脸不说话,冯康乐埋怨道:"二掌柜,怎么才来啊?"

陈平安接过那碗葱花面和一双筷子,轻声笑道:"没法子,很多事情,由不得自己怎么想就怎么来。"

冯康乐点头道:"也对,我倒是想着挣大钱,这么些年也没能挣着几个钱。"

两人一个趴桌子,一个单手托腮,就那么盯着久别重逢的二掌柜。

他们不是修道之人,从孩子变成少年,再从少年变成年轻人,都那么快,好像就是眨眼工夫的事情,想来变成中年人,也不会慢了。

陈平安卷了一筷子面条,笑道:"看我吃能饱啊?"

桃板咧嘴一笑。

冯康乐问道:"离开这么久,会不会想酒铺啊?"

陈平安点头道:"会的。"

郑大风打着哈欠走来酒铺这边。

今天酒铺的第一位客人,让陈平安大为意外。来人是个风流倜傥的年轻人,穷酸书生模样,还是一身黑衣装束,此人见着了陈平安,就用了个飞升城谁都没听过的称呼,兴高采烈道:"好人兄!"

陈平安放下筷子:"哟,是木茂兄!"

"好人兄,几年没见,风采更胜往昔,他乡遇故知,都不用喝酒,我这心里边就暖洋洋的了。"

"好说好说,木茂兄也不差,说实话,木茂兄再来,我就要主动登门拜访了,怎么都该略尽地主之谊。"

"实不相瞒,之前我用了个化名陈稳,为了以诚待人,免得好人兄找不着我,就改回木茂这个本名了。"

"巧了,我先前化名窦义,这会儿也改回真名了。"

"想必好人兄如今不会晕血了吧?"

"这可说不准,分人。"

郑大风坐在一旁,有点蒙,你们俩是失散多年的亲兄弟?

陈平安解释道:"在北俱芦洲的鬼蜮谷,跟这个木茂兄偶然相逢,不打不相识。"

杨木茂笑道:"哪里哪里,就是一见如故,天公作美,让我有机会与好人兄并肩作战,同仇敌忾,一起发财,兄弟齐心,其利断金。"

他朝郑大风高高抱拳,使劲摇晃起来:"想必这位就是那个传说中自号酒徒胸中全无糟粕、人称浪子笔下颇有波澜的代掌柜了!"

郑大风抱拳还礼:"虚名,都是虚名。"

陈平安笑道:"要是早点来剑气长城,以木茂兄的才智心性,肯定能进避暑行宫。"

杨木茂摆手道:"不敢不敢。"

陈平安问道:"都来了?"

杨木茂笑眯眯道:"没呢,就我。"

陈平安压下心底疑惑,没有打破砂锅问到底。

眼前这个家伙,虽说真名杨凝性,只不过并非全部的杨凝性。

流霞洲天隅洞天的洞主蜀南鸢,他的那个独子蜀中暑,当年来到五彩天下,很快就选中一方风水宝地,打造出一座超然台。蜀中暑与这个主动找上门去的陈稳,很快就打成一片,后者就乐悠悠当起了幕僚和帮闲。

至于那个化名杨横行的家伙,真名叫杨凝真,来自北俱芦洲大源王朝崇玄署杨氏,正是这位木茂兄的兄长,当然是亲的。

杨凝真在五彩天下,很快就从金丹境跻身了元婴境,同时从金身境跻身了远游境。擅长符箓,一点行走江湖不露黄白的讲究都没有,一身法宝,简直就是一座移动的宝库,结果招来各方势力觊觎。杨凝真一贯出手狠辣,滚雪球一般,最后引来将近百位练气士的围杀、追杀以及被反杀。

而杨凝性,在北俱芦洲被誉为"小天君",要比兄长更有希望继承云霄宫,再水到渠成顺势担任大源王朝的护国真人。

杨凝性炼化了那把鬼蜮谷宝镜山的三山九侯镜,来到这边后,几乎没有任何波折,就顺顺利利跻身了玉璞境。

只是兄弟二人,好像打小就关系不佳,既没有一同进入五彩天下,这些年也一面都没有见过，各混各的。

蜀中暑这位当之无愧的天之骄子，父亲身份显赫、家底丰厚不说，母亲还是女子仙人葱蒨的师妹。当初蜀中暑身边就有五位婢女剑侍，跟随他一同进入崭新天下。她们分别名叫小娉、绛色、彩衣、大弦、花影，皆是中五境剑修。如今她们两位是金丹境、三位是龙门境。

由此可见，天隅洞天那对山上道侣，是如何宠溺这个独子的，天隅洞天的底蕴之深厚，亦可见一斑。

其实她们也就是照顾蜀中暑的衣食住行罢了，毕竟蜀中暑是数座天下的年轻候补十人之一。

陈平安问道："扶乩宗那个年轻人？"

杨木茂摇头道："远远见过，没啥交集。"

扶乩宗的根本术法，与九都山有些相像，都是撰写青词绿章，只是除了请神降真，扶乩宗还可以邀请鬼仙。

当年宗主嵇海就请下了一位神将捉柳与一位鬼仙花押，当时双方境界都是元婴境，作为下任宗主的护道人，跟随少年一同进入五彩天下。

杨木茂问道："能不能帮我那个蜀兄弟问点事情，天隅洞天那边？"

陈平安说道："出现过一场内乱，但是问题不大。"

其实不光是流霞洲天隅洞天，金甲洲晁朴的宗门，还有百花福地，甚至连皑皑洲刘财神的那条渡船，都遭遇过一场山上的凶险设计。

杨木茂点头道："这就最好不过了。蜀山主听了，终于能够彻底放心了。光是这个消息，就能跟咱们蜀山主讨要一两个婢女。"

修道之人，最怕万一。但是一旦那个万一来了又过去了，就是天大的好事，毕竟万一又万一的可能性，几乎可以忽略不计。

杨木茂盘腿坐在长凳上，总觉得有点硌屁股。

陈平安问道："怎么还不回超然台享福？"

其实陈平安并不知道这个杨凝性已经在飞升城了，反正木茂兄也没几句实话，早就领教过了。

"风景再好，终究就是那么大点地方，人还少，就那么几张面孔，总会看腻的，关键是每个明天都跟今天差不多。"杨木茂撇撇嘴，"不像这里，每天人来人往，大街小巷熙熙攘攘，朝气勃勃，每个明天都让人期待下个明天。"

然后他就突然被一个白衣少年狠狠勒住了脖子："放肆！我们骑龙巷左护法借你胆子了吗，竟敢跟我先生称兄道弟?!"

被勒紧脖子的杨木茂满脸涨红，只得使劲拍打背后那人的胳膊，希望对方手下留情，都是不认识的朋友，何必拳脚相向。

白衣少年似乎火气不小，非但没有松开胳膊，反而一个气沉丹田，稍稍挪步，扯得木茂兄身体后仰，后背几乎要和地面持平了。

杨木茂当真有点头晕眼花了，艰难开口道："好人兄，管管，赶紧管管，别见死不救，你这学生天生神力，出手太重……"

杨木茂只瞧见个少年面容的家伙，眉心一粒红痣，满脸杀气。白衣少年转头望向郑大风，双膝微曲半蹲，先是手上一个狠狠拧转，勒得杨木茂直翻白眼，也不去管死活，然后灿烂笑道："大风兄！"

郑大风笑道："多年不见，崔老弟还是一位翩翩美少年。"

要论交情，郑大风自然还是跟老厨子、魏山君关系更好，三人对这只大白鹅都比较忌惮，只能说不疏远，也不如何亲近。

郑大风问道："怎么来这边了？"

崔东山咧嘴一笑，山人自有妙计。

陈平安提醒道："东山，差不多了，再这么下去，木茂兄就要装死了，回头再找我讹一笔药费。"

崔东山这才松开胳膊，将木茂兄扶起，后者一手揉着脖子，咳嗽不已，崔东山就帮着敲打后背，笑眯眯道："怪我，太热情了，实在是对木茂兄神往已久，这不一见面就情难自禁，木茂兄不会记仇吧？"

杨木茂尴尬笑道："不会不会。"

练气士和凡俗夫子眼中是截然不同的两个世界。

练气士一旦开始登山修行，就会看到一个崭新天地。豁然开朗，如开天眼，四周人物纤毫毕现，睫毛颤动、衣衫细密针眼会大如渔网的网格，女子言语时鱼尾纹的颤动幅度，清晰可见，她们脸上涂抹脂粉的缝隙，如纵横交错的田埂。附近的脚步声，甚至是每一次呼吸、心跳声，落在修士耳中，都会响如雷鸣。所以每一位练气士，在修行之初，都需要去适应这种翻天覆地的巨大变化。

此外一切术法神通，还有剑修的飞剑，多多少少都会牵扯到一些气机涟漪，修道之人，面对这点蛛丝马迹，就像凡俗夫子坐在水边，有旁人投石入水，激起的水花和荡漾的水纹，就是天地间的灵气涟漪。

所以有人神不知鬼不觉靠近酒桌，已经让这个杨木茂倍感意外，自己竟然还会被人偷袭，被勒住脖子，毫无还手之力，更是吓了他一大跳。

这里是上五境修士屈指可数的五彩天下，又不是大野龙蛇处处蛰伏的北俱芦洲。我要这元婴境有什么用？！

一张酒桌，陈平安、郑大风、崔东山、杨木茂，刚好一人一条长凳，不过崔东山死皮赖脸与那位木茂兄挤一条凳子,肩膀一撞,嬉皮笑脸道:"木茂兄,小弟我略懂相术,看得出来,你运道那么好,正值运势命理两昌隆的大好时节,到了这边,肯定是有大收获,咱哥俩不如坦诚相见,摆开地摊,来场以物易物的包袱斋?"

杨木茂赧颜道:"说来惭愧……"

崔东山抬起双脚,一个身形拧转,再站起身,以迅雷不及掩耳之势很快就再次狠狠勒住木茂兄的脖子。

杨木茂立即说道:"并非那么惭愧,其实小有收获,包袱斋做得,怎么就做不得了!"

不愧是好人兄带出来的学生,都快青出于蓝而胜于蓝了,说翻脸就翻脸,比翻书还快,当年在鬼蜮谷,好人兄也不曾这般不讲江湖道义啊。

陈平安也不理睬崔东山的荒诞行径,只是端起酒碗,跟郑大风磕碰一下,各自饮酒,就当是以这场热闹当下酒菜了。

恶人自有恶人磨。这就叫卤水点豆腐,一物降一物。

崔东山坐回原位:"不着急摆摊,先把酒水喝到位了。"

先生不太喜欢说自己的游历过程,偶尔提起一些山水故事,往往也是几句话就带过,但是这个木茂兄,先生还真就是多说了几句。而且聊起这个黑衣书生,先生在言语之时脸上颇多笑意。

早年在北俱芦洲,陈平安曾经与姜尚真重逢,后者泄露天机,那个被誉为"小天君"的云霄宫杨凝性,是当之无愧的天生道种,而且要做那无比凶险的斩三尸之举,打算将心中恶念聚拢凝为一粒心神芥子,再将其斩出,如此一来,等到他将来打破瓶颈,从元婴境跻身玉璞境,其间心魔作祟一事,心关阻碍就会小很多。

斩三尸之举算是道家的一条独有登天路,佛门亦有降服心猿意马一途,有异曲同工之妙。

恰好这两事,陈平安都亲眼见过,除了杨凝性,他还曾在荒郊野岭遇到过一位凿崖壁为洞窟道场的白衣僧人,常年与一头心猿做伴。

至于杨木茂说自己曾与陈平安并肩作战,一起分账挣钱,确实不算假话,双方在鬼蜮谷一路钩心斗角,尔虞我诈,相互算计,最终各有收获。只说杨木茂,他就得到了老龙窟那条"相当值钱"的金色蠃鱼,而"相当值钱"这个说法,可是从姜尚真嘴里冒出来的评价。能够让姜尚真都觉得值钱的物件,不得是名副其实的价值连城?所以这笔账,虽时隔多年陈平安却一直记得很清楚,原来到头来辛苦一场,还是自己小赚,木茂兄偷偷摸摸挣了大头?

杨木茂见姓崔的白衣少年从袖中摸出一把玉竹折扇,双指一捻,啪一声打开,上面四个大字:以德服人。

敢情是遇到了同道中人?

"木茂兄,小弟我有一门独门秘术,可以帮你脱离杨凝性的控制。不然看似逍遥自在,到头来依旧免不了为他人作嫁衣裳,修行艰辛,结果就是桌上的一盘菜,何苦来哉。"崔东山满脸诚挚神色,语重心长道,"不如咱哥俩做笔大买卖,如何?这样的包袱斋,天底下独一份的。千万要珍惜啊,过了这村就没这店了。"

杨木茂笑着摇头道:"崔兄何必诓我,即便白裳这样的大剑仙,斩得断红绳姻缘线,也斩不断这种大道牵引的因果线。"

崔东山使劲摇晃折扇,嗤笑道:"术业有专攻,白裳算哪根葱。"

杨木茂转头望向陈平安,疑惑道:"好人兄,这位崔仙师,真是你的学生,而不是领你上山的传道恩师?"

陈平安笑道:"是学生。"

崔东山拧转折扇,换了一面朝向杨木茂:不服打死。

杨木茂瞥见上边的那四个大字,一个身体后仰,满脸惊恐状,赶紧抱拳说道:"难怪与崔道友一见倾心,原来寥寥两语便道出了我的心声,我杨木茂的立身之本、处世之道,尽在崔道友两边扇面上的八字之中。"

崔东山从袖子里掏出一只青瓷小碟,再抬起袖子抖了抖,掉出些桃片蜜饯,他望向先生。

陈平安摇摇头,崔东山便拈起一块蜜饯放入嘴中,再将瓷碟推给郑大风,含糊不清道:"大风兄赶紧尝尝看,很稀罕的美食,以后就很难吃到了。"

郑大风也就不客气了,抓起蜜饯入嘴,才一嚼,就立即嚼出了门道,啧啧称奇道:"好手艺。"

陈平安拿起瓷碟,递给杨木茂,后者小心翼翼以双指拈起一块蜜饯,瞧着像是以桃干制成。陈平安再将瓷碟放回郑大风身前,这才随口问道:"木茂兄,接下来你是怎么个打算?"

杨木茂细嚼慢咽,蓦然神采奕奕,原来自己的一魂两魄,竟如久旱逢甘霖一般,受益匪浅,就像吞咽炼化了一炉灵丹妙药。他用眼角余光打量着那只瓷碟,还有三块蜜饯呢,嘴上说道:"继续闲逛,既然是从南方来的,就准备再去北边看看,看能不能遇到一位雄才伟略的明君,请我当个国师啥的。下次好人兄路过,我来当东道主,必须盛情款待!"

陈平安点点头。

杨木茂问道:"好人兄,我与崔道友摆完摊子,可就真走了。"

陈平安还是只点头。

杨木茂见好人兄油盐不进,只得硬着头皮问道:"真不邀请我进入避暑行宫?说不定我一个热血上头,就留下了,不是剑修,当个客卿总是可以的,也好为飞升城和隐官一脉,略尽绵薄之力。"

陈平安抿了一口酒,笑呵呵道:"避暑行宫庙小,哪里容得下韬略无双的木茂兄,强扭的瓜不甜,我看就没有必要挽留了吧。"

"不甜?怎就不甜了,如桌上蜜饯这种吃食,若是一年能够吃上两三次,硬掰下来的苦瓜都能甜如蜜。再说了,好人兄又不是不了解我,出门在外,最是能够吃苦,当了避暑行宫的客卿,俸禄都不用给的。"

杨木茂强行咽下那些在嘴中被迅速嚼碎的蜜饯,悄然运转小天地的灵气,将其分别牵引去往几处本命气府"储藏起来",伸手去瓷碟那边,想要再来一块,结果崔东山合拢折扇,重重一敲他的手背,打得他悻悻然收手。

"木茂兄何必舍近求远,一个白捡的现成便宜都不要,怎么当的包袱斋。"崔东山扇动清风,微笑道,"如果我没有猜错,你去了北边,当了护国真人,有了自己的一块地盘,扶植起个傀儡皇帝,等到万事俱备只欠东风了,才去找那雅相姚清或是国师白藕的某个嫡传弟子,好与青冥天下的那个青山王朝各取所需,悄悄谈成一桩买卖吧?你是为了自保,青神王朝可以得到一大块飞地,以及多个藩属仙府,相信以木茂兄当下的运势,希望还是很大的。"

杨木茂收敛神色,默不作声。

崔东山趁热打铁道:"但是距离下次开门,还有不少年头,木茂兄以元婴境一路远游,看似四平八稳,可既然会在今天遇到我,保不齐明天就会遇到谁,又既然遇到我是天大的好事,下次再遇到谁,照理来说,就要悬了。事先声明,这可不是我咒木茂兄啊!"

陈平安由着崔东山在那边蛊惑人心。

崔东山反复说杨木茂运道好,其实是大实话,如果运气差一点,作为杨凝性所斩三尸之一,早就该烟消云散了。这也是当年陈平安与杨木茂离别之际,为何会有一种双方"经此一别、再无重逢"的伤感。

杨木茂笑了笑,望向陈平安:"好人兄,我还是信你更多,你不如与我说句准话,这位崔道友,当真有两全其美之法?"

陈平安点头说道:"有,但是依旧算不上什么一劳永逸的法子,不过保证木茂兄无须找那姚雅相,便能凭空增加数百年道龄,想来问题不大,在这期间,如何与杨凝性相处,能否跻身玉璞境甚至成为仙人,将来又能否找到那个打开死结的破解之法,就得看木茂兄自己的机缘与运道了。"

杨木茂好像吃了颗定心丸,抚掌赞叹道:"果然还是好人兄买卖公道,童叟无欺。"

别的不说,这位好人兄,防人之心极多,主动害人之心绝无。这不是好人是什么。

眼前这个拥有杨凝性一魂两魄的木茂兄,之所以会来五彩天下这边历练,其实是杨凝性出人意料选择了一条更加高远的大道。寻宝捡漏什么的,修行破境之类的,都是障眼法，要与青神王朝的首辅姚清搭上关系，等到重新开门，就去往青冥天下，拜会那位道法通玄的雅相姚清，这才是真正称得上"大道前程"的追求。

此事既是真身杨凝性的一道旨意，作为三尸之一的木茂兄就违抗不得，何况此举也是杨木茂的一种自救。因为一旦谋划落空，杨凝性就只能退回去一步，收回、炼化、融合身为三尸之一的杨木茂，重新归一为完整的杨凝性。

一旦杨凝性和姚清谈不拢，无功而返，杨凝性自有手段，使得人间再无木茂兄。

陈平安突然问道："真正的杨凝性，是不是早已通过桐叶洲进入五彩天下，又秘密去往青冥天下了？"

杨木茂神色黯然，拿起酒碗喝了一大口，用手背擦拭嘴角，眼神晦暗不明，凝视着桌上碗中酒水的那点清浅涟漪："显而易见，我唯一的退路，早就被那家伙堵死了。以杨凝性的心性，岂会放任我不管，由着我这个他最瞧不上眼的坏坯子投靠白玉京。不出意料的话，他已经身在白玉京五城十二楼的某个地方开始修习道法了。"

杨木茂抬起头洒然一笑，手掌托起白碗，轻轻晃动："酒水再好喝，也只在一碗中。不过没什么可惋惜的，终究是好酒。"

崔东山唉声叹气道："姚清可行，杨凝性却未必可行。论资质，论根骨，论福缘，北俱芦洲的小天君，比起姚清的得天独厚，还是要逊色不少。当然木茂兄要是觉得我是在危言耸听，我也拦不住。"

道门斩三尸的证道手段，既玄妙又凶险，不是谁都能做成的，历史上不少走上这条道路的道门高真，都功亏一篑，后患重重。即便成功，对于道人自身而言，当然是神益极大，可对于那三尸而言，往往就是身死道消，下场形同被大炼之本命物，重归魂魄，人生一世，短如草木之秋。

但是道家历史上，也有屈指可数的几个例外。例如青冥天下，在那个涌现出一大拨"五陵少年"的青神王朝，首辅姚清，道号守陵，这位经常受邀去白玉京玉皇城讲课传道的道门高真便做成了一桩壮举。姚清不单单是斩却三尸而已，且凭空多出了三位"尸解仙"，皆登仙籍，一人三法身，共同修行，大道戚戚相关，又能井水不犯河水。姚清在阴神和阳神身外身之外，等于额外多出了一仙人两玉璞的"大道之友"，从三尸中脱胎而来的三位修道之士，与鬼仙相似却不相同。作为本尊的姚清自己，更是一位飞升境巅峰修士。

陈平安问道："你那兄长杨凝真，是打算在五彩天下跻身山巅境，然后去找白藕，希望让她帮忙喂拳？"

杨木茂摇头笑道："这就不清楚了，我兄长的想法，总是天马行空，让外人难以揣测。"

青神王朝的国师白藕是一位女子纯粹武夫，腰别一支手戟铁室，她是青冥天下的武道第三人,毋庸置疑的止境神到一层。

杨木茂好像终于下定决心:"这笔买卖做了!即便还有几分藕断丝连,总好过牵线傀儡。如此一来,我自由他也轻松,杨凝性在那白玉京更能心无旁骛修行大道,于我杨木茂于他杨凝性,长远来看,终究都是好事。"

小陌一直待在店铺里边,仔细翻看墙上那些无事牌。

崔东山使劲招手道:"小陌小陌,快来快来。"

小陌快步走出店铺,笑问道:"崔先生有事?"

崔东山笑问道:"小陌你能否看到那条主次分明的因果线?"

小陌瞥了眼杨木茂,点点头:"看得出来,这条紫金道气的因果长线,一直蔓延到了天幕,与别座天下某人形成早年被道士称为'一线天'的光景。"

一般情况下,小陌从不会主动探究他人的心弦,也无所谓对方境界高低、师承来历。因为没必要。

远古时代,许多因为各种原因陨落人间的神灵,如果罪罚不是太重,旧天庭就会准许那位神灵以戴罪之身行走天下。这就是一部分人间地仙重新登天的肇始。

天垂长线,牵引大地。这便是所谓的天网恢恢疏而不漏,小鱼随便游走其中,修成了道法、成为成了气候的"大鱼",到死都难以挣脱束缚。

后来那位小夫子的绝地通天,很大程度也是因为此事。

圣人以自身大道分开天地,而这位礼圣的代价,就是不得跻身十五境。不是做不到,而是不愿意。

远古时代,因为这等天地异象,被一小撮福至心灵的道士无意间发现了某些循环有序的道法流转,后世便逐渐演化出了诸多道脉,比如其中就有望气士。

崔东山问道:"能斩开?"

小陌点头道:"如今'天不管',彻底斩断这条长线都可以,何况就算是当年,我也不是没做过这种事情,保证可以毫发无损。如果这位杨道友,心狠一点,舍得以跌几境的代价换取自由身,我可以帮忙从其道心之中剐出那小半粒道种,然后是保留此物,有朝一日交还旧主,算是一笔账两清了;要是再心狠一点,让我帮忙一剑击碎道种,坏了那人的大道前程,都没问题。"

陈平安眯眼笑道:"木茂兄,怎么说?"

杨木茂搓手笑道:"暂时断开因果线就行了,老话说得好,做人留一线日后好相见。"

陈平安点头道:"有道理。"

于是咱们这位木茂兄,开始凝神屏气,已经做好了自己一座人身小天地山河崩碎之类的心理准备,几件杨凝性留给自己的本命物,都已在各大气府内蓄势以待,收拢各地道气,如兵马聚集,纷纷勤王,赶赴某个至为关键的"京畿重地",严阵以待,免得一不小心就跌境,伤及大道根本。结果那个被崔道友称呼为小陌的家伙,就只是走到他身边,在头顶处五指张开,手腕拧转,好像轻轻一扯,就收工了。

杨木茂还耐着性子等了片刻,见小陌已经落座在空凳子上边,这才一头雾水试探性问道:"这就完事了?"

这个黄帽青鞋的青年修士,当自己是位飞升境剑修呢?好人兄你莫不是故伎重演,联手做局,合伙坑我一场?

陈平安笑道:"不妨好好感受一下自身天地气象,尤其是仔细瞧瞧那小半粒道种的动静,是真是假,一目了然。"

崔东山赶紧来到小陌身后,抬起手肘给小陌先生揉肩:"辛苦,太辛苦了,此次出手,损耗不可估量!"

小陌倒是想说一句不辛苦,只是举手之劳,不过忍住不提,反而比较辛苦。

片刻之后,杨木茂再无半点玩笑神色,他脸色肃穆,与陈平安问道:"如何报答?"

陈平安道:"以后路过某处宝地,杨国师记得尽地主之谊。"

杨木茂抬起一只手,摊开手掌,承诺道:"在重新开门之前,我要是真当了某个新王朝的护国真人,可以变着法子送给飞升城五十万人口。"

崔东山望向先生,以眼神询问,这桩买卖亏不亏本?要是并未挣钱,就由学生出马,与这位木茂兄撒泼打滚一番了。陈平安点点头,示意有赚,回头你们俩的包袱斋,可以慢慢聊,能不能搭伙,能够谈成多大的买卖,全凭本事。

杨木茂如释重负,仿佛压在道心之上的一块巨石被搬迁开,道心凭此瞬间澄澈几分,竟然依稀摸着了一份破境契机,如竹笋剥落现出一竿山野青竹的雏形。他压下心头惊喜,神色复杂道:"从今天起,我就是名副其实的杨木茂了。"

果然每次遇到好人兄,就一定有好事。当下也就是有外人在场,不然就要与他勾肩搭背,发自肺腑说一句:"好人兄真乃吾之福将也。"

陈平安举起酒碗,说道:"木茂兄,我这次算是主动揽事上身,那么下次江湖重逢,可别让我做那亡羊补牢的改错勾当。"

杨木茂大笑道:"为人岂能不惜福。"

郑大风笑着举碗:"那就在座各饮十分。"

陈平安喝过一碗酒,问道:"蜀中暑来过飞升城了?"

杨木茂摇头道:"没有,不然就他那排场,这边早就路人皆知了。蜀中暑与我们兄弟二人大大不同,豪门子弟嘛,既娇气又贵气,出门在外,讲究贼多。

"而且这家伙就是个惫懒货,不爱挪窝。命好,修行一事,人比人气死人,一天晚上跟我喝酒,说打算跻身玉璞境了。等到第二天,真就给他随随便便跻身了玉璞境,我甚至无法确定,蜀中暑到底是厚积薄发,还是一时兴起。"

其实几座天下的山上修士都心知肚明,不管是数座天下的年轻十人,还是略逊一筹的候补十人,只要是在榜上的,都是大道可期的存在。只要在修行路上,别太目中无人,得意忘形,就不会遇到太大的意外,可以称之为板上钉钉的"飞升候补"。

就像宁姚、斐然,如今就已经是飞升境,而且都是剑修。一个五彩天下的第一人,一个蛮荒共主。若是纯粹武夫的话,就都有希望跻身止境归真一层,甚至有机会去争取一下传说中"有此拳意,我即神灵"的神到。

陈平安随口道:"他对飞升城观感如何?"

杨木茂毫不犹豫道:"很好啊,好到不能再好了,蜀中暑当初之所以会跑来五彩天下,就是埋怨爹娘当年不准他去剑气长城游历。蜀南鸢哪里敢放行,所以不曾去过剑气长城,被蜀中暑引以为生平第一大憾事,蜀洞主对此极为愧疚,所以瞒着道侣,偷偷让这个独子下山。"

陈平安疑惑道:"是一位剑修?"

杨木茂点头道:"确实是剑修。"

因为蜀中暑已经在超然台边境,与一拨犯禁修士递过剑,但并未斩尽杀绝,所以蜀中暑身为剑修一事,也就没什么可隐瞒的了。

而且蜀中暑拥有了两把本命飞剑,一把三伏,一旦祭出,烈日炎炎,大地炙烤,方圆百里之内,灵气熏蒸;另外那把黄梅天,刚好与三伏的本命神通相反,大雨滂沱,天地晦暗,雨水中煞气极重,练气士置身其中,如同被困于阴风阵阵的古战场遗址。只是两把飞剑的品秩暂时还称不上自成小天地。

陈平安看了眼小陌。小陌点点头,是真心话。

陈平安继续问道:"能不能捎句话给蜀中暑,问超然台愿不愿意与飞升城缔结盟约。"

杨木茂想了想:"这就比较难说了,蜀中暑这家伙实在太懒散,即便对飞升城极有好感,却未必愿意搞些盟约什么的。

"不过蜀中暑打小就有个习惯,只要是他主动去做的事情,就会追求某种极致,那就一点都不懒了。

"如果真与飞升城成为盟友,他说不定会主动要求担任这边的供奉,首席供奉是当不成了,就退而求其次,捞个次席当当嘛。估计你们刑官、隐官、泉府三脉,不出一年,所有人就都会被他烦死。"

"极致?"陈平安疑惑道,"打个比方。"

杨木茂说道:"比如背诵道藏。"

陈平安惊讶道:"全部?"

杨木茂点头道:"全部!"

陈平安就像听天书一般,将信将疑道:"三洞四辅十二类,总计一千两百多卷,虽说版本众多,但是最少的,也该有大几千万字吧?"

杨木茂点头道:"对啊,他还专门挑选了一个字数最多的道藏版本,虽说自幼看书就过目不忘,能够一目十行,但是蜀中暑的娘亲,当年差点没心疼死。而且背到一小半,蜀中暑确实就有点'头疼'了,毕竟那会儿刚刚开始修行,境界不高,还只是个下五境修士。蜀南鸢破例摆出当爹的架势,再不准他背书,不然就家法伺候去祠堂打地铺了。蜀中暑就转去用心修行了半年,很快跻身了中五境,才开始继续背书,最终还是被他全部记住了,如今可以倒背如流,一字不差。"

崔东山啧啧称奇:"有前途。"

郑大风揉着下巴,唏嘘不已:"现在的年轻人,一个比一个活泼生猛。"

陈平安会心一笑,懂了,蜀中暑还是个有强迫症的,有点类似黄花观的刘茂。

杨木茂流露出一种颇为羡慕的神色:"传闻那位符箓于仙,有次路过流霞洲,在天隅洞天歇脚,见着了那个刚开始背书的年幼蜀中暑,起了爱才之心,只是蜀中暑的娘亲不舍得让儿子去当什么道士,再者在那位妇人看来,当时于玄透露出来的意向,只是收取蜀中暑为嫡传,又不是那个关门弟子,蜀中暑毕竟是独子,未来肯定还要继承天隅洞天,所以拜师收徒一事,就没成。"

能够成为于玄的嫡传,哪怕不是关门弟子,这等造化,确实让人羡慕都羡慕不来。

杨木茂嘿嘿笑道:"何况蜀中暑之所以不来飞升城,是因为这家伙有些乱七八糟的怪癖和讲究,他说飞升城里边,有个隐官大人的避暑行宫,跟他的名字不太对付,故而不宜来此游历。"

陈平安挥挥手:"你们的包袱斋,我不掺和,身上没钱。"

崔东山就带着杨木茂屁颠屁颠去了店铺,俩人躲到柜台后边,开始蹲着以物易物,法宝一多,难免鸡肋。不到半炷香工夫,两人就勾肩搭背离开铺子,返回了酒桌,一个要给对方倒酒,一个说我来我来,相亲相爱得不是兄弟胜似兄弟。

杨木茂约莫喝过了一坛酒,刚好微醺,起身告辞离去,就此北游,既然不用找那雅相姚清,就安心在北边落脚了。

陈平安带头走街串巷,将杨木茂送到北边城外,崔东山和小陌紧随其后,因为是徒步,一路上都是二掌柜的熟人,招呼不断,其间陈平安都会停步聊几句。

杨木茂打了个道门稽首:"送君千里终须一别,好人兄可以停步了。"

陈平安停下脚步,抱拳相送,笑道:"万千珍重。"

从头到尾,杨木茂都没有询问那个小陌的身份,只是临了,单独向小陌打了个稽首,郑重其事道:"大恩不言谢,晚辈定然铭记在心,山高水长,总有机会报答小陌先生。"

陈平安代为解释道："木茂兄的话外意思，是有些大腿，抱一次怎么够？"

杨木茂也是个混不吝的，并不否认此事，爽朗笑道："最知我者，好人兄是也。"

小陌微笑道："杨道友既然是我家公子的朋友，那就是小陌的朋友了。将来若是有幸再会，不管是身在何地，杨道友有需要帮忙的地方，有话直说，无须客气。"

这个杨木茂的心弦，颇有意思，与自家公子久别重逢，还真有几分相当心诚的亲近之意，只是此人故意嘴上不说。而自家公子对此人，好像一样有几分说不清道不明的刮目相看。大概这就是所谓的惺惺相惜？遥想当年，整座天下，能够让小陌有此感受的人间道友，屈指可数，落宝滩畔的那位碧霄洞洞主算一个。一切言语反而是累赘，只需相视而笑，便是莫逆于心。

杨木茂怔怔看着那个黄帽青鞋的青年剑修，忍不住问道："敢问前辈境界？"

小陌坦诚以待："不是十四境。"

十四境之外，自己境界如何，就得看被问剑之人的境界了。

崔东山乐不可支。

杨木茂心里大致有数了，至少是个仙人境剑修，极有可能真是一位深藏不露的飞升境剑修，难道是那位老大剑仙留给末代隐官的护道人？是那剑气长城多年不曾露面的刑官，还是更为隐蔽的祭官？算了，想这些作甚，杨木茂收敛思绪，感慨道："这一遭，没白走，先是他乡遇故知，又认识两位新朋友，直教人神清气爽，心旷神怡。"

陈平安以心声道："那种'我不是我'的滋味，并不好受。所以今天我的出手相助，你其实不用多想。"

杨木茂小心翼翼问道："好人兄到底是提醒我'不用多想'，还是'不可不想'？"

陈平安双手笼袖，微笑道："那就当我是一语双关？"

杨木茂犹豫了一下，问道："我那件百睛饕餮法袍，不知如今是谁穿戴在身？"

那件法袍品秩不高，但是暗藏玄机，炼制得当，可以一路提升品秩，曾是大源王朝崇玄署宝库里边的一件重宝，不然当年杨木茂也不会选择穿着那件法袍外出游历骸骨滩。

陈平安将手探出袖子，拍了拍木茂兄的肩膀："又没喝高，少说几句醉话，小心御风途中崴脚。"

杨木茂放声大笑，身形化作一团黑烟，转瞬间便往北方飘然远去。

目送杨木茂远去数百里，陈平安转身走回飞升城，说道："东山，那处草堂，最好还是归还玄都观。"

这次陈平安临时起意来到飞升城，当然主要还是因为想念宁姚。此外陈平安原本还想在离开五彩天下之前，去找崔东山一次。毕竟崔东山最早想要创建的落魄山下宗，就在这个五彩天下。

在功德林那边，老秀才曾经给过陈平安一个地址，路线清晰，不算太好找，因为山水迷障比较多，却不至于难如大海捞针。说是让陈平安这个关门弟子得空，就去那边看看。老秀才当时说得大义凛然，既然先生与白也是兄弟相称的挚友，那么你自然就是白也的晚辈了，替长辈洒扫庭除之类的，是本分事，推脱不得。

崔东山点头道："当然，我就是在那边散散心，不会久留，免得被白玉京截和，只等玄都观道士过去接手，我就会离开，绝无二话。"

先生学生，对视一眼，相视一笑。以孙道长的脾气，不得投桃报李？

龙虎山外姓大天师梁爽曾经问过崔东山，阳神身外身在何处。崔东山没有隐瞒，说就在那白也的修道之地，算是帮忙打理那座废弃不用的草堂。

白也在五彩天下一处形胜之地，曾经搭建了一座草堂，作为临时的修道之地。一棵桃树，根深百里，是五彩天下排在前十的一桩莫大道缘。

当年与老秀才联袂远游崭新天下，白也仗剑，递剑不停，开天辟地，拥有一份不可估量的造化功德。只是那处道场，却不是白也自己想要，而是准备送给玄都观，稍稍报答孙道长的借剑之恩，不仅四把仙剑之一的太白，按照白也最早的打算，也会将桃树、草堂一并交给玄都观，只是后来事出突然，白也重返浩然，只身一人，仗剑去往扶摇洲。无法归还仙剑一事，就成了白也的一个心结。

所幸转世后，一个头戴虎头帽的孩子被老秀才带去玄都观修行。

在那之前，老秀才曾经抽空走了一趟草堂，凑巧白也不在家中，老秀才何等勤俭持家，便在树下捡取了所有落地的桃花瓣，收拾得干干净净，装了一大兜，此物最宜拿来酿酒了，白也老弟好酒，又不擅长酿酒，老秀才就只能自己出把力。至于酿酒剩下的桃花瓣，还可以请白纸福地打造几十张桃花信笺。

而桃树旁，那些在文庙老皇历上记载为天壤的万年土，老秀才当初也没少拿，草堂附近的地面，也就矮了一两寸吧。

其实这些都不算什么，白也返回道场，看过就算，估计就只当没看见，但是那个老秀才竟然连桃树的枝丫都没放过，足足掰走了几十根桃枝。所以等到白也返回草堂后，才有了为老秀才专门递出的送客一剑。

陈平安好奇问道："是凭借三山符赶来飞升城的？"

崔东山小鸡啄米："果然难逃先生法眼。"

他的阳神身外身当年随便编撰了个山泽野修的身份，大摇大摆从桐叶洲进入五彩天下。

与那扶乩宗的独苗，还有那个化名杨横行的杨凝真，其实是差不多时候离开的浩然天下。

当时桐叶洲的看门人是自家左师伯，咋的，不服，你们也认一个？

崔东山进入崭新天下后，就开始独自游历，终于找到一处可以开辟为下宗的形胜之地，水运浓郁，云霞绚烂，崔东山见之心喜，一见钟情，便设置了数道阵法，将方圆数百里山水占为己有，再将一处小山头取名为东山。

闲来无事，崔东山还绘制了两幅画卷，分别命名为《芥子》和《山河》。

凭借记忆，绘画有百万里壮丽山河，长达数十丈，却名为《芥子》。

另外一幅画卷，分明只有墨汁一点，却被崔东山取名《山河》。

崔东山挠着脸，遗憾道："学生到了这边，当过牵线搭桥的月老，为数对修士当那撮合人，当然需要那些男女足够心诚，可即便如此，学生依旧未能造就出这方天地的第一对山上道侣，晚了一步，就真的只是晚了一步，就只能眼睁睁看着与那桩福缘失之交臂了。"

陈平安摇头说道："肯定不是只有你'看上去像是'晚了一步，东边的白玉京，还有隐藏在扶摇洲和桐叶洲难民中的高人，一样做过类似尝试，而且注定一样落空。天心不可测，人算不过天算。只要你有心，就一定会慢上一步，此事无解的。不要小觑了这座天下的大道，只能靠那些冥冥中的天意自行决断。东山，以后类似事情，不要做了，会被记账，也是要还的。"

陈平安抬头看天，喃喃道："天意不可违，不是随便说说的。"

崔东山点点头："若非如此，我就会顺着本心，先拣选下宗地址，就立即赶回南边，在那帮桐叶洲迁徙流民之中，拣选一两个身负龙气的，广撒网，为几个有资质当那人间君主的家伙做扶龙之举了，实在是凭人力造就道侣一事碰壁后，再不敢去刻意追求那第一份'人道功德'。"

陈平安笑着转头安慰道："看似什么都不做，只需自然而然，顺势而为，说不定反而会有些意外之喜。"

崔东山笑道："听先生的。"

天地初生，宛如稚子，渐渐开窍。

大千世界无奇不有，一座崭新天下，随之机缘四起。

第一座悬挂像、立神主敬香的山上祖师堂被飞升城获得。故而飞升城所有剑修外出游历，其实可以得到一份无形庇护。如果不是得了这份大道眷顾，在那些"古怪"横行的山水秘境之中，飞升城剑修的伤亡恐怕翻几番都不止。

五彩天下的第一位玉璞境、第一位仙人境、第一位飞升境，以及被五彩天下大道认可的天下第一人，皆是破境一事势如破竹的宁姚。

此外宁姚还是剑修，又有额外的一份馈赠。再加上她是第一位斩杀"古怪"的修道之士，谁与争锋？

所以就算是一位来自别座天下的十四境修士，胆敢擅闯五彩天下，只要被宁姚问剑一场，都有可能有来无回。

崔东山问道："收集金精铜钱一事，先生有眉目了？可有进展？"

陈平安无奈道："正愁呢。"

剑修的本命飞剑想要提升品秩，就只有两条路可走：一种是淬炼飞剑，例如凭借斩龙台砥砺剑锋，就是一种捷径；再一种要更难，是找出更多的本命神通。陈平安的笼中雀和最早的井底月，通过与万瑶宗仙人韩玉树一战，还有后来的托月山一役，后者被提升了一个台阶的品秩，才有了现在的井中月，而且依靠与陆沉借来的一身十四境道法，当时一剑曾经成功分化出数十万计的飞剑，陈平安做过一番粗略推衍，未来那把炼化至巅峰的井口月，再依靠自身足够高的剑道境界，大致能够一鼓作气支撑起百万把飞剑。

除此之外，陈平安之前在仙都山的洞天道场内，就一直试图凭借井中月的众多飞剑，将心相大道显化出一份"真相"。这就意味着井中月的炼制，不但有了最终方向，即增添飞剑数量，再就是找到了第二种本命神通，所以陈平安此刻脚下等于有了一条从无到有的道路。

唯独笼中雀，一直停滞不前。

陈平安在闭关期间有一个设想，但是暂时无法真正尝试，理由很简单——缺钱。

而且说不定这种炼剑，就是个无底洞。

不是缺少三种神仙钱，而是金精铜钱，或者追本溯源，是缺少山水神灵的金身碎片，或是大修士兵解离世后崩碎的琉璃金身。

后者可遇不可求，当初杜懋飞升失败，为了争抢其中一块琉璃碎片，宝瓶洲那边连神诰宗祁真都亲自出手了。前者相对简单，也仅是相对而言，事实上如今浩然天下，各路神祇的金身碎片，哪个王朝不想要？哪个大宗门不想买？寻常修士，谁又能真正买得着？

因为陈平安想要将已经自成一座小天地的那把笼中雀，真正提升到一种"大道循环无缺漏"的境界。这就需要陈平安在笼中雀之内打造出一条完整的光阴长河！在此境界内，谁不是笼中雀？

那个至今还半藏掖的刘材，拥有两把飞剑，专门克制陈平安的这两把本命飞剑，到时候你刘材再来试试看？你不来找我，我都要找你。

崔东山笑道："掌律长命又不是外人。"

陈平安点头道："不会跟长命客气的。"

崔东山忍住笑："就怕长命道友一给就全都给，先生也愁。"

陈平安自嘲道："愁这种事，要是传出去，估计会被打吧。"

崔东山问道："大骊宋氏那边？"

陈平安说道:"当然也会开口,不过得找个适当的机会,免得被坐地起价,毕竟又不是咱们泉府的那位高兄,喜欢主动上门被人杀猪。"

崔东山小声道:"还有师娘那边呢?"

陈平安倍感无奈,没说什么。

这座天下的"古怪",宁姚可不只斩杀了一尊,除了那位远古十二高位之一,其实还有。

倒不是陈平安矫情,只是不知为何,总觉得有些不妥。

当然还有皑皑洲、流霞洲,这两个丝毫未被战火殃及的大洲,山河稳固,两洲本土山水神祇都无任何折损,这就意味着大修士、大宗门手上所有的金身碎片都可以买卖,当然前提是价格合适,足够高。此外像皑皑洲刘氏,还有当初在鸳鸯渚打过一次交道的包袱斋,以及蜀中暑所在的天隙洞天,仙人葱蒨所在宗门,而这位女子仙人本身又是松霭福地之主,再加上百花福地,以及那位与大龙湫龙髯仙君是忘年交的飞升境老修士……这些人或者山头手上,传闻都有不同数量的家底,关键是金精铜钱和金身碎片在他们手上,都不算那种必不可缺之物,至多是待价而沽,要么就是找买家,得看眼缘。

崔东山叹了口气:"如果不是缝补山河一事,咱们下宗所在的桐叶洲,就是金身碎片的最佳来源,还可以随便杀价。"

陈平安笑道:"这种事情就干脆别去想了。"

崔东山问道:"先生何时返回仙都山?"

陈平安无奈道:"就在今晚吧。"

崔东山欲言又止。

陈平安说道:"你没猜错,我是打算赶在立春之前,先去看一眼那棵梧桐树。"

浩然天下矗立有九座雄镇楼,只有两处象征意义大于实际用处,其中就有桐叶洲的镇妖楼,它与那座镇白泽楼差不多,形同虚设,就真的只是跟读书人做点表面功夫差不多。

只是这座镇妖楼,又有不同寻常之处,并非是什么建筑形制,而是一棵岁月悠悠、道龄无穷的梧桐树,相传这棵古树年岁之高、存世之久,犹胜三教祖师。简单来说,就是它的岁数,要比人间第一位修道之人都要大。故而就连师兄君倩,都曾说他年少时,喜好游历四方,就曾见过这棵参天大树。

可能,只是一种可能,此树唯一压胜之道士,正是东海观道观的那位老观主。

而大战之中,老观主确实半点没有照顾蛮荒天下,反而给出了那枚道祖亲手炼制的铁环,帮助浩然天下护住梧桐树,始终不曾被文海周密染指。

崔东山欲言又止,显然还是不放心先生的这个选择。

这让小陌颇为意外,公子只是去看一眼梧桐树,在崔宗主这边,怎么好像是去龙潭虎穴刀山火海一般?

陈平安笑道:"我这个叫事在人为,跟你的作为能一样?"

崔东山神色有些低落。小陌就越发奇怪了。

之后陈平安没有直接返回酒铺,而是临时改变主意,带着两人御风掠过飞升城,来到紫府山地界,落下身形,站在一处稻田的田垄旁边。稻田内种植有邓凉赠送的重思米,暂时受限于土壤,只能一年一熟,只是对水土要求极高,栽种不易,以后等到土地肥沃,就可以一年两熟。

一位年纪轻轻的农家练气士立即赶来,眼中充满戒备神色,问道:"你们是谁,不知道规矩吗?"

只听那个青衫客笑道:"我叫陈平安。"

那人愣在当场,回过神后,小声问道:"隐官大人会久留吗?"

陈平安摇头道:"很快就走。"

那人急匆匆说道:"隐官别着急走,等我去取纸笔,千万别着急走啊。"

陈平安一头雾水。

很快那位跟随师父一起来到飞升城讨生活的年轻修士就拿来了一支蘸墨的毛笔和两本印谱,他厚着脸皮壮起胆子问道:"隐官大人,能不能写上名字,若是能够添一句赠言吉语就更好了!"

陈平安满脸尴尬,好像还是第一次做这种事情。自己又不是苏子、柳七那样享誉天下的文豪。

年轻修士满脸希冀神色,陈平安只得接过印谱和毛笔,分别在《百剑仙印谱》和《丽剑仙印谱》书页之上写下自己的名字,还各写了一句赠语,吹干墨迹后,递给那位年轻修士。不承想对方涨红了脸,不着急接过去,而是硬着头皮试探性问道:"隐官大人,能不能再写上年月日?"

陈平安便笑着又写下日期,末尾还添加了四字:"于田垄畔。"

其实面带微笑的陈平安比这个满脸通红的年轻修士更尴尬。打定主意,这种勾当,真不能再做了。

年轻人手持毛笔,怀抱印谱,与这位平易近人的隐官大人连连道谢。

看着那个兴高采烈离去的农家修士,崔东山蹲在田埂上,嘴里叼着草根。

陈平安坐在一旁,伸手抓起一把泥土,攥在手心,笑道:"行了,别闷闷不乐了,又不是多大的事。"

崔东山还是揪心不已,轻声道:"先生好不容易攒下的功德,就都不要了吗?"

以先生的脾气,只要真去看那棵梧桐树,就一定会做那件事,而一旦做了那件事,不但注定毫无功德可挣,甚至会赔上之前文庙功德簿上边的所有战功。

陈平安目视前方,神色淡然道:"争取可以留下一点,下次来这边用得着。实在不行,也就算了。"

崔东山嚼着草根,问道:"如此一来,就要深陷泥潭了,先生的修行怎么办?"

陈平安反问道:"不是修行吗?"

崔东山哑口无声。

小陌听着先生学生两个就像在打哑谜,因为听到了崔东山提及公子修行一事,就忍不住开口问道:"崔东山,能不能给我说道说道?"

崔东山唉声叹气:"岁星绕日一周,十二年即为一纪。"

小陌越发如堕云雾。

崔东山只得详细解释道:"当年桐叶洲沦陷,山河陆沉,礼乐崩坏,在蛮荒军帐的有意逼迫和牵引之下,种种人心丑陋、种种举止悖逆,人与事不计其数,只说在那期间诞生的孩子,怎么来的?他们的亲生父母当真是夫妻吗?都不是啊。不管是从蛮荒天下占据桐叶洲那天算起,还是从妖族退出浩然天下之后重新计算,不管是已经一纪,还是尚未一纪,有区别吗?这些孩子,反正命中注定,该有此劫,谁都躲不掉。

"如果如今桐叶洲还是蛮荒天下的疆土,倒也不去说他了,那些孩子的出身,反正在蛮荒修士眼中,并无半点异样,可是在如今的浩然天下看来,他们就会是异端,是一种可能嘴上骂几句都嫌脏的贱种。那些孩子就像是天生带着罪孽来到这个世上,不该来,偏偏来了。就算这些孩子在未来的岁月里,熬得过旁人的指指点点,经得起各种戳脊梁骨的谩骂,躲得过众多人祸,也躲不过'天灾',因为他们就算侥幸长大成人了,一样始终不被桐叶洲恢复正统的山河气运接纳,更别说什么修行了,可能光是活着,就是一种艰难,不一定死,不一定会早早夭折,但是这辈子肯定会吃苦,吃很多的苦,可能他们的人生,就会一直这样觉得生不如死吧。无缘无故的苦难,莫名其妙的灾殃,天经地义的不顺遂。

"都说天作孽犹可恕,自作孽不可活。可是那些孩子,好像也没得选择啊。

"可如果不去管,一纪再一纪,甲子光阴过后,就像一茬山野草木过去了,也就过去了。"

崔东山后仰倒地,不再言语。小陌盘腿而坐,转头望去。陈平安坐在田垄上。

小陌没有听到任何豪言壮语。青衫男人只是轻声言语一句:"我觉得这样不对。"

第五章

此间事了

　　陈平安独自起身,沿着田埂散步,因为来了个老朋友,是从武魁城那边赶来的齐狩,如今刑官一脉领袖。

　　齐狩开门见山道:"你不来泉府找我,我就得悬着一颗心,还不如主动送上门来,讨几句骂。"

　　谁不知道避暑行宫的年轻隐官怪话连篇,就像有一大箩筐的本命飞剑,剑剑戳心。

　　陈平安笑道:"我与齐兄是莫逆之交,如今齐兄又升官了,我溜须拍马还来不及,哪敢对一位新晋刑官指手画脚?"

　　两人在田埂上并肩而行,齐狩说道:"听说上任刑官叫豪素?宁姚上次返回飞升城,你们那趟蛮荒之行,她没有细说过程,以至于到现在我也就知道他的名字。"

　　如今刑官一脉的剑修,一直有个不大不小的心结,就是断了"家谱",因为上任刑官直到战事结束,始终没有露面。反观隐官一脉,一代代隐官,传承有序,不管历任隐官口碑如何,境界高低,战功大小,好歹都算有据可查,谱系明确。

　　至于上任隐官萧愻叛出剑气长城一事,其实不光是避暑行宫现任剑修,就连整个飞升城,对她都没有太多怨言,故而如今谈及萧愻,没有半点忌讳,非但不会刻意避而不谈,反而言语之中颇多遗憾。对跟随萧愻一同叛逃的看门人张禄和洛衫、竹庵三位剑修,其实一样不会破口大骂,偶有骂声,也是骂张禄是个吃干饭的窝囊废,既然已经选择背叛,还不如干脆点,跟随萧愻一起走趟浩然天下。

　　陈平安点头道:"豪素来自扶摇洲一处早已破碎的福地,早年在剑气长城一直待在老聋儿的牢狱里边,所以声名不显,其实剑术很高,是飞升境。当年他回了一趟浩然天下,直接找到了那个导致家乡福地覆灭的幕后主使。幕后主使是个中土神洲的老飞升境,叫南光照,被豪素砍掉了脑袋,随便丢在山门口。上次豪素跟我们一起走了趟蛮荒天下,他又宰掉了仙簪城的飞升境大妖玄圃,等于在文庙那边有了个交代,将功补过了,所以如今已经去往青冥天下。豪素会为董画符那拨远游剑修护道几分。"

齐狩取出一方找人帮忙买下的晏家绸缎铺子的印章,笑道:"可惜始终未能买到康节先生那部《击壤集》最好的梅花本。"

陈平安瞥了眼印章,晓得是那方底款篆刻"而吾独未及四方"的藏书印,倒是挺符合齐狩的处境和心境的。

既没有去过浩然天下,也不算去过蛮荒天下,天地何其广袤,却只能偏居一隅,说到底,齐狩就是心高。

齐狩手心攥着印章,就像手把件,问道:"我家那位老祖?"

陈平安打趣道:"齐老剑仙哪里需要你担心,早就在浩然天下名动四方了,龙象剑宗又有陆芝,一宗两飞升,还都是剑修,搁谁不怕。再加上邵云岩和酡颜夫人两位上五境供奉帮忙处理庶务,齐老剑仙在那边收取的十几个记名弟子资质都很好,被誉为'十八剑子',都是一等一的剑仙坯子,用不了一百年,只需再收些客卿、多些再传弟子,龙象剑宗就会一跃成为浩然天下最拔尖的大宗门。"

齐狩犹豫了一下,似乎有些话比较难以启齿,便停步蹲下身,将印章收入袖中后,伸手去抓田边一棵重思米水稻的金黄稻穗,结果就挨了陈平安一句:"你手怎么这么欠呢。"

陈平安坐在一旁,然后捡了一块石子,抬起布鞋轻轻刮泥,随口笑道:"斐然如今已经是公认的蛮荒共主了,齐兄倒好,连飞升城城主都还没当上,只被说成是半个城主,我都要替齐兄打抱不平。"

既然你不好意思开口,那我就帮你搭个台阶好了。

齐狩缓缓道:"陈平安,我是不是这辈子都当不了那个城主了?"

陈平安问道:"为何有此问?"

齐狩说道:"直觉。"

陈平安笑道:"你又不是娘们,女子直觉才准。"

齐狩问了一连串问题:"祖师堂空着的那两把椅子,到底是怎么回事?是你的安排,还是有什么讲究,比如是早年老大剑仙交代的事情?宁姚也没说缘由。外界猜了这么多年,也没个确切答案。"

相对最为可信的一个观点,是说那两把空悬座椅,一把留给未来城主,一把留给五彩天下的天下第一人。真是如此,就比较符合老大剑仙的作风了。

陈平安摇头道："我也不清楚,可能真是老大剑仙让宁姚这么安排的吧,回头我问问看。"

事实上,陈平安真正要问的,其实是陈绲,或者说是早年的老剑仙陈熙才对。

齐狩问道："如果是让你猜呢? 你觉得是为什么?"

陈平安想了想,轻声道："过去的都已过去,未来的还未到来,两把椅子就永远空着了,也不算空着吧,反正就像两位相邻而坐的剑修,却不是具体的某个人,不是现在还在纠结能否成为城主的齐狩,甚至不是已经稳坐天下第一人的宁姚。而只是过去却不被忘却的所有剑修,与未来会成为将来的所有剑修。"

齐狩思量一番,竟然觉得陈平安这个临时给出的答案,颇有道理,极有意思,不由得感叹道："果然是读书人!"

陈平安气笑道："好不容易跟你聊点掏心窝子的话,你就这么不知好歹,欠骂是吧?"

齐狩双臂环胸,看着金灿灿的稻田,就像他当年独独相中的那方印章,边款内容写那"家给人足,时和岁丰,筋骸康健……"

不然以他跟陈平安的那点交情,岂会照顾晏家铺子的生意,只能是捏着鼻子、拗着心性,托人帮忙买下那方一见倾心的印章。

齐狩沉默片刻,说道："虽说是最不可能的事情,但是直觉告诉我,那个城头最新刻字的剑修,不是我家老祖,不是宁姚,也不是刑官豪素或是陆芝,而是你。"

陈平安一笑置之,摊开一只手掌,轻轻抵住田垄："只有一件事,让我觉得最……得意,嗯,做成了这件事,我很舒心快意。"

齐狩转头看了眼那家伙的侧脸,眉眼飞扬,神色确实有几分罕见的畅快,是一种毫不掩饰地锋芒毕露。

陈平安抬起一只手,双指并拢,往下一划,再一横抹,然后五指张开："将拥有一把本命飞剑脂粉的蛮荒剑修、红叶剑宗的蕙庭一剑劈成两半,再拦腰斩断,以道门雷局将其魂魄炼杀殆尽,再剥离出这家伙的妖族真名,如此虐杀,很过瘾。如果不是当时还要与人问剑,我其实还有很多手段等着蕙庭好好消受一番。"

齐狩与纳兰彩焕,还有米裕,都属于在战场上以手段狠辣著称的剑修,但是听到陈平安的这番言语,他还是有点头皮发麻。只是听说那个蕙庭终于死了,齐狩确实心情大好,他侧过身,主动抱拳道："这件事做得漂亮!"

陈平安说道："不过蕙庭当时是为了救个朋友,属于自己求死,大概在蛮荒天下修士眼中,也属于豪杰了?"

齐狩冷笑道："这家伙也就是没落在我手上。"

陈平安啧啧道："落在你手上又如何,你能够在托月山和元凶的眼皮子底下做掉蕙庭？你要知道，这位蛮荒大祖的首徒，还是一位深藏不露的飞升境剑修。"

齐狩好奇问道："那你是怎么让蕙庭自投罗网，又是怎么让那元凶救之不及的？"

陈平安却没有给出答案。

蛮荒天下总有那么一小撮修士，让剑气长城最为记恨，却杀之不得。比如文海周密的大弟子，剑仙绥臣，以及这个行事阴险、专门刺杀女子剑修的蕙庭。蕙庭又显得尤其可恨。绥臣再可恨，擅长在战场上隐藏身份，喜欢捡漏，但是历史上绥臣也曾有多次硬碰硬的问剑，再者绥臣出剑精准，并不会刻意针对谁。而蕙庭就只是为了提升飞剑脂粉的品秩，只挑选剑气长城的女子剑修不说，根本不管境界高低、年纪大小，而且每次得手就立即撤出战场，那些被飞剑斩杀的女子，下场极为凄惨，魂魄会被飞剑拘押再炼化，如灯芯之缓慢燃烧。

齐狩问道："书院选址妥当了，你不去那边看看？"

陈平安摇头道："下次再说吧，我马上就要返回浩然天下。"

齐狩撇撇嘴："到处都是隐官大人的身影，都过去这么些年了，好像还是撤不干净，确实烦人。"

陈平安笑道："齐兄这个马屁，拍得有点水准了，到了我那落魄山，至少能当个外门杂役弟子。"

齐狩打算起身告辞，陈平安突然说道："离别在即，那我就以上任隐官的身份，与新任刑官说句心里话？"

齐狩点头道："洗耳恭听。"

陈平安伸出手掌拍了拍身边田垄："不要想着抹消痕迹，要覆盖掉它，时日一久，功绩就都是你的了。"

齐狩大为意外，陈平安这家伙竟然如此豁达了？只是稍稍再一想，齐狩就立即觉得不对，问道："你是不打算返回飞升城了？下次开门都不来了？"

陈平安说道："怎么可能，我肯定会经常来这边的。"

齐狩笑骂道："那你跟我瞎扯什么虚头巴脑的空道理？！"

陈平安感叹道："士别三日当刮目相看，如今齐兄不好骗了。"

齐狩起身离去，陈平安突然抛过来一方印章："送你了。"

齐狩接到手中，印章并无边款，只有"道在是矣"四字印文，他会心一笑，收入袖中，与陈平安道了一声谢。

其实陈平安不在飞升城的这些年，也有些附庸风雅的家伙，想要依葫芦画瓢，靠批量兜售印章来发家挣钱，反正这玩意儿又没啥本钱，印文内容，无非抄书而已，总觉得就是个没什么门槛的简单活计，结果一方印章都没能卖出去不说，一个个还被骂得狗血淋头，二掌柜只是把脸皮丢在地上，你们倒好，埋地下啦？

齐狩御风返回飞升城之前，笑道："共勉。"

陈平安点头道："共勉。"

小陌蹲在崔东山身边，安慰道："崔宗主，君子有所为有所不为，有些事必须只争朝夕，有些事不必只争朝夕，你我皆放宽心，不如提起精神，且看百年千年之后，兴许今日之失，就是大道所契。"

崔东山挤出一个笑脸："道理我懂，就是有些心疼先生。"

小陌微笑道："你会这么想，反而会让公子多添一份心思，先生只会反过来心疼学生。

"但是我又觉得，有这么个看似庸人自扰的兜兜转转，公子和崔宗主两个天底下顶聪明的人，都显得不那么聪明了，可能才是真正的先生学生？

"好像说了些废话。"

自己练剑，与人问剑，小陌自认都还算可以。唯独劝慰旁人，确实并非他所长。确实比递剑难太多了。

一直安安静静听着小陌言语，崔东山使劲摇头道："不是废话！"

陈平安与齐狩叙旧后，沿着那条田垄原路返回，发现崔东山好像跟小陌聊得不错，有了笑脸。

一起回到飞升城的自家酒铺。一听到二掌柜不但回了，今儿还亲自开门待客，老主顾们瞬间蜂拥而来，不少都是临时从四座藩属城池御剑赶来的，反正不是酒鬼就是光棍，当然也有既是酒鬼又是光棍的，很快酒铺就人满为患，不过跟以往不太一样，不抢酒桌，喜欢去门口路边蹲着，二掌柜也是一贯喜欢蹲路边喝酒的，听着那些老朋友的高谈阔论，人人大声言语，酒气冲天，还是跟当年差不多。二掌柜听得多说得少，这顿酒别的不说，至少喝得不少隐藏极深的酒托都暴露了身份，比如老金丹宋幽微。

暮色沉沉，等到酒铺都要打烊了，白天没少喝的陈平安却让桃板搬出几坛哑巴湖酒，再让冯康乐去跟他多说一声，帮忙炒一桌子家常的佐酒菜。

郑大风好奇道："干啥？灌醉我有啥好处？再说了，你都吐过三回了，真能扛得住？"

陈平安豪气干云道："别废话，一方醉倒为止。"

郑大风笑道："那就事先约好，谁都不许劝酒，只准自饮自酌。"

陈平安毫不犹豫答应下来。

小陌和崔东山坐在了隔壁桌。

只是陈平安和郑大风才喝了两碗酒不到，就有个年轻相貌的青衫男子缓缓向酒铺走来。

郑大风瞥了眼，认得对方，好像是城内学塾那边的教书先生，姓吴，这些年来过酒铺几次,却不是常客,若是平摊下来,一年也就一两次,不过每次来,都会去铺子里边翻看无事牌。

吴先生之前来铺子,都是喝那一碗一枚雪花钱的竹海洞天酒水,只是上次来,好像换成了一碗哑巴湖酒,还带走了一坛。

郑大风之所以记得如此清楚,还是因为对方身上的书卷气在剑气长城比较少见,跟自己一样,都属于腹有诗书气自华的,就是不如自己这般鹤立鸡群。

小陌眯眼打量一番,立即换了一张酒桌,以心声说道:"公子,此人不简单。举止比较奇怪,好像知道我不太好对付,反而故意让我知道他的不简单。"

小陌犹豫了一下,给出心中的猜测:"难道真是那位吴宫主?"

陈平安点头道:"肯定是了。"

然后陈平安看了眼小陌,还笑不笑了? 小陌有些委屈,当时我也没笑话公子啊。

陈平安起身,作揖行礼。吴霜降只是拱手还礼。

吴霜降落座后,说道:"在学塾那边,化名吴语,避暑行宫那边有据可查,你有兴趣可以去翻翻看。"

听到这个化名,陈平安顿时无言。

郑大风再次纳闷不已,问道:"跟那木茂兄差不多,又是个老朋友?"

陈平安介绍道:"是岁除宫的吴宫主。"

郑大风恍然道:"难怪。"

吴霜降笑着抱拳道:"这些年不曾开销一枚铜钱,免费听过郑先生妙语连珠,每次都正好拿来佐酒。"

郑大风依旧一条腿踩在长凳上,放下酒碗,抱拳还礼:"吴先生过奖了。"

陈平安沉默许久,问道:"那部历书?"

吴霜降点头道:"是我的手笔。不过欠飞升城的这份人情,我已经还上了。"

帮助飞升城解决掉了三个小隐患,不然飞升城的扩张脚步至少会被拖延三五十年。

不是白玉京的谋划,道老二不屑如此作为,而那个道祖的关门弟子、道号山青的年轻道士,修行资质当然很好,但是他没有这脑子,也没有这份魄力。

千万别低估某些纵横家的长远眼光和缜密手段。总有一些人,可能兜里就只有几文钱,却敢想着富甲天下的事情。

寻常人敢这么想,是异想天开,但是总有那么几个人想得到,就做得成。

不过吴霜降没心情也没义务跟陈平安说破此事。

如今还只是飞升城选用这本新历,可如果将来整座五彩天下通行此书,流布天下,那么吴霜降自有手段补上第二份人情。

小陌去拿了一副碗筷，交给吴霜降。

吴霜降笑着点头致意："欢迎以后去青冥天下岁除宫做客。"

小陌微笑道："得看公子的意思。"

崔东山端着酒碗来到这张酒桌，与小陌共坐一条长凳，刚好和吴霜降相对而坐，笑嘻嘻道："真是走到哪里都能碰着吴宫主。"

吴霜降神色淡然道："缘分使然。"

崔东山啧啧称奇道："吴宫主就是吴宫主，精神合太虚，道通天地外，如今对所有天下，皆了如指掌。"

吴霜降说道："有些事，又不是只有周密和绣虎做得，别人就做不得了。"

崔东山笑问道："想来西方佛国那边，吴宫主也有某个等着哪天突然开窍的分身吧？"

吴霜降的真身应该还在蛮荒天下那边游荡。

在相互衔接的浩然天下和蛮荒天下，吴霜降不管远游何处，一切视线所及，一切人物事，待在骑龙巷草头铺子那边的化外天魔，也就是如今落魄山的外门杂役弟子箜篌，皆如亲眼所见。

见吴霜降装聋作哑，崔东山就气不打一处来："好个'来自华严法界，去为大罗天人'，吴宫主真是大手笔，好手段。"

陈平安闻言悚然。

先生提及吴霜降出关，当时主动现身大玄都观，去见孙道长和白也，是刚刚跻身十四境时的气象，先生给了个"美中不足"的评价。

之前在宁府，陈平安看到那些霜降玉材质的印章，还误以为吴霜降只是分出一粒心神芥子，早早通过鹳雀客栈和倒悬山，隐藏在剑气长城，原来吴霜降除此之外，又剥离出一粒心神，还去了西方佛国？就这么不把跻身十四境当回事吗？

一个修道之人，得是多高的道法，多好的修行资质，何等夸张的自负，才敢这么涉险行事？

难道?! 陈平安瞬间脸色微白，赶紧低头喝酒。

吴霜降喝了一口酒，笑道："又不是只有大掌教和齐静春做得，我吴霜降就做不得了，不还是一个最简单的有样学样，开山难，可只要被前人蹚出了一条道路，登山终究容易多了，跟在后边就是了。"

崔东山沉声道："不对，你动身更早，走得更早。"

齐静春是在骊珠洞天才着手此事，试图熔铸三教学问根柢为一家。而那位白玉京大掌教，年纪大、道龄长，兴许早就想到了这条前无古人的大路，可李希圣在内"三人"，真正付诸行动，也一样是很后来的事情了。

吴霜降摇头道："这里边有个问题，我当然知道那是一条极高远的大道，但是我并无信心自己铺路，所以就一直守在山脚，等人先去登山开道，就像我们隐官大人赠送给高野侯的那件印规，无非是循规蹈矩，就会轻松很多。至于田垄之上，隐官大人与齐狩打了个比方，说那覆盖之举，就不敢奢望了，说到底，我只是……捡漏，至多就是砌墙，前人垒出了一堵坚固牢靠的墙，后人哪怕在上边添些废砖茅草都无所谓，一样可以遮挡风雨。我并没有凭此证得大道的信心和实力，何况也志不在此，不需要在这条道路上走得太过劳神。"

崔东山嗤笑道："与那炼化四把仿造仙剑如出一辙，都是拾人牙慧！"

吴霜降微笑道："那你也试试看？"

崔东山抬起袖子，伸手指向吴霜降："你别激我啊，我年纪小，脾气大，正是个风华正茂的少年郎，做事情顾头不顾腚的，最受不了激将法。"

之前在那条夜航船，先生被这个吴霜降守株待兔了，当时四人联手，巧了，如今亦是四人，不过是将周首席换成了供奉小陌。有得打！

何况当下还是在飞升城内，一旦师娘选择倾力递剑，啧啧。

吴霜降看了眼跃跃欲试的崔东山："这个我，就只是玉璞境，何必如此兴师动众，一个崔东山就足够了。"

陈平安瞪了一眼崔东山："对吴宫主放尊重点。"

郑大风劝酒道："崔老弟赶紧的，自提一个。"

崔东山只得满饮一碗。

吴霜降轻轻晃着酒碗，陈平安提醒道："这次主动找你，是不希望她的半个护道人，看似在修行路上勇猛精进，却在百年之内莫名其妙就栽个大跟头，护道不成，反而还要连累她意气用事。她最心软，假使真有那么一天，她是绝对不会置身事外的。到时候我再来跟你翻脸，意义何在？毫无意义的事情。所以你必须清楚一事，是时候留心那些十四境修士，以及有希望跻身此境的飞升境修士了。

"这不是什么天边事，就是眼前事，一个不小心，就是眼前人。比如我。"

陈平安点点头，虽说自己其实早就有过类似的担忧，已经认识到"变天"之后的诸多变化，绝不允许先有剑术裴旻，后有夜航船吴霜降，然后某天再来一个谁，一样的事情，可一可再，但是事不过三！但是陈平安不得不承认，如果今天吴霜降不出现，自己的重视程度，远远不够，至少在吴霜降眼中是绝对不够的。

吴霜降笑问道："陈平安，你总不会认为除了我，那些个飞升境巅峰修士，境界停滞了一千年几千年的，每天都在发呆吧？"

崔东山一拍桌子，拆台道："咱们小陌就在睡觉！"

小陌微笑点头，很捧场："一场万年美梦，睡饱。"

吴霜降置若罔闻，说道："万年以来，世间道法的高度和深度，并没有得到一种跳跃数个大台阶式的提升，甚至连学问一事，也未曾真正脱离早年诸子百家的窠臼，至于那个更大的文字藩篱，就更不用提了，但是随着道心与人性不断地融合，由此带来的道法的宽度和广度，不是万年之前可以比的。"

小陌点点头："跟在公子身边，已经大致见识过了，也想了些，就是不如吴宫主说得这么提纲挈领，简明扼要。"

崔东山痛心疾首道："小陌，这就投敌啦？"

小陌笑容腼腆，自己只是就事论事，不过仍是有几分歉意，便自提一碗酒水。

陈平安虚心求教道："除了那次参加河畔议事的大修士，我都见过了，如今还有哪些飞升境，有希望能够跨过那道门槛？"

吴霜降便为陈平安——"指点江山"。

十四境修士。

不谈亚圣、文圣那些合道地利的大修士。

白玉京大掌教，这位道祖首徒，不知所终。除了骊珠洞天福禄街的儒生李希圣，加上从神诰宗去往青玄宗看管道藏的道士周礼，最后剩下一个，目前还是云遮雾绕。

白也转世，阿良跌境，刘叉跌境。

剑修斐然和旧王座大妖切韵的传道师尊，化名陆法言的老修士，早已沦为文海周密的腹中餐，而且是周密单凭一己之力，战而胜之，胜而吃之。

那么除了将心魔炼化为道侣的岁除宫吴霜降，就还有白帝城郑居中。一人两十四。这是一个辛苦求证"如何证明我是不是道祖"的魔道巨擘。

道老二余斗，拥有一件道祖亲传的羽衣，手持四把仙剑之一的道藏。

传闻大掌教其实已经将整座白玉京交付给这位师弟，也难怪余斗会被视为三教祖师之外修道第一人。

三掌教陆沉，五梦七心相。别人跻身十四境，是一种合道，陆沉倒更像是一种"散道"。

蛮荒天下，创建英灵殿的初升。

身为郑居中传道人的斩龙人陈清流，世间再无真龙，便跌境为飞升境；世间若有一条真龙，便顺势升境为十四境。其合道方式，类似立下一种佛门宏愿。

三山九侯先生，天下符箓一脉的开山鼻祖，如今所谓的七十二家符法，如果真要追本溯源，至少半数，得与此人认祖归宗。

邹子。一人独占阴阳家半壁江山，于世间诸多道脉法统之外，别开生面，自立门户，"合道五行"。

鸡汤老和尚、僧人神清，被说成是"半个十四境修士的杀力，一个半十四境修士的防御"，传闻就算是对上一位飞升境剑修，老和尚站着不动，剑修都能砍上三天三夜。

蛮荒天下十万大山的老瞎子，其合道方式，至今是个谜。

观道观老观主，合道某种"天时"。

吴霜降说道："你要尤其注意一个人，青冥天下的女冠吾洲，她道号太阴。当初在河畔，已经见过了。她的合道方式，大致可以名为'炼物'。

"整个青冥天下，万年以来，才搜集到十八件远古神兵遗物，每一件重器的归属、流转和传承，白玉京都会一一记录在册。吾洲除了拥有其中一件品秩极高的神兵，还获得了十二高位神灵铸造者的炼物神通，此外她的五行之属本命物，俱是'不入流、不登榜、不记载'的上古遗物，品秩再不高，拿数量来凑，凑在一堆，气象也是极为可观的。再加上她被誉为人间第一炼师，能够铸造半仙兵甚至是仙兵，身为十四境修士，却多年闭关不出，谁都不知道如今吾洲手上拥有几件仙兵。

"吾洲道心极其坚韧，光凭炼物一道，本该是无法跻身十四境的，反而会成为她跨过那道天堑的累赘，所以她就走了一条捷径，将自身道心、皮囊、发丝、筋骨血肉，一并炼化为太虚境地，最终她以自身之'无'，承载众多本命物之'有'，故而此举被陆沉称为'支离'，算是一个很恰当的比喻了。不过这件事，知道的人不多，是陆沉在岁除宫那边泄露的天机。"

听到这里，郑大风忍不住插嘴说了句："这个婆姨会不会太凶残了点，谁敢娶她？"

吴霜降笑道："有没有人敢娶她不好说，反正吾洲至今没有道侣，心气很高，当然她也确实有这个资格。"

陈平安听陆沉说过一拨青冥天下的武学宗师，关于吾洲，陆沉确实没少提，言语只比那个辛苦略少。

吴霜降夹了一筷子菜，抿了一口酒："如果不是吾洲忌惮白玉京和姚清，拥有一枝破山短戟的白藕，早就暴毙了。不是姚清的暗中护道，再跟吾洲达成了某个协议，白藕根本成不了青神王朝的女子国师，更无法跻身止境。

"我没有猜错的话，吾洲已经盯上你了。

"所以你要小心了，拥有行刑和斩勘两把狭刀，稚子持金过闹市，不动歪心不是人。

"等到哪天那三位不在了，然后你在跻身十四境之前，只要跟吾洲打上照面，呵。"

陈平安点头道："会注意的。"

将来秘密游历青冥天下，除了瞒过白玉京，一定还要避开吾洲，绝对不能被她找到踪迹。

陈平安可不想学那离真、怀潜。被一个铁了心要杀人越货的十四境大修士盯上，再找上门，一旦毫无防备，没有任何对策，后果不堪设想。

符箓于玄，合道星河。还是至圣先师亲自为其"开道"，故而于玄跻身十四境，几乎已成定局。

师兄左右。

龙虎山大天师赵天籁,仙剑万法。

皑皑洲财神爷刘聚宝。

昔年浩然三绝之一的剑术裴旻。

玄都观观主孙怀中,青冥天下雷打不动的天下第五人。

青神王朝雅相姚清。斩却三尸,再炼三尸。收回三尸之时,极有可能就是跻身十四境之日。

朝歌,道号复勘,飞升境巅峰,她如今是徐隽的道侣。早年她曾经跻身过青冥天下十人之一,只因为闭关极久,渐渐被遗忘,以至于之后数任宗主,从修行到逝世,都没能见过这位女子祖师爷一面。

岁除宫的守夜人,昵称小白。

"我家那个小白,在某种程度上,其实与姚清是有一定大道冲突的,姚清道号守陵,小白所谓的守夜,准确说来,其实是一种守灵。早年我让他来倒悬山,弄了个鹳雀客栈,你觉得是为什么?就真的只是为了帮我找回她?我既然一粒心神芥子,早就身在剑气长城了,需要多此一举吗?

"苏子和柳七,如今都有了希望,就看谁能更早补缺白也留下的那个位置了,这场大道之争,算是读书人之间的君子之争,双方不必大打出手。"

吴霜降饮尽一碗酒:"只是可惜了陈淳安和梁爽。"

南婆娑洲醇儒、肩挑日月的陈淳安,为了阻拦十四境纯粹剑修刘叉返回蛮荒天下,不惜一死。

可惜醇儒不跋扈,文章未能通天路。

外姓大天师梁爽,原本靠着水磨功夫,在某条道路上继续前行,极有希望破境,结果刺杀周密不成,导致终生无望十四境。

兵家的崛起,势不可当。幽明殊途的鬼仙,神仙钱的流转,飞剑传信,镜花水月。三教一家之外,诸子百家当中,也肯定会有人趁势而起。

要不是有礼圣的规矩,诸子百家的历代祖师爷,绝对不至于无一人跻身飞升境。而他们一旦跻身飞升境,之后的合道之路,十分清晰,不用有任何其他尝试。

吴霜降突然问道:"与那个韦赦可有接触?"

陈平安摇头道:"只听说过,没见过。"

原本打算下次游历皑皑洲,去拜会一下这位老神仙,跟皑皑洲刘氏和九都山一样,都是必去的。

突然陈平安脸色古怪起来,吴霜降笑了笑:"离开浩然天下之前,确实跟韦赦打过一场,如今想来颇为后悔,不该对他雪上加霜的。"

皑皑洲的韦赦,自号别号取了一大堆,其中名气较大的,就是那个"三十七峰主人",是一位极负盛名的飞升境老修士。只是处境尴尬,类似苏子之于白也,好像大道断绝,走到了一条断头路。如今韦赦对于跻身十四境一事,似乎早已彻底死心。

韦赦最早是山泽野修出身,横空出世,名气之大,可谓一时风头无二。此人年轻时,在浩然九洲年轻一辈修士当中号称五百年间同境无敌手。中五境时的金丹、元婴地仙两境,加上上五境的玉璞、仙人两境,一路横扫,所向披靡,切磋道法,捉对厮杀,从无败绩。山上或切磋或厮杀,韦赦连胜九十六场。

这个纪录,最终被某个狗日的,用一种极不光彩的、注水严重的方式给破掉了。

传闻火龙真人都曾在韦赦手上吃过亏。还有中土十人当中的老剑仙周神芝、怀荫,也都输给过韦赦。

只是韦赦等到跻身飞升境后,反而停滞不前,不断被当年的手下败将一一超越。

可能是期望越大,失望越大,不光是家乡皑皑洲,就连中土神洲都为之扼腕痛惜,想不明白为何一个大道可期的韦赦,如此"晚节不保",照理说韦赦是最有希望成为一位最新十四境大修士的得道之士。于是最近一千年里边,韦赦经常被火龙真人调侃一句:"古人诚不欺我,小时了了,大未必佳,痛心痛心。"

而那第九十七场斗法,韦赦到底输给了何方神圣,一直是个谜。

吴霜降给出一个惊世骇俗的内幕:"韦赦并非如外界传闻那般修行后劲不足,也不是未曾找到某条契合大道的路,而是跻身飞升境后,只过了一百年,他就尝试过一次闭关合道,但是功亏一篑。为此三山九侯先生专程去了趟皑皑洲,等于主动为寄予厚望的韦赦'侧身让出了半条路一扇门',可惜韦赦自己未能抓住机会。他还是太急了,太想要那个看似触手可及的十四境,到头来却竹篮打水一场空。

"境界趋于圆满的飞升境巅峰大修士,多多少少,都会失败一两次,被迫更换脚下道路,底子好,可以错两次,底子差些,错一次就万事皆休,操之过急的韦赦,就是后者。"

陈平安问道:"火龙真人?"

吴霜降说道:"已经错过两次了,一次是未能将雷法再拔高一筹,一次是水火两法兼修,依旧未能合道,所以跻身十四境,很难,很难了。"

蛮荒天下的绯妃,被陈平安拖拽曳落河,抢走了将近四成水运。

搬山老祖朱厌,与蛮荒共主斐然私底下谈妥了那座托月山的归属,结果一样落空。

关于后者,是吴霜降在蛮荒天下找到郑居中后,一起推演出来的结论。

以剑修斐然的性情,是绝对愿意做这笔买卖的,用一座托月山为蛮荒天下换来一位崭新十四境修士。

说到这里,吴霜降微笑道:"这两笔账,有得算了。断人财路,已经足够招恨,更何况你是直接阻拦了他们的一份合道契机,确实是不共戴天的大仇,要是哪天被他们侥幸跻身了十四境,奉劝一句,就别轻易去蛮荒天下逛荡了,何况还有那个蛮荒共主斐然、周密的关门弟子周清高,都算是你的旧友,相信一定会盛情款待你这位剑气长城的末代隐官。”

陈平安好奇问道:“那个名叫辛苦的武学宗师,修道资质真有那么好?”

吴霜降点头道:“只会比你想象中更好,韦赦对上此人,都要逊色半筹,所以只要辛苦愿意转去修行,就一定可以成为十四境。

“陈平安,你猜猜看,这个辛苦,常年独坐闰月峰,想要做什么?”

陈平安想了想,试探性道:“看看能否人间递出一拳,打碎天上明月?”

吴霜降笑道:“还是纯粹武夫更懂纯粹武夫。

“既要担心修士吾洲,又要担心已成气候的武夫白藕,他年异乡山水迢迢,万千珍重。

“所幸还有个玄都观可以歇脚,孙怀中每每提起某位‘陈小道友’,还是很亲近的。浩然天下有此待遇的,白也之后,好像就只有你了。”

陈平安无奈道:“多谢孙道长厚爱。”

吴霜降突然问小陌道:“在你们这拨被白泽喊醒的修士当中,不知陌生道友的厮杀本事,大概能排第几?”

小陌坦诚以待:“杀力、防御、遁法,小陌都不算最拔尖,但是每个名次,都还算比较靠前,故而真要与谁捉对厮杀,对上任何一位,足可自保。两三个之外,只要无旁人阻拦,都可杀。”

吴霜降顿时心中明了:“小陌可是当年与碧霄洞洞主一起酿酒、与元乡问剑之人?”

小陌赧颜一笑:“过往之事,不值一提。”

郑大风赶紧端起酒碗:“小陌这点随我,难怪投缘。”

都是一路人哪,好汉不提当年勇,昔日龌龊不足夸。

小陌面朝郑大风,双手举碗,一饮而尽。

陈平安问道:“岁除宫有无多余的金精铜钱?”

吴霜降点头道:“有一些。”

陈平安好奇问道:“不知吴宫主的‘一些’是多少?”

吴霜降说道:“是多是少,都没意义,反正不会给你。何况远水解不了近渴,你那把飞剑笼中雀,想要打造出一条光阴长河的雏形,就找岁除宫讨要金精铜钱?怎么,是要我用头撞开五彩天下吗?”

陈平安犹不死心:“就不能打个商量?”

至于吴霜降为何如此“了如指掌”,在避暑行宫,与泉府高野侯闲聊,以及与齐狩的叙旧，吴霜降好像都一清二楚，就别猜了，反正猜不到。

而那条光阴长河，即便真被自己打造出来，又非一成不变，将来一样需要源源不断的"活水"，以此来增加水位，甚至是拓宽河床。简单来说，未来那把井口月，可以演化出百万把飞剑，笼中雀一样可以塑造出一条深不见底的光阴长河，两把本命飞剑的数种神通，相互辅助，陈平安再成为一位飞升境剑修，那么在青冥天下对上吾洲或是白藕，就不用二话不说掉头跑路了，至少有一战之力的本钱。

吴霜降直截了当道："既然万事好商量，那么这件事就免了。"

陈平安追问道："岁除宫自己有大用？"

吴霜降摇摇头，给了一个很敷衍了事的答案："与那块斩龙崖差不多，没有什么实在用处，就是留着好看，易卖不易买的东西，谁会嫌多。"

陈平安有点心累。

"所以说你这辈子都成为不了崔瀺，要是他，早就跟文庙做生意了，金身碎片，人间何处最多？自然是蛮荒天下。大战一起，各地不长脚的山水神灵，能跑到哪里去，不过是以其人之道还治其人之身，又有什么心理负担？

"不答应宋和担任新任大骊国师，也算你陈平安有几分自知之明。"

郑大风听得乐不可支。

吴霜降不以为然道："人间是如此。天外呢？如此束手束脚，何谈纯粹剑修的我行我素。"

郑大风开始煽风点火："陈平安有陈平安做不成的崔瀺或是吴霜降的事，吴霜降不一样有吴霜降做不成的陈平安的事。"

吴霜降微笑道："我只说陈平安当不了绣虎，又没说我就当得了绣虎或是隐官，两码事，不冲突。郑先生不必用道理否定道理。"

郑大风赶紧喝酒压惊，点子扎手，他朝崔东山摆了摆脑袋，示意你上。

崔东山病恹恹道："打过了，打不过。"

陈平安问道："吴宫主是准备离开飞升城了？"

吴霜降点点头："回那边看看，有几个资质尚可的年轻人，需要我去亲自指点修行。而且答应过孙怀中，我得按照约定，在此为玄都观那位年轻女冠，也就是玄都观未来的顶梁柱，护道一二。"

回？陈平安喝了一口闷酒。

作为青冥天下的道门势力之一，岁除宫修士在内的三千道人，联袂赶赴五彩天下，岁除宫在东边圈画出了一处山水地界，与玄都观建造在五彩天下的藩属山头，刚好位于白玉京势力的一南一北。就像，不是什么就像了，而是明摆着他们两家就是故意要恶心白玉京。绝对不让白玉京"走老路"，再像青冥天下那样一家独大。

敢这么直接跟白玉京掰手腕的修士，整个青冥天下，确实只有吴霜降和孙道长了。

岁除宫修士是出了名的不怕死。玄都观的道门剑仙一脉，是公认的喜欢干架，准确说来，是喜欢围殴。

吴霜降站起身，打算走了。

陈平安起身抱拳道："预祝郑先生一路顺风。"

买卖不成仁义在。

吴霜降看着眼前这个看似一直吃瘪的年轻隐官，呵，蔫儿坏，这会儿肯定已经想好了如何与那韦赦套近乎了。这是陈平安一个极为不显山不露水的优点，有桥过桥，有路沿路，脚下无路，蹚溪过岭。但这不是吴霜降今天选择主动现身而非悄然离去的原因。

一个仗剑飞升，去往浩然天下。一个不惜与文庙折算功德，赶来五彩天下。这样的神仙眷侣，确实会让旁观者看一眼都觉得美好。天造地设的一对，有情人终成眷属。

吴霜降心情不错。他便改变主意，取出一粒碎银子，轻轻搁放在桌上，问道："这是什么？"

"钱。"陈平安毫不犹豫答道，"财路。除了言语之外，就数此物在天下最是流转不息。"

吴霜降问道："桐叶、扶摇两洲，大大小小数百国，早年赋税如何，总计又有多少，文庙功德林那边的账簿翻过了？"

陈平安点点头："抄录了一份。"

吴霜降点点头，聪明人一点就透，不枉费自己今天横生枝节，多泄露点天机和真相。他说道："与其四处奔波劳碌，挑挑拣拣，耗尽香火情，去求人点头答应卖你金精铜钱，不如找到一两个关节所在，难题自然就迎刃而解了。与包袱斋做买卖也好，与皑皑洲刘聚宝谈生意也罢，你的开销，付出的代价，注定不会小的。

"山上雪花、小暑、谷雨三种神仙钱，山下金、银、铜，再加上各大银庄的票号，熙熙攘攘，皆为利往，归根结底，就是个钱字。

"皑皑洲刘财神，商家那位范先生，算是浩然天下最有钱的两个人了。兵马未动粮草先行，战鼓一响黄金万两。范先生为何不与刘聚宝争抢那个首富的头衔？因为范先生根本无所谓，刘聚宝只是挣钱，范先生的大道所在，要比刘聚宝更加宽广，天下人的挣钱与花钱，反正皆是商家大道所在，比起挣钱本事天下第一的刘财神，孰高孰低？换成是你，会计较那点虚名？

"所以你真正要找的人，是这位商家祖师爷才对，因为他在某件事上，与你有着同样的利益诉求，东南桐叶、南婆娑洲、西南扶摇洲，三洲山河，山上山下，都要追求一个稳固的秩序，好让财路四通八达，三洲财路能够犹胜往昔更好，哪怕与战前持平，换成我是范先生，都愿意主动将金精铜钱双手奉上。这位范先生，毕竟需要凭此一举跻身十四境，你觉得这桩买卖，等到双方落座，是你求他，还是他求你？即便不说谁求谁，双方平起平坐，总归是可以的。"

陈平安举起碗抿了一口酒。

吴霜降看了眼崔东山，好像询问一事，为何不提醒你先生？

崔东山倍感无奈，崔瀺就像给自己设置了无数道大小关隘，而且最心狠手辣的地方在于能够让自己略过某些脉络上边的关键词，所以如今自己的脑子真心不够用啊。

吴霜降笑了起来，由衷赞叹一句："绣虎厉害。"

故意为难崔东山，此举最是明智不过，好让先生、学生两人都可以不走老路，各自证道。

吴霜降想起一事："郑居中让我捎句话给你，剑气长城三官之一，有可能去过骊珠洞天，至于此人有无离开小镇，不好说，不出意外的话，还担任过阍者。宁姚当年离家出走，独自游历浩然，之所以会选择骊珠洞天作为终点，不是没有道理的。一个打铁铸剑的阮邛，理由还不太够。"

哪怕陈平安没有任何询问的意图，郑大风仍是主动开口，满脸无奈道："这个我是真不知道，师父从没说过。"

事实上，杨老头早年在郑大风这个徒弟这边，偶尔才会破天荒开口说话，一句话也绝对不会超过十个字！

吴霜降最后笑道："不用随便碰到个十四境修士，就如何畏手畏脚，毕竟不是所有的十四境修士，都与我一般，有些人，真的就是运道好，真要说境界之外的心智和手段，其实上不了台面，就是老天爷赏了一碗饭吃而已。吃饱了，有了点力气，就觉得天下无敌了。等着吧，等到……"

等到三教祖师散道。

"一些个修心不够的十四境，先尝过了甜头，很快就要有大苦头吃了。"

崔东山趴在桌上，那叫一个气啊，又给这厮装高人了。

不过看在这家伙处心积虑只为了做掉那个道老二的分儿上，也只好认了。

在夜航船那边，其实崔东山和姜尚真即便知晓了吴霜降的合道之法，可谓……别出心裁，可是两人私底下说悄悄话，依旧不觉得吴霜降真能跟余斗做那生死之争，等到今天崔东山知道了更多真相，觉得说不定有戏。

吴霜降看到碗里还剩下一点酒水，便拿起酒碗，高高举起，好像是一句无声的祝酒词，然后站着喝完酒水。

崔东山直起腰，一口饮尽，郑大风和小陌也是差不多。

郑大风喝酒前笑道："故友新朋，好酒几碗喜相逢。"

小陌倒是没说什么,在某本小账簿上边,多出了一个名叫吾洲的道姑。

确实需要好好练剑,一万多年了,不能总这么被一道门槛拦着。

崔东山深吸一口气。老子真要好好修行了!先被郑居中气到憋出内伤,今儿又给吴霜降装了一路的得道高人。

崔东山又给自己倒了一碗酒,同样是高高举起,再一口闷了。

把酒祝东风,且听剑气如龙鸣大野,且看剑光如花开天下,且共从容!

陈平安拿起桌上一坛没有开封的哑巴湖酒水,递给吴霜降。吴霜降竟是没有拒绝,笑着收下了:"我帮你捎了话,你回头也替我与小米粒问个好。"

因为真的很想要有这么个闺女嘛,憨憨傻傻的,可可爱爱的。小姑娘却会眨着眼睛,歪着脑袋,好像在说我的小脑壳儿可机灵呢。

谁会不喜欢呢。

郑大风大笑起来,咱们落魄山右护法的牌面就是大。

陈平安笑着点头:"没问题。"

吴霜降拎着酒坛走出两步,转过身,与陈平安他们笑道:"此间事了,江湖再见。"

陆沉离开北俱芦洲清凉宗后,却没有直接返回白玉京,而是先走了一趟青萬国,在那条洞仙街,见过了那位本该姓李的陈姓读书人,再偷偷摸摸重返宝瓶洲,要见一位与自己境界悬殊却无法小觑身份的老朋友。

从北俱芦洲跨海一路南下,掠至宝瓶洲陆地上空后,不出意料,那位坐镇天幕的文庙圣贤,也是老熟人了,跟陆沉聊了几句。

陆沉觉得这场言语不多情意颇重的叙旧,可以算是相谈甚欢,至于对方是怎么想的,陆沉就管不着了。

洪州豫章郡,新设衙署采伐院。采伐院的首任主官是一个叫林正诚的京城人氏。听说之前在京城兵部衙门任职,担任邮递捷报处的二把手,年纪不小了,不知道怎么就捞着了这么个肥缺美差。

这位林大人,既没有任何新官上任三把火的举措,也没有万事不管只是享福,做事情大体上算是中规中矩,该走的流程,都走了一遍。比如穿上官袍,带着衙署胥吏一并去当地文武庙和城隍庙那边敬香。因为采伐院是个新衙门,没什么可与前任交接的公务,倒是省事不少。

这天夜幕中,一位头戴莲花冠的年轻道士,也不敲门,径直推门而入,坐在火盆旁边的板凳上,伸手烤火取暖,打了个寒战,笑嘻嘻问道:"当年偷袭宁姚的那个刺客,到现在还是没能查出幕后主使?"

林正诚放下手中书,抬了抬眼皮子,坐着不动,对白玉京三掌教的那个问题置若罔闻，就只是抱拳说了句客气话："见过陆掌教。"

陆沉抖了抖袖子："咱俩谁跟谁，矫情了。"

在小镇摆了十来年的算命摊子，双方都很知根知底了。

可就像窑务督造署的曹耕心，最需要盯着那个落魄山年轻山主，双方却一次都没有碰面聊天一样，在陆沉这边，林正诚亦然。

林正诚是那座骊珠洞天的当地人，更是绣虎亲自挑选出来的第二任阍者。不然堂堂大骊国师，不至于无聊到去帮一个督造衙署官员的儿子取名。

至于上一任阍者，甲子期限一到，就算无功无过地卸任了，绣虎崔瀺自然是不太满意的。

在此人之前，其实还有一位外乡剑仙，担任骊珠洞天阍者的岁月最为漫长，而且对方还有一个极为特殊的隐蔽身份——祭官。

这是崔国师和他最后一次见面时，才透露给他的秘密。这位悄然离开家乡、通过倒悬山来到浩然天下的剑修，是剑气长城历史上的最后一任祭官。

事实上，杨老头在宁姚第一次游历骊珠洞天时，就为她泄露过天机，只是老人当时说得比较云遮雾绕。只说有个外乡剑修死在了小镇附近，在那之前，这个剑修将一路山水见闻汇总，编订成册，最终留下了一本山水游记，偶尔会翻翻看。那会儿的宁姚，只是将信将疑，当时她也没有深思，之后杨老头便转移话题，问了她最后一个问题：何谓心声。

宁姚瞬间就有所明悟，刹那之间就进入一种类似佛门禅定、道家心斋的玄妙状态。

林正诚猜测这位剑气长城三官之一的剑修，是奔着石拱桥下的老剑而去的，只是不知为何，始终没能得到某个答复，估计就留在了骊珠洞天，转去担任阍者，只是那会儿离崔瀺担任大骊国师还早，大骊宋氏也始终都被蒙在鼓里，并不清楚与剑气长城的牵连如此之深。

不过这位祭官，除了明面上的剑修，还有一个更为隐蔽的身份，是一位已在山巅、脚下无路的武学大宗师。

剑气长城历史上，止境武夫屈指可数。最后一位是白炼霜，还是一位女子。这绝对不合常理，剑气长城的武运再被剑道气运压制，九境、十境的纯粹武夫，数量也不该如此稀少。

独。因为有人独占了武运。

浩然天下武学第一人、龙伯张条霞，昔年此人心气未坠，正值拳意巅峰之时，可谓意气风发，将止境之上的武神完全视为囊中物，大有一种舍我其谁的气概。

结果在大海之上，曾经与一位不知名的纯粹武夫有过一场问拳。张条霞没输，也没赢。但是在那之后，张条霞就转去修行了，最终成了浩然天下历史上寿命最长的一位止境武夫。

张条霞对于外界给予他的诸多美誉、头衔，例如天下武道第一人，从来不认，随便你们讲，反正我张条霞就是不理睬、不搭话。

陆沉之所以知道此事，还得归功于自己那个不记名弟子、老舟子仙槎。仙槎刚好是那场问拳的唯一旁观者。

那一场武道巅峰之战，双方身影快若奔雷，速度之快，犹胜剑修飞剑，打得大海方圆千里之内处处塌陷，处处见底。

陆沉甚至猜测在某个山头那边，这位祭官是有一席之地的。可惜那座古怪山头，陆沉一个修道之人去不得。

"天下未动宝瓶动，天下大乱宝瓶静。"

好像猜出了林正诚心中所想，陆沉低头凝视着火光，轻轻搓手，微笑道："这句谶语，也是贫道当年行走在小镇光阴长河中，才后知后觉，找到了一点点的蛛丝马迹，最终凭此线索推算而出。由此可见，这位祭官，算卦很准啊。"

林正诚见陆沉竟然从袖中摸出几块红薯，放入火盆里边，看架势是一时半会儿不打算走了，只得主动问道："不知陆掌教今夜造访，有何指教？"

陆沉抬头笑问："你知不知道，自己哪些事情是画蛇添足了，又有哪些事情是做得顺势而为了？"

林正诚淡然道："既然都是过去的事了，知道还不如不知道。"

陆沉抬起一只手，光彩流溢，丝丝缕缕的光线聚拢在一起，星星点点，是一座旧骊珠洞天的轮廓，那些星光，有些璀璨耀眼，有些晦暗不明，有些光泽温和，有些极为刺眼，而且光亮有强弱、大小之分，亦有颜色差异，等到陆沉缓缓拧转手腕，就像一座原本静止不动的天地，有了个一，便开始缓缓运转起来。

陆沉抬起另外一只手，双指拈棋子状，好像拈起亮度悬殊的两粒光点，约莫是担心林正诚看不真切，陆沉指尖便现出两人容貌，分别是腰系鱼篓的李二，还有个身材消瘦肌肤黝黑的草鞋少年陈平安。

陆沉又拈出两粒光亮，是大隋皇子高煊与一位年迈扈从。陆沉双指并拢，将两人轻轻一推，两人便好似倒退而走，与李二和陈平安越行越远，陆沉随后将光亮轻轻放回去，骤然间一个加快旋转，一座天地如人奔走，加快步伐，不舍昼夜，象征陈平安的那粒晦暗光点，渐渐明亮起来，最终在刹那之间大放光明，然后好似撞到了什么，如轰然一锤狠狠砸在剑胚之上，火星溅射，却是昙花一现的下场，等到那份异象结束后，那粒光亮重归晦暗，渐渐消散四方，去往小镇各地他人身上。

"你瞧瞧，被杨老头骂，不是李二自找的嘛。

"这就叫好心办坏事。

"你其实一样,不信?那贫道就得举个例子了,你当晚故意丢入龙须河里边的那些蛇胆石,品秩不算低了,是你本该留给自己儿子林守一以后修行的家底,对吧?

"结果看似是帮了个大忙,能够帮着那个泥瓶巷少年增加七八成收获,那你知不知道,其实后来被马苦玄随便得手的那颗蛇胆石,本该是被陈平安放入箩筐里的?这笔账,林正诚你自己算算看,陈平安是赚了,还是亏了?反正要贫道看啊,肯定是亏大发了。"

林正诚不为所动,说道:"我不管这些弯弯绕绕的,现在的陈平安,是不是才最让你们头疼?"

陆沉倒是不否认此事,点点头,只是很快又笑问道:"那如果贫道多嘴一句,林守一因为你这个爹的偏心,才失去了某个机会呢?比如贫道送给谢灵的那件东西,本该是落入林守一手中?林守一甚至无形中失去了更多的福缘?有就一连串有,自然无便一连串无。此间得失,不可不察啊。当年贫道摆摊子,给人算卦,是给过你暗示的。"

林正诚心境始终古井不波,嗤笑一声:"我自家崽子有无出息,出息大小,轮得到你管?你姓林啊?好像我们家谱上边就连个叫林沉的都没有。"

陆沉一时语噎,任由那座小天地悬空,自行旋转,伸手拨动炭火中的红薯,哀叹一声:"烦死个人。"

难怪崔瀺会挑选此人担任阍者,境界确实不高,偏偏是个油盐不进心如磐石的。

而且小镇的这份淳朴民风,到底是咋个回事嘛,一个比一个说话戳人心窝子。

林正诚站起身,绕过书桌,坐在火盆旁,自顾自拿起一块烤好的红薯,拍了拍灰尘,开始啃起来。

陆沉笑着提醒道:"慢点吃,小心烫。"

林正诚瞥了眼那座悬空的小天地。

有些光亮,是几乎不动的。例如小镇那座最高酒楼里边的封姨、阴阳家修士陆尾、出身旧天庭雷部的老车夫等存在。

有些光点,璀璨若星辰高悬,是那阮秀、李柳。

还有类似那个雨神转世的娘娘腔窑工苏旱。

以及从铁锁井逃离的少女稚圭。

与此同时,小镇所有人身上,不断有因果丝线,或牵连在一起,或悄然断掉。最终将所有人都裹缠在一起,修士少,但是丝线粗,凡俗夫子身上长线数量更多,却纤细。

唯独杨家药铺那边,一团云雾遮掩。

陆沉啃着手里边的红薯,突然气呼呼道:"陈平安这家伙也太记仇了,我又没有做什么,冤有头债有主,凭啥唯独对我有那么大怨气。你这个当长辈的,得管管,管管他啊。如今你在陈平安那边说话,比谁都管用。"

林正诚提醒道:"是看上去没有真正做什么。"

看上去。真正。

陆沉自顾自说道:"再说了,当年小镇大劫来临,又不是只有我们白玉京仙人露面,三教一家的圣人,可是都现身了。

"至多是咱们紫气楼那个脾气差的,率先动了手,可贫道不一样啊,从头到尾,既没有跟齐静春干架,也没有撂半句狠话,和和气气的。

"陈平安凭啥不去跟文庙那位副教主寻仇,也不去找佛门理论,就逮着个我不放,脾气好就好欺负是吧,冤死我了。"

林正诚做了个古怪动作,挤出一个皮笑肉不笑的笑脸,然后瞬间收起。就像是听过了一个笑话,捧场完毕,陆掌教你继续说下一个笑话。

陆沉抬起袖子,指了指这个家伙:"读书人,咱们都是读书人。难怪林守一打小就跟你不亲。"

圣人抱一为天下式,知荣守辱为天下谷。

崔瀺为林正诚的儿子取名为"守一",甚至还早早帮林守一想好了及冠时的那个字。

姓林名守一,字日新。既日出日新,宜慎之又慎。

见这位白玉京三掌教还在装傻,林正诚便抬起手,双指虚握,如拿书晃动状。

陆沉叹了口气。太聪明也不好,很容易没话聊。

林正诚的意思,大概是说你我二人,都是小镇那些故事的翻书人,几乎所有线索、脉络、纠缠、走势,书上都写得明明白白,你我也都翻阅得一清二楚,那么就别装傻扮痴了。

陆沉感叹道:"要是皇帝陛下说得动你,你就能说得动陈平安,答应当那大骊新任国师。"

林正诚默不作声。

做人做事,其实再简单不过了,就只是想明白一个我是我。既然我是我,就必然会做很多该做的事情,不做很多不该做的事。

就像林守一年幼时去那座学塾,有次下课回家,红着眼睛,好像哭过。林正诚当时正好瞧见,便问他怎么回事,林守一说有同窗作弊他检举,然后就没谁愿意搭理自己了。

"你觉得自己是错的?"

"没有!"

"做对的事情,就一定会有好的回报吗?"

"不是吗?不都说好人有好报。"

"不一定是。"

"啊?"

"不然要你们读书做什么。"

"爹,齐先生跟我聊过了,也是差不多的意思,不过我觉得齐先生说得更好些,说让我要相信好人有好报,跟爹说得不太一样。爹,你上学那会儿,也跟我一样被人堵在巷子里挨过揍?"

"滚去读书。"

"哦。"

"对了,是谁打的你?"

"二郎巷的马胖子。"

"就他一个?"

"嗯。"

"滚!"

着实怨不得儿子怕老爹,父子两人打小就不亲,只要小时候的林守一稍稍顽劣,比如没做完课业就敢去玩耍,林正诚从窑务督造署回家,撞见了,他就会直接用腰带伺候这个小祖宗,打得林守一乱窜,经常躲去床底下不出来。

林正诚之所以对龙尾溪陈氏后来创办的那座学塾,打心底里觉得不以为然,就是因为觉得那些个夫子先生对蒙学孩子们太客气了,书上的圣贤道理讲得太多,打得太少,那些戒尺和鸡毛掸子,就是个摆设,尤其是几个上了岁数的老夫子,约莫是自恃有个文豪硕儒、一代文宗的身份,讲究一个君子动口不动手。后来林正诚实在看不下去,便破例写了一道密折,很快就抽调了一拨年轻夫子来学塾,相较于那些龙尾溪陈氏邀请来的老人,后者学问低些,墨水少些,但是一帮有望金榜题名的大骊举子,给一群穿开裆裤的蒙童讲课授业,当然绰绰有余,而且对待教学一事更加热忱。如此一来,龙尾溪陈氏也轻松几分,毕竟那些个老人,谁不愿意在家乡归隐田林,含饴弄孙,或是主持地方书院讲学,好为家乡培养几个大骊新科进士?

陆沉瞥了眼林正诚,不打搅这位末代阍者难得一见的父慈子孝,沉默片刻,等到林正诚收敛心绪,才换了个话题:"高煊会是个好皇帝,你们大骊朝廷要悠着点了。如果绣虎还在,或是换成宋集薪当皇帝,根本不会让高煊成功继任大隋皇帝。"

骊珠洞天当年摆在台面上的五桩最大机缘,大隋皇子高煊得其一。后来作为大隋高氏与大骊宋氏结盟的代价,高煊曾经担任质子,在披云山林鹿书院求学多年。等到高煊返回大隋,前些年又继任皇帝,其实是接手了一个人心涣散的烂摊子。

大隋当年等于是不战而降,主动割让黄庭国在内的几个藩属国给大骊宋氏,这对心傲气高的大隋庙堂文武来说,简直就是一种莫大的屈辱。

等到大骊宋氏完成一国即一洲的丰功伟业,对大隋朝廷来说,又是一种不可估量的重创,仅剩下的那点精气神都被大骊铁骑压垮了。

在这种情况下,皇子高煊主动舍弃那条金色鲤鱼,放弃了证道长生这条道路不说,从金丹境一路跌境到下五境,阳寿折损极多,真成了人生七十古来稀,这才不违反文庙礼制,得以继承大统,登基称帝。

陆沉笑道:"三十年皇帝,三十年,可以做很多事情了。何况人之命理一事,有定数,却不是死的。自古从无天定一说,因为这本就是天定的。反正贫道很看好这个大隋皇帝,说不定就是一位名垂青史的中兴之主。"

拍拍手站起身,陆沉来到书桌那边,桌上摆放有一杆秤,老物件了,约莫是杨老头在林正诚上任阍者之初,送出的一份见面礼。

一杆秤。十六两即一市斤。当然是大有学问且极有讲究的,因为十六颗秤星,寓意北斗七星、南斗六星,再加上福禄寿三星。前人叮嘱后人,不欺天不瞒地,不然短一两无福,少二两少禄,缺三两折寿。所以说做买卖的人,最忌讳缺斤少两。这就叫人在做天在看。

陆沉拿起那杆古秤,双指拈住,轻轻旋转,轻声叹息道:"明明是反复叮咛,可惜无声。"

放下那杆秤,陆沉转身背靠书案,双手摩挲着由豫章郡本地大木制成的案面,轻轻呵气,将那个悬在火盆上方的光球吹散,如一囊萤火虫飘散开来,陆沉看着这一幕景象,微笑道:"海为龙世界,天是鹤家乡。大鱼看甚大网都进出!"

林正诚冷笑道:"是齐先生做成了这件事,跟你陆沉有屁关系。"

之所以不是鱼死网破的下场,只是因为有人扯开大网,不惜裹缠自身,真身如瓷器崩碎,任由网中大鱼小鱼,一并逃出生天。

陆沉大笑道:"还好,没说贫道是个搅屎棍,已经是林兄嘴下留情了。"

林正诚冷笑道:"那是因为提及了齐先生。"

陆沉不以为意,我们林兄就这脾气,习惯就好。不媚上不欺下,做人做事做官,都是做一种人。

"赵繇对宋集薪最为佩服,觉得无论是下棋,还是求学,自己都远远不如同窗,宋集薪却打心底里瞧不起赵繇,双方未能真正大道相契,故而赵繇未能为其'点睛',最终宋睦便只是当了个大骊藩王,而非帝王。

"赵繇同样棋差一着。骑乘牛车离乡之后,遇到绣虎拦路,少年交出了自家先生赠送的那方印章,错是无错,只是如此一来,本是遥远之'遥',同'宙'之'繇',反成摇动之'摇',劳役之'徭'。

"泥瓶巷墙头上,陈平安当那烂好人,出声救人,自然是出于好心,当时也确实从卢家小儿的脚下保住了命垂一线的刘羡阳,可冥冥之中却引火上身,两人命格,可不是什么相辅相成,甚至是一种相冲,于是就有了后来两人的种种坎坷。比如刘羡阳,依然差点死在咱们正阳山那位睥睨天下的搬山大圣手上。刘羡阳,正阳山,五月初五陈平安,只等三方散开,唯独正阳山留在原地,其余朋友二人,各自颠沛流离,远离家乡,才有了后来双方的联袂问剑正阳山。只是此间诸多得失,就属于祸福无门唯人自召了。

"若非那娘娘腔窑工心地厚道,那夜在泥瓶巷祖宅内一瞬间福至心灵,最终只将那盒胭脂埋藏在门外的小巷中,而不是放在陈平安一眼可见的地方,甚至不是藏在院中地下,不然长远来看,就不是什么报恩,而是好心却害人了。

"开喜事铺子的老柴,生前曾经反复叮嘱孙儿胡沣,不要接近陈平安,是很明智的选择。"

陆沉感叹道:"鸾凤错位,芝兰当道,田里稗草。"

擅离本位的鸾凤,生错地方的芝兰,尚且因为容易滋生浑浊之气,而不得不被铲除,何谈那些不起眼、本就惹人厌的稗草?

如今担任大骊刑部侍郎的赵繇,"繇"一字,古同劳役之"徭"、歌谣之"谣"、遥远之"遥",还有"宙",以及草繇木条之茂盛状。

汇集龙气的宋集薪,负责"画龙点睛"的赵繇,五月初五出生的陈平安,加上出身远古养龙一脉的刘羡阳,再加上那个喜事铺子的胡沣。山清水秀,草木茂盛,伐木集薪生火,以远古至高之礼祭祀神灵,于人间阳气最为鼎盛之日,烹大地江河炼铸阳燧镜,大报天而主日,配以月。与天取火,大火燎天,烟雾如龙飞升,火光直通天外,自成一条光阴长河,这便是一条无须飞升台的崭新登天之路。

这就是命。几乎是一种既定之命。

陆沉说道:"所以说当年说服陈平安父亲的那个人,绝不仅仅是泄露了本命瓷一事,而是预料到了这一天的到来。

"打碎本命瓷,就等于岔开旧路,不一定真的可以避免,可好歹多出了一线生机。我们回头来看,事实证明确实如此。

"好心办坏事,坏心也可能做成好事。这世道,奇人多,怪事也多。"

林正诚脸色阴沉道:"是你?!"

林正诚离开骊珠洞天去往京城兵部任职途中,国师崔瀺曾经在一处驿站等着。一场复盘,崔瀺曾经评价过眼前这位白玉京三掌教。

即便隔着一座天下,即便被浩然天下大道压胜,也拦不住陆沉恢复十四境巅峰修为,更拦不住一整座白玉京跨越天下,从天而降,落在宝瓶洲骊珠洞天上空。

林正诚当时曾经问过一个问题:"只是为了针对齐先生一人,至于吗?"

崔瀺笑言:"陆沉与齐静春并无大道之争,可只要是为了那个大掌教师兄,陆沉就至于。一方面,那位白玉京大掌教,是陆沉最为敬重之人,此外陆沉还有一个更大诉求,是出于私心,因为当年陆沉觉得某个谜语,能够在他师兄身上得到答案,前提是这位道祖首徒当真能够做成一事。"

陆沉无所谓时,谁都打不过。陆沉有所求时,谁都打不过。

有陆沉在,不是说齐静春就一定没有第二种选择。但是正因为陆沉的出现,让齐静春最终只有两种选择。

就像一盘棋,下到了收官阶段,一方占优。赢还是赢,但是占据上风一方的赢棋路数,就那么一条两条棋路可走。你赢你的棋内局,我赢我的棋外局。

打个比方,刘羡阳手里拎着几件值钱瓷器,要去泥瓶巷找陈平安。不管在小镇如何走街串巷,更换路线,到头来终究只有两条路可走,路过顾璨家门口,与不路过。

陆沉这个存在,就是个跟刘羡阳不对付的泼皮无赖,堵在顾璨家门口的街巷拐角处,谁来就与谁搏命,而且绝非故弄玄虚。刘羡阳就算打得过那个无赖,但是权衡利弊,犯不着,没必要,因为手里边还拎着瓷器要送给陈平安,当然就要绕路。

陆沉哑然失笑,抬手一拍桌案,佯怒道:"都什么跟什么啊,别血口喷人,贫道是什么时候到的小镇,就那么几年工夫,能做成什么事情,你林正诚会不清楚? 这只大屎盆子也能扣到贫道的头上?! 就算你做人不讲良心,栽赃嫁祸总得讲点证据吧?!"

林正诚皱眉道:"是邹子?"

陆沉抹了把脸,演戏真累,摇头道:"既然最有可能,那么就肯定不是了。邹子做事情,一向喜欢点到即止,如此亲身入局,不是邹子风格。一着不慎,直接道心崩碎,只是跌境都算好的了。"

陆沉伸手拍了拍头顶道冠,再伸长胳膊,抬高手掌,晃了晃:"头顶三尺有神明,不管外人信不信,反正贫道是很讲究的。"

陆沉沉默片刻,掐指一算再算,突然笑了起来:"可怜田婉,本来只是将那蝉蜕洞天藏在骊珠洞天之内,自以为能够骗过自己,便可以瞒天过海,到底是道行浅薄了,这种自欺欺人的事情,当真是谁都可以学可以做的? 老柴信守承诺,没有觊觎那只金色蝉蜕,估计连老柴都没有料到,一路辗转,竟然还是被他的宝贝孙儿得了这桩'明明近在手边,偏偏远在天边'的福缘,委实妙不可言,所以老话说得好,命里八尺莫求一丈,不求反而可能就有。

"不过要说宠爱晚辈的程度,谁都比不过杨老头看待李槐吧。所以说傻人有傻福,必须得信! 贫道下次收取关门弟子,就一定要收个不那么聪明的。"

陆沉望向林正诚:"关于蝉蜕洞天的下落,此事可以转告陈平安,不打紧,贫道保证绝对不会画蛇添足。"

林正诚扯了扯嘴角,显然没这打算。

当年小镇的白事铺子不少,喜事铺子却只有一个,掌柜是胡沣的爷爷,老人去世后，墓碑上用上了真名柴道煌，所以陆沉才会一口一个老柴。

老人曾是远古人间所有定婚店的头把交椅，也就是后世所谓的月老，昔年道场所在，名为撮合山。掌管一本姻缘簿和牵红线，以及所有的媒妁之言。

而他的孙子，胡沣，古月胡。胡沣与桐叶洲敕鳞江畔的少女，一样是远古月宫的天匠后裔。只是胡沣的血统要更为纯正，就像后世门户里边的嫡庶之别。

陆沉赶紧走回火盆旁坐下，再不回去，就要被林正诚啃完所有红薯了。他拿起最后一块，轻轻拍掉灰尘，使劲吹了口气，嬉皮笑脸问道："林兄，贫道好歹是个白玉京三掌教，在青冥天下那可都是横着走的，谁敢跟贫道喘口大气，你如今又无靠山，还敢跟贫道说话这么冲，凭什么？"

林正诚淡然道："生平不做亏心事，半夜不怕鬼敲门。"

陆沉哀怨道："异乡遇同乡本该两眼泪汪汪的，林兄咋个又骂人嘞。"

林正诚直接问道："陆掌教何时返乡？"

陆沉埋怨道："这话说得伤感情了，别忘了，我们是同乡。"

林正诚极无诚意："哦，陆掌教不说，林某人还真忘了这茬。"

陆沉气笑道："别人不知道就算了，你这个阍者会不知道？贫道可是等于豁出性命不要了，陪着陈平安走了趟蛮荒天下，建功立业，天下侧目。"

林正诚点头道："就是因为知道这件事，所以今夜才愿意陪着陆掌教聊了这么多废话，不然我早就下逐客令了。"

陆沉抬起双手，做了个气沉丹田的姿势，自言自语道："不生气，不生气。犯不着，犯不着。"

林正诚犹豫了一下，抱拳沉声道："只说这件事，做得很不陆沉，我服气，是条汉子。"

不还是骂人？

可陆沉立即笑脸灿烂起来："这种暖心窝的好话，林兄倒是早说啊，说不定贫道都愿意为林守一这个侄儿护关！从元婴境跻身玉璞境而已，又不是从仙人境跻身飞升境，小事一桩。"

"陆掌教要是愿意改个姓氏，我可以在下次修家谱的时候，添个名字，放在第一页都没问题，反正祠堂敬香，都是九炷香。"

"林兄，你要是这么聊天就没劲了啊。贫道也是个有脾气的人，一个凶狠起来，六亲不认的。"

"那我改个姓？"

"林兄请自重！"

见那林兄又开始装哑巴，陆沉只得主动开口道："就这几天的事情了，文庙比林兄更早下了逐客令，贫道必须在今年年底离开浩然天下，一旦立春就为贫道关门。说到底,还是舍不得贫道走吧,除此之外,贫道实在想不出第二个原因。"

林正诚说道:"听说二掌教刚收了个弟子。"

陆沉讶异道:"贫道怎么不知道此事?"

唉,这个余师兄,怎么回事,都不与我这个师弟打声招呼。容贫道掐指算上一算,哦,巧了,姓杨,是个绰号小天君的,还是咱们浩然天下的老乡,本就是道门中人。二师兄可以啊,是学咱们那位师尊,收个外乡人当弟子? 可问题在于,这个北俱芦洲的杨凝性,怎么能跟自己比,年轻人撑死了就是第二个雅相姚清。幸好不是余师兄的关门弟子,不然自己一定要拦上一拦。

陆沉站起身,抖了抖袖子:"等到一切都水落石出,好像便无甚意思了。"

就像陈平安先前与自己暂借一身道法时,难免心生感慨,境界一高,天地就小。其实这也是所有飞升境、十四境大修士的共同感受。

世态人心,山重水复,好似一般模样,就像一个模子里刻出来的。

西方佛国那边,陆沉是不敢再去了,蛮荒天下暂时去不得,除了重返蛮荒的白泽,其实还有一个与蛮荒天地同寿的存在,名"逡"。诞生于蛮夷之地大荒之中。类似五彩天下的那个小女孩,如今嘉春几年,她便几岁。当然与浩然天下,当年不愿意为至圣先师一行人撑船过渡的老渔翁,是一样的大道根脚。

至于青冥天下和西方佛国,自然一样有类似的存在。当初陆沉正是因为知晓此事内幕,才有了那句流传后世的"天地与我并生,而万物与我为一"。

三教祖师在散道之前,肯定都会各自见一见"道友"。

敢问心斋? 唯道集虚。澡雪精神,除却秽累,虚其心则至道集于怀也。

莫向外求,自求多福。转念一想,便是智慧。

天行健,君子以自强不息;地势坤,君子以厚德载物。故而君子慎独,敬鬼神而远之。

林正诚站起身:"我就不送客了。"

陆沉微笑道:"比起老瓷山那些碎瓷片,更不起眼的,好像还是那些匣钵。"

那些匣钵,既像是那些精美瓷器的传道人,也像是护道山水一程便默然离去的护道人。

在陆沉看来,天地间真正的匣钵,大概就是所有孩子的父母。

林正诚突然问道:"陈平安从小镇带走的那把槐木剑,第一次游历剑气长城,好像交给了老大剑仙,却始终未曾归还,与剑气长城的那位祭官有无关系?"

陆沉撇撇嘴:"那会儿贫道已经不在小镇了,何况这件事,显然是齐静春的作为,让贫道怎么猜。"

陆沉也问了一个问题:"如今窑务督造署库房门口那边,还是按例年年更换春联?"

林正诚摇头道："多年未换了，是国师的意思。"

昔年窑务督造署有一座戒备森严的库房，负责搁放烧造出来的各类御用瓷器，验收无误，就会定期秘密送往京城。

陆沉在摆摊子的那些年里，偷摸去过几次。里边摆满了瓷器，琳琅满目，美不胜收。

但陆沉却不是奔着养眼去的，每次到了那边，就摸出一条小板凳坐着，闭上眼睛，竖耳聆听。

听那冰裂纹瓷器开片的细微声响，如一串风铃声，故而被老师傅们说成是一种"惊风"，叮叮咚咚，如同天籁。

而库房门口张贴有一副楹联，按例都是坐镇圣人的手笔，用来辞旧迎新，如果是在道家圣人坐镇一甲子内，还会就近取材，专门用上取自桃叶巷的桃木作为春联底板。

陆沉记得自己最后一次去库房，门外悬挂着一副去年写就的春联：

读书声里，风调雨顺，事事有余福

太平道上，国泰民安，年年迎新春

陆沉身形一闪而逝，离开洪州采伐院，转瞬间来到昔年小镇石拱桥边，夜幕中沿水散步，年轻道士来到那处青崖之上，独自一人，抬头望天。

乡野田间看星河，蜗牛角上争大道。

故人应笑我，做梦中梦，见身外身。

第六章
只有朱颜改

大玄都观,桃林中有溪涧,溪水清浅,清澈见底。

一位身材高大的老道长和一个年轻胖子,各自坐在小板凳上,卷起裤管,光着脚踩在溪水中,一个饮酒,一个怀里兜着一大捧刚采摘下来的莲子。

晏胖子问道:"老孙,当初为何借剑给白也?阿良都说咱们剑修倚天万里须长剑,哪有你这样的,反而送出这么一把仙剑。现在好了,我可是听说白玉京那边,有不少仙君对老孙你不太尊重啊,将你和咱们玄都观的关系,说成是枯木挂老树,听听,多气人。当时董画符跟我聊起这个,气得我七窍生烟,差点就要跟他一起去白玉京,想着怎么都要给老孙你找回场子,没奈何,我如今境界太低,就怕问剑不成,反而丢了玄都观的面子。"

老观主身为天下道门剑仙一脉的执牛耳者,剑术和道法一样高,不然也坐不稳屁股底下那张"天下第五"的椅子。

孙怀中嗤笑道:"有话就直说,贫道这辈子最不喜欢拐弯抹角的言语。"

晏琢小心翼翼道:"那我可真就直说了啊?事先说好,老孙你不许记仇。"

孙怀中笑呵呵道:"要不要贫道先发个毒誓啊?"

玄都观的道士,年纪从老到少,辈分境界从高到低,从不怕招惹青冥天下任何人,唯独怕被老观主惦念。

见那小胖子还是不太敢言语,孙怀中笑问道:"一个闷屁弯来绕去,是会更香一点吗?"

晏琢其实已经后悔跟老观主聊这个了，只是箭在弦上不得不发，干脆就破罐子破摔，竹筒倒豆子一般，将那些董画符私底下的言语，一并说给老观主听："白玉京那边的大小神仙，都说当年如果没有借剑给白也，你确实就可以跻身十四境，但是即便跻身了十四境，跟他们白玉京二掌教干一架，也肯定是打不过的。

"所以你就故意把仙剑太白借给白也，留在浩然天下，如此一来，既显长辈风范，赢了口碑，还让白也欠下一份天大人情，帮助浩然天下多出了一位人间最得意，文庙那边也要顾念这份香火情，而你既然停滞在飞升境，自然就不用与道老二往死里干一架了，何况以那位真无敌的脾气，你只要一直是飞升境，他总不好欺负人，就只好不与你计较什么了，如此一来，何止是一举三得四得。"

孙怀中听了这些"外界传闻"，抚须放声大笑，倒是没有半点恼羞成怒的脸色。

晏胖子问道："老孙，你这是故作豪迈，来掩饰自己的满腔怒火吗？别介啊，咱俩谁跟谁，是自家人，辈分都可以搁一边不去管的，要是真生气，别藏掖了，莫说是你，我听了都要火冒三丈，这不都跟董画符约好了，将那些口出不逊的老神仙一一记录在册，回头等我哪天飞升境了，就去白玉京一一问剑过去。老孙你要是不信，我可以发个毒誓！"

孙怀中晃了晃酒壶："可拉倒吧，就你晏胖子，那点胆子都长在生意头脑和一身膘上边了，如今又有了玄都观的度牒身份，估计都不敢靠近白玉京。这种话，唯独陈小道友说来，我是信的。"

晏琢试探性问道："那就是真的因为怕输给那位真无敌喽？"

孙怀中点点头："不是怕输，是怕死。"

一旦跻身了十四境，与余斗问剑一场，自然不会只分胜负，是定然要决生死的。

晏琢一脸震惊。

孙怀中继而笑道："此怕非彼怕，不是怕那身死道消才舍不得死，而是怕死得分量不够，担心死不足惜，心中一股千年积郁之气，死也吐出不得，若是只出了半口气，就跟吊死鬼一样，摇来晃去，头不顶天，脚不踩地，半点不顶天立地大丈夫，贫道会死不瞑目的。不过一开始，贫道其实没有想这么多，当年已经一只脚踩在门槛上，就要抬起另外一只脚时，有人不早不晚，登门做客玄都观，找到贫道聊了聊，在那之后，才会去浩然天下散心。按照约定，若是去时仗剑，回时还是仗剑，就直奔白玉京，他绝对不会阻拦我问剑余斗。"

晏琢问道："陆掌教？"

孙怀中摇头道："是陆小三和道老二的师兄，咱们那位德高望重的白玉京大掌教。"

晏琢竖起大拇指："还是老孙有牌面。"

孙怀中笑了笑："这算什么，我当年创建玄都观那会儿，观礼客人当中就有道祖，只不过道祖他老人家不愿喧宾夺主，盖过我的风头，就隐藏了身份，但是一直留到观礼结束,喝了一杯酒才离去。"

晏琢疑惑道:"这种事情,怎么咱们道观的年谱上边也没个记载?"

孙怀中反问道:"道祖参与观礼,我们玄都观就要大书特书吗? 那还能有如今的玄都观吗? 当初道祖何必观礼?"

晏琢被绕得直翻白眼。

孙怀中抚须笑道:"大掌教做客玄都观,并非一开始就抛出那个约定,而是劝贫道,不要跟他那个二师弟一般见识,真要打起来,就不是什么个人恩怨了。这倒是天大的实话,玄都观的香火,肯定是没了,只是白玉京五城十二楼,肯定也要少掉几块地盘,而白玉京一旦被贫道打碎几块边角料,就会大道不全,就像你们的那座剑气长城,断成了两截,压胜寻常修士不难,可是在那么一小撮修士眼中,白玉京其实已经有等于无,而白玉京本身,将近一半的存在意义,就是等待将来变天,正好针对那一小撮不服管的修士,一个个憋了千年数千年的,一旦没有了老天爷的约束,要做什么,可想而知。省得哪天道祖不在了,那些人就无法无天,横行无忌。"

晏琢问道:"你要是当年没借剑给白也,回了青冥天下就跟道老二大打出手,难道道祖不会出手? 退一步说,作为道祖首徒的大掌教,一样可以护住白玉京吧?"

孙怀中气笑道:"道祖吃饱了撑的,掺和这些芝麻绿豆事作甚?"

"至于咱们那位三千功德早已圆满的大掌教,道法之高,仅次于道祖,确实没有半点水分,跟那个极有可能是道老二自封的真无敌,大大不同。只是大掌教之于青冥天下,跟礼圣与浩然天下的关系差不多,容易牵扯太多的事情,反而不宜出手,宜静不宜动,一动天下动。"

晏琢听了半天,轻声道:"挺好,玄都观有老孙在,咱们也好安心修行,我可不想继续搬家了。"

再嚼出些余味来,晏琢好奇问道:"余掌教自封的真无敌? 不可能吧?"

孙怀中笑呵呵道:"瞎猜的,犯法啊。道老二要是小心眼,不高兴了,大可以书信一封,寄到咱们道观,贫道立马就亲笔书信一封,用各路山水邸报昭告天下,说'真无敌'这个绰号,绝对不是余掌教自封的,谁敢不信,在那边叽叽歪歪个没完,可就别怪贫道亲自登门问罪了。"

晏琢笑道:"然后把臂言欢,称兄道弟?"

孙怀中抬起那只碧绿色酒葫芦,抿了一口道观自酿的桃花酒,晃了晃,已经没酒了,就将空酒葫芦抛入溪水中,酒葫芦一路漂荡远去:"这些年在玄都观没白修行。"

孙怀中没来由感慨道:"咱家那个小丫头,配白也,真是绝配。"

昔年评选出来的数座天下年轻候补十人之一,其中一位正是玄都观某位女冠,只不过她去了五彩天下,如今已经是玉璞境。

晏琢伤心道："我没戏啦？"

孙怀中打趣道："你不是有春晖姐姐了吗？"

晏琢摆摆手："这种话别瞎说，春晖姐姐听见了，不敢跟老孙你说什么，以后只会跟我不对付，再不愿意与我合作做买卖了。"

"还记不记得今年入秋时分，有个老夫子，跟贫道还有白也坐一张桌子，吃了顿咱们道观鼎鼎有名的素斋？"

"记得，怎么不记得，个子很高啊，要不是老先生当时穿着儒衫，我都以为是个江湖中人了。谁啊？难道是青神王朝的首辅姚清？"

"姚清，就他那个四不像？来了玄都观，哪有资格让贫道和白也都坐那儿，陪着吃完一顿素斋。贫道让姚清去灶房做顿素斋还差不多。"

晏琢一脸怀疑。这话就有点吹牛皮不打草稿了吧，姚清可是青冥天下的十人之一，虽说名次不如老孙高，但是能够登榜的，哪个不是天一样高的人物。何况如今外边传得沸沸扬扬，都说姚清会紧随岁除宫吴霜降之后，跻身十四境。以至于那三位大难临头的尸解仙，纷纷避难逃命，其中一位，据说都去白玉京寻求余掌教的庇护了。

"姚清这小子年轻那会儿，就是个游手好闲的混不吝，一个喜欢赌钱的小地痞！多亏贫道当年路过那五陵，为他慷慨解囊，外加指点迷津一番，他才有了如今的造化，不然这会儿都不知投胎几回了。"

"那老夫子到底是谁？"

"跟你说话就是费劲，身份只管往大了猜。"

晏琢猛然惊醒，捶胸顿足道："老孙你不早说？！不然我当时就跟老夫子磕头了，哪怕是与老夫子作揖拜三拜，沾沾文运也好啊。以后考取你们青冥天下一道道一关关的狗屁度牒，还不是手到擒来，不费吹灰之力？！对了，那位老先生坐过的那张桌子和那个凳子，我都得搬回自己屋子，好好供奉起来，花钱买都行，老孙你开个价……"

晏琢突然说道："骗人的吧？"

一个头戴虎头帽的少年走在溪边。

孙怀中立即招手笑道："白也老弟，来帮忙做个证。"

白也点头道："确实是至圣先师。"

孙怀中微笑道："晏胖子，以后记得别埋怨咱们道观的素斋不好吃了，至圣先师可是都给了个'名副其实'的评价。"

白也欲言又止。孙怀中赶紧使眼色，白也便没有开口说什么。

白也来青冥天下之前，曾经在穗山之巅，陪着老秀才见过至圣先师。

因为自己要来玄都观修行、练剑的缘故，老秀才与至圣先师恰好就提起过这边的素斋。老秀才说传闻道观的素斋不太好吃。至圣先师便来了一句，听人说过，确实一般。所以说至圣先师在道观里边吃过素斋后,说了句"名副其实",其实就真的是一句登门是客的客气话了。

孙怀中笑问道:"与君倩一起去过那轮皓彩明月了?"

白也点点头。

孙怀中满脸羡慕道:"观月卧青松,到底不如卧月观青松,一个抬头看天,一个低头看地,风光大不相同嘛。"

白也说道:"观主想去又不难。"

孙怀中摆摆手:"可不能这么说,这会儿真无敌就躺那儿拦路呢,贫道年纪大了,老眼昏花,一脚跨过去,不小心踩在咱们道老二的面门上还好说,无心之过,道个歉就行,要是一脚踩在裤裆上边,太不像话。"

白也本想坐在溪边石上,和老观主稍微多聊几句,但听闻孙怀中之言,他就继续散步向前了。

晏琢吃完了一大兜莲子,突然从溪涧里边抬起双脚,问道:"老孙,你是不是其实已经?"

"世人只道太上忘情,道法无情人有情。天生当是有情人哪。"孙怀中并未直接给出答案,微笑道,"老一辈的恩怨,你们这些晚辈不用多想,反正想也没用,只管好好修行,各自登顶。"

孙怀中站起身:"年纪大了,就会想些身后事。"

其实南婆娑洲的某位醇儒,也说过类似的话,当时的听众只有一个,是个名叫刘羡阳的外乡读书人。

不过孙怀中很快大笑道:"不过贫道是说道祖,我还年轻呢。每天所思所想,只是努力加餐饭。"

孙怀中离去之前,和晏琢说道:"好好想个问题:为何天底下只有剑修?哪天想明白了,你就能破境。"

一艘风鸢渡船已经跨海来到桐叶洲陆地,在那清境山青虎宫的仙家渡口稍做停息,就继续南下去往仙都山。

孙春王今天炼剑间隙,犹豫了一下,还是走出屋子,打算到柴芜那边坐一会儿。她不喜欢热闹,但是好在柴芜也不爱说话,除了喝酒会发出点声音,其实不会没话找话,正好。结果孙春王刚拐入一条廊道,就发现柴芜屋外那边有个站着不动的门神,孙春王便懂了,柴芜还在修行,暂时不宜打搅。

小米粒蹑手蹑脚走向孙春王,来到后者身边,右护法抬起手那么掐指一算,小声提醒道:"草木还要修行半个时辰。能等不?"

孙春王摇头道："要错过了，两刻钟后，我就要继续回屋子炼剑。"

小米粒满脸佩服，由衷赞叹道："你们俩真是修行勤勉得可怕嘞。"

孙春王说道："等会儿不用偷偷帮我护关了。"

小米粒挠挠脸，哦了一声。被发现啦？

孙春王难得有几分愧疚，解释道："不是嫌烦……"

停顿片刻，这个被白玄取了个死鱼眼绰号的小姑娘，还是打算实话实说："其实是嫌烦的，有你在外边把门，反而耽误我的修行，心不静。"

成事不足败事有余了不是，小米粒恼得直跺脚，立即道歉："对不住啊，以后保证不会了。"

孙春王破天荒挤出一个笑脸，认真想了想，再次解释道："怪我不会说话，准确说来，其实不是嫌烦，就是明明知道你守在外边，也知道你是好心好意，我就总想着跟你打声招呼，听你聊几句，不然就干脆让你别看门了，但是又不愿意中途退出心神，一来二去的，就耽误炼剑了。刚才的话，你听过就算，别往心里去。"

"没的没的。"小米粒咧嘴一笑，使劲摇头，然后拍了拍肚子，"好人山主说啦，别人愿意说几句心里话，就得好好记住，不能听过就忘，因为天底下好听的心里话，其实不在嘴边，在眼睛里边呢。所以听在耳朵里的心里话，往往就不那么好听了，一来二去，要是总记不住对方说什么，脾气再好的人也要当哑巴了，同时要让自己不往心里去，不然以后就没人愿意跟我们说心里话喽。

"好人山主还打了个比方，说那些听上去不是那么好听的真心话呢，就跟哑巴湖酒一样，一开始喝，可能会难以下咽，可是喝着喝着，就发现这才是天底下最好喝的酒呢。

"还有那些自顾自生的闷气，就跟会变味的酒一样，自己又喝不掉，一打开酒坛子，谁都不愿意喝。好人山主说那股子酒气，就是一个人不太好的情绪，积攒多了，看上去谁都闻不着，其实谁都知道，但是只能假装闻不着，不知道。日子久了，看上去好像谁都在照顾对方，其实谁都委屈哩，很累人的。"

孙春王默不作声，只是听着黑衣小姑娘的絮絮叨叨。

小米粒看了眼孙春王，小心翼翼道："是又嫌烦吗？那我不说了哈。"

孙春王摇摇头，这个好像面瘫的小姑娘，蓦然笑容灿烂，朝小米粒眨了眨眼睛。

小米粒多灵光，立即心领神会，咧嘴大笑，然后赶紧伸手捂住嘴巴，晓得了晓得了，好听的心里话，都在眼睛里呢。

那次落魄山观礼正阳山，境界最深不可测的，可能就是这位只以洞府境示人的右护法了。

孙春王说道："隐官大人对你真好。"

听那个消息灵通的白玄说过一件事，隐官大人好像如今正在编撰一部山水游记，就是专门给小米粒写的。好像之前还曾托朋友帮忙,但是不太满意,隐官大人就干脆自己动笔了。

小米粒不明就里,只是笑哈哈道:"好人山主对谁都很好的。"

渡船别处,白玄敲开门,来到五百年前是一家的好兄弟这边屋内,鬼鬼祟祟掏出一本册子,放在桌上,册子不厚。

白首拿起册子,看了看上边记录的一些个名字,都是听都没听过的江湖中人,好奇问道:"干啥用的?"

白玄压低嗓音道:"有朝一日,找个机会,围殴裴钱,到时候我将裴钱约出来,再等我暗示,摔杯为号,早早埋伏好的各路英雄、四方豪杰,齐齐拥出,裴钱肯定双拳难敌四手。到时候让裴钱认个错,就算一笔揭过了,可裴钱要是不识好歹,那就怨不得我不念同门之谊了,她少不了一顿老拳吃饱。白首,你要不要在这上边添个名字,共襄盛举?"

白首倒抽一口凉气:"不好吧?"

这份名单,要是一不小心泄露出去,被某人知道了,那还了得?! 哪个逃得掉? 一册在手一锅端。

白首越想越不对劲,一脸的百思不得其解:"你到底知不知道她是个啥境界?"

白玄点头道:"必须知道啊,知己知彼百战不殆,我怎么可能不晓得裴钱的境界。"

见白首犹豫不决,就是个尿包,白玄摇摇头,收起那本册子:"罢了罢了,没有想到同样是姓白,胆识气魄,却是悬殊啊。"

白首问道:"小米粒看过这本册子没有?"

白玄没好气道:"你当我傻啊。"

谁不知道小米粒跟裴钱是一伙的,都来自那个传说中的落魄山竹楼一脉,门槛高得很,据说落魄山之外,只有一个叫李宝瓶和一个叫李槐的,属于竹楼一脉,这还是白玄几次在山门口那边与右护法旁敲侧击,才好不容易打探出来的消息。

白玄见白首似乎有些心动,便劝说道:"咱们又不是马上就围殴裴钱,你想啊,为什么武道十境,又叫止境?"

白首误以为陈平安与白玄透露了什么天机,好奇问道:"为啥?"

白玄一愣,这家伙真是个傻子吧,算了算了,不能收这样的盟友,会拖自己后腿的。

白首不乐意了:"别话说一半啊,说说看,要是有道理,我就在册子上边写个名字,画押都成。"

"止境,当然就是'天下武夫,在此止步'的那么个境界啊。"白玄见他心诚,便娓娓道来为白首解惑,"裴钱资质是比较凑合,可武学境界就这么高,她可不就得乖乖在止境这儿趴窝了,不就是等着咱们境界嗖嗖嗖,追上她? 是不是这么个理儿? 君子报仇十年不晚,要是短期不能成事,咱们就再忍她一忍,十年不够,那么二十年三十年呢,就凭我的练拳资质，不说止境，一个山巅境总是信手拈来的。放心，到时候我这个盟主，绝无二话，肯定打头阵，第一个与裴钱问拳。白首你呢，是自家人，就当个副盟主，届时负责围追堵截，防止裴钱见机不妙就逃走，怎么样，给句准话。"

白首抚额无言，沉默许久，才憋出一句："让我再考虑考虑。"

白玄叹了口气，将册子收入袖中，一手拿起桌上的茶壶，单手负后，用脚带上房门，走在廊道中，摇摇头，竖子不足与谋。

隔壁屋子那边，听着白大爷那番异想天开的谋划，米裕辛苦忍住笑，朝刘景龙竖起大拇指，轻声道："收了个好弟子，难怪能够跟我们隐官大人称兄道弟。"

刘景龙笑道："其实更早些，白首还曾刺杀过陈平安。"

米裕幸灾乐祸道："原来还有这种丰功伟绩，难怪会被裴钱盯上。

"刘宗主，能不能问个事？"

"是想问为何我的真名是齐景龙，却一直被人喊刘景龙？"

米裕点点头，毕竟在山上，改名字的修道之人很多，直接改姓的，不常见。

刘景龙笑道："我在上山修行之前，确实姓齐，但是到了太徽剑宗没几年，我们韩宗主有个朋友，说我在百岁道龄之时，会有个大坎，对山下的凡俗夫子来说，这没什么，说那长命百岁，已经是最好的言语了，但是对于志在长生久视的修道之人来说，确实不算什么好话。那位高人就向韩宗主建议：'想要让齐景龙安然渡过此劫，最好改个姓氏，否则就会与南北两条大渎命理相冲，将来行走山外，一旦近水，就有会灾殃。'其实在当时，这个说辞本就是一桩怪事，因为要说'南北'，那么浩然天下的东边三洲，除了北俱芦洲确实有条济渎，宝瓶洲和桐叶洲都无大渎，但是那位高人说得言之凿凿，加上这类山上言语，历来是宁可信其有不可信其无。韩宗主就找到了我师父，我师父再找到了我爹娘，他们虽然都觉得改姓一事不小，但是为了保证我的修道无恙，就在翻然峰和宗门谱牒上边瞒着我改了姓氏，只是太徽剑宗祖师堂之外，无人知晓此事，约莫是担心我会沦为笑谈吧。而且祠堂家谱那边也悄悄抹掉了我的名字。按照高人的建议，将来等到'刘景龙'得道之时，大可以在这两处，分别改回去和增添上名字。等到我知道此事，已经无法更改了。

"我年少登山之初，师父所在翻然峰一脉香火凋零，我的同门不多，屈指可数，那会儿几个师兄师姐都还是喊我齐景龙，师父起先也有意隐瞒此事，只是偷偷改了翻然峰谱牒上的名字，等到后来我境界高了，跻身中五境，由一峰谱牒修士晋升为太徽剑宗的祖师堂嫡传之前，韩宗主就和师父跟我说了偷偷改名一事的内幕和缘由。因为晋升时观礼客人众多，还有唱名这道流程，是注定纸包不住火的。可既有师命，也有父母之命，我对此也无可奈何，当时只是好奇询问一事，何谓'得道'，师父说可能是跻身玉璞境，韩宗主欲言又止，我就知道这件事不简单。

"所以在后来的太徽剑宗,齐景龙类似本名,只有几个最早的同门知晓,可能师父和韩宗主也都提醒过他们,不许他们随便谈论此事。至于刘景龙,就像我的小名,后者被人喊得更多,山外不知就里,也就跟着喊了。再后来,宝瓶洲竟然开渎入海,果真命名为'齐渎'。"

说到这里,刘景龙在桌上写下"齐""刘"两字,笑道:"是不是有点相似?"

米裕啧啧称奇道:"还是你们浩然天下门道多、讲究多。"

刘景龙说道:"至于那个帮我改姓的高人,我师父和韩宗主一直没说来历,我自己有两种猜测,要么是邹子,要么是赊刀人。"

米裕疑惑道:"赊刀人?做什么的?"

刘景龙笑道:"借钱给人,某天再登门讨债。"

米裕说道:"就像山下那种放高利贷的?"

刘景龙点头道:"严格意义上不能算是放高利贷,恰恰相反,讨债的,登门索要之物,永远会少于本钱,这好像是第一位赊刀人立下的买卖宗旨。所以外界都说赊刀人一脉,出自墨家旁支。一般修士,都巴不得赊刀人与自己做买卖,尤其是那些朝不保夕的山泽野修,只恨赊刀人不登门找自己。陈平安让我未来在破境一事上,小心再小心,是对的,怎么小心都不为过。我倒不是不想还债,欠债还钱是天经地义的事情,只是担心对方要求还债的方式,是我无法接受的。"

米裕说道:"以韩宗主的脾气,既然肯替你揽下这档子事,相信绝对不会坑你。"

刘景龙笑着点头。

米裕想起一位北俱芦洲剑修,问道:"那个骡马河的柳勖,你们有联系吗?"

刘景龙点头道:"离开剑气长城后,我跟柳勖经常见面。"

人是好人,挑不出任何毛病,可就是酒品差了点。

米裕打趣道:"我前些年在彩雀府待得蛮久,怎么从没有在任何一封山水邸报上边见过这位柳大少的半点事迹?"

刘景龙说道:"是骡马河柳氏的家风使然,做事务实,为人厚道,不爱出风头。"

北俱芦洲的骡马河,是个大山头,却不是宗门,名字不好听,但是做生意是行家里手,早就有宗门的底蕴了,却迟迟没有向文庙讨要一个宗字头身份。骡马河柳氏,世代做山上跑船、跑山的买卖,属于闷声发大财那种,打个比方,骡马河就是一洲山上最大的镖局,只是口碑比琼林宗好太多。

北俱芦洲是出了名的民风淳朴,不少修士经常有那万里约架的习惯,可能只是一场镜花水月,聊着聊着就红了脸,一言不合,某人报个地址,双方就干架去了。而浩然天下最著名的一场约架,都没有什么之一,当然是曾经的俱芦洲和当年的北皑皑洲那场名动天下的跨洲约架。那次一洲剑修联袂远游,浩浩荡荡,横渡大海,那一幕壮阔风景,被后世誉为"剑光如水水在天"。

因为是跨洲远渡，许多境界不高的俱芦洲剑修，就都是乘坐骡马河的私人渡船，一路上所有开销，都是骡马河柳氏包圆了，仙家酒酿、果蔬、药膳，从头到尾，没让剑修花一枚雪花钱。

那场架虽然没打起来，但是俱芦洲却从北皑皑洲那边硬生生抢来一个"北"字。从此浩然天下只有北俱芦洲与皑皑洲。

而柳勔，就是柳氏当代家主的嫡孙，并且是柳氏子弟中为数不多的剑修，却自幼就没有半点骄纵之气，在元婴境时，更是跟随其他剑修跨洲南下，过倒悬山，去往剑气长城。柳勔在那边杀妖颇多，只是相较于太徽剑宗的上任宗主韩槐子和掌律黄童，以及浮萍剑湖的女子剑仙郦采，柳勔这位元婴境剑修才显得不起眼。在异乡的最后一场出城战役中，柳勔与山泽野修出身的扶摇洲剑仙谢稚并肩作战。两位同为剑气长城外乡人的剑修，一生一死，年纪大的，境界高的，递出最后一剑，既杀妖，也为年轻剑修开道。

大概柳勔这辈子唯一一次"出名"，就是某次在小酒铺喝酒时，自称月下饮酒，才思泉涌，诗兴大发，在一块无事牌上留下了那句广为流传的"人间一半剑仙是我友，天下哪个娘子不娇羞，我以醇酒洗我剑，谁人不说我风流"。

可事实上，在骡马河，柳勔与父亲，还有身为柳氏当代家主的爷爷，那都是出了名的土财主、土老帽，与风流才情半点不沾边。

结果等到那场文庙议事结束，整个北俱芦洲都知道了柳勔的这块无事牌，这些年到骡马河登门提亲的，络绎不绝，差点把门槛踏破，人人与柳氏老家主道贺，说你们算是祖坟冒青烟了，竟然生出这么个大才子。老家主也不知是该偷着乐还是解释几句，反正就挺尴尬的。

柳勔回到北俱芦洲后，主动找过刘景龙两次，都是奔着不醉不归去的，剑修每次醉醺醺晃悠悠御剑下山之前，都说这次没喝过瘾，下次再来。

人生聚散不定，如那酒过三巡，却好像还没开喝，就会开始想着下一顿酒。

米裕曾经好奇一事，隐官大人为什么始终不找骡马河做买卖，柳勔毕竟是那酒铺的老主顾了，又是柳氏嫡孙。而落魄山的生意，一直止步于北俱芦洲中部，在北边是没有一个生意伙伴的。后来才知道是不想让柳勔难做人，大剑仙白裳在北边积威深重，骡马河又是走惯了北边山水的。

刘景龙没来由说道："白首刚上山那会儿，还问我为何天下只有剑修，没有刀修、斧修。"

米裕愣了愣，哑然失笑，摇摇头，端起酒碗喝了一口酒："还真就从来没想过这个问题。"

刘景龙笑着伸出手："借米兄佩剑一用。"

米裕的本命飞剑名为霞满天。他这些年腰系一只名为濠梁的养剑葫，是兄长米祜遗物。本来是送给隐官的，隐官没要，反而送给了米裕。品秩极高的佩剑，铭文横扫，更是兄长早年赠送给米裕的。

米裕将佩剑交给刘景龙。刘景龙手持剑鞘，缓缓拔剑出鞘，剑光明亮如秋泓，屋内顿时亮如白昼，刘景龙双指并拢轻轻抹过剑身，再抬高手指，一敲剑身，光华如水纹。

"远古时代，术法如雨落在人间，大地之上，有灵众生不论出身，各有机缘，得道之士如雨后春笋。"

刘景龙一剑缓缓横扫，桌面上一层剑光凝聚不散，就像将天地分开。

下一刻，米裕环顾四周，如同置身于一座远古的太虚境地，原本需要抬头仰望的璀璨繁星，渐渐小如芥子，仿佛随便一个伸手，就可以拘拿在手。

"雷法，五行，七十二家符箓，诸子百家学问，炼日拜月，接引星光，堪舆望气术……"

随着对面那个刘景龙的"口含天宪"，在那条剑光铺展开来的"大地"之上，一一生发出诸多术法神通。

"而天地间的第一把剑，本身就是一种大道显化。既有锋锐，且对称。"

刘景龙站起身，伸出一手，从指尖凝出一粒光亮，轻轻往下一划，便有一条剑光直落。

剑光破开大地，笔直去往无尽虚空，天地再无上下左右前后之分，一座大地彻底破碎，万千术法神通彻底泯灭，连同天上日月星辰，都被剑光生成的一个巨大旋涡撕扯入内，再无半点光彩，好像是某种大道归一。

刘景龙神色淡然道："这就是一剑破万法。"

米裕看着那一幕好像天地万物从生至灭的瑰丽景象，怔怔出神。片刻后，米裕沉声道："道路已在，我要闭关。"

五彩天下中央地带的天幕处，两道剑光从飞升城内拔地而起，直冲云霄，天地之间，高高低低的数座云海，被剑气一搅，生出一个个巨大旋涡。在云壤之间各自拉开一条弧形轨迹的璀璨剑光，来到与天幕大门差不多高度时，虽然还隔着数万里之遥，剑光便骤然悬停，刹那之间现出两个身形，一个头别玉簪，青衫长褂，一个黄帽青鞋，手持行山杖。

两位剑修各自再化作十数道剑光，往大门这边掠来，是一模一样的遁法，速度之快，犹胜流霞舟。

一位相貌清癯的儒衫老者抚须而笑："不得不承认，只说赶路一事，还是他们剑仙更潇洒些，剑光一闪，风驰电掣，天地无拘，看着就给人一种不拖泥带水的爽利。"

另外一位老人点头道："我当年也就是没有成为剑修的修道资质，不然未必会愿意辛苦治学。"

这两位负责坐镇五彩天下天幕的文庙陪祀圣贤,一位是礼记学官的首任大祭酒,一位开创了河上书院。

两位老人,各带了一位自家文脉的儒生,都是年轻君子,需要在此共同驻守六十年,详细记录一座天下甲子内各地的天时变迁、山水气运流转。最早是为了防止上五境修士潜入崭新天下,尤其是盯着与桐叶洲、扶摇洲相通的南北两道大门,不让那些元婴境修士和金身境武夫坏了规矩。那几年中,两位文庙圣贤仍是揪出不少心存侥幸的修士、武夫,如今这些人都在两位老夫子袖里乾坤的小天地之内,"寒窗苦读圣贤书"呢。

等到见着了那位故地重游再折返此地的年轻隐官,两位老人都有些笑意。先前陈平安通过桐叶洲那处天幕大门来到五彩天下,文圣一脉的关门弟子去势匆匆,着急赶路,双方当时就没有过多客套。

至于年轻隐官身边的那名古怪扈从,则变化身形,化作一只雪白蜘蛛趴在青衫肩头,负责看管桐叶洲的那位文庙陪祀圣贤,早早就已经与他们通过气,也就都睁一只眼闭一只眼了。

陈平安的师兄茅小冬,如今是礼记学官的司业,担任桐叶洲五溪书院副山长的君子王宰,其恩师便是礼记学官的当代大祭酒,王宰曾经来过这处天幕,在老人这边,言语之中,对这位年轻隐官毫不掩饰自己的认可和推崇。河上书院与南婆娑洲的山麓书院,都属于亚圣一脉的顶梁柱,老人跟陈淳安既是同一文脉的读书人,更是相交莫逆的挚友,早年陈平安曾经带着大剑仙陆芝,联手醇儒陈淳安,在海上围剿了一头隐藏极深的飞升境大妖,陈淳安曾经私底下找到过老人,说不承想自己还能了却一桩不小的心愿。

有这一层层关系在,两位和陈平安其实没有打过交道的陪祀圣贤,自然而然就会心生亲近。

临近大门处,小陌再次身形变化成雪白蜘蛛,待在公子肩头。

读书人要面子。

陈平安向那两位老人作揖行礼,两位文庙陪祀圣贤亦是作揖还礼。

一方是以文圣一脉弟子身份,一方是礼敬剑气长城的末代隐官。

双方聊了些五彩天下的山水近况,陈平安就打算告辞离去,通过那道大门重返桐叶洲。

一位腰间悬配"浩然气"的君子御风赶来,笑着打趣道:"宁剑仙怎么没有同行? 该不会是吵架了吧?"

陈平安无奈道:"群玉兄闲是真的闲。"

看得出来,双方关系不错,还是相互间能开玩笑的那种。

这位正人君子,名顾旷,字群玉。同样是文庙儒生,亦曾经去过剑气长城,但是他跟只在避暑行宫那边担任督战官的王宰不太一样,因为除了是儒家弟子,顾旷还是一位剑修,所以得以上阵杀敌,跟宁姚、陈三秋这个小山头混得很熟,多次出城厮杀,并肩作战。那些被阿良丢到剑气长城的大骊仿白玉京长剑,一拨年轻剑修坐地分账,顾旷凭本事分到了那把名为浩然气的长剑。

叠嶂与陈三秋既没有跟随飞升城来到五彩天下,也没有像晏琢、董画符那样跟随倒悬山去往青冥天下,而是选择一起游历浩然天下,陈熙是希望陈三秋能够在浩然天下这边安心求学,以陈三秋那把飞剑的神通,说不定将来可以炼出个本命字。而叠嶂便是奔着顾旷而来,但是因为没有料到顾旷会担任五彩天下的记录官,故而这么多年,双方始终未能见面。

顾旷摘下腰间那把浩然气,问道:"这把剑,能不能劳烦隐官交给飞升城,哪怕是归还大骊宋氏也行,我留着不像话。"

陈平安摇头道:"我不帮忙跑这个腿,还是群玉兄自己留着吧。欠飞升城的这个人情,哪有这么容易偿还的?至于大骊朝廷的那座仿白玉京,如今已经用不着这把浩然气长剑了。"

顾旷只得重新悬佩好这把长剑。

如果不出意外,顾旷离开此地后,多半会担任某座书院的副山长。

当年醇儒陈淳安亲自带队,领着一拨儒家门生赶赴剑气长城。与刘羡阳一起游历剑气长城的那拨儒家子弟,其中有身为醇儒陈氏子弟的贤人陈是,以及婆娑洲山麓书院的君子秦正修。

秦正修与顾旷又是至交好友,如今前者身在扶摇洲,跟五溪书院的王宰、天目书院的温煜差不多,已经担任一处儒家书院的副山长。由此可见,这些年轻有为的儒家君子,因为在战事中各自大放光彩,所以大战落幕后,都一一走出书斋,凭借战功和自身学识,得以身居要职,成为文庙真正的中坚力量。

为陈平安打开那道大门后,一位姓姜的老夫子抖了抖袖子,从里边甩出十二人。那些人纷纷站定后,都有些晕头转向,这些年被拘押在袖里乾坤中,各有山水道场,类似书斋,屋子里除了书还是书,再无别物。

他们都是当年想要去往崭新天下避难的桐叶洲人氏,有三位元婴境修士,七位金身境武夫,两位远游境宗师。

姜老夫子笑着解释道:"是礼圣的意思,劳烦隐官带回他们家乡。"

陈平安点点头:"小事一桩,半点不麻烦。"

在陈平安这边和颜悦色,等到望向犯禁的十二人,姜老夫子可就没什么好脸色了:"这些年闭门读书,翻了不少圣贤书,你们就算是半个读书人了,我们文庙刚好是个管读书人的地方，返乡以后，好好做人，将功补过。如果再落到我手上，呵呵。"

陈平安笑着接话道："其实他们能够与姜夫子再次重逢，也挺好的，既然当年未能做到青山养老度危时，那就皓首穷经通文义，历来只有投笔从戎、弃学修道的励志典故，少有弃道学文或是弃武治学的先例，万一被他们做成了，说不定还是一桩美谈。"

姜老夫子爽朗大笑，咱们读书人说话就是好听。

桐叶洲众人这才看到一人，是位腰间叠刀、双手笼袖的青衫客，年轻相貌，身份不明。

这帮桐叶洲的大爷，关起门来作威作福惯了，哪怕姜老夫子方才说了"隐官"二字，他们也还是一头雾水。只是再拎不清，也听出了点苗头，浩然修士里边，竟然有人能够让礼圣亲自发话？如果没有听错的话，姜老夫子方才还用了"劳烦"一语？不知是哪位驻颜有术、术法通玄的老神仙。

姜老夫子看着这群呆头鹅，提醒道："要不是刚好隐官路过此地，又凑巧是去往桐叶洲，有人顺路捎带一程，你们估计还要多翻七八年的圣贤书。愣着做什么，你们不得与隐官道声谢？"

众人闻言立即照做，结果一个个面面相觑，因为他们想要抱拳也好、行礼也罢，竟是低不下头弯不下腰，一时间尴尬万分。

陈平安看着这帮最会审时度势的聪明人，笑眯眯道："老神仙和大宗师们无须客气，不敢当不敢当，道谢就免了吧，怕折寿。"

另外一位老夫子说道："喜烛道友，不妨现身。这拨人想要通过两道大门，还需你护道一程。"

等到陈平安点头，小陌才恢复真身，将那十二人一并收入袖中。

随后陈平安带着小陌，沿着那条七彩琉璃色的光阴长河，走出桐叶洲天幕处的大门。

等到两位剑修步入大门后，姜老夫子喟叹一声："梧桐半死清霜后，烂摊子，就是个烂摊子。"

另外那位陪祀圣贤想起一事，以心声言语道："关于桐叶洲，早年邹子有一番谶语，作何解？按照现在的形势来看，是邹子算错了？"

姜老夫子摇头道："现在就说邹子失算，好像为时尚早。"

凤随天风下，高栖梧桐枝，桃李春风花开日，凤死清秋叶落时，朴素传幽真，遂见初古人。

桐叶洲天幕处，陈平安让小陌将袖中十二人带往别处，省得碍眼，至于他们如何御风返乡，各自的故国家乡是否还在，想必这帮人都不会太过上心。

陈平安与姜老夫子作揖再问道："能不能帮晚辈找出那条风鸢渡船的踪迹？"

老夫子点点头,很快就为陈平安指明一处,正是赶往仙都山的风鸢渡船所在。

等到小陌返回后,双方就化作剑光,去往渡船那边。在风鸢渡船那边飘然落地,小陌有些奇怪,轻声道:"公子,米剑仙当下好像在闭关,刘宗主亲自为米剑仙护道。"

刘景龙走出屋子来到观景台,陈平安来到他身边,问道:"米裕找到打破玉璞境瓶颈的契机了?"

这位米大剑仙,作为自家避暑行宫的扛把子,对于闭关破境一事,是有心理阴影的。

刘景龙点头道:"厚积薄发,早晚的事。"

陈平安摇摇头,微笑道:"确实是早晚的事,但是比小陌那个最早的预期,都要早上至少十年了,跟我说实话,是不是你帮了大忙?"

刘景龙也不矫情,就大致说了其中缘由,凭借本命飞剑营造出一座太虚天地,先让米裕置身其中,再牵引米裕心神,等于在旁观道一场,看那天地之种种大道显化,最终归于一剑破万法。至于此间真正玄妙,绝不是刘景龙与米裕言说几句道理那么简单,米裕可能是在那场天地中,看到了自己的人生,年轻时为何递剑利落,之后又为何不敢递剑,想起了他人的递剑,想起家乡那些剑修,生死得轰轰烈烈,来去得无声无息……

陈平安笑道:"回头我准备跻身玉璞境之时,你也与我抖搂一手?"

刘景龙摇头道:"只有米裕看了有用,对你没什么用处。再者也不是我想要演化大道,就能随随便便做到的。"

陈平安重重一拍栏杆:"就知道!"

此举肯定消磨了刘景龙不少年的道行。

刘景龙说道:"你不用太当回事,我其实同样收获不小。"

对外界而言,落魄山观礼正阳山之后,那座始终云遮雾绕的落魄山终于掀开一角,虽说山主陈平安也是一位玉璞境剑修,但可能还是来自剑气长城的剑仙米裕剑术最高、杀力最大。

一旦米裕成功跻身仙人境,对于整个宝瓶洲来说,不管是山上还是山下,都绝对不是一件小事。毕竟除了中土神洲之外,任何一位崭新大剑仙,对任何一洲山河的既有格局,都是一种巨大的冲击。

刘景龙突然笑呵呵道:"不管怎么说,我也算帮了落魄山和陈山主一个小忙,喝点酒?与我道谢也好,提前预祝米裕破境也罢,陈山主好像都没有拒绝的理由吧?"

陈平安立即心知不妙,刘景龙破例主动喝酒,绝对是有备而来,他斩钉截铁道:"不着急,我还有点事,来渡船这边不便久留,马上要动身去往别处。"

刘景龙一把拉住陈平安的胳膊:"各自几坛酒而已,就凭咱俩的酒量,耽误不了正事。"

陈平安拍了拍刘景龙的胳膊，不管用，使劲晃了晃手臂，依旧不管用，只得眼神诚挚道："真有事！"

小陌只得帮忙解围道："刘宗主，公子真有一件大事要做，小陌只能是跟着，至多是帮忙开道，事后便无法护道半点了。"

刘景龙松开手，问道："去往何处？"

陈平安说道："去看一看那棵梧桐树。"

刘景龙微微皱眉："不等重返玉璞境？"

陈平安深吸一口气："反正境界高低意义不大，就不拖延了。"

刘景龙只得提醒道："小心。"

陈平安笑道："只要不是与某人酒桌为敌，就都还好。"

刘景龙没心情跟这家伙插科打诨，问道："如此一来，赶得上后天的庆典？"

陈平安点头道："这个肯定没问题。如果谈不拢，只会白跑一趟，或者说对方干脆都不想谈，还有可能直接吃个闭门羹。"

刘景龙问道："马上动身？"

陈平安忍不住笑道："先去见一下小米粒，有人要我帮忙捎话。小陌，你稍等片刻，要是刘宗主实在想喝酒，嗯？"

小陌点头道："懂了。"

刘景龙微笑道："立春那天，陈平安你给我等着。"

陈平安离开五彩天下时，已经夜幕沉沉，等到返回浩然天下，却是晌午时分。

一个肩扛金扁担的黑衣小姑娘，正在船头船尾兜圈圈，趁着四下无人，右护法手持绿竹杖，赶紧抖搂一手疯魔剑法。

陈平安翻越栏杆，来到渡船甲板上，笑道："好剑法。"

小米粒赶紧将手中行山杖往地上一丢，立即觉得不妥，又赶紧捡回来，小跑向好人山主途中，小米粒轻轻拍了拍绿竹杖，聊表歉意。

陈平安说道："去了趟五彩天下，见着了吴先生，他让我捎句话，与你问个好。"

小米粒抿起嘴，使劲点头不停，然后咳嗽几声，板着脸道："吴先生客气哩。"

就像吴先生就在身边一样，然后一大一小两位老江湖，见着了面，在那儿客套寒暄。

陈平安弯下腰，摸了摸小米粒的脑袋。小米粒笑得一双眼睛眯成月牙儿，就将绿竹杖和金扁担都抱在怀中，一只手牵住好人山主的袖子，一起散步，轻声道："我回头在落魄山，多备些瓜子、糕点和小鱼干。"

陈平安点头道："可以有，还是小米粒想得周到。"

小米粒问道："好人山主忘啦？"

陈平安低头望去，故意一脸疑惑道："怎么讲？"

小米粒笑哈哈道："周到周到，我姓周嘞。"

陈平安恍然道："原来如此，难怪如此。"

自家落魄山，就没有陈灵均不敢惹的修士，当然也没有小米粒拿不下的长辈。

飞升城那边，宁姚坐在一间屋内，在为那个名叫冯元宵的小姑娘指点修行。桌旁还坐着个粉雕玉琢的小姑娘，显得极为古怪灵精，正在高高举起手中一方印章，借着灯光，看那印文。

这是她从某个家伙宅院厢房那边桌上"捡来"的，宁姚倒是没拦着，只说让她记得还回去。

印章不大，印文很多，刻着一些寓意美好的吉语：书生意气剑仙风流神仙眷侣儿女情长。

陈平安离开飞升城之前，给宁府留下了好些春联和福字，也没忘记给丘垅和刘娥这对夫妻档的新酒铺写一块匾额和几副楹联。

一位重新远游的白衣少年，在夜幕中独自御风，闲来无事，便高高举起手臂，双指并拢，在空中带出一连串的流光溢彩。

落魄山山脚那边，如今暂任看门人的是仙尉。仙尉是假道士真书生，穷是真的穷，亏得素未谋面却佩服不已的大风兄弟留下了那座书山。故而他每天也没闲着，不是看那个叫岑鸳机的女子武夫，沿着山道阶梯来回走桩，就是用心翻阅大风哥的那些珍藏书籍，一些书页间，每当有那"略去不提"的段落，便会夹有一张纸，原来是那位才情惊人的大风哥自己提笔，写下数百字不等的精彩内容。

我大风哥真乃神人也！直教人看得心肠滚烫啊。绝顶高人，吾辈宗师！

陈灵均来到山脚这边，看着仙尉老弟把自己包裹得像个粽子，缩手缩脚窝在椅子上边，所幸还拎着个老厨子亲手打造的手炉，不过仙尉老弟最近瞧着心情很不错啊，每天都跟发了大财差不多。

陈灵均坐在一旁的竹椅上，笑道："好歹是个修道之人，怎么这么经不起风寒？"

仙尉叫苦连连："下五境修士，天寒地冻的，更难熬啊。灵均老弟你也太不知民间疾苦了。"

陈灵均笑呵呵，没说什么。

以前在那黄庭国御江水域，其实是知道一些的。御江水神兄弟在那些年里，耗费了不少水府香火，让辖境之内避开了数场旱涝天灾。

仙尉好奇问道："大风兄弟啥时候回来？"

陈灵均摇头道："难说啊，回头我问问老爷吧。"

确实十分怀念郑大风在落魄山看大门的那段岁月。

人生两无奈，男人空有才学没背景，女人空有脸蛋没背影。

是郑大风说的。

我要为天下才子佳人辟出一条相思路。

也是大风兄弟说的。

落魄山上，大管事朱敛今天先后接待过两位客人，吴鸢，上柱国袁氏女婿、国师崔瀺的学生、如今新处州的刺史大人；还有一位离京就任宝溪郡太守的荆宽。

老厨子又去后山，为那两位曹氏子弟指点了些拳法。

然后朱敛就返回前山，因为莲藕福地那边有人"敲门"，是沛湘。

如今掌律长命不在山上，这件事就交由朱敛负责了。

朱敛开门后，笑问道："有事？"

沛湘眼神哀怨。这位狐国之主的一双秋水长眸，好似在问，在你眼中，如何才算有事呢，没有事，便寻你不得、说不上话了是吧。

愁绪如山，都攒在眉头，情思似水，都流到心头。

朱敛笑了笑，将手中的袖炉递过去："出来散散心也好。"

一起去往山顶，沛湘说了些莲藕福地如今的天下形势，朱敛言语不多，只是耐心听着。等到沛湘说得差不多了，朱敛才问了她一些狐国的近况。

一边聊天一边走，到了山顶白玉栏杆旁，朱敛凭栏而立，眺望远方，山风吹拂，他以掌心按住鬓角发丝。

沛湘看着朱敛的那张侧脸，没来由想起一句书上语：雕栏玉砌应犹在，只是朱颜改。

一个名叫师毓言的年轻男子，好不容易从公务中抽身歇口气，坐在河边，嘴唇干裂，取出酒壶，喝了口烈酒提提神。

冬天攒下的满手冻疮，马上要新春了，也没有痊愈。今年是注定无法回京过年了，只是寄了封家书回去。

他所在的大崇王朝复国极正。正值壮年的皇帝陛下，这些年励精图治，大崇无论是山上口碑，还是国势底蕴，都不差。

不过相比那个北边的邻居宝瓶洲，大崇王朝在桐叶洲所谓的复国最正，自然只是跟本洲各国做比较，属于矮个子里边拔将军。

师毓言前不久新收了一个上了岁数的老幕僚当那账房先生。老人姓章名歔，自称来自北边小龙湫的一个藩属山头，在一位并无当地朝廷封正的潢水大王手底下担任末等供奉，在潢水水府担任账房多年，只因为一桩小事做得不妥当，那位潢水大王不念旧情，给了一笔盘缠，几枚雪花钱就打发了，让他卷铺盖滚蛋。

师毓言转头望向身边那个幕僚，问道："老章，你是山上神仙，虽说境界不算太高，可好歹也是个观海境，赖在我身边，到底图个啥？"

之前老章与自己相熟后，还曾主动登门投帖，跟他爹聊了一次，不然身边贸贸然多出一个练气士，爹岂会放心。

师毓言那个当刑部尚书的父亲，私底下费了不少气力，找了几个相熟的仙师，去查过"章歙"的底细。那小龙湫，在以前的桐叶洲，兴许算不得一流仙府，如今可是个数得着的大山头了，何况在中土神洲还有个上宗大龙湫做靠山，而小龙湫几个藩属势力里边，确实有个不起眼的潢水水府，里边有个账房先生，就叫章歙，方方面面，都对得上。

而这个山上仙师，确实行事老到，想法奇特。师毓言之前有个才高八斗的穷酸朋友，苦于科举不顺，始终无法扬名，老章一出马，马到功成。师毓言按照老章的那个方案，找了几个以清谈著称的大崇士林雅士、文坛名宿，在京畿之地，其实没花几个钱，就办了一场贵游蚁聚、绮席喧闹的文人雅集，再请了几个托儿，假扮附庸文雅的商贾，一路上各有筵席，然后让那朋友假扮乞丐，衣衫褴褛，持木杖托破碗，吟道情诗，一路与人讨要酒喝，便有商贾为难乞丐，出题"苍官""青十""扑握"，让对方必须分别诗词唱和，才可饮酒。乞丐大笑一句，"松竹兔谁不知耶"，之后一步作一诗，顿时赢得满堂喝彩，一路过关斩将，到了那拨文豪所在的凉亭，更是即兴赋诗一首，技惊四座，喝过酒便扬长而去，等到亭中有人惊呼其名，众人才知此人姓甚名谁，将其视为"谪仙"，一夜之间便名动朝野……

事后师毓言便问老章怎么想出这种法子，老幕僚说自己不过是借法于古书古人古事而已，老章当时还喟叹一声，那位书中人，是真有才学的，不是这般取巧。

如果说这桩事还是务虚，另外一件务实的事，就真让师毓言对老章刮目相看了。原来是有拨关系只算半生不熟的家伙，与师毓言的一个要好朋友合伙做买卖，做了几年，因为包揽了不少地方上土木营造的生意，那个朋友看上去确实挣了个盆满钵盈，当年还想要拉师毓言入伙，只是师毓言对挣钱这种事情打小就不感兴趣，婉拒了，尤其是担任工部官员后，就更不可能了。老章听说过此事后，就立即让师毓言提醒那个朋友，师毓言将信将疑，不过还是劝了朋友两次，但是朋友没听，结果现在那个朋友果真就焦头烂额了，因为所有账面外的银子，在短短半个月之内就都被抽走了，只留给朋友一个空壳子和烂摊子，朋友四处借债，拆东墙补西墙，依旧不济事。

而这个名叫章歙的老苍头，自然就是小龙湫的首席客卿章流注。

只是一老一年轻，一个既不像元婴境老神仙，另外一个也不像工部侍郎。

从京城到了地方，一路上还好说，沿途驿站的伙食招待，按官场规矩走就是了，只是到了陪都新址，就真是风餐露宿了。其实营造陪都一事，名义上是京城的工部尚书领衔，可如今真正管事的，就是右侍郎师毓言。

地方城镇与文武庙、城隍庙的重建，山水神祇祠庙的修缮，还有那些山中皇家、官方道馆的修缮事宜，只要想做事，就像没个尽头，凑巧又摊上个真心要做点事情出来的工部侍郎。

一些个原本想要借机名正言顺捞一笔的，遇到了这个如此懂行的工部侍郎，其实也头疼万分，年纪不大，门儿贼清。年轻侍郎这一路南下，不少地方就都在早早修改账簿了，跟朝廷讨要一万两银子的，如今主动减少到了七八千两，一处山神祠庙，更是直接减半。

而这一切，当然归功于师毓言身边的这个老幕僚，不然师毓言哪里懂得那些山上木材的成色、价格。

不过一些个不花钱的匾额、楹联，年轻侍郎都是用上了自己的家族香火情，这也是老幕僚的暗中提点，说断人财路是大忌，总得补偿一二，官场规矩要守，亦是不妨碍人情，何况官场里边，很多时候给面子比给钱更管用。其中一处河伯府的金字榜书，师毓言甚至私底下请父亲务必帮忙，老尚书这才厚着脸皮与一位大伏书院的君子求来了一幅墨宝，而这处河伯府，也是唯一一个不与工部哭穷、不与户部乱要钱的，故而如今这位以脾气臭、骨鲠清流著称朝野的小小河伯，逢人便说师侍郎是个清官，更是能臣，我大崇有此侍郎，定然国势昌盛。

洛京灯谜馆一别，章流注与戴塬这两位患难与共的好兄弟，先是各回各家，然后便开始各有谋划。

身为首席供奉的章流注，先回到那小龙湫，做了些安排，很快便动身去往大崇王朝，最终找到了那个名叫师毓言的年轻人，用了个化名和假身份，开开心心给这位年纪轻轻就位高权重的工部侍郎当起了出谋划策的幕僚。

侍郎大人的名字不错，禀道毓德，讲艺立言。

刑部尚书是典型的晚来得子，自然将这个独苗宠上了天，什么棍棒之下出孝子，不可能的事情。况且师毓言虽然风流不羁，可如果撇开那桩荒唐事不谈，在官宦子弟里边，确实算是一等一的有出息，凭真本事考中的进士，货真价实的天子门生。

章流注笑答道："我当然是看中了侍郎大人的前程广大，不可限量。"

师毓言笑道："老章你说这种话，有没有诚意？你自己信不信？"

章流注斩钉截铁道："我当然信！"

师毓言气笑道："消遣我太甚！"

章流注摇摇头："公子何必妄自菲薄。"

给这个年轻侍郎当个出谋划策的幕僚，老元婴半点不委屈，更谈不上将就，一来是觊觎那至今空悬的国师一位，再者他确实与这个浪子回头金不换的年轻侍郎性情投缘，毕竟师毓言这家伙，在户部担任小小员外郎的时候，为了某位心仪仙子在胭脂榜名次更高些，就敢私自挪用三百万两银子，一股脑儿全部丢给了云窟福地的花神山，差点掉了脑袋，连累他爹擦屁股，砸锅卖铁，四处借钱，也未能全部补上欠款。如果不是皇帝陛下看在刑部师老尚书劳苦功高的分儿上，老人又是头等心腹的扶龙之臣，且治政干练，绝非那种只会袖手清谈的文官清官，估计儿子早就连累老子一并吃牢饭去了。

事情的转机，还在于师毓言受不了老爹的长吁短叹。他爹也不打骂，好像心死如灰了，就当没生过他这个儿子。

娘亲时不时就故意在爹那边以泪洗面，一个劲说都怪自己管教不严，其实毓言是不坏的，以后肯定会改过自新，说不得哪天就成熟了，有担当了，便是一家两尚书的光耀门楣，就凭咱儿子，也是可以指望一二的，只说京城里边，这些年因为缺了那么多官员，个个都靠着荫封当上官了，可良莠不齐，又有几户同僚的子孙，是如咱们毓言这般凭真本事考中二甲进士的清流正途出身……等到了儿子这边，妇人可就不是这番措辞了，只说让儿子别怕，你爹还当着刑部尚书，是当今天子的股肱心腹，朝廷缺了谁都成，缺了你爹万万不成，如今咱们大崇啊，只有你爹敢对那些山上神仙老爷，为朝廷和陛下说几句大嗓门的硬气话，不然你看礼部的刘尚书，还有户部的马尚书，他们行吗？放个屁都不敢的。只是记住啊，这些话，就是咱娘俩的悄悄话，莫要外传，不然你爹就要难做人了……

师毓言当时实在受不了那个氛围，爹看自己不顺眼，娘亲总把自己当孩子，他一气之下，便干脆出门游历，天大地大的，此处不留爷自有留爷处。结果遇到了一位姓周的知己，好像是宝瓶洲人氏，自称道号崩了真君，给师毓言留下一封言辞恳切的信，师毓言就觉得自己这辈子还没有遇到过这样的诤友，此外还有三枚神仙钱。回到京城后，师毓言才知道那是山上的谷雨钱，所以一下子就补上了户部财库的全部亏空。

在那之后，就是师毓言重返官场，却不是回户部当差，而是出人意料去了工部，还是当员外郎，在京城官场都以为这家伙准备开始捞偏门钱的时候，师毓言竟然成天就待在工部档案房里边，用心钻研起那些颇为枯燥乏味的土木缮葺、营造范式来，足足小半年过后，就主动揽了一桩苦差事。年轻员外郎甚至还自己掏腰包，请朋友帮忙找人，带上了几位暂时在家中的老水工、匠人一同出京，就像那位周兄说的，没理由能当好一个左右逢源的纨绔子弟，却当不好一个天底下最好当的好官。

结果倒好，以前当那京城纨绔班头和不孝子的时候，父亲至多就是语重心长教诲几句，再传授一些官场上的讲究和忌讳，等到师毓言觉得自己开始真正做事，瘦了三十多斤，手脚满是老茧了，在父亲这边，反而不落好，自己几次回京述职，父亲一口一个逆子、孽障。

不过如今好多了。每次等到师毓言离京，老尚书都是提醒儿子别忘了吃饱穿暖，翻来覆去，也就是这么句话了。

师毓言摇摇头："别当我傻啊，我可是知道些山上规矩的，你们这些腾云驾雾的神仙老爷，即便下山步入红尘是非窟里，所谓的历练，无非就是个志怪书上所说的财侣法地，所以第一等选择，是像那虞氏王朝积翠观观主，当个护国真人，身为羽衣卿相，身份贵不可言。好处嘛，自然是取之不尽了。第二等，是给朝廷当内幕供奉，类似北边那个宝瓶洲，在大骊宋氏手上捞块刑部颁发的无事牌。再次一等，就是给类似一州主官或是漕运都督这样的封疆大吏，当个家族客卿，而且天高皇帝远的，一样有诸多好处可捞。要是给京官做家族客卿，哪怕是像我爹这样的六部主官，终究是在天子脚下，至多算是实打实的清客，可好歹面子上也有几分光彩，偶尔碰到些事情，兴许还可以帮忙说上话。最次一等的，也是投靠那些各有财路的豪阀世族。找到我，我就是一个没啥油水可挣的工部侍郎，老章，你自己说说看，算怎么回事？

"要说升官，我当然是想的，可要说发财一事，就免了。老章，你要是今天不说实话，我不敢留你在身边的。"

章流注感叹一声："事到如今，老章我也就不继续藏掖了。实不相瞒，我是那位崩了真君的山上好友，他姓周名瘦，是宝瓶洲一座……小山头的首席供奉，而我刚好是那边的不记名客卿，至于我作为小龙湫的外门谱牒修士，又怎么给宝瓶洲仙府当了客卿，这里边就又有些曲折了。年轻时，我是个逍遥快活的山泽野修，曾经跨洲游历过宝瓶洲，老龙城、神诰宗、云霞山都是去过的，就与周兄弟认识了，虽说我当时只是个洞府境，可那会儿的桐叶洲修士在宝瓶洲，呵呵，很风光的，完全可以当个龙门境修士看待。周道友当年与你分别后，游历过云窟福地，北归返乡之时，就专门去潢水水府找我，劝我树挪死人挪活，与其在那水府不受待见，每天受闷气，还不如来你这边。他说在大崇王朝认识了一个叫师毓言的年轻人，志向远大，以后当个一部尚书，不在话下，就让我在大崇京城这边好好经营，就当是养老了。"

师毓言听得一愣一愣的，果真曲折，无巧不成书！

关于那位道号崩了真君的周瘦，师毓言这些年只在父亲那边提起过。

父亲只说此人绝对不会是一个什么半吊子的中五境练气士，是不是宝瓶洲人氏都两说，极有可能是个世外高人，甚至说不定就是一位结了金丹的陆地神仙。而且父亲不知道从哪里知道个小道消息，说本洲的某处镜花水月，就刚好有个道号崩了真君的山上仙师，出手阔绰，除了这个大名鼎鼎的道号，还喜欢自称"龙州姜尚真"。

不过宝瓶洲北边，好像确实有个龙州。

师毓言当时就纳闷了，老爹你一个刑部尚书，从哪里知道的这些个乱七八糟的山上轶事。老尚书便说刑部有个供奉老仙师，和自己是多年朋友了，来自赤衣山，是个不管事的金丹境老祖师。老修士与那玉圭宗的姜老宗主不对付，每次领了朝廷俸禄，雷打不动的，就赶紧去那镜花水月砸钱，破口大骂姜老贼。

老尚书开始听说此事，就吓了一大跳，于公于私，都不得不苦口婆心劝那个为数不多的山上朋友，小心被那姜老宗主找上门，凭你的小小金丹境修为，赤衣山还不得吃不了兜着走，还要连累咱们朝廷跟着吃挂落。

不过那个老朋友大手一挥，信誓旦旦说那姜老贼色坏一个，生平只会钻女子衣裙底下看风景。还说他们这个帮派，自己虽然修行境界不算高，但是骂姜贼那可是一把好手，所以得以排第三，除了盟主，就仅次于那个财大气粗的崩了真君。

就连崩了真君都佩服不已，说老仙师已入炉火纯青的化境了。崩了真君还说要不是自己有几个臭钱，凭良心说，怎么都该是老仙师当那二当家的。

听崩了真君这么一说，老仙师立马就心里舒坦了，第二还是第三，争那虚名作甚，反正大伙儿都是凭本事骂姜尚真……

师毓言对那些神神怪怪的山上恩怨，半点不感兴趣，但是老章之前所在小龙湫那边，有个年纪不大的少女仙子，名叫令狐湫鱼，师毓言对她倒是知道得不少，没法子，就是这个小丫头片子跟自己心仪的那位仙子争抢名次。

如今对于风月场所和莺莺燕燕，师毓言其实已经没什么想法了，偶尔在京城那边，朋友邀请，也会去喝几场花酒，只是也就是捧个场而已。

尚未到而立之年，就已身居庙堂高位的年轻侍郎，如今唯一的感想，大概就是三个字：年轻过。

河上远处有靠岸小舟，有位船家女直起腰，抬手绾发髻。

师毓言看不清她的面容，不过无碍，光那份玲珑曲线就很养眼了。

各自收回视线，章流注和师毓言相视一笑，果然同道中人。

师毓言没来由感慨道："跟着我这一路，我算是看出来了，老章你雅也雅得，俗也俗得，苦也吃得，福也享得，如果山上神仙都是你这样的，确实让我羡慕万分，说不定哪天当官当得不顺心，就跟你入山修道了，到时候你别嫌弃我资质差啊。"

章流注笑着摇头道："大崇王朝有个当官的师毓言，会比山上多个修道的师毓言，要好很多。"

师毓言转头问道："对我这么有信心？"

章流注点头道："当然有信心，而且我对自己的眼光，还有那位周兄的眼光，都有信心。"

如今章流注算是嚼出些余味来了，什么周瘦，什么周肥，分明就是那个与青衫剑仙一起现身太平山门口的姜尚真！至于那个来自仙都山、自称崔东山的家伙，显然是故意将自己丢到师毓言身边的，这会儿不知道躲在何处，等着看笑话呢。这才叫真正的消遣我太甚！

结果章流注的后脑勺立即挨了一巴掌，然后一个神出鬼没的白衣少年使劲勒住老元婴的脖子:"老实交代,是不是在心里边说我坏话呢?!"

师毓言转过头,愣愣道:"这位是?"

白衣少年笑道:"我姓崔,如今是蒲山云草堂嫡传弟子,下山历练,刚刚云游至此,就来见一见老朋友。当然了,我与周首席更是拜把子兄弟。"

中土神洲,大雍王朝,九真仙馆。

一处临水小榭,潭水清澈,水底游鱼,瞥瞥乎可数。

此地是宗门禁地,就连祖师堂嫡传都不可靠近。

仙人云杪身穿一袭雪白长袍,正在翻看两封旧邸报。

那个嫡传弟子李青竹,以前是变着法子找借口出门游历,如今由于在鸳鸯渚那边挣了个"李水漂"的美誉,估计甲子之内都不太愿意外出抛头露面了。

一位年轻女子姗姗而来,面容看似二十而弱、十五而强,不施脂粉,面若桃花,穿白绫绿裙,光彩照人。她名为魏紫,正是云杪的山上道侣,也是一位仙人。

云杪放下山水邸报,抬头问道:"进展如何?"

有些事有点见不得光,小心起见,道侣两人就都没有用上飞剑传信。

魏紫嫣然一笑:"很顺利,要不是有文庙规矩在,将咱们那位宗主大人变成傀儡都不难,只需说是封山,肯定神不知鬼不觉。"

九真仙馆祖上阔过,传下来的法统道脉极为可观,符箓派、丹鼎派、绿章宝诰、龙脉发丘、兵家修士、纯粹武夫,甚至是剑修,都有各自道脉一代代传承下来,云杪的这位道侣更是机缘极好,拥有一座煞气浓郁的破碎小洞天,是天下鬼修梦寐以求的风水宝地,而她当年也确实凭借秘境里边的几道远古术法,从一个原本无望元婴境的金丹境女修,转去鬼道修行,从此破境顺遂,势如破竹。

云杪盯着她,提醒道:"绝对不可如此行事。"

魏紫伸了个懒腰:"省得省得。"

"省得"一语,是她的家乡方言。

南光照所在宗门大半底蕴,都在飞升境祖师一人身上,境界、天材地宝、神仙钱,都是如此。一众嫡传当中,明明不缺资质不错的弟子,可是到头来,南光照就只扶植起个玉璞境修士,当那绣花枕头般的傀儡宗主。结果即便如此,南光照还是死了,而且死得极其意外。

山门口那边除了尸首分离的南光照,还有一行剑气凛然的刻字:"手刃南光照者,灵爽福地剑修豪素。"

豪素?当时几乎整个浩然天下,都不知道此人是谁,又如何能够手刃一位飞升境大修士。

从哪里蹦出来的一位飞升境剑修？又为何如此寂寂无闻？

要知道那场架，竟然连宗门那边都来不及出手阻拦，一场捉对厮杀就已经落下帷幕，死了一个飞升境老修士。

老祖师南光照这么一走，可不光是身死道消那么简单，他身上的几件咫尺物一并被剑光销毁了。这就意味着宗门的家当至少一下子就没了大半。

宗门财库，再戒备森严，哪有一位飞升境老修士随身携带来得牢靠？

老祖师南光照本就不得人心，那些个空有修道资质却境界停滞的老元婴早就满腹怨言了，所以等到南光照身死道消，一座宗门，就此人心涣散，那些供奉、客卿，早就通过飞剑传信，与宗门撇清了关系。就连一些个祖师堂嫡传弟子，都四散离开，另谋高就去了，反正以前是南光照有钱不给别人花，如今宗门是真的没钱了。所以等到仙人云杪出手，名义上是缔结盟约，其实一座宗门就等于成为九真仙馆的附庸山头了。

当然不是那个玉璞境半点不怕引狼入室，实在是两害相权取其轻的无奈之举，如果拒绝九真仙馆，自家宗门就彻底垮了，哪怕退一万步说，骨头够硬，当宗主的拒绝了云杪的提议，这都不算什么，瘦死的骆驼比马大，可问题在于那拨怨气冲天的元婴境师兄弟们，都已经开始秘密谋划怎么篡位再瓜分家产了啊！

魏紫似乎想起一件有趣的事情，掩嘴娇笑不已，花枝乱颤，好不容易才停下笑声，以手指轻轻擦拭眼角，最后模仿那位玉璞境宗主的口气，说了句老修士独处时的肺腑之言："除了老子，从师尊到同门，全是一帮上梁不正下梁歪的货色。"

云杪闻言只是一笑置之。

云杪的传道师尊，也就是九真仙馆的上任主人，曾是南光照的山上好友，两位老修士在跻身飞升境之前，经常一同游历，双方几乎可以算是形影不离。因为云杪的师父，与南光照同境时，一直更像是个帮闲，以至于在中土山巅，一直有"南光照影子"的讥讽说法。

如今算是风水轮流转了。

云杪手中再无那支常年随身携带的白玉灵芝，便换成了一把雪白拂尘。

眼前这位道侣，曾是师尊的不记名弟子，云杪当年能够以玉璞境顺利接手馆主一职，并且坐稳位置，她暗中出力极多。

因为她前些年顺利跻身了仙人境，使得一座九真仙馆一双道侣两仙人。

大雍崔氏王朝，自古就有举国簪花的习俗，与百花福地关系极好。这里边又有个只在山巅流传的消息，传闻大雍朝的开国皇帝曾经为百花福地挡下过一场"风波"。

九真仙馆虽稳坐大雍王朝山上仙府头把交椅，可惜大雍王朝境内，还有个比九真仙馆更加强势的涿鹿宋氏。

九真仙馆在云杪师尊离世后，就逐渐沦为了宋氏附庸。

遥想当年，九真仙馆最为鼎盛时，师父在内，一飞升境一仙人境三玉璞境，再加上四位供奉、客卿，一座祖师堂内，同时拥有九位上五境修士！在中土神洲，都是当之无愧的顶尖宗门。

涿鹿宋氏每隔十年，就会派遣一拨子弟和家生子来此修行。那会儿九真仙馆的任何一位祖师堂嫡传去往百花福地，谁不是座上宾？

魏紫问道："眉山剑宗那边？"

云杪摇头道："不用多想了，免得画蛇添足。"

眉山剑宗的许心愿是宗主嫡孙女，还是一位老祖师的关门弟子，更被谪仙山柳洲器重。原本云杪是打算让李青竹与许心愿结为山上道侣的，两宗联姻，争取三五百年之内，将眉山剑宗收入囊中，现在云杪已经完全无此念头了。

魏紫瞥了眼几案，笑道："怎么还在看这两封邸报，就看不腻吗？"

是两封出自山海宗的山水邸报。

云杪笑道："外人不知就算了，你何必有此问。"

魏紫收敛笑意，小心翼翼问道："若是某人哪天做客九真仙馆？"

不知为何，一想到此人，魏紫就会有一种说不清道不明的心有余悸。作为一位仙人境的鬼修高人，魏紫相信就算面对龙虎山大天师，自己都不至于如此，而这份古怪心境，魏紫甚至一直没有与道侣云杪说出口，就像一个可有可无的心结。

云杪默然无声。

鸳鸯渚一役，仙人云杪与那位身份不明的年轻剑修打得有来有往，一开始所有人都当是个笑话看待，等到知道那位青衫剑仙竟然就是剑气长城的末代隐官之后，原本一个板上钉钉的天大笑话，结果成了九真仙馆和仙人云杪做成了一桩不大不小的壮举。说不大，是一玉璞境剑修一仙人境的大打出手，当然比不了之后嫩道人与南光照那场两飞升境的山巅斗法；说不小，因为青衫剑仙是隐官。

但是云杪却觉得后边那场所谓的"山巅"较量，与自己那场相比，简直就是天壤之别，其中的凶险程度，根本没资格相提并论。

壮举？当然是！我云杪在那鸳鸯渚，等于是与白帝城郑先生问道一场！

你们这帮看热闹的，知道个屁。

云杪瞥了眼几案上边的邸报，上边写着年轻隐官在蛮荒天下的一系列作为。

白帝城那位郑先生，果然是一位十四境修士了。

小有遗憾，如此一来，不说真相大白于两座天下，相信如今已经有一些明眼人，与自己一样，晓得了此事。不然只是一个玉璞境剑修的年轻隐官，真能在蛮荒天下折腾出那一连串惊世骇俗的事情？

有些秘密，就像一本书，因为太过珍惜喜欢，反而不愿意借给旁人翻阅。

要是那位"年轻隐官"大驾光临九真仙馆，云杪当然愿意配合郑居中继续演戏一场。何况郑先生由得他云杪不愿意吗？

与之相比，云杪由衷觉得双方境界、心智太过悬殊了。

北俱芦洲，三郎庙地界。

在北俱芦洲，三郎庙与恨剑山齐名，是一个最大的兵器铺子，只说三郎庙秘制的蒲团，一洲哪个仙府没有几张？

至于天底下独一份的灵宝甲，虽不比那兵家甲丸来得名头大，但是胜在价格便宜，价廉物美，而且三郎庙那些精通铸造的兵家修士，是出了名的不喜欢打架，以及……能打。

一处仙家渡口，有个身材高大的中年男人，忙完了手头事务，独自走在熙熙攘攘的街道上，遇到那些眼高于顶、天王老子也得给我让道的练气士，男人就绕两步。他穿着厚棉袄，戴了一顶老旧貂帽，低头呵着气，最终来到一条小巷，这里有个熟悉的小饭馆，见里边暂时没有空位置，男人便揣手在袖，习惯性弓腰在门外小巷等着。

好不容易等到一张桌子空出，结果刚好有一拨客人登门，高大男人欲言又止，抬起手刚要说话，但很快又放下，那拨捷足先登的客人当中，有个跨过门槛的家伙，还故意转头看了眼门口的汉子，高大男人便笑了笑，伸手按了按貂帽，不计较什么，当然更像是不敢计较半句。

在门口等了一会儿，男人望向巷口那边，招手喊道："小宣，这边。"

少年埋怨道："柳伯伯，一通好找，怎么挑了个我都不知道的苍蝇馆子。"

被汉子称呼为小宣的少年郎，身穿一件泥金色法袍，身边跟着两位扈从，相貌清癯的老人，身穿一件黑色长袍，老人瞧见了饭馆门口的高大男人，笑着点头致意，两人是老熟人了，而且都是剑修，自己之所以能够投靠三郎庙，当年还要归功于对方家族的暗中鼎力举荐；那位女子扈从，挎弓佩刀，四十多岁，不过容貌瞧着还年轻，对远游境武夫而言，她算是很年轻的了。

汉子快步向前，笑着抱拳道："刘老哥、樊姑娘。"

老人点头笑道："柳老弟。"

姓樊的女子立即抱拳还礼道："见过柳剑仙。"

汉子满脸无奈道："骂人不是？跟着小宣喊柳伯伯就是了。"

女子笑了笑，对方客气，她当然不能真的这么不懂礼数。毕竟这个看着木讷的汉子，是一位成名已久的元婴境剑修，而且去过剑气长城，可惜未能在那边破境跻身玉璞境。

少年感叹道："柳伯伯，好多年没见了啊。"

汉子笑道："都是修道之人,不到二十年,不算什么。"

这个柳伯伯,在袁宣还是孩子的时候,就去了剑气长城。

之所以印象深刻,当然是因为这位来自骡马河的长辈一点都不像剑修,一点都不像北俱芦洲修士,以及一点都不像个有钱人!

小馆子里边有了空桌子,汉子便带头走入,白发苍苍的老掌柜是个不曾修行的凡夫俗子,当然无法认出一个二十多年前来过店内一次的客人。

很快就有人认出了那少年的身份,先前那帮抢了位置的食客,发现那个窝囊废竟然能够和袁宣同桌,二话不说,丢下银子就跑路。你不打我我就不道歉,咱们双方只当什么都没发生,免得说多错多挨打多。

袁宣笑问道:"有过节?"

汉子摇头道:"没什么。"

袁宣埋怨道:"我临出门,太爷爷还念叨你呢,说你不懂礼数,哪有丢下礼物就跑路的道理。"

眼前这个柳伯伯,正是骡马河柳劬。骡马河与三郎庙是山上世交,关系一直很好,两边的老家主,年轻时就是意气相投的挚友。

柳劬向袁宣三人问过了口味,有无忌口,见他们都很随意,就熟门熟路点了几份招牌菜,笑道:"你家每天客人多,我碰到那些半生不熟的,就不知道该说什么,反正袁爷爷知道我的脾气。"

袁宣笑道:"柳伯伯,青神山酒水,如今实在是太难买到了。"

柳劬点点头。

袁宣却嘿嘿道:"好不容易托关系,找到了玄密王朝的那个太上皇,才买到了两坛!"

柳劬笑道:"是块做生意的好料,开销记在账上,现在就拿出来好了,今天我们喝了就是。"

袁宣讶异道:"就在这边喝?"

柳劬反问道:"喝酒不挑人,难道挑地儿? 这是什么道理。"

袁宣这才从咫尺物当中取出两坛青神山酒水,柳劬果然都揭了泥封,向店伙计多要了三只酒碗,开始给三人倒酒。一时间整个小饭馆都弥漫起酒香。

女子武夫会心一笑。好像与外界传闻不太一样啊。

柳劬曾经一人仗剑,剑光横贯一座王朝和数个藩属国,一路拆掉了七八座祖师堂。传闻他还曾单手持剑,以剑身拍打那位皇帝陛下脸颊数次,告诉对方不要欺负老实人。

柳劬端起酒碗,先向三人敬了一碗酒,只是喝酒前依旧没忘记让袁宣悠着点喝。

袁宣不太喝酒,与柳伯伯也不见外,就只是喝了一口酒,然后挤眉弄眼道:"柳伯伯,真人不露相啊。"

柳劝苦笑不已。知道对方在说什么。

那次自己真的是喝高了,虽说不至于是什么一失足成千古恨,可如今在家乡,没少被人笑话。

而酒量一直不差的自己,之所以会喝高,就得怪那个二掌柜的酒后吐真言了,他说自己曾经游历过北俱芦洲,其间碰到的,有好事有坏事,但是要论山上的风气,放眼整个浩然天下……二掌柜当时眼神明亮,朝柳劝竖起大拇指,说是这个。这一下子就把柳劝给说得上头了不是,就多要了一壶酒,自己拿酒壶对二掌柜的酒碗,轻轻磕碰一下,就直接干了。

之后二掌柜就搂着自己的肩膀说:"柳兄,给自家兄弟捧个场?"

柳劝说自己不会这个,结果二掌柜就说:"有现成的,照抄就是,写字总会吧,好歹是骡马河的少当家。"

当时本就喝了个晕乎乎,柳劝就答应了,这才有了那块无事牌,第二天酒醒,去铺子一看内容,当时觉得还挺好。

袁宣双手持碗,笑容灿烂道:"是不是得预祝柳伯伯担任家主一事没悬念了?"

"你小子只会哪壶不开提哪壶吗?"柳劝没好气道,"你喝你的,这碗酒我就不喝了。"

骡马河拥有一条跨洲渡船,做皑皑洲那边生意,被文庙征用之后,很快就又购买了一条,结果骡马河又主动交给了文庙。

据说是柳劝的意思,在家族祠堂里边,他力排众议,争吵得厉害了,就有一位长辈说:"你柳劝如今是家主吗?"

其实整个骡马河柳氏十六房都很清楚一件事,柳劝对这个家主之位打小就没兴趣,而柳氏谁不想最服众的柳劝能够顺势继任家主?

柳劝估计当时也是给气到了,当场就来了一句:"我来当家主你拦得住?"

结果那位长辈直接撂了一句:"好,就这么说定了,我拦不住,也不会拦!"

好家伙,敢情整座祠堂都在等柳劝的这句话呢。

用老家主的话说,就是用一条渡船换来一个家主,这笔买卖很划算嘛。

不过柳劝跟爷爷达成了约定,得等自己跻身了玉璞境再来主持家族事务。

这件事,三郎庙这边当然是知道的,柳氏老家主早就飞剑传信一封,跟老友显摆过了。

柳劝突然问道:"听说樊姑娘去过南边战场?"

名叫樊钰的女子武夫脸上略带愧疚之色,点头道:"出力不多,就像走了个过场,我自罚一碗。"

柳劝抬起酒碗,说道:"我在剑气长城那边也一样,那我们就都走一个。"

樊钰曾经独自一人去过宝瓶洲中部的陪都战场,是在那边由金身境跻身的远游境,只是她差点没能活着返回家乡。一次在战场上不幸陷入重围,浑身浴血,又被一位蛮荒妖族的山巅境武夫给悄悄盯上了,命悬一线之际,樊钰被一个名叫郑钱的女子大宗师救下,准确说来,是那位绰号"郑清明"的女子大宗师一把扯住她肩头,将她丢出了战场。

后来她专程去登门道谢,一开始那位前辈很客气,也就仅限于客气了。只是得知樊钰来自北俱芦洲的三郎庙,尤其是等到樊钰自称是三郎庙袁宣的扈从后,她至今还清楚记得那一幕,只见那位郑钱瞪大眼睛,露出一脸匪夷所思的奇怪表情。只是樊钰当时也没敢多问什么,毕竟对方既是自己的救命恩人,更是一位能够与曹慈接连问拳四场的大宗师。

袁宣放下酒碗,小声问道:"柳伯伯,你跟那位隐官大人很熟吧?"

柳劚想了想,说道:"还好,比那种点头之交略好,也算不上什么太要好的朋友。"

柳劚既不缺钱,也不好赌,二掌柜坐庄几次,都不掺和,加上又是个不苟言笑的闷葫芦,到了酒铺那边喝酒,也当不来什么酒托,就连一枚小暑钱一坛的青神山酒水,也休想自己掏钱当那冤大头,学谁都别学那位风雪庙大剑仙魏晋。

何况柳劚这辈子除了练剑一事,在衣食住行这些事上,从来就没讲究过。

不过柳劚说自己与陈平安只是比点头之交略好几分,还是他谦虚了,当不得真。柳劚每次到了酒铺那边,只要二掌柜在场,都会主动邀请他一起喝酒,当然每次都会殷勤万分问一句:"要不要来一壶青神山酒水? 好不容易帮你留着的,今儿再不喝,下月初就又要被魏大剑仙买走了。"

袁宣继续问道:"听说他叫陈平安,是宝瓶洲人氏?"

"嗯。"

老人和女子武夫樊钰对视一眼。

"还游历过咱们北俱芦洲?"

"听二掌柜说过此事。"

袁宣赶紧抿了口酒,压压惊。

当年袁宣和刘爷爷、樊钰三人游历鬼蜮谷,曾到过那本《放心集》上边记载的铜绿湖,袁宣当时是奔着一种名为赢鱼的珍稀灵物去的。赢鱼鱼鳞金黄,生有双翼,音如鸳鸯,听说修道之士食之可以不受任何梦魇纠缠,而袁宣的一个家族长辈,恰好就需要此物。袁宣本就痴迷垂钓一事,不然小小年纪,也不会有那"袁一尺"的美誉,打窝一次,水涨一尺。

三郎庙有个袁宣得喊一声姑奶奶的女修,修道有成,驻颜有术,姿容出彩,与水经山卢穗、彩雀府孙清,至今都还是很仰慕昔年翩然峰峰主刘景龙。而这三位仙子,都跻身了北俱芦洲十大仙子之列。三郎庙这位，停滞在元婴境多年，就是一直为梦魇所困，以至于都不敢闭关破境。

"陈隐官是怎么个人？"

"小宣，你问这些作甚？"

"就是好奇。"

听到这里，柳勖眯起眼，伸手覆住还有半碗酒水的白碗，沉声道："袁宣，要么就此打住，喝酒无妨，要么接下来的言语，小心措辞。"

姓刘的老剑修，与身为远游境武夫的樊钰，两人几乎同时感到一种窒息感。

老人亦是一位元婴境剑修，而且到此境界，要比柳勖早很多年，但是直到这一刻，老剑修才不得不承认，自己与骡马河剑修柳勖相比差太多了。

樊钰刚要为少年解释一番，柳勖斜眼望去，樊钰只好闭嘴不言。

袁宣倒是浑然不在意这份突如其来的剑拔弩张气氛，笑道："柳伯伯，你得敬我一碗酒了，因为我比你更早认识陈平安！"

当年袁宣在铜绿湖曾经遇到一个头戴斗笠的年轻游侠，对方是一位纯粹武夫，当时却身穿法袍，不过好像也是一位剑修。

双方离别之际，对方曾经笑言一句："我叫陈平安，来自宝瓶洲。"

第七章
拭目以待

陈平安陪着小米粒一起巡视渡船，迎面走来两位渡船管事。

一袭雪白长袍的掌律长命姗姗而来，她因为要参加下宗庆典，便暂任风鸢渡船大管事。长命停下身形，仪态雍容，向陈平安施了个万福："见过公子。"

身为年轻山主钦点的渡船二管事，贾老神仙将自己从头到脚收拾得干干净净，相貌清癯，须发如雪，居移气养移体，越发有世外高人的风范。老神仙算是搬出压箱底的行头了，如今身穿道袍，脚踩云履，腰别一件小玉磬，此物是目盲老道士早年自掏腰包，从骑龙巷草头铺子买下的一见心仪灵器，玉磬之上，砬工古朴，铭刻有一行蝇头小字的古篆：天风吹磬，吾诵黄庭，金声玉振，诸天相敬。

贾晟站在长命身边，位置稍微靠后几分，向陈平安打了个道门稽首，毕恭毕敬道："拜见山主。"

至于贾晟脚上这双藕丝步云履，是小陌先生赠送的礼物之一。

陈平安笑着解释道："刚刚拉着小陌一起走了趟五彩天下，才回来。"

贾晟满脸遗憾道："山主夫人就没有一起回来？"

陈平安点点头："她要闭关，脱不开身。何况以她如今的身份，不太适合经常往来于两座天下。"

老神仙喟叹一声："天定的姻缘，月老好安排，即便如此，还是聚少离多，山主与山主夫人都辛苦了。"

陈平安只是嗯了一声，笑着没说话。

掌律长命看了眼年轻山主,善解人意道:"公子是有事相商?"

双方初次相逢,是在老聋儿的牢狱内,也算是刑官豪素的道场。

溪畔有捣衣女子、浣纱丫鬟,乍一看,就如两位秀姿天成的村野美人。

光阴荏苒,日月如梭,不知不觉已多年。

当初两个被老大剑仙丢入牢狱的少年剑修,各有机缘造化,杜山阴成为豪素的唯一嫡传弟子,性情纯朴的幽郁成为老聋儿的弟子。

作为谷雨钱祖钱化身的少女,最终跟随主人豪素一起离开剑气长城,化名汲清,跟随杜山阴,一起游历浩然天下,曾经于夜航船容貌城内现身。

当年白发童子曾经口说"现行"二字,帮助隐官老祖看到她们的真容,只说那汲清,她当时肌肤便呈现出一种古意幽幽的碧绿颜色,额头处如同开启一扇小巧天窗,是她以样钱诞生天地之初,字口如斩、刀痕犹存的缘故。

陈平安欲言又止。长命微笑道:"公子是急需金精铜钱一物?"

一语中的。

陈平安对金精铜钱不陌生,甚至可以说,泥瓶巷的少年窑工,当年在小镇见过的金精铜钱的数量,比市井流通的真金白银还要多。

昔年作为进入骊珠洞天的过路钱,金精铜钱有三种,分别是迎春钱、供养钱和压胜钱。

最早是邀请墨家钜子铸造出三种制范母钱,陈平安猜测多半是三山九侯先生的手笔,不然那会儿的大骊宋氏,不过是卢氏王朝的藩属国,还远远不是那个一国即一洲的大骊朝廷,以当年宋氏的浅薄底蕴,根本请不动墨家钜子帮忙铸造。而这三种钱,是世间金精铜钱的第一等极美品。只因为当年大骊宋氏管得严,每一袋子钱,都等于是左手出右手进,这才没有流传到别洲,等到骊珠洞天破碎坠地,扎根大地,从三十六小洞天之一降为福地品秩,大骊朝廷秘密铸造的三种金精铜钱,一些宋氏库藏,才开始渐渐流散出去,悄无声息还清了一部分山上债务。

按照白发童子的说法,世间祖钱的样钱,往往成双成对,若是都能够大道显化生出灵智,便是天下第一等的神仙眷侣。

陈平安不再继续藏掖,开诚布公道:"我的那把本命飞剑笼中雀想要提升品秩,就得炼化出一条光阴长河,在飞升城那边,宁姚送了我一些,照理说是足够我打造出一条光阴长河了,只是这种炼剑,跟一般情况还不太一样,就是个无底洞。"

长命笑意盈盈,柔声道:"本就是多多益善的事情,再简单明了不过了,公子何必为难?难道是只许州官放火不许百姓点灯,还是说我们落魄山,就只许山主一人勤勤恳恳,燕子衔泥,添补家用,不许他人为山主略尽绵薄之力?"

陈平安一时语噎。其实道理不是这么讲的,如果只是一般的神仙钱往来,陈平安当然没有半点为难，只是金精铜钱一物，涉及长命的大道修行，陈平安炼剑笼中雀，金精铜钱多多益善，其实长命更是，境界的提升，别无他法，就是吃钱，而且只吃金精铜钱。有点类似山水神灵，就只能靠人间香火淬炼金身，此外世间一切道诀仙法都是虚妄。

长命笑问道："长命身为落魄山掌律，难道是靠境界吗？周首席是仙人境剑修，米裕也即将成为仙人境，崔宗主是仙人境，骑龙巷筶簇更是飞升境，那我还怎么管？不如就此卸任掌律一职，交由破境后的米大剑仙？"

落魄山山主与掌律两人的言语，没有刻意隐瞒，都没有用上心声言语，显然是没有把贾老神仙当什么外人。

贾晟在一旁听得真切，只是听着听着就觉得不妙。

长命道友生气了。而且第一次生气，竟然就是奔着咱们山主去的。

不愧是落魄山掌律！搁自己，哪敢哪。

长命继续说道："前后两次意外收获，若非跟随公子，不然就算是近在咫尺之物，长命岂能收入囊中半点？"

在剑气长城牢狱内，隐官与刑官敲定一事后，得了个崭新身份的长命，曾经施展本命神通，将那散落在天地四方的神灵尸骸化作金色沙粒，堆积成山，大小相当于一座宁府的斩龙崖，规模相当可观。最终那些由神灵残骸磨砺出来的金沙依附在长命的衣裳之上，凝为一件价值连城的珍稀法袍。

这些近在咫尺的大道机缘，看似唾手可得，长命却为何在漫长岁月里，始终不曾染指半点，当然是她不宜如此行事，也不敢如此，哪怕她那会儿是刑官的侍女之一，可要是老大剑仙不默认，老聋儿不允许，这些属于剑气长城的私产，刑官豪素和长命都是带不走的。

按照化外天魔的估算，那座名副其实的"金山"，搁在青冥天下，可以炼制出三四位江水正神、山神府君的粹然金身。

第二次是在落魄山。山主的师兄君倩，曾经在宝瓶洲向天幕处的越界神灵余孽递拳，之后在北岳地界下过一场金色大雨。

那会儿在剑气长城的牢狱内，长命就远远要比汲清更对年轻隐官心生亲近，那是一种冥冥中大道相契的福至心灵。

陈平安只得说道："那我就不跟你客气了，回了仙都山再议具体事。"

看到长命有些疑惑，陈平安解释道："马上要带着小陌再出趟远门。"

小米粒一直安安静静站在好人山主身边。

陈平安摸了摸小姑娘的脑袋，笑道："能有此行，还要归功于右护法的一句无心之语。"

北俱芦洲，三郎庙，陋巷饭馆内。

只因为袁宣多问了几句关于隐官的事情，气氛就变得凝重。

柳勖依旧保持那个手掌覆盖酒碗的姿势，笑问道：“是旧识？怎么说？”

樊钰聚音成线问道：“刘爷爷，真不用通知三郎庙那边？”

元婴境老剑修以心声说道：“没事，连误会都算不上的事情，不必小题大做。”

其实元婴境老剑修有自己的顾虑。惹谁都别惹柳勖这种一根筋的人。好说话时，万事好商量，不好说话时，别说袁宣的太爷爷，恐怕连骡马河柳氏家主都拦不住柳勖。那就别弄巧成拙，静观其变就是了。

不过由此可见，从头到尾，只称呼那人“二掌柜”，而从不喊“隐官”的柳勖，对陈平安，不可谓不敬重。什么只比点头之交略好？谁信？

唯独袁宣，依旧跟没事人一样，笑问道：“柳伯伯，听说那位陈隐官既是剑修，还是一位武学大宗师？”

当年那份榜单显示，作为数座天下年轻十人之一，剑气长城的末代隐官是元婴境剑修和山巅境武夫。

柳勖挪开手，夹了一筷子酸辣大白菜，点头道：“刚到剑气长城那会儿，二掌柜其实还不是剑修，不过拳法确实很高，我听黄绶说过，二掌柜少年时第一次游历剑气长城，好像输给过曹慈三场，后来再回剑气长城，曹慈已经离开了城头的茅屋，不过二掌柜赢了中土玄密王朝的郁狷夫，那两场问拳，我都目睹了全部过程。”

袁宣又问道：“陈隐官是不是喜欢背剑穿法袍？”

柳勖不再喝酒，只是夹菜，喜欢细嚼慢咽，缓缓道：“平常时候，不穿法袍，不过到了战场，喜欢多穿几件。不少剑气长城的本土剑修，尤其是年轻一辈，就都有样学样了，再不觉得这是什么不光彩的事情，保命要紧，说不定还能多赚一笔战功。至于二掌柜身上最多穿了几件法袍，一直是个谜。那会儿二掌柜已经去了避暑行宫担任隐官，没法问他。

“‘南绶臣北隐官’这个说法，如今流传不广，以后你们就会明白这个说法的意义了。

“在战场上，宁肯遇到宁姚，也别碰到隐官，不是开玩笑的。

“除了托月山大祖的关门弟子离真，还有甲申帐那拨剑仙坯子，一个比一个出身隐蔽、来头大，策划了一场处心积虑的围杀，结果在二掌柜手上，一样吃了大苦头。而且如今那个身为蛮荒共主的剑修斐然也曾暗算过二掌柜。”

似乎不太像？印象中是一个极有礼数的人。那就是同名同姓了？而且一样来过咱们北俱芦洲，天底下真有这么巧的事情？

柳勖微微皱眉道：“袁宣，说话就不能爽快点？”

　　袁宣哈哈大笑,这才不继续兜圈子,和柳勖说起了自己当年那场鬼蜮谷游历的细节,在铜绿湖是如何见着那个头戴斗笠、身穿法袍的背剑游侠,自己还曾邀请对方一起垂钓,看得出来,对方与自己这位"袁一尺"是货真价实的同道中人。袁宣那趟游历,除了奔着赢鱼而去,也想要垂钓一种在山上被誉为"小湖蛟"的银色鲤鱼。鲤鱼一年生长一斤,百年之后,便会生出两根"龙须",每三百年须长一寸,长至一尺,鲤鱼便可以走江化蛟了⋯⋯而那位既像是纯粹武夫又像是剑修的年轻游侠,行事老到,待人接物滴水不漏,双方离别之际,还曾夸赞自己是一位⋯⋯老江湖!

　　柳勖听到这里,笑了笑:"二掌柜就是跟你客气客气,别当真。"

　　袁宣吃瘪不已,闷了一大口酒。

　　樊钰和老剑修相视一笑,还真被柳勖说中了。

　　约莫是相信了少年的这番言语,柳勖放下筷子,抬起碗,面朝三人,没有说什么,只是一饮而尽。袁宣也有样学样,硬着头皮一口气喝完半碗青神山酒水。

　　两位扈从如释重负,亦是举起酒碗同饮十分。

　　"小宣,有空就带着刘老哥和樊姑娘,一起去骡马河做客。"

　　柳勖起身抱拳告辞,最后笑道:"记得结账。"

　　袁宣等到柳伯伯走出了小饭馆,这才深吸一口气,显然他并没有表面上那么轻松。

　　老人以心声笑道:"少爷,这下子切身感受到一位元婴境瓶颈剑仙的威势了吧?"

　　袁宣使劲点头。

　　方才的柳伯伯,让袁宣觉得太陌生。

　　柳勖独自走在小巷。

　　有些事,就像喝酒,后劲大,就像去过剑气长城。

　　宝瓶洲一座至今未被谁占据的秋风祠,海上一艘漂泊不定的古怪渡船,金甲洲那座古代仙真赠予机缘的山市观海楼,扶摇洲那条蕴藏着无穷商机和财富的潜藏矿脉,四海之中众多遗失多年的龙宫旧址、仙府遗址,不断浮现⋯⋯这就是浩然天下与蛮荒天下接壤、再与青冥天下短暂衔接的结果。

　　新雨龙宗,有个女子剑仙前段时间来跟云签收账了。是剑气长城的纳兰彩焕。

　　这让最近几年焦头烂额的云签如释重负。

　　处理宗门事务,真不是云签擅长的,所以云签就按照早年的秘密约定,毫不犹豫、二话不说主动辞去宗主之职,让位给纳兰彩焕这个外人,自己则担任掌律祖师。

　　幸好如今的雨龙宗再不是当年那个因循守旧的大宗门了,曾经的宗门祖训和祖师堂旧制,早已形同虚设,再加上前任宗主云签又是唯一一位上五境修士,纳兰彩焕的出身和剑道境界又明晃晃摆在那里,故而更换宗主一事还算顺利。

纳兰彩焕还带了一拨心腹修士,一并加入了雨龙宗,人数不多,就六个,三个剑修、三个鬼修,六个都是地仙。

只是在新建成的祖师堂举办了一场简单潦草的宗主卸任和继任典礼。

说实话,云签也确实邀请不到什么有分量的大修士,早年带着宗门弟子们游历东边三洲,并未攒下太多的山上香火情。

今天一场祖师堂议事结束,有座椅的修士都已散去,各回各家。宗门人少有人少的好处,即便是个龙门境修士,都能随便占据一座海上大岛开辟道场。

祖师堂只留下宗主和掌律。

纳兰彩焕此刻坐在为首那张宗主座椅上,大大咧咧跷着腿,一颠一颠的,随便翻看着薄薄一本山水谱牒。早年在春幡斋账房里边,老娘就是这副德行,谁管得着?当然,只有某人来倒悬山查账的时候,纳兰彩焕才会稍稍收敛几分。

其实纳兰彩焕到了雨龙宗后,首场祖师堂议事,所有人一听说她的名字,就没什么异议了。当然不是当真半点没有,而是不敢有,或者说是不敢有任何表情摆在脸上,要是被纳兰彩焕瞧在眼里,天晓得会不会被一位元婴境瓶颈剑仙给当场剁死丢出去喂鱼。

跟你讲道理?纳兰彩焕的飞剑和境界,以及她的一贯行事风格,就是摆在台面上的无声道理。

要知道,在这位新任宗主的家乡战场上,纳兰彩焕、齐狩,以及那个元婴境赢得一个米拦腰绰号的米裕,都是如出一辙的杀妖手段,极其嗜杀,暴虐残忍,落在他们手上的妖族修士就没一个有好下场。故而纳兰彩焕,与生性温婉、言语软糯的云签,两任宗主,就是一个天一个地。

纳兰彩焕几眼就看完了阿猫阿狗没几只的祖师堂谱牒,只得重新翻阅一遍,斜眼云签,笑问道:"听说你找了好几次水精宫?"

云签略带几分愧疚,赧颜道:"都无功而返了。"

纳兰彩焕气不打一处来:"你当蛮荒妖族都是有宝贝在地上不捡的傻子吗?云签,有你这么一位掌律祖师,我这个宗主真是三生有幸。"

云签微微脸红,不说话。风凉话什么的,听过就算,反正她这辈子没少听,从以前的宗主师姐,到雨龙宗祖师堂成员,甚至是一些资质好的晚辈,更甚至是水精宫内部……

雨龙宗早年建造在倒悬山的水精宫,当初被在倒悬山看门的道童姜云生直接打翻坠海,明知道被寻见的可能性极小,可云签还是心存一丝侥幸,几次施展辟水法,潜入海底,都未能寻见踪迹。

一座宗门,撇开云签这个撑场面的玉璞境修士,就只有五个地仙修士,金丹境四个,元婴境就只有一个。

当下祖师堂记录在册的谱牒修士,其实也才九十多个,这还是云签将那些旧宗门藩属岛屿归拢了一番,不然更是光景惨淡。

其中那个老元婴,前些年云签跑去拉拢的时候,竟然落井下石,恬不知耻地提出一个建议,说只要他与云签结为道侣,就愿意担任新雨龙宗的掌律供奉,拿出所有家底充公,要是云签抹不开面子,那他就再退一步,春宵几晚,云雨一番,也是可以的。这要是在早年一贯以女子修士为尊的雨龙宗,一个藩属势力的元婴境修士,胆敢如此信口开河,不是找死是什么。

云签也知道自己性格确实太过软弱,空有境界,不然当年也不会被那个杀伐果决的师姐打发到倒悬山,而且只是名义上管着一座水精宫。

具体的生意往来,云签从不插手,管事的修士都是师姐一脉的心腹,所谓的每年查阅账本,不过就是走个过场。说来可笑,云签主要是担心自己若是显得太不管事,会被师姐训斥一句不关心水精宫事务。

纳兰彩焕笑眯眯道:"那个老色坯,方才心不在焉的,就没听我说什么,神色鬼祟经常瞥你,是不是与你心声言语了,说了些什么悄悄话?"

云签摇摇头:"没什么。"

纳兰彩焕皱眉道:"云签,别忘了如今谁是宗主,我问什么,你就老老实实回答什么。"

云签仍是犹豫了很久,最后说得含糊,只说那位前宗门掌律,希望自己能够不计前嫌,从今往后同舟共济,一起让雨龙宗重新崛起。

纳兰彩焕冷笑道:"我要是不来当这个宗主,就你那点脑子,早晚要被那个老家伙得逞,趴在身上使劲翻拱。"

云签涨红了脸,恼羞不已,瞪了一眼口无遮拦的纳兰彩焕。

纳兰彩焕啧啧不已,从头到脚打量起云签这位玉璞境女修来。

云签这娘们,看着显瘦,实则体态丰腴,看似神色清冷,实则藏着一分天然妩媚的艳冶容态,大概这就是狐媚子了,可不是那种时时刻刻的花枝招展、招蜂引蝶。

纳兰彩焕拿出一壶酒水,还没开喝,就开始说荤话了:"我要不是个娘们,肯定也要对你眼馋,每天帮你洗澡,每晚拿哈喇子涂抹你全身。"

云签气得浑身颤抖,双手握住椅把手,怒道:"纳兰彩焕,请你慎言!"

哟,都不喊宗主,直呼其名了,看来气得不轻。

纳兰彩焕撇撇嘴:"真是不经逗。搁在剑气长城那边,你就只能躲起来不出门了。"

云签深吸一口气:"宗主,以后不要再开这种玩笑了。"

纳兰彩焕看了眼云签的峰峦起伏,再低头看了眼自己的胸脯,低声道:"人比人气死人。"

云签开始闭目养神。

纳兰彩焕合上谱牒册子，横抹脖子，看似玩笑道："云签，不然我帮你做掉那个光吃饭不做事的元婴？留着也没啥意思，又糟心又碍眼。"

主要是每年白拿一笔数目不小的定额俸禄，让纳兰彩焕一想就心疼。

云签立即睁眼，神色慌张道："行事不能如此随心所欲，哪怕只是免掉他的祖师堂身份，都需要找个正当理由，不然我们雨龙宗以后就很难招徕新的供奉、客卿了。就算有人愿意投靠我们，我们真的敢收吗？"

云签神色认真，沉声道："纳兰彩焕，我虽然不擅长经营之道，更不适合当个主持大局的宗主，但是我到底明白一个道理，如果一件事稍稍不合心意，就用杀人这种方式解决，绝对不可取。你如果执意如此，我不管如何，都不敢让你继续当这个雨龙宗的宗主了，你骂我篡位也好，说我背弃誓言也罢，我都要与你说清楚这个道理。我宁肯雨龙宗再次分崩离析，修士流离失所，就算因此彻底失去宗字头名号，也绝对不允许自己亲手将一座宗门交到一个喜好滥杀的修士手上，我也绝对不会眼睁睁看着雨龙宗走上一条歧途。"

纳兰彩焕身体后仰，跷着腿，靠着椅背，不言语，两根手指轮流敲击椅把手。

云签与她对视，眼神坚定。

纳兰彩焕蓦然而笑："行啦行啦，我就是开个玩笑，看把你严肃的。那个元婴，我会好好和他讲道理的，而且一定多学学你，用一种心平气和的态度，和颜悦色的脸色，和风细雨的语气，保证既可以让这位雨龙宗四把手收收心，又能够为我雨龙宗所用。"

自己肯定说到做到啊。回头就找到那个老元婴，问他想不想死，傻子才想死，那个老元婴又不是个傻子，肯定不想。那她接下来就可以问第二个问题了，以后能不能多修行，替宗门多做事就可以多挣钱，对咱们的掌律云签少流几斤哈喇子。老元婴兴许会口是心非，那就给他一剑，小伤，不杀人，那么老元婴就能长记性了。最后再问他一个问题，敢不敢偷偷离开雨龙宗，想不想当个一年到头风餐露宿的山泽野修。

云签试探性问道："宗主当真不是开玩笑？"

纳兰彩焕有些无奈，光凭称呼，就知道云签的心思了。

纳兰彩焕都有些舍不得戏弄、欺负云签了，便改了主意，以心声说道："我其实已经是玉璞境了，以后就等谁不长眼睛，欺负到雨龙宗头上，好向他们名正言顺问剑一场。这件事，你记得保密。"

云签赶紧起身，就要与宗主道贺。

纳兰彩焕气笑道："刚说了保密，赶紧坐回去！"

云签只得乖乖坐回椅子，满脸雀跃神色，娇憨如少女。

纳兰彩焕离开剑气长城之后，先是去了扶摇洲的山水窟，自称来自倒悬山春幡斋，接管了这座宗门，然后与一座山下邻近的世俗王朝做起了买卖，其间有个叫宫艳的扶摇洲本土女修，境界不低，玉璞境，不过在纳兰彩焕眼中，这类宗门谱牒出身的浩然修士，跟云签差不多，用某人的话说，也就只是个纸糊竹篾的境界，不过宫艳这个婆姨打架本事不行，生意经还不错，算是同道中人，双方各取所需，一拍即合。

反正纳兰彩焕知道山水窟不是久留之地，左手卖出家当，右手收回神仙钱和天材地宝，很快就挣了个盆满钵盈。当然她不敢都收入囊中，只收取两成利益，其余的，都交给文庙管钱的一位君子。好像那位君子如今高升了，就在扶摇洲一座书院当副山长，不是纳兰彩焕嫌钱多，而是担心被某人秋后算账。

虽然那个年轻隐官并未约束她什么，纳兰彩焕的生财之道还是会拿捏分寸，不敢越界行事。

等到掏空了山水窟的底蕴，她就一路往北游历，先后去了金甲洲和流霞洲，还是一路游历一路买卖。

只说纳兰彩焕身上，光是方寸物，就随身携带了六件，何况还有两件咫尺物。

纳兰彩焕笑问道："咱们那位隐官，于你云签和雨龙宗，可是有大恩大德的，想好了吗，将来是怎么个报答法子？"

云签一听说此事，便显得很一些主见了，只是她正要开口言语，便见纳兰彩焕旧态复萌，开始说那些不正经的言语："不如爽利些……以身相许？见不着人又如何，你们雨龙宗，不是相传有一门极难修炼成功的不传之秘吗？听说连你师姐都未能学成，倒是你，误打误撞，傻人有傻福，好像是被誉为……'芙蓉暖帐，云雨境地'？"

云签叹了口气，干脆就不搭话了。

那位年轻隐官，何等运筹帷幄，何等高标自持，只可惜至今未能亲眼一见。

夜游之人，披星戴月。

不知为何，云签听过了一些剑气长城的传闻，每每想象一位年轻外乡人在那酒铺，于人声鼎沸的喧闹中，她反而觉得，当他低头饮酒时，会显得格外孤单。

云签和纳兰彩焕各怀心思，一并走出祖师堂。

没过几天，就有贵客登门，云签都不陌生，是春幡斋剑仙邵云岩和梅花园子的酡颜夫人。

如果再加上刘氏的猿蹂府，昔年倒悬山的四座私宅就算凑齐了。

酡颜夫人要走一趟宝瓶洲的南塘湖青梅观，打算见一见那个周琼林。

身边没有剑仙保驾护航，酡颜夫人哪敢自己一个人四处乱逛，于是就路过了这个"改朝换代"的雨龙宗。对于纳兰彩焕莫名其妙成为宗主，酡颜夫人倍感惊讶，邵云岩对此事是早早知道的，所以并不意外。

到了雨龙宗,酡颜夫人跟云签聊往事,邵云岩则跟纳兰彩焕并肩而行,昔年春幡斋账房,除了他们两个,还有晏溟,此外韦文龙打下手,米大剑仙负责看大门。

邵云岩笑道:"其实也没过去几年,却有恍如隔世之感。"

纳兰彩焕一笑置之,除了钱,她对其他就没啥感兴趣的。

邵云岩以心声说了些事情,纳兰彩焕满脸震惊,脱口而出道:"什么?! 当真?!"

陈平安竟然能够在城头刻字?!

邵云岩笑道:"信不信由你,大不了你回头自己去看一眼,反正没几步路。"

纳兰彩焕重重叹了口气,无奈道:"这有什么信不信的,搁在那家伙身上,什么怪事都不奇怪。"

说实话,纳兰彩焕还真对那个年轻隐官犯怵,不比酡颜夫人好多少。

她们两都在对方手上吃过结结实实的苦头。这家伙跟长得好看的女子有仇吗?可他在云签这边,不就挺照顾的。

纳兰彩焕压下心头震撼,开始拉壮丁,邀请邵云岩和酡颜夫人担任自家宗门客卿,既然都是熟人,谈钱就伤感情了。

论剑术造诣,邵云岩搁在剑气长城,只算一般吧,但是在浩然天下人脉不俗,又靠那串葫芦藤上结出的多枚养剑葫赚了很多香火情。邵云岩无所谓多出个挂名的客卿身份,浩然天下某些个生财有道的上五境修士,供奉客卿头衔一大堆。而酡颜夫人与云签早年关系就不错,当然更没有意见。

邵云岩没有在雨龙宗久留,只是小住了两天,拉着那个恨不得就此住下的酡颜夫人继续跨海游历。

其间路过芦花岛造化窟,酡颜夫人又开始闲逛起来,邵云岩只得提醒道:"你真当是游山玩水呢?"

酡颜夫人抛了一个媚眼:"隐官又没给出个确切期限,那就是不着急喽。"

跟陈平安相处,只有一点好,买卖公道,十分清爽。

邵云岩好不容易才拦下酡颜夫人不去那玉圭宗的云窟福地,选择半途乘坐一条跨洲渡船,直奔宝瓶洲老龙城。

到了南塘湖地界,酡颜夫人看了眼那些枯败梅树,伸手揉了揉眉心,啧啧道:"惨不忍睹,怎一个惨字了得,隐官大人给我出了个天大难题。"

因为那串葫芦藤的关系,邵云岩对于培植草木一道,可算半个行家里手,甚至比起一般的农家修士要更登堂入室。

邵云岩点头说道:"确实犯难,实在不行,就不要勉强了,隐官大人不会介意的。"

酡颜夫人嫣然一笑:"不行? 邵剑仙不行很正常,男人嘛。"

邵云岩置若罔闻,只是说道:"要么不插手,如果你真想帮助青梅观恢复旧貌,就要不遗余力。"

酡颜夫人白眼道:"要你说?"

两人一起御风跨过南塘湖水面,去往青梅观所在岛屿。

在青梅观大门外落下身形,门房是个洞府境的妙龄少女。

酡颜夫人递出早就备好的两张名帖,红笺材质,泥金书写一行文字:梅薇,道号梅花主人。

邵云岩瞥了眼自己的那份名帖,无奈一笑。邵山石。真是个极风雅的好名字,而且连个道号也没有。

酡颜夫人笑道:"我们来自南婆娑洲,听说南塘湖的梅花极美,慕名而来。"

她装模作样左右张望一眼:"耳闻不如目见。"

那个门房小姑娘脸色尴尬,这位访客真不是开玩笑吗?

邵云岩不让酡颜夫人继续瞎扯,笑道:"路过贵地,与青梅观讨要两碗梅子汤喝。"

少女厚着脸皮轻声问道:"两位客人,除了名帖,身上可有大骊颁发的山水关牒?"

要是以往,青梅观是没有这些讲究的,只是今时不同往日,大骊规矩摆在那边,谁都不敢不当回事。

邵云岩点头道:"有的。"

他从袖中摸出两份山上的通关文牒,当年观礼落魄山宗门典礼就用上了,何况龙象剑宗在南婆娑洲落脚扎根,他跟酡颜夫人又都是实打实的谱牒修士,如今出门在外,当然会随身携带关牒。

邵云岩那份,当然是真名,关牒按例需要标明山头,若是散修,就需要清楚写上籍贯。

酡颜夫人用了个化名,姓梅名清客,还给自己取了个道号——瘤仙。

少女本就伶俐,等她瞧见关牒上边那个"龙象剑宗",吓了一大跳,瞪大眼睛,确定没有看错后,立即归还关牒,朝邵云岩打了个道门稽首,再向酡颜夫人施了个万福,毕恭毕敬称呼道:"见过邵剑仙、梅剑仙。"

别管对方是什么境界了,只要是龙象剑宗的谱牒修士,喊剑仙,准没错!

再孤陋寡闻,少女也是知道龙象剑宗的,那可是一个高不可攀的剑道宗门。剑气长城的齐老剑仙领衔!宗门内还有一位名叫陆芝的女子大剑仙!听说如今宗门内弟子极少,无一例外,俱是剑仙坯子。

反正都是些远在天边的大人物。不承想自己运气这么好,今儿一见就是两位。

酡颜夫人忍俊不禁,掩嘴娇笑道:"哎哟,被人敬称为邵剑仙呢。"

少女怯生生改口道:"邵大剑仙?"

酡颜夫人辛苦忍住笑。邵云岩越发无奈。

一路领着两位贵客去见观主,少女壮起胆子,小声问道:"邵剑仙、梅剑仙,你们认得陆先生吗?"

如今浩然天下的女修,仰慕陆芝之人,不计其数。

这位女子大剑仙,故乡分明是浩然天下,却特立独行,始终将剑气长城视为家乡,并且能够将剑修视为同乡。战功卓著,性格鲜明,传闻陆芝还长得倾国倾城,更是剑气长城十大巅峰剑仙之一,可以参与传说中的那种城头议事……

如今浩然天下的修士,都道听途说了好些剑气长城的事情,因为有太多人喜欢说,有更多人喜欢听,便有了"一顿酒说不完万年事"的说法。

对这位青梅观少女修士而言,更多兴趣和心思,还是在陆芝身上。当然还有那个据说与末代隐官是一对神仙眷侣的宁姚。

邵云岩微笑道:"如今我们宗门人不多,当然认得陆先生。"

酡颜夫人伸手揉了揉身边少女的脸颊,笑道:"独独仰慕咱们陆先生,小妮子真是好眼光。"

少女有些脸红。

一座青梅观的众多枯败梅树,枯木逢春一般,霎时间生出无数新枝。

酡颜夫人以心声道:"折损我足足三百年道行!"

邵云岩微笑道:"自己跟隐官大人说去。"

酡颜夫人立即心虚改口道:"至少两百年。"

"我说了又不作数,以隐官大人的脾气,肯定会来这边查验一番。"

"一百二十年,少一年我跟你姓!"

"虚报为一百五十年,我看问题不大。"

"邵云岩,你不会当面一套背后一套吧?"

"我们毕竟是同门,这点信任都没有吗?"

"莫要诓我! 我会当真的!"

"算了,与你交底好了,其实本就是隐官大人的意思,允许你虚报个两三成。"

"……"

宝瓶洲中部齐渎水域,叠云岭,山神祠庙。

刹那之间,水雾升腾,弥漫整座祠庙。

今天山神庙来了一位不速之客,只见一女子覆面具,身材修长,腰间悬佩一把长剑,剑上坠有金黄剑穗。一身水运气息浓郁至极,如果不是对方刻意压制了水神气象,窦淹这尊品秩不高的小小山神,恐怕就是如凡夫俗子溺水一般的窒息感觉了。

窦淹认出对方身份,不敢怠慢,立即从神像金身中走出,还要急匆匆换上一身许久没穿的山神官袍,免得失礼。

方才定睛一看,对方腰间悬佩长剑之外,还有一块大骊礼部的制式腰牌,是天水赵氏家主的字体:齐渎长春侯,杨花。

窦淹金身落地后,作揖行礼:"叠云岭窦淹,拜见齐渎长春侯,上官大驾光临,小神有失远迎。"

杨花漠然点头,瞥了眼神像脚下那张长条桌案上的香炉,看来凭叠云岭自身山运,似乎不太可能孕育出香火小人了。只是叠云岭龙脉与山根的稳固程度,倒是让杨花有些意外,竟然不逊色昔年一座小国五岳的坚韧程度。

如果说一座宗门的底蕴,看那开峰地仙的数量,那么如杨花这类大渎公侯的"庭院深深深几许",就得看辖境内山水祠庙的数量了,而每座山水祠庙有无香火小人,就是一道最直观的"门槛",跨过去了,就能反哺金身,更快提升品秩,跨不过去,就是年复一年"靠天吃饭",故而香火小人的重要程度,类似修士结金丹。

窦淹到底还是忧心好友岑文倩的处境,这位山神就舍了那些拐弯抹角的官场话术,打算硬着头皮也要单刀直入,与长春侯打开天窗说亮话,若是杨花今天真是为亲自问罪跳波河而来,窦淹与叠云岭也好为岑河伯分担几分,于是便小心翼翼问道:"侯君莅临寒舍,可是因为岑文倩那边的改河为湖一事?"

实在是由不得窦淹不心虚,不通过大骊朝廷和齐渎侯府的许可,就敢擅自造湖,是山水大忌,碰到一个不好说话的上官,能不能保住金身和祠庙都难说。

杨花置若罔闻,率先跨出祠庙门槛,走向一处建造在崖畔的竹制观景亭,小凉亭悬"叠翠排云"匾额,与楹联一样,都是跳波河河伯岑文倩的手笔,覆面具不见真容的女子大渎侯君,步入凉亭后一手负后,一手按住剑柄,眺望那条因为改道已经彻底干涸的跳波河,不远处就是一座与叠云岭山脉接壤的崭新湖泊,水气清灵。原本跳波河的诸多水族,都没有被岑文倩以水法牵引进入大湖,看来这个岑河伯做事情还是有分寸的。

这次大渎改道,事关重大,牵扯广泛,光是需要背井离乡的百姓就多达百万人。故而大骊京城和陪都共同抽调了礼、工和户三部总计五位侍郎大人,专门筹建了一个大渎改道临时衙门,联手督办此事,中岳与长春淋漓一山两府负责协办,只说此地,就废弃了跳波河在内的六条江河支流。

除了岑文倩运道好,因祸得福,得了一座从天而降的湖泊,无须迁徙别地,其余五条支流的水神、河伯河婆,都只能老老实实按照大骊既定方案,不得不舍弃原先的祠庙水府,必须更换金身位置,或平调至别处高位水神府邸,担任水府官吏,或降低金玉谱牒,担任新河神灵,而那份搬徙金身的损耗,大骊朝廷只能给出一定数量的金精铜钱,至多弥补金身七八成,其余的,就只能通过当地百姓的香火去补窟窿了。

不幸中的万幸是,这种类似需要"水神跋山、山神涉水"的迁徙,虽然让山水神灵伤筋动骨,却不会伤及神祇大道根本。

窦淹一路战战兢兢跟在杨花后边,心里越发打鼓,看她架势,真是向岑文倩兴师问罪来了?

官场嘛,不管山上山下,遇到个新上司,都喜欢刨根问底,问个根脚来历。比如富贵子弟,就问郡望姓氏。如果是贫寒出身,就问授业恩师,科举座师、房师又是哪位,尤其是要问老丈人是谁。

窦淹不是那个死脑筋的好友邻居岑文倩,无论是生前做人做官,还是死后转为庇护一方的英灵神祇,显然都要更活络些,山水官场上积攒下来的香火情也更多,小道消息就更灵通了,所以早早听说了这位长春侯君一箩筐的传闻事迹,来头很大,靠山更大,堪称是个手眼通天的,当之无愧的朝中有人!

大骊京畿之地,一众大小仙府的执牛耳者,好像就叫长春宫,其中某位老祖师还是大骊宋氏龙兴之地的守陵人之一。

传闻那位出身洪州豫章郡的大骊太后南簪,早年还是皇后时,曾经"奉旨离京",就在长春宫那边结茅清修,而杨花当年正是皇后南簪的心腹侍女,后来当过几年铁符江水神,如今恰好就是补缺为齐渎的长春侯。巧不巧?谁不羡慕?

杨花虽然水神品秩高低不变,仍是三品水神,可无论是管辖水域,还是手中实权,毋庸置疑都属于高升,这就像朝廷小九卿衙门的一把手,岂能跟官品一样的六部侍郎相提并论。

再者那条铁符江,位于大骊王朝本土的旧龙州,龙州地界本就是神灵扎堆的一处是非之地,还与一洲北岳山君坐镇的披云山是邻居,处处掣肘,类似山下官场的"附郭县",寄人篱下,所以赶来一洲中部大渎"当官",当然是一等一的美差。

关于暂时空缺的铁符江水神,有说是从红烛镇那边的三江水神当中顺势升迁,也有说是从外边抽调水神担任,众说纷纭。

窦淹还真不知道,小小叠云岭,真能替岑文倩承担多少侯君怒气。

杨花就任大渎长春侯的第一件事,就是给所有下属山水神灵下了一道法旨,不用他们登门祝贺。所以至今还有许多大骊南境的州城隍老爷,连这位长春侯君的面都没能见着一次。

杨花打算两年之内,走遍自家地盘的山祠水府、土地庙和各级城隍庙,类似微服私访,事先不会通知任何祠庙,她要亲自勘验各路神灵的阴德多寡和功过得失。两年之后,再召集所有下属,升迁一拨,贬官一拨,是该封赏,还是该惩治申饬,一切按侯府规矩行事,侯府诸司一切昏惰任下者,地方上自以为能够躺在功劳簿上享福的,等着便是了。

看文庙那场议事后颁布的新律例,除了金玉谱牒的礼制,几乎是完全照搬了大骊王朝。

此外，儒家圣人们还制定出一条山水定例，各洲大渎最多可以封正"公、侯、伯"三尊高位水神和一两位水正，当下宝瓶洲齐渎只有一侯一伯，即杨花的长春侯、钱塘江风水洞那条水蛟的淋漓伯，宝瓶洲尚未有哪位水神能够获得大渎公爵水君，水正一职也暂时空置。

如今主持浩然山水封正仪式的中土文庙圣贤，像那四海水君和中土五岳，就会是文庙某位副教主亲自露面。

大渎公侯伯，是某个学宫的祭酒主持仪式。然后接下来就是学宫司业、一洲当地书院山长了。

离开了那条光有品秩虚衔，其实能做之事并不多的铁符江，如今一条浩浩荡荡的中部大渎，四成水域都归杨花管辖，并且在官场上，那条道场建立在风水洞的钱塘长老蛟，只是被敕封为淋漓伯，还是要比她这位长春侯低半筹，只要齐渎一天没有"公"字后缀的水君，杨花就是大渎诸多水神第一尊。大骊朝廷是有意为之，就是要让一洲水神凭功业、凭自身履历，去争夺那个显赫位置。

杨花收回视线，坐在凉亭内，也没有故意让窦淹落座，好显得自己如何平易近人，你窦淹站着答话就是了，有无资格落座，得凭本事。

若是一场问答下来，让她觉得极不满意，你窦淹能不能保住叠云岭山神之位，还两说。

接下来杨花便向窦淹问出了一连串问题，例如叠云岭地界百姓户数的增减变化，几处府县的赋税和粮仓储备，还有几个上县训导近年来的文教成果，各地县志的重新编撰，各种官家、私人牌坊楼的筹建情况，驿路修缮，一些义庄停用后如何处置，五花八门，杨花不但问得极其详细，就连最近十年内的童生数量变化，大体上是增加还是减少，均摊在具体的府县之内，又是怎么个光景……都一一询问了，总之叠云岭地界的一切文教、物产和商贸事项等，十几个大类，杨花都会各自挑选出两三个问题。窦淹只能勉强答上大半，而且其中一些个答案，杨花显然并不满意，为这位毕恭毕敬站在一旁答题的窦山神，当场指出纰漏或是数字上的细微偏差，听得窦淹头皮发麻，感觉自己就是个课业荒废的学塾蒙童，遇到个教学严谨的教书先生，在这儿仔仔细细查询功课呢。

这让窦山神内心惴惴之余，心里又有几分古怪，竟然开始羡慕老友岑文倩了，反正岑河伯遇到类似问题，肯定只会干脆利落，一问三不知！

窦淹没来由想起之前碰到的那位奇人异士，一位当时被自己误认为是大骊工部官员的青衫客。对方最早现身跳波河河畔时，还曾对岑文倩有过一番调侃，听着那叫一个阴阳怪气，说什么岑河伯果然性情散淡，不屑经营，根本不在意香火多寡，跳波河沿途百姓，两百年间只有两位同进士出身的"如夫人"……莫不是一种相当于科场考题泄密的……事先提醒？是因为他对长春侯杨花的行事风格极为熟稔，故而早早提醒岑文倩和自己?

自己当时还当个笑话看待,觉得那家伙拐弯抹角骂岑文倩,听着还挺解气,结果好了,这会儿自己成了个笑话。

杨花还算满意,毕竟其中三成问题,她都问得超出了山神职务范畴。

只能说叠云岭山神窦淹,没有带给自己什么意外之喜,但是得个"尽职"考语,是毫无问题的。

杨花突然说道:"听说岑文倩生前担任过一国转运使。"

窦淹小心酝酿措辞道:"侯君明鉴,岑文倩当年力排众议,只是以工部侍郎身份,便能够处理好京城和地方的种种官场虚实、利益关系,最终一手主导漕运疏浚和粮仓筹建两事,在任三年,成果颇丰。不敢说什么功在千秋的场面话,只说岑文倩的那个'文端'谥号,是毫不亏心的。"

杨花默不作声。

窦淹也无可奈何,官高一级压死人,何况双方官衔相差悬殊,最重要的是,杨花身为长春侯,位高权重,故而大渎诸多事务,大骊朝廷都不会太过干涉。

杨花转头看了眼跳波河旧址,没来由笑言一句:"听闻昔年跳波河,有那老鱼跳波嚼花而食的美誉,如今改河为湖了,少了河中独有的杏花鲈,难免小有遗憾,辜负了历史上那么多文人骚客留下的诗篇佳作。"

窦淹心中大喜。

只是杨花下一个问题,就让窦淹瞬间如坠冰窟:"之前岑文倩收到了水府稽查司的一封公文,与河伯府询问具体缘由、过程,为何久久没有答复?"

窦淹心中骂娘不已,倒是不敢骂侯府稽查司官员的秉公行事,而是骂那个岑河伯竟然如此闷葫芦,完全不跟自己打声招呼。

如今大渎长春侯府,同一座衙署挂两块匾额:大渎侯府、碧霄宫。一个是朝廷封正的官职,一个是神灵开府的山水道场。按例设置有十六司,其中水府稽查司,属于一旦与之打交道往往就是大事的紧要衙门。

之前侯府收到了一封来自叠云岭的书信,信的末尾钤印有一方私章:"陈十一。"

结果差一点就闹出了幺蛾子。

虽说封面上边写着"长春侯亲启",并非一般比较客套的那种封面词"赐启"或是"道启",但是专门负责收发各路公文、书信的水府胥吏,哪敢随随便便收到一封书信,瞧见了封面上的"亲启"二字,就真的敢直接送给堂堂大渎公侯、一府主人,傻乎乎去让侯君殿下"亲手启封"?

况且寄信人,是那叠云岭山神窦淹,水府胥吏还得去翻查档案条目,才知道是个芝麻大小的山神。这就出现了纰漏。收信胥吏先是按例找了一个侯府负责此事的辅官,在这位官员的亲眼见证下打开书信。由于带往大渎侯府的铁符江水府旧人不多，杨花也没有那种任人唯亲的习惯，就用了一些大骊陪都那边调派而来的新面孔，多是运气格外好，受惠于大小河流改道的旧水神、水仙，哪怕没升官，可到底算是成了侯君近臣。

总之其中有些山水官场上弯来绕去的是非，有数位职务不低的水府诸司官员，都与那小小河伯岑文倩不对付，素有恩怨，不大不小的，多是看不顺眼岑文倩性情清高。其中一位管着档案处的主官，大概是觉得找到了个千载难逢的机会，立即带着那封"罪证"，找到了稽查司同僚，后者职责所在，不敢有丝毫懈怠，便寄信一封给跳波河河伯岑文倩，内容措辞严厉，大体上还算公事公办，其中就有让岑文倩必须说清楚一事，那个明明自称为"曹仙师"却钤印"陈十一"之人，真实身份到底是谁，来自什么山头。等到稽查司主官再将此事禀告长春侯，杨花当时也没说什么，只是并未让稽查司立即派人去往跳波河，不然稽查司只等新任长春侯点个头，就可以缉拿那个擅自造湖、开拓私家地盘的岑河伯了。

杨花内心深处，对于稽查司并无追责的念头，但其实已经十分恼火那个档案处水府佐官的公报私仇。

如果当初收到那封密信，杨花看过了就会丢在一边，当什么都没发生，不予理会，她只当没有收到过那封信，说不定还会直接交给京城的大骊太后处置。

她跟落魄山半点不熟，与陈平安可没什么香火情可言。

杨花至多是秉公行事，赏罚分明，叠云岭山神和跳波河河伯不违例不犯禁，那是最好，想要让自己将来照顾那两位的山水前程，可就是陈平安想多了。

结果自家水府这么一闹，稽查司直接寄出一封类似申饬跳波河的公文，还绕过了叠云岭窦淹，牵扯到了岑文倩必须公开"陈十一"的身份，她就只好亲自走一趟叠云岭和跳波河了。

不然明摆着落魄山的年轻山主已经亲笔书信一封，打过招呼，即便杨花不对叠云岭刻意照拂几分，陈平安也挑不出什么毛病，那么这件事情，就当是水府和落魄山双方心有灵犀一笔揭过了。但是现在却成了杨花明明收到书信，依旧放任自家水府胥吏故意刁难跳波河河伯岑文倩，事情的性质就变了，一个处置不当，就等于是自己的长春侯府往落魄山脸上甩耳光。

杨花又不是半点不通人情世故，再不愿与落魄山攀附交情，也不愿意与落魄山因此交恶。

只好寄信一封给大骊朝廷，很快她就收到了一封来京城皇宫的密信。不过一律是来自长春宫。当然是那位大骊太后的亲笔手书。

信上就一句话："按信上所说，不违反大骊山水礼制律例的前提下，长春水府可以善待叠云岭、跳波河。"

这让杨花如释重负。只是她难免猜测一番,陈平安这个家伙,是在算计自己?不然他大可以自己寄信一封,何必让叠云岭窦淹代劳?尤其是在信上,故意在身份上含糊其词,什么远亲不如近邻的龙州旧人,写得云遮雾绕,尤其那句"常年远游在外,一直未能拜会铁符江水神府",还有什么"如今大渎公务繁忙,只等侯君闲暇之余,知会一声,小子才敢登门叨扰"。你要脸不要脸?

陈平安只要在信封上写明身份,水府诸司衙署谁敢为难?恐怕只是拿到那封信,都不用开启,估计就要倍感与有荣焉了吧?何况如今一洲山上仙府,谁不担心你陈平安一个喜欢拆人家祖师堂的年轻剑仙,与谁寄信一封,里边就只写了"与君问剑"四个字?

虽然始终瞧不见杨花的面容脸色,但是窦淹总觉得侯君大人当下好像心情不算太好。

杨花起身说道:"窦淹,既然身为山神,就当造福一方,以后务必再接再厉,须知山水官场,与我大骊的山下官场并不完全相同,后者一直有'恪守本分,各司其职,不少做事,再不多事'的讲究,但是我们这些山水神灵,只要是自己辖境之内,山上仙府修士、山下郡县,事无巨细,都需要多多留心。"

窦淹连忙作揖:"小神谨遵侯君教诲。"

窦淹在官场上,就怕上司务虚,反而不怕务实。

杨花之后去了一趟跳波河祠庙旧址,见着了那个年轻儒生模样的河伯岑文倩。

当侯君大人询问稽查司寄来的公文一事时,岑文倩只说按规矩走就是了,自己没什么可解释的。

杨花笑言一句:"骨头太硬,不宜当官。"

小小河伯依旧神色淡然,不冷不热回了一句:"骨头不硬,当什么父母官,当那老百姓只管敬香孝敬、见不着一面的祖宗牌位官吗?"

杨花嗤笑道:"清官好当,能臣难为。你这句话,窦淹都能说,只是从岑河伯嘴里说出口,就有点滑稽了。"

岑文倩默然。

圣人云"其生也荣,其死也哀",生前累官至礼部尚书,死后追赠太子太保,得美谥,岑文倩确实可谓哀荣至极。即便死后担任此地河伯,也曾一腔热血,心肠滚烫,只是一次次碰壁,为官竟是比在世时更难,眼睁睁看着朝政暗昧、君臣昏聩,周边山水同僚处处排挤,联手庙堂文武,一同打压跳波河,只说数位在冥冥中身后悬有跳波河秘制灯笼的读书种子,都举家搬迁,最终没过几年便金榜题名……到最后,岑文倩也就只能是落得个意态萧索,心灰意冷。

杨花也懒得与岑文倩多聊公务,这位河伯大不了以后就占据此湖好好享福便是,回头侯府会下达一道旨令,让附近江河水裔收拢那批杏花鲈,重新投入此湖饲养,以后自己水府就只当这跳波湖不存在,在陈平安那边也算有了个过得去的交代。反正岑文倩成事不足,倒也不至于如何败事。

岑文倩见那位侯府水君就要离去,犹豫了一下,从袖中摸出一本册子,说道:"杨侯君,这是下官对齐渎改道的一些浅薄见解,虽然如今大骊在大渎改道一事上,已经推进大半,水文脉络分明,但是在下官看来,在某些事情上,未必就真的已经尽善尽美了。只说那石斛江地界,大骊工部官员和一干水工,在'截弯'与'倒流'两事上,便过于遵循古礼旧制了;此外鄩州三府的治淤善后,短期看成果斐然,长远来看,多有弊端,未来百年内极容易出现'夺河'忧患……"

说到这里,岑文倩自嘲一笑,不再继续说那些不讨喜的琐碎事,最后只说了一句:"只希望长春侯府临时设置的改道司官员,能够稍微看几眼。"

杨花接过那本厚册子,疑惑道:"为何不早点给出?"

岑文倩无论是交给自家大渎侯府,还是递交大骊陪都的工部,都是毫无问题的,不存在任何官场越级的忌讳。因为大骊朝廷早有相关的明确规定,中低层官员在哪些事情上,分别属于"不准""可以"以及"准许破例"为朝廷建言。故而官员们只管按例行事即可,甚至不存在什么所谓的事后"酌情处理"的情况。大骊律例,一条条都写得极为清晰、精准。

岑文倩答道:"不怕白看,就怕白写,最终在某个衙门的档案房里边占地方。"

杨花竟然直接开始翻阅册子,同时摇头说道:"岑文倩,类似想法,以后就不要有了。无论是那个侍郎扎堆的新设改道督造署,还是在我这边的改道司,这本册子都注定不会吃灰的,而且按照朝廷律例,主管官吏,即便不采纳你的建议,依旧必须给你一个确切回复,朝廷和水府都需要录档。此外大骊京城和陪都的吏部官员,每年都要派人进入档案房,专门负责抽查公文,最终会纳入四年一届的地方官员大计考核内容。"

杨花合上册子,突然说道:"去你水府坐会儿……"

起初只是打算仔细翻阅册子,杨花略微思量,又开口道:"算了,我终究是外行,很难看出册子上边的对错利弊,你直接跟我走一趟水府改道司,自己向那些水府官员详细解说册子上边的事情,我虽然是个外行,但是会参与旁听。"

岑文倩疑惑道:"马上动身?"

"不然?"杨花哑然失笑,反问道,"我又不喜垂钓一事,何况整条跳波河都干涸了,还是说岑河伯打算尽一尽地主之谊,请我喝酒?"

岑文倩笑道:"为官之道,远远不如窦山神,请上司喝酒这种事情,我可做不出来。"

杨花笑道:"来你这边之前,我其实先去了趟叠云岭,倒是未能领教窦山神的酒量。"

岑文倩欲言又止。

杨花说道:"窦淹还不错,不少看似无须他过问的事情,都很上心,当个叠云岭山神绰绰有余。"

岑文倩松了口气。

一侯君一河伯,各自施展水法神通,直奔长春侯水府,只是为了照顾岑文倩,杨花放缓了身形。

岑文倩俯瞰大地山河,冷不丁以心声问道:"三五十年后的大骊朝廷,还能保持今天这种昂扬向上的精气神吗?"

在山下,终究是那一朝天子一朝臣。何况如今的大骊王朝,已经没有了国师崔瀺。谁敢保证下一任大骊宋氏皇帝,就一定还是位雄才伟略的明君? 不会改弦易辙,大骊国势不会江河日下?

杨花点头笑道:"肯定可以。"

其实这是一个极有僭越嫌疑的问题,不过杨花回答得没有半点犹豫。

岑文倩问道:"杨侯君为何如此笃定?"

杨花心情复杂,思绪飘远,片刻后回过神,笑道:"我们拭目以待就是了。"

第八章
镇妖楼

掌律长命拉着小米粒一起闲逛去了。

陈平安与贾晟一起散步，笑问道："还适应目前这个身份吧？"

贾晟立即一拱手，感慨万分道："承蒙山主器重，侥幸得以身居要职，战战兢兢，不能有丝毫懈怠，又不敢画蛇添足，思来想去，只能是秉持一个宗旨，多看多听多笑脸，少说少做少显摆。我本来就道行浅薄，小小龙门境，莫说是为风鸢渡船雪中送炭了，便是锦上添花的事，也未必做得成，就想着先不误事，再走一步看一步，尽量为落魄山略尽绵薄之力，总不能辜负了山主的厚望。"

落魄山掌律长命和财神爷韦文龙，都属于临时在风鸢渡船帮忙，只等下宗庆典结束，就会返回落魄山。

按照崔东山的安排，渡船这边最终真正管事的，其实还是负责待人接物的贾晟和账房先生张嘉贞。

风鸢渡船跨越三洲，总计途经十七座渡口，只说脚下这座桐叶洲，灵璧山野云渡、大泉桃叶渡在内，便有七处渡口之多。

乘坐一条风鸢渡船，大好河山尽收眼底。高立太虚瞰鸟背，遨游沧海数龙鳞。宛如帝子乘风下翠微，只见无数青山拜草庐。

位于浩然天下南北一线的三洲山河，从最北边大源王朝的崇玄署云霄宫，到最南边的驱山渡，渡船这么一趟走下来，贾晟什么山上神仙没见过，骸骨滩披麻宗的财神爷韦雨松，如今都要称呼自己一声贾老弟了，还有大骊京畿之地长春宫的几位仙子，一声声的贾道长,喊得老神仙心里暖洋洋的。更不说宝瓶洲一洲拢共不过五尊大山君,其中北岳山君魏檗,那是自家人,公认披云山是与落魄山穿一条裤子的山上交情,无须多说半句,此外中岳山君晋青,南岳女子山君范峻茂,贾晟如今就又与这两位都混了个脸熟。

陈平安点头道:"心里多知道,嘴上少说道。"

贾老神仙一愣一惊一叹,脸色配合唏嘘声,可谓行云流水:"絮叨半天,仍是不如山主真知灼见,贾晟当个渡船管事,已经颇为吃力,山主却只因为性情散淡,与世无争,只有两山两宗门的地盘,就被限制了手脚。不然在贾晟看来,只要山主自己愿意,当那宝瓶洲的火龙真人,桐叶洲的符箓于仙,也是服众的。"

陈平安根本不搭话,立即转移话题,问道:"白玄呢?"

贾晟抚须而笑,轻声答道:"就在船上呢。这会儿应该在闭关,不然早就闻讯赶来见山主了,比起在落魄山,如今咱们这位小小隐官的练剑,可要勤勉太多了,可能是憋着口气,不愿被同龄人的孙春王拉开距离。山主,说实话,我是很期待百年之后的落魄山和仙都山的,每每想起,自己能够位列其中,都会觉得与有荣焉,些许舟车劳顿之苦,算得了什么,何况这一路走南闯北,其实都待在风鸢船上,躺着享清福呢,说是奔波劳碌,都是我大言不惭了。"

陈平安笑道:"着手处不多,用心处不少,还是很辛苦的,相信掌律长命都看在眼里了。"

贾晟久久无言,喃喃道:"何德何能,得见山主。"

这句话,还真不是贾老神仙的溜须拍马,确实是从肺腑处有感而发的诚挚之言。

小有早慧,老有晚福,是两大人生幸事。一个靠上辈子积德,一个靠这辈子行善。

陈平安问道:"驱山渡那边,玉圭宗供奉王霁,与皑皑洲刘氏客卿徐獬,你觉得他们是什么样的人?"

贾晟小心翼翼斟字酌句:"王霁是儒生出身,性格刚强,言语直爽,而那位徐大剑仙,瞧着性子冷清,不好接近,但是心肠热,约莫徐獬这类人,不轻易与谁交朋友,可只要是朋友了,就可以托付生死。"

王霁并非玉圭宗自己培养出来的修士,曾是桐叶洲骂姜尚真最狠的一个,不承想最后反而成了玉圭宗的祖师堂供奉,据说是当代宗主韦滢亲自邀请他去往九弈峰的。

替皑皑洲刘氏守在驱山渡的剑修徐獬,绰号"徐君",是一位才两百岁的金甲洲大剑仙,在家乡北部战场,老飞升境完颜老景暗中投靠文海周密,在一场高层议事中,毫无征兆地暴起行凶,如果不是徐獬率先出剑阻拦,联手一位金甲洲的止境武夫,拦下完颜老景的倒戈一击,那些地仙修士的死伤数量恐怕至少要翻一番,届时金甲洲战局只会更加糜烂不堪,说不定战火都有可能顺势殃及北边的流霞洲。

陈平安说道:"回头帮你引荐一位龙虎山的道门高人,这位老前辈刚好也要参加我们宗门的庆典。"

贾晟先与山主打了个道门稽首,略表谢意,然后好奇问道:"莫不是天师府的某位黄紫贵人?"

以山主如今的身份,认识一位黄紫贵人算什么,说不定与当代大天师都是见过面聊过天、以道友相称的。

陈平安微笑道:"火龙真人卸任后,便是这位老前辈担任的龙虎山的外姓大天师,老前辈姓梁名爽,居山修行,喜清静恶喧闹,故而姓名道号,即便在中土神洲那边知道的人都不多,梁老真人之前在这桐叶洲,做过一桩如今只在山巅流传的壮举。老真人与上任天师府大天师是旧友,所以当代天师在老真人那边,也是需要执晚辈礼的。"

贾晟道心一颤,赶紧停步,打了个道门稽首,沉声道:"福寿无量天尊。"

要知道贾晟修行的,正是雷法一道,只不过相较于被誉为万法正宗的龙虎山五雷正法,贾晟所在山头那一脉的祖传雷法,说是旁门左道都很勉强,所以能够见着一位龙虎山的外姓大天师,对这位目盲老道士而言,意义重大,已经不单单是什么面子事了。

贾晟好不容易才稳住心神,笑道:"山主,等到米大剑仙破境成功,咱们落魄山就又要吓别人一跳了。"

一位仙人境剑修,说名动浩然九洲,半点不过分。桐叶洲的玉圭宗宗主韦澄、北俱芦洲的北地第一人白裳,如今也就是这个剑道境界。

陈平安打趣道:"那我们就再难用米大剑仙调侃米大剑仙了。"

贾晟嘿嘿而笑,确实小有遗憾。

与贾晟分开后,陈平安临时改变路线,没有先去张嘉贞那边的账房。

蒋去正在反复翻阅一本册子,书页上边符图、文字皆有,担任云上城首席供奉的老真人桓云将符箓心得汇总成书,故而这本不厚的册子,算是桓云的毕生心血。按照山上规矩,恐怕就算是亲传弟子,都未必有此待遇。

听到敲门声,蒋去打开门,很意外,竟然是隐官大人。

到落魄山这么多年,由于隐官大人常年在外,两人单独闲聊的机会,屈指可数。

陈平安落座后,向这个来自剑气长城蓑笠巷的年轻练气士,问了些符箓修行的进展。

作为落魄山唯一一位符箓修士,蒋去正式的山中道场在那灰蒙山,上次陈平安赠送给蒋去一部手抄本的《丹书真迹》,是上册。

蒋去有些愧疚,硬着头皮说道:"只学会了《丹书真迹》上边的前三种入门符箓,而且尚未精通,只能说是潦草有个符箓样子,距离桓真人在册子上所说的画符'小成'之境地,还有很长一段路要走。"

对于性命攸关的修行事，蒋去不敢有任何隐瞒，何况在隐官大人这边，也没什么面子不面子的。

陈平安笑道："万事开头难。"

桌上有一摞蒋去画成的黄纸符箓，陈平安拿起摆放在最上边的一张符箓，是他最熟悉不过的阳气挑灯符，一次次离乡远游，跋山涉水，算是他使用最多的符箓之一。

陈平安双指轻轻一抖，符纸顿时消散，只余下一张空悬的朱红色符图，再手腕拧转，轻轻横推，原本不过巴掌大小的符箓就蓦然变成了一张等人高的"大符"，如一尊神灵，立在屋内。

陈平安站起身，走到这张符箓旁，蒋去立即跟着起身，双方隔着一张阳气挑灯符。

陈平安伸手指向一处朱砂线条："你看这里，明显有点歪斜了，显然是你画符之时太过追求一气呵成，反而在灵气调度上出现了问题，导致精神不济，半路气衰则符路乱，才出现了这种细微偏差。千里之堤毁于蚁穴，修道之人不可不察，画符一途，当有一种看须弥如芥子、视芥子若须弥的眼光和心态。

"再看这里，这横竖衔接处，也有问题，虽然不妨碍你画成这道符箓，但是按照符箓术语，此地就属于山水相冲，会折损符胆灵气的生发，一旦祭出，符箓威势难免大打折扣，若是与人切磋道法，很容易就会被找到漏洞，稍受术法冲撞，就难以持久。"

帮着蒋去一一指出符箓瑕疵，何处应当立即修改，什么地方可以稍晚完善，陈平安说得无比详细，蒋去竖耳聆听，一一记住。

之后陈平安双指并拢，无须笔墨纸，便凭空绘制出同样一张阳气挑灯符，符成之时，刹那之间，金光璀璨，满屋莹光。

陈平安再将其凝为一张尺余高度的金色符箓，轻轻推给蒋去，笑道："回头画符，多作对比。以后等你跻身中五境，作为贺礼，我帮你与某位老神仙讨要一张曾经托起一座山岳离地数百年之久的符箓，当然不可能是真符，就只是类似碑文摹拓，距离真迹神意，相去甚远。"

陈平安缓缓道："天人同度正法相授，天垂文象人行其事，昔者圣人循大道、分阴阳、定消息、立乾坤，以统天地也。这符箓一道，在某种意义上，便如同山下王朝的史书、历书。不单单是符箓修士，登山修行一途，本就是以人身小天地，牵连外界大天地，所以那位号称天下符箓集大成者的于老神仙，曾在一部广为流传的符书开篇序言中，为我们开宗明义，'头圆法天，足方法地，目法日月，四肢法四时，五脏法五行，九窍法九洲，故而先贤有云，人有诸多象，皆法之天也'。"

在修行路上，陈平安画符的数量，虽说比不过自己练拳的次数，但是相比一些地仙符箓修士，恐怕只多不少。陈平安毫不藏私，将一些自身心得，与蒋去娓娓道来："古语大地山川河流，山川之精上为星辰，各应其州域，分野为国，皆作精神符验，故而天有四表以正精魂，地有渎海以出图书。所以说山川河流，满天星辰，就是符箓修士眼中最好的、最大的符图，这才是真正的'道书符箓'，静待有缘人，各取所需，各行其法，各证其道。蒋去，你想想看，人间山脉蜿蜒千万里，何尝不是一笔仙人符线？天上北斗七星，悬天万年复万年，何尝不是一张完整符图？若说道理是空谈，那就眼见为实。"

陈平安突然沉声道："蒋去，站在原地，凝神屏气，心与形定！"

不给蒋去太多收敛心神的机会，陈平安闪电出手，轻轻一拍他的肩膀，蒋去只觉得整个人向后飘荡而去，但是他惊骇发现，眼前除了隐官大人的一袭青衫，还有一个"自己"的背影，纹丝不动。心神与身体分离？还是那种传说中的阴神出窍远游？不说那些秘法和特例，按照山上常理，修道之人，若能结出一颗澄澈金丹，便可以阴神出窍远游，等到孕育出元婴，形神合一，苗壮成长，便有了阳神身外身的雏形，这便是"陆地神仙炼形住世而得长生不死"一说的由来。

不承想蒋去刚刚停步，又被陈平安轻轻一推额头，再次向后滑出数步。然后陈平安一抖袖子，已经分不清自己是谁的"蒋去"如蹈虚空，天地有别，道人居中。原来蒋去脚下是一幅浩然九洲的堪舆形势图，头顶则是星河万里，浩瀚星辰小如芥子，好似举手可摘。

陈平安双指并拢，在"蒋去"眉心处轻轻一点，就像帮忙开天眼。再一伸手，大地之上的千百河流如提绳线，再一招手，将那条星河拘拿而至，然后一挥袖子，星辰与江河，一股脑儿涌入某个身形虚实不定的"蒋去"，仿佛霎时间就变成了后者人身小天地中的座座山岳气府、条条经脉长河。

片刻之后，陈平安见蒋去的一颗道心已经不足以支撑这份异象，只是蒋去自身始终浑然不觉，依旧沉浸于这份天地异象当中不可自拔，再拖延下去，就要伤及蒋去的大道根本，陈平安便将他的那粒心神芥子轻轻往回一拽，令其心神、魂魄与身躯，三者归一。

蒋去回过神后，才发现自己已经汗流浃背，身形摇摇欲坠，陈平安伸手按住他的肩膀，脸色惨白的蒋去才不至于踉跄摔倒。

为自家修士指点迷津，是学吴霜降对待岁除宫弟子。至于具体的传道之法，显然是与刘景龙现学现用了。

陈平安让蒋去坐回位置，好好呼吸吐纳安稳心神，微笑道："所谓的行万里路，在我看来，其实可以分两种。一种是在外游历，再就是修道之人，存神观照人身小天地。凭此修行，内外兼修，大小兼顾，心存高远，脚踏实地，相信总有一天，你可以绘制出几种属于自己的独门符箓。"

蒋去擦去额头汗水，赧颜道："不敢想。"

"得想。"陈平安摇头笑道，"一个都不想绘制出几张山上'大符'的符箓修士，以后能有什么大出息?"

蒋去咧嘴一笑,使劲点头。

陈平安再从袖中摸出一只长条木盒,轻轻放在桌上,微笑道:"盒子里边装着十块朱砂墨锭,都送你了,刻有一些类似'天垂文曜'的吉语,都是地仙手笔,故而灵气盎然。不过别谢我,这次小陌陪我走了趟五彩天下的飞升城,那边有处仙家集市,小陌碰到几个云游至避暑城的符箓修士,合伙开了个店铺,小陌逛铺子的时候,专程为你买下了这套沅陵朱砂墨,也不算捡漏,只能说是价格公道,对方误以为小陌是飞升城剑修,就想要借机攀附关系。小陌本意是以我的名义送给你,我觉得不妥,你只管收下便是了,事后也无须专程去跟小陌道谢,免得他以后不当善财童子的唯一理由,竟然是受不了那些前脚接后脚的登门致谢。"

蒋去都有点不好意思了,轻声道:"小陌前辈怎么又送贵重礼物。"

陈平安玩笑道:"谁让他境界高,兜里又有钱,以至于每次出门,唯一的爱好,大概就是想着谁谁谁需要什么,我劝过好几次了,反正没屁用。"

画符一道,符纸与朱砂,一般来说都是不可或缺的必备之物,大致可以分为朱砂与烟墨、金粉和银粉两大类,反正都很吃钱。

其中朱砂本就是仙家炼丹的材料,此外世俗皇帝君主还用来批阅奏章,作圈阅之用。在修道之人眼中,大赤为天地纯阳之色,足以辟阴邪、退邪祟,故仙家秘制的朱砂墨,被誉为神灵通而形质固。加上朱砂谐音"诛杀",所以品秩越好的朱砂,用来画符,斩鬼驱邪的效果就越好。只是世间朱砂产地众多,储量巨大,所以文人才有那"朱砂贱如土,不解烧为丹"的疑惑。沅陵出产的朱砂,品相是公认的当世第一,制成墨锭后,细细研磨,笔下文字,被誉为赤书真文,在浩然天下往往被君主和礼部用来书写封正山水神灵的敕书。

陈平安起身笑道:"走,我们找那位张账房打秋风去。"

渡船上边的账房先生,除了落魄山财神爷韦文龙,还有无法修行的张嘉贞。

蒋去跟张嘉贞既是同乡,还是同龄人,只不过因为一个已经登山修行,一个始终都是凡俗夫子,所以如今只看容貌,双方年龄至少差了十几岁。

两人到了账房里边,张嘉贞笑问道:"隐官大人,蒋去,你们是喝酒还是饮茶?"

陈平安笑道:"喝碗热茶就行,喝酒容易误事。算账是门精细活,又不是那种文人骚客的吟诗作赋,喝酒助兴可以增长才情。"

张嘉贞点点头:"稍等片刻,我马上烧水煮茶。"

屋内备有茶叶,是大管家朱敛亲手炒制的雨前茶,都装在锡罐里边。

墙角有只炉子,还有一麻袋木炭,张嘉贞取出火折子,熟稔点燃炉子里边的茅草和木柴,看来平时没少喝茶。

此外屋内还有一只大火盆，就放在桌子底下，寒从脚底起，张嘉贞平时双脚就踩在火盆边沿，用以取暖驱寒。蒋去看着这一幕，神色复杂。

若是自己煮水，待客的话，事出匆忙，那么生火一事，用一张最寻常的山上火符即可，些许灵气消耗，可以完全忽略不计。

没来由想起当年朱敛拉着自己一起当木匠，某次大管事在弹墨线时，随口言语一句：知其不可奈何而安之若命，德之至也。

这句话显然是说给蒋去听的，但言语内容，绝对不是称赞蒋去，而是另有所指。

说实话，如果不是受了朱敛的提醒，或者说敲打，蒋去确实会觉得自己跟这个同乡不是一路人了。

朱敛一句"凭什么山主能以平常心看待张嘉贞，偏偏你不行"，曾让蒋去一瞬间如坠冰窟，至今仍心有余悸。

道理已经明了。只是直到今天，跟随隐官大人来到这里，蒋去看着这间从未踏足过的简陋账房，还有那个安之若素的同乡同龄人，好像又明白了一些道理之外的事情。

小陌也给张嘉贞带了一份礼物，陈平安放在桌上，张嘉贞婉拒不成，只好收下。

陈平安喝着茶水，翻阅账簿，顺便为两人说了些如今飞升城的形势，张嘉贞和蒋去对于家乡近况，当然不愿意错过一个字。

合上手中账本，陈平安抬头笑问道："听了这些，会不会后悔跟我来到浩然天下？"

蒋去跟张嘉贞对视一眼，相视而笑。

之后陈平安独自离开，蒋去留在屋内，张嘉贞拎起桌上水壶，帮对方续上一碗热茶水后，轻声说道："你要是不觉得别扭，以后修行一事，需要花钱的地方，就跟我提一嘴，反正我的那笔俸禄，留着也是留着，至多就是躺在账簿上边吃点利息，这点神仙钱，肯定帮不上你什么大忙，就是个心意。"

蒋去看着眼神诚挚的张嘉贞，点点头，笑道："我跟你客气什么。"

然后蒋去开玩笑道："借钱给人比跟人借钱还为难，跟隐官大人学的？"

张嘉贞笑着不说话。

蒋去犹豫了一下，还是忍不住开口问道："张嘉贞，你就没点长远打算？"

落魄山中，好像就只有这个账房先生，既不是修道之士，也不是纯粹武夫。

听出了蒋去的言下之意，张嘉贞点头笑道："有啊，我早就跟朱先生聊过了，看看有无机会，以后成为山神。"

蒋去听闻此事，吃惊不小，仔细思量一番，缓缓道："张嘉贞，你清不清楚，凡俗夫子想要成为坐镇一方的山水神灵，并不容易，即便得了朝廷的封正，本就是鬼物、英灵还好说，如果是你这样的生人，光是那份形销骨立、魂魄煎熬的痛苦，别说是练气士，就是体魄坚韧的纯粹武夫，都未必承受得起，一旦失败，就要落个魂飞魄散的下场，据说连来世都没有了!"

张嘉贞给自己倒了一碗茶水:"你忘了小镇那边杨家药铺的那种药膏?虽说如今被大骊朝廷严密管控起来,但是以隐官大人和咱们落魄山与他们的关系,帮我讨要一份,不是难事。"

那种药膏,最大的神异之处在于摒除痛苦之外,还能够让人保持灵智。

张嘉贞继续道:"朱先生坦言,这还只是成为山神的第一步,其实之后还有两道鬼门关要走,不过我即便无法连过三关成为山神,还有退转之路可走,大不了就只以阴灵鬼物姿态,留在落魄山那边。只是与大骊朝廷讨要封正敕书一事,就比较难了,只能相当于为我建造一座淫祠,所以即便有了祠庙和金身,算不得粹然金身,将来承受人间香火,也会受到很大的约束,不过这只是最坏的打算,你不用太担心。"

蒋去默不作声。

简单说来,凡俗成就金身,由生人升迁为神灵,无异于一步登天,门槛之高,难度之大,无法想象。

张嘉贞笑道:"这件事,隐官大人肯定早就知道了,但是一直没有跟我聊起。蒋去,你说说看,这意味着什么?"

蒋去恍然,肯定是隐官大人觉得有把握。

蒋去顿时如释重负,啧啧道:"好你个张嘉贞,精明了很多啊。"

张嘉贞指了指书桌那边的账簿:"傻子能当账房先生?"

陈平安在小米粒屋子那边找到了小陌,恰好柴芜和孙春王都在,柴芜每逢修行间隙,就会来这边喝点小酒。

如今落魄山右护法的屋子里边,有个米剑仙帮忙亲手打造的柜子,里面摆满了一坛坛酒水,都是给柴芜准备的。

小陌正在为两个小姑娘传授道法和剑术。反正两人资质都好,很容易就举一反三。

陈平安就跟小米粒坐在一条长凳上嗑瓜子。

小陌担心自己的修行路数,与如今的道法秘诀在文字、寓意上边有出入,为了避免误人子弟,就专门教了两个小姑娘一门早已失传的上古言语。

这会儿小陌正在传授一门存神观照的远古术法,确实跟如今的道法口诀出入不小,比如小陌此刻指了指自己的脖子,称喉咙为心田绛宫之上十二重楼,此外五脏六腑各有所司,各有淬炼之法,九液交连,百脉流通,废一不可。小陌让两个小姑娘运转一缕灵气,与练气士的吐纳并不相似,反而有点像是武夫的一口纯粹真气,自上而下,同时在人身小天地的不同地界,让她们分别观想出远古各司其职的不同神灵,如自天而下巡狩人间……

三光在上地下烛,落落明景照九隅。自高而下皆神灵,日月飞行六合间。

抱黄回紫入丹田,龙旌横天掷火铃。雷鸣电击神泯泯,长生地仙远死殃。

这类古法修道,真的也只能是小陌来教了。

关键是两个小姑娘,每每观想不同神灵之时,便当真有一份不俗气象随之升起,并与之对应。

陈平安自认在她们这个岁数,没有个把月的反复演练,休想拥有柴芜和孙春王的这份动静。

小米粒伸手挡在嘴边,与好人山主压低嗓音说道:"一句都听不懂,咋个办?"

陈平安笑道:"是远古语言,听不懂很正常。"

其实这次在飞升城,陈平安还从问剑楼拿来几本剑谱的手抄本,孙春王既是剑气长城的本土剑修,还是宁姚的不记名弟子,此事不算违例。

等到她们进入一种类似"动修静定则为真人"的境地,小陌望向自家公子。陈平安点点头,可以动身了。

带着小米粒走出屋子,陈平安来到船头那边,心念微动。片刻之后,远处云海中便传来一阵滚滚风雷声,只是等到那名"不速之客"靠近风鸢渡船,反而瞬间变得悄无声息,是那把被陈平安留在仙都山的长剑夜游。

陈平安摸了摸小米粒的脑袋,笑道:"很快回来。"

小米粒乖巧点头。

陈平安身形化作十数道剑光,掠到风鸢渡船之外数百里,等到重新凝为一袭青衫后,便御剑南下,直奔桐叶洲中部某地。小陌尾随其后。

骄阳烈日,一条仙家渡船之上,几位仙师正在俯瞰人间景象。

一道弧线剑光裹挟风雷声,在数百丈外轰然掠过,使得这条仙家渡船如行船水中,骤逢波浪,一时间颠簸起伏。

等到转头望去,只见一道璀璨剑光,一抹青色身形,早已远去。

一座山下王朝的京畿之地,正值滂沱大雨,白昼晦暗如夜。瞬间密布的乌云被凌厉剑光撕开,宛如天开一线,阳光洒落人间。

一条东西流向的汹汹江河,随着一抹青色身形的一闪而过,脚下的河面之上,蓦然出现一道沟壑,依稀可见裸露而出的河床。

一处仙家府邸,山峰巍然,几个眼尖的练气士,发现极远处凭空出现一粒光亮,眨眼工夫便刺入眼目,笔直朝祖山这边撞来。下一刻,剑光蓦然四散而开,刚好绕过整座山头,在极远处重新凝为一道剑光,只留下雷鸣声响彻天地间。

最终这道剑光停在一处,现出身形,背剑在身后。

陈平安抬头望去,看似空无一物,实则暗藏玄机,其实整个浩然天下,可能除了至圣先师和礼圣之外，就数他陈平安寻找此地最简单不过。

浩然天下的九座雄镇楼，被文庙分别用来镇压一洲山水气运。桐叶洲这座名为镇妖楼，真身是一棵梧桐树，传闻此树曾经离天极近，以至于每当某轮明月升起，都无法高过此树。

上一次来这边的客人是文海周密、斐然和赊月。不过斐然和赊月当时都是临时被周密拘押到身边，两人方才有幸目睹一座镇妖楼的"一部分真相"，一棵岁月悠悠的梧桐树，当时并未现出真身，而是大道显化成一座雄伟城池，占地方圆千里。

当年周密只是伸手试探了一番，可以打破山水禁制，最终却没有选择进入其中。

周密曾经给赊月说过一些惊世骇俗的内幕，比如荷花庵主是必死的，只是比起他的预期早了点。而赊月正是"明月前身"，故而在蛮荒天下，她要比占据、炼化一轮明月的荷花庵主更加名正言顺，不过赊月却依旧不是那位远古天庭十二高位之一的明月共主，只能说有机会，机会最大，所以托月山大祖的嫡传弟子新妆，才会经常去明月中与赊月闲聊，因为新妆的大道真身，曾是一座月宫中浇水斫桂的神女。

远古时代，明月众多，如果将其形容为一座六部衙门，赊月就是一位位高权重的郎官，一旦恢复真身，就是侍郎，如果不是赊月被丢到宝瓶洲，周密原本会带她一起登天离去，在新天庭占据一席之地，提升神位，等于官场升迁的连跳数级，直接晋升为新任明月共主。

陈平安深吸一口气，眯眼望去，一层层的七彩琉璃色，如水荡漾，就像是一种对他的威慑和警告。这是此地对自己的一种天然压胜，准确说来，是此地对自己身上承载的那些大妖真名，有一种天生的厌恶和压制。

陈平安低头弯腰，身形佝偻。

不出意外，对方并不想见自己，要是自己无法开门，就要吃闭门羹了。只是破门而入这种事情，成何体统。

于是就有了黄帽青鞋的小陌出现在一旁，抖了抖双袖，手中随之多出两把长剑，抬头微笑道："就这么招待故友吗？那就别怪我不念旧情了。"

在小陌即将出剑之际，天地间响起一个幽幽声响，如簌簌叶落，透着一股浓重的枯寂意味："真的是你。"

小陌静待下文，片刻之后，那个嗓音再次响起："你们都回吧，见面也于事无补。"

小陌冷笑一声，不再与那位本就只是见过几面的道友废话，向前缓行，提了提手中长剑："公子只管跟我前行便是，至多半炷香，就可以见到对方真身。"

小陌先将一把长剑钉入地面，整个空无一物的寂寥天地，随之变换颜色，就像一幅画卷，因为岁月悠久，泛出黄色。

陈平安知道小陌这把剑的用途，是作为光阴长河的一座临时逆旅，那位道友再神通广大，术法再如何诡谲，小陌总能凭着心神牵引，找到这座自己打造出来的光阴渡口，之后再次递剑，只需一线牵引两处，就不至于完全落空。小陌走出十数步后，再随手挥出一剑，这是明月皓彩一役之后，陈平安再次见到小陌出剑。

剑光并非笔直一线，而像一条随风飘荡的游丝，蔓延出去千余里。

小陌出剑不停，或倾斜或横竖，轻描淡写，但是剑光蕴藉的剑气道韵，一次比一次气势磅礴。这就是一位飞升境巅峰剑修的"随手"一剑。

此地小天地的规矩确实有点古怪，小陌的剑光凝聚不散，但是在陈平安视野中，却失去了那些剑光的痕迹，就像被折叠、弯曲，仿佛已经循着一条条幽静岔路纷纷去往远方。

小陌以心声道："公子，这些岔路类似梧桐的树根、叶脉。不过公子放心，道路数量多寡和小天地的疆域大小，终究都是有上限的。比这更怪的小天地，小陌也不是没有亲身领教过。"

陈平安点点头，不着急。

那个嗓音再次在两人耳畔响起："既然是故友重逢，又何必兵戎相见。"

小陌单手持剑，冷笑道："我倒要看看，道友这座小天地，能捱过几百几千剑。"

只要递剑不停，剑气和剑意不断积攒，剑光自然能够如锥破囊而出。到时候再全部凝为一剑，才是真正的一场问剑。

世间精怪之属，修行不易，开窍不易，修行缓慢，这是公认的。这类山中道友，唯一的优势，就是没有天灾人祸的话，寿命极长，尤其是草木之流，一旦跻身了上五境，道龄尤其长，但是真要论修道资质嘛，还真不是小陌妄自尊大，和自己这些剑修比，简直就是天壤之别，就算我沉睡万年，给你凭空多出一万年的道龄，又如何？你跟我客气，我就比你更客气。你跟我不客气，更好，我就以问剑作为答谢。

京城的老车夫、鬼仙庾谨，就都算客气人。到了浩然天下，一直入乡随俗，所以伸手不打笑脸人，这让小陌实在是憋了很久。

小陌递出百余剑后，竟然能够以心意牵引其中一条剑光，剑光如灵蛇翻滚起来，在其中一条道路上剧烈晃荡，剑光四溅，轰然炸开，如一条纤细星河瞬间崩碎。

那个嗓音沉默片刻，只得出声提醒道："陈平安，你最好奉劝这位道友不要如此行事，若是被剑光伤了此地元气，只会连累整座桐叶洲的山水气运，更难恢复原貌。"

陈平安神色淡然道："两害相权取其轻，总好过吃个闭门羹，连前辈的面都没见着，就灰溜溜打道回府。今天难题症结，不在我和小陌如何作为，只在你愿不愿意开门见客而已。你我心知肚明，你所谓的恢复如初，只是表面功夫，其实有很多的隐患，桐叶洲后人都是要为今人——还债的。你是奉行天道，自然对此无所谓，昔年礼乐崩坏的诸多后遗症，是不影响你自身修行的，只要某个一的整体数量不变，前辈依旧算是功德圆满,有功于一洲天地。只需等个三五百年,只等文庙和修士,以及各大山下王朝,当然还有我,重新补上各地山水,你就等于安然渡过了这场天地大劫,能够凭此重返圆满境界。但我却是以人道之法弥补一洲地缺,越往后拖延越麻烦,况且你与文庙的盟约又已结束。你今天是闭门不见,等你的境界修为趋于飞升境圆满,无形中顶替、补缺了当年那位东海老观主留下的空位,成为某种虚无缥缈的一洲之主,别说我再来见你,到时候找到你,都是一件登天难事。"

那个嗓音倒是没有否认此事:"不错。我很快就要闭关,做一番大道推演,为自己寻求跻身十四境的那条道路。"

显然是被陈平安说中了。

小陌却是第一次听说此事,顿时气不打一处来,只觉得先前所谓的"道友"称呼,就是打自己的脸。故而小陌一瞬间就是递出数十剑,剑光如虹,整座泛黄天地顿时雪白一片。

陈平安缓缓走在小陌身后,停下脚步,抬脚踩了踩地面,低头笑道:"前辈德高望重,早年能够与礼圣成为盟友,为文庙建造出一座镇妖楼。晚辈是翻过文庙秘档的,知道前辈性情温和,与世无争,这也是晚辈愿意与前辈好好说话的根源所在。只是如今很快就要彻底恢复自由身,前辈总不能笃定我必须要做什么事,就静观其变,这可不仅仅是什么袖手旁观,而是过河拆桥了,如此为难一个道龄不足一甲子的晚辈,泥菩萨还有三分火气,更何况是晚辈?"

陈平安微笑道:"实在不行,我就请礼圣将半座剑气长城搬来此地。我倒要看看,前辈到时候再想跻身十四境,还能不能见着我,还有无机会与我当面问一个答应不答应。我看难。"

那个嗓音有些恼火,急匆匆道:"文庙那边答应过我,大劫一过,那份盟约就等于自行销毁,就算是坐镇此地的陪祀圣贤,都不可妨碍我的修行。"

这个年轻人当真要如此行事,闭关找不到十四境道路还好,若是找到了那条大道,却等于被一堵墙头拦住道路,那才叫糟心。

而且一旦陷入这等尴尬境地,那么自己与这个年轻剑修,双方可就要生起一场名副其实的大道之争了,只要有一方还想要跻身十四境,就需要与对方不死不休。

你陈平安还是文圣一脉的关门弟子,还是那儒家门生吗?!

陈平安摇头道:"既然我代替不了文庙,文庙当然也代替不了我。"

拦阻我缝补一洲地缺者,就是与我问剑。不是玩笑话,请务必当真。

那个嗓音顿时气急败坏道:"至圣先师曾经来过这里,亲口预祝我修行一路顺遂。"

陈平安面无表情道:"那么在这件事上,恐怕我要让至圣先师失望了。"

对方听闻此言,显然被震惊得无以复加,一时间无言以对。文圣都不敢说这种话,一个敢违逆至圣先师的疯子！狗屁的读书人，斯文扫地，你们这些剑修，万年不改的臭脾气……

小陌会心一笑。

沉默许久，估计是在竭力平稳道心，那个嗓音再次响起，终于有几分示弱语气："我信得过礼圣，信不过你。"

小陌眯起眼，沉声道："我翻过皇历了，今天忌动土、入殓、作灶、栽种、安葬。宜出门、采伐、上梁、造屋、订盟。"

陈平安向前一步，轻拍小陌的胳膊，示意不着急递剑，与小陌并肩而立后，双手笼袖微笑道："我也清楚前辈的处境，在这破败山河应运而生、顺势而起的一切生灵，对前辈而言，不单单是手心手背都是肉那么简单，天地是逆旅，大道所在，万物刍狗，从无忠臣乱贼、孝子孽子之别。"

那个嗓音继续说道："准确说来，我是信不过行事只凭喜好、出剑百无忌讳的剑修。"

片刻之后，又补了一句："我甚至愿意相信当年那个走入飞鹰堡的外乡游侠，也信不过一个来自剑气长城的末代隐官。"

陈平安笑道："前辈要是早点这般以诚待人，也不至于跟一位万年故友闹掰了。"

"陈平安！你此刻杀心，比这个小陌还要重。"

"那晚辈收一收。"

在陈平安和小陌眼前，出现了一条类似驿路的通道，两侧漆黑如夜幕，类似昔年剑气长城的两端，与某种太虚境界相互衔接。

陈平安回头看了一眼，白雾茫茫，已经失去了来时之路。

小陌皱眉不已，陈平安微笑道："既来之则安之，就当是一场短暂游历。"

陈平安从袖中摸出一张金色材质的白驹过隙符，出自李希圣赠送的那本《丹书真迹》，别称"月符"，此符在书上比较靠后。

陈平安让这张符箓悬停在肩膀一侧。与此同时，他心湖天地中出现了一座用来精准计时的日晷。果然，内外两座天地，光阴流逝的速度相差悬殊。

瞥了眼白驹过隙符的燃烧速度，陈平安心里大致有数了，在这座天地内，可能过了一年光阴，外界桐叶洲才过去一天。

陈平安提醒道："不管前辈待客如何殷勤，按照外边天地的计时，至多十个时辰后，我必须见着前辈的真身，谈妥一桩买卖。"

路旁凭空出现两头驴子，大概是作为代步之物，陈平安哑然失笑，倒是不担心有什么算计，直接翻身骑上驴子。

青袍背剑，腰系一只朱红酒葫芦，轻轻一夹驴腹，蹄子阵阵，便开始晃晃悠悠向前。

小陌抖了抖手腕,一把长剑散作剑光,收入袖中。小陌依旧是黄帽青鞋的装束,手持绿竹杖,坐在驴子背上。

天地间唯有黑白两色,小陌环顾四周,就像一幅落笔潦草的水墨写意画。

小陌问道:"公子,其余那些剑光?"

陈平安埋怨道:"哪有送出去的礼物又收回的道理。"

小陌轻轻点头,心中颇为遗憾,早知道就多递出两三百剑了。

此刻画卷中是黄昏光景,两人骑驴,很快就来到一处突兀出现的小山坡,来到山顶,远眺而去,见道路狭窄处,路旁有类似驿馆的简陋建筑,有支队伍浩浩荡荡,蔓延在山路上,不下数千人,甚至其中还有帝王车辇,看那些文武百官的仓皇神色,是离京避难? 陈平安摘下养剑葫,喝了一口酒,眼中就像是一幅京城百司奔赴行在图,画卷中唯有一人,宛如彩绘,那个中年容貌的男子,腰别一只长竹筒,右手食指和中指指肚上有微微老茧,独自离开拥挤不堪的道路后,嚼着饼,沿着一条溪涧往山野深处行走。

陈平安发现一件有意思的事情,如果说先前的小天地是一幅水墨画,那么等到自己看到这个男子,以那个男子作为中心,或者说男子眼中所见,就会逐渐变化成一幅工笔画,纤毫毕现,一花一木,溪涧游鱼,都活灵活现,有了生气,最终变成一幅栩栩如生的青绿山水画,与人间"真相"无异。

陈平安笑道:"我们跟上这个小老天爷。"

暮色里,男子在溪边找到了一处村野屋舍,茅檐低矮,只有一个老妪和一个妇人,孤苦相依,相对而坐,正在编织鸡笼。老妪请那男子吃了些饭食,为了避嫌,男子晚上就睡在檐下,辗转反侧,夜不能寐,就干脆借着月色,从怀中摸出一本棋谱,起身端坐,翻阅片刻,就开始闭目凝神,双手拈棋子状,纷纷落子,似乎在打谱。

陈平安在茅屋远处树下,方才借机瞥了眼棋谱封面,竟是一本有据可查的著名棋谱,在浩然历史上名气不小,只不过是在山下,对弈双方,下出五局,有那"病中休看五局棋"的美誉。

陈平安骑在驴背上,瞥了眼肩头旁边的那张白驹过隙符,光阴流逝速度并未改变。

其实哪怕有修士御风,俯瞰当下的整个天地,好像也只有这一处景象,约莫是那位前辈凭此提醒自己,一关过去再有下一关的风景,等到所有关隘都过去了,双方才能相见? 图个什么? 是想着拖延时间,好与文庙那边求助? 不然要说邀请某人赶来此地助阵,阻拦自己和小陌,意义不大。

小陌问道:"公子,需不需要我出剑一探究竟?"

陈平安摇头笑道:"耐着性子,静观其变。"

小陌问道:"那人身份,是位棋待诏吧?"

陈平安点头道:"瞧着棋力不弱。"

茅屋檐下的男人，这会儿不像是打谱，而是在自己与自己对弈，要说棋力有多高，好像也高不到哪里去。

要说天下围棋的先手、定式，陈平安自认还是比较熟悉的，死记硬背即可，何况当年出身藕花福地的画卷四人，除了魏海量，其余三人，朱敛、卢白象和隋右边，随便哪个搁在浩然天下，都算高手。而且落魄山那边，还有郑大风与山君魏檗，都是精于此道的，况且当年避暑行宫里边，也是高手如云，林君璧和玄参、曹衮几个，都是一等一的国手。

如今以陈平安的围棋造诣，与人下前三五十手，装装高手，还是没问题的，再往后就要露馅了。所以在避暑行宫那会儿，教人下棋时，隐官大人喜欢自诩为半个臭棋篓子。

屋内没有灯烛，各住一屋的老妪和妇人开始下棋，并无棋盘棋子，双方只是口述落子方位，长考极多，以至于下到了拂晓时分，天边泛起鱼肚白，双方才下了不到四十手。男人早就从长竹筒内取出棋子、棋纸，摊放在地，一边竖耳聆听屋内的对弈棋路，一边在纸质棋盘上边摆放棋子，等到老妪说胜了九子，妇人认输，男子这才壮起胆子，轻轻叩门。片刻后，老妪和妇人走出屋子，男子虚心求教，老妪去生火做饭，只是让那位并无再醮的儿媳为他传授棋艺，荆钗布裙的妇人，只教了不到半个时辰，便说已经足够让他无敌于人间了。说到这里，妇人抬头望向茅屋外的树下，她有意无意，捋了捋鬓角发丝。

陈平安对此视而不见，妇人便起身去忙碌，男子告辞离去，沿着溪涧回头望去，已失茅屋所在，男子怅然。

刹那之间，陈平安和小陌就好像沿着一条光阴长河倒流而返，重新骑驴在山坡上，再次见到了那个腰系竹筒的男子，沿溪行走。

小陌笑问道："公子是需要下棋赢过她们才算过关？"

陈平安点头道："应该是了。等下你继续盯着那个棋待诏，我去驿路那边，看看能不能捡捡漏，天亮时分再来跟你碰头。"

之后小陌骑驴继续跟随那个男子，陈平安则去了山脚道路，寻到一位好似画中人的老官员。老官员身穿紫袍佩金鱼袋，陈平安随便找了个话头，跟老人闲聊起来，最后说是愿意出高价买书，老人便婉拒了，说是那几箱子书珍藏已久，千金不易。陈平安二话不说，就将马车上那些书箱打翻在地，再伸手一挥，清风阵阵，所有书一页页摊开后，除了封面，果然都是空白的。而那些人物车马，好像都随之陷入了一种静止境地，陈平安站在原地，摇头笑道："山水贫瘠，前辈藏书还是少了点，以至于做做样子都不成。"

之后陈平安就无半点探究的兴趣了。这种作伪的小天地，实在太单薄了，空有筋骨而无血肉，既无血肉，何谈更深一层的精气神？

重新骑上路边的驴子，去找小陌和那座茅屋。只是没忘记重新一挥手，让那些书重归书箱，画面倒转，一一重返马车。

再次熬到了"这天"拂晓，陈平安不等那妇人再次抬头望向自己，便已经带着小陌骑驴向前，只等老妪说了那句无敌言语，便开口笑道："未必。"

到了檐下的木板廊道，与那位棋待诏拱手笑道："与先生借棋子、棋纸一用。"

之后陈平安摆出一局师兄崔瀺跟郑居中下出的彩云谱，不过今天陈平安当然是取巧，假装郑居中下棋，邀请对方续上棋谱。

妇人怔怔无言，老妪亦是喃喃自语道："后世棋道，已经如此之高了吗？"

陈平安双手笼袖，看着棋局，看似随意道："想来棋道如世道，总归是向高处走的。"

老妪颔首微笑，妇人亦是抬手捋过鬓角，笑望向这位头别玉簪的青衫客。

陈平安此语一出，天地景象皆消散，只廊道和屋内各有古老棋谱一部，陈平安扫了一眼，便将两本棋谱收入袖中，笑纳了。

小陌转头看了眼："那位道友，怎么连驴子都带走了。"

陈平安拍了拍小陌的肩膀，称赞道："难怪能当我们落魄山的供奉。"

之后两人徒步而行，因为脚下又多出了一条更为宽阔的官道，两边都是稻田，瞧着像是秋收时分。

突然身后有一骑擦身而过，去往远处，小陌随之远眺，远处很快便多出了一座旅舍。

方才那一骑，年轻人衣短褐乘青驹，一副贫寒落魄的书生模样，不过陈平安多看了几眼，却发现此人官运亨通，有一种风水堪舆书上所谓的"碧纱中人"气象，简而言之，就是个命里该当宰相的贵人。

等到陈平安和小陌不急不缓走入路边那座旅舍，发现年轻人头靠一只青瓷正在酣睡，一旁坐着个满脸笑意的鹤发老道士。老道士坐在台阶上，身子斜靠着一只大包裹，如果是个看惯了志怪小说的，遇到这类世外高人，那么就该请教长生术法了。

旅舍主人似乎在蒸黍，将熟未熟之时，一股清香飘出灶房。

陈平安抱拳笑问道："敢问老神仙，这条官路通往何处？"

老道士笑答道："邯郸。"

陈平安问道："当真不是去往倒悬山某座贩卖黄粱酒的酒铺？"

老道士咦了一声，开始认真打量起这位见识不俗的年轻人，摇摇头笑道："公子此问大煞风景了。"

陈平安瞥了眼那只袋子，老道士会意，拍了拍那只随身携带的包裹，笑道："别无他物，只是一行囊的郁郁不得志，满腹牢骚，就不为公子打开了，免得乌烟瘴气。"

老道士看了眼那个依旧枕青瓷酣睡的年轻书生，收回视线后，看了眼外边的道路，感叹道："别无他求，只求人极书中义，再无旁人，都是邯郸道左人。"

陈平安立即笑着起身，后退两步，作揖道："晚辈陈平安，拜见吕祖。"

被陈平安尊称为"吕祖"的老道士摆摆手,示意坐下说话,问道:"中土神洲梁爽、俱芦洲火龙先生、青冥天下的玄都观孙道长,他们可曾破境?"

陈平安摇头道:"都未曾破境。"

老道人唏嘘不已,抬头望天:"精神合太虚,道通天地外。气得五行妙,日月方寸间。"

陈平安盘腿而坐,微笑道:"酒涌大江流,人登黄鹤楼。道诀光万丈,古今各千秋。"

老道士啧啧称奇,抚须而笑:"浇块垒,解千愁。"

陈平安好奇问道:"老前辈与那宝瓶洲的黄粱国,可有渊源?"

老道士点头道:"贫道的籍贯就在那边,只不过很早就离乡云游了,在青冥天下待的岁月,反而要比家乡更多。"

老道士随即笑容玩味道:"早年贫道若是掺和蝉蜕洞天的问剑,那个姓陈的,未必能够全身而退。"

陈平安对此不予评价,其实这就是一种"说一个得罪两个"的亏本事。

陈平安又问道:"前辈可曾遇到过一个老树精?"

老道士想了想,点头道:"机缘巧合之下,指点过他一些修行。"

之前陈平安参与中土文庙议事途中,在那鸳鸯渚包袱斋内,逛过三十几间屋子,同行的李槐只挑中了一件心仪物件,算是个盆景,拳头大小的石头,篆刻"山仙"二字,当然也可以视为"仙山",山根处盘踞有一株袖珍的老柳树,树下站着个观海境的老树精,老翁模样,只有三寸高,年纪大,脾气更大,自称是城南老天君,身上好像有一道仙家禁制,压制了境界。老翁见着个客人,但凡有购买的意向,就开始叉腰骂人,唾沫四溅,劝他们白日飞升得了。

后来听李槐说,这个老树精说自己早年见过一位道号"纯阳"的剑仙,是道门剑仙一脉的高人,与他虚心请教过剑术,资质不错,三言两语,就接连破境了。

这类言语,话听一半就成。果不其然,老树精确实与这位道号"纯阳"的吕祖有一份道缘。

陈平安再问道:"老前辈与那包袱斋?"

老道士大笑道:"好眼光,贫道与那包袱斋老祖可算旧友。"

那个书生迷迷糊糊醒过来,方才做了个享尽人间荣华富贵的美梦,此刻茫然四顾,见那老道士依旧坐在身侧,而旅舍主人的蒸黍依旧未熟,不过比起方才,多了个青衫男子和一位随从。

书生怅然许久,最终喟叹一声,与老道士稽首而拜,道谢过后,自言已经知晓人生荣辱、男女情爱、生死之理。

书生就要离去之时,陈平安却悄然一挥袖子,云雾升腾,蓦然间旅舍前空地上便多出一棵古槐,枝叶繁密,清荫数亩。

书生昏昏然,仿佛依旧置身梦中,再看旁处,已经不见老道士和青衫客的身影,只见大槐树孔洞中驶出一辆青油小车,驾以四匹高头骏马,有紫衣使者,手持玉笏,跪拜书生,自称来自邻国,皇帝陛下仰慕其才华……书生心有所动,只是尚有几分惊疑不定。青油小车垂以竹帘帷幕,帘后依稀有丽人身影,以纤纤玉手掣起帘子一角,女子国色天香,与书生眉目传情……书生顿时心神摇曳,犹豫不决之际,丽人眼神幽怨,轻咬嘴唇,紫衣侍者伏地不起,言辞恳切,书生终于移步向前,登上车驾……

转瞬之间,什么青油小车、紫衣侍者、与之携手的国色丽人,什么大槐树,皆化作烟雾散去。

书生摔落在地,揉着屁股,疼疼疼。这下子终于确定不是什么做梦了。

老道士蓦然拊掌大笑:"妙哉。"

与此同时,陈平安和小陌也更换了一幅山水画卷,只是陈平安心湖之中,有老道士的心声涟漪响起,说黄粱国某地留有一部剑诀。

陈平安和小陌来到一处热气升腾的地界,那里正在闹旱灾,接连三月无雨,河涸湖干,颗粒无收,千里之地,草木皆尽。陈平安施展了一道降下甘霖的水法,只是祭出术法之后,就会重返原地,想要御风而行,一样光阴倒流,只好带着小陌在大地之上徒步。大旱时节,五谷无收,民物流迁,一路之上,白骨累累,满眼都是惨不忍睹的人间惨状,先前遇到一拨将要倒毙途中的妇孺老幼,陈平安蹲下身,给予他们酒水吃食,酒水吃食却只会滑过喉咙肚肠,笔直坠地。陈平安当时蹲在原地,久久没有起身。

小陌安慰道:"公子,都是假的。"

陈平安点点头,又摇摇头:"曾经都是真的。"

重新起身赶路后,小陌看了眼公子的脸色,并无异样。

之后遇到一处县城,城内先前有人开仓赈灾,设立粥铺已经多日,结果被一伙闻讯赶来的流寇一冲而过。等到陈平安入城之时,已经是人间炼狱一般。

那个满门皆死的家族门户内,有个倒在血泊中的年轻人,满脸泪水,艰难转头,望向一个被乱刀砍死的老人。年轻人与父亲反复说道:"自古赈灾都需军伍护卫,为何不听,为何不听……"

陈平安坐在满地鲜血和尸体的庭院台阶上,站起身,来到那个年轻读书人身边,想要轻轻拉住他的手,却是残影,但是陈平安的手依旧悬停在原地,轻声道:"不要怕,对你们这些好人来说,走过这一遭人间,就已是走过了地狱。"

之后走出县城,与小陌来到一处州城郊外,一条干涸河道畔,有嘴唇干裂的官员正在祈雨,城内却在做着晒龙王的民间风俗。

陈平安蹲在河对岸,伸手抓起一捧碎土,听着那个官员嗓音沙哑的祈雨内容,读完了一遍，又从头开始。陈平安起身后，一步缩地，来到河对岸，站在香案旁，取出纸笔，帮忙重新写了一道祈雨文，交给那个面黄肌瘦的官员后，后者抱着死马当活马医的心态，准备开始背诵这篇于礼制不合的祈雨文，只是刚念了一个开头，官员就神色仓皇，转头望向那个青衫男子，好像以眼神询问，真的可以吗？真的不会招惹更多灾殃吗？因为那张纸上的祈雨文字内容，实在太过大不敬了。

一般来说，这类祈雨书，都有个类似官场的制式规范，夹杂一些恭敬言语，类似"诚惶诚恐"，以"吾欲致书雨师"开篇，再写一些"春雨如恩诏，夏雨如赦书"的话语。而手中捧着的这封祈雨文，开篇就是"雨师风伯，雷君电母，听我敕令，违令者斩"。

所以这个官员背书之时，嗓音都是打战的，也就是太久不曾酣畅饮水一次了，不然估计早就汗流浃背了，等到读完那篇大逆不道的祈雨文，官员如释重负，一下子瘫软在地。

片刻之后，乌云密布，雷声滚滚，电闪雷鸣，顷刻间便是大雨滂沱，千里之地，普降甘霖。

小陌仰头轻声道："公子，之前在县城，差点没忍住就递剑了，砍死它算数，就不能惯着，由着它一直故意恶心公子。"

陈平安伸手接着黄豆大小的雨滴："跟你的那位道友其实没什么关系。"

小陌笑道："说实话，要是搁在万年之前，小陌看到这类场景，只会心无微澜，就算让小陌瞪大眼睛，一直盯着，看个几天工夫，依旧是无动于衷。如今不一样了，兴许是跟在公子身边久了，耳濡目染，心肠就变得有点软了。公子，这算不算修真之士与修道之人的区别？"

陈平安笑道："从上古道士变成如今道人，其实也不全是好事，只说修行速度一事，肯定就要慢了。"

之后陈平安和小陌来到一处崭新境地，一郡之地，岁大涝，居沉于水。

原来郡内有条江河，自古就水患不断，陈平安发现自己摇身一变，竟然成了一郡父母官郡守大人，寒族出身，还好，好像是位少年神童，年纪轻轻就进士及第了，尚未娶妻。

因为大致知道了那位"老天爷"的路数，陈平安也就没了施展术法的念头，开始与郡县有钱人化缘去了，至于具体如何治水，陈平安是有章法路数的，毕竟除了朱敛编撰的营造法式，还有南苑国工部的诸多书籍，自己都曾仔细看过，给朝廷当个水工绰绰有余。陈平安带着小陌和一众胥吏，勘验过城外的河床地理后，发现只需打造出一座鱼嘴分水堤即可，需要竹笼装石，累而壅水，之后开辟平水槽和溢洪道，河床底部的弧度也有些讲究，都是那些古书上详细记载的门道学问，陈平安只是照搬拿来用而已。

之后的走门串户，与当地富人求财，也见到了些高门趣闻和市井百态。有个曾经当面拍桌子，说一句"我们念圣贤书的人，全在纲常上做功夫"的有钱人，最后却只肯拿出五十两银子。年初从自家猪圈跑出一头小猪到邻居家去，他觉得不吉利，就按市价卖给了邻居，等到年尾小猪长成一百多斤的大猪，又跑到了家里，结果这位富家翁依旧只能按照年初的"市价"给钱，于是就打了一场官司，闹到了县衙那边。陈平安这位郡守大人，便找机会拿此事开刀，兴师问罪，小题大做一番，这才让那位在纲常上做功夫的茂才老爷连夜登门，多拿了一百两银子。

郡城里的最大门户主人是位从京城礼部退下来的，膝下无子，只有个女儿，对外宣称他的这个女儿，诸多大家之文、历科程墨、各省宗师考卷，记了几千篇，若是个儿子，几十个状元早早都中了。

陈平安主动登门与之切磋道学，老人当过几任阅卷官，哪怕与郡守大人言语，还是以官场长辈自居，言之凿凿，说那科举制艺文章做得好，随你做什么玩意，都是一鞭一条痕，一掴一掌血。可如果科举文章做得差了，缺火候欠讲究了，任你做出什么来，都是野狐禅、邪魔外道……听得陈平安这个清流正途出身的年轻郡守只得使劲点头，连连附和，不然骗不来钱啊。老人便说到了伤心处，入赘府中的那个女婿，是门当户对的，也是有才情的，偏偏不肯举业，年轻郡守便好言安慰，只需早养出一个孙子来，教他读书，来年接了自家爷爷的进士香火，又有何难，末尾还斩钉截铁一句："如此一来，小姐那封诰还是极为稳当的。"说得老人心花怒放，一喜之下，便给了三千两银子。

身为郡守随从的小陌，在旁看着听着，只觉得学到了很多书本外的人情世故。

这座天地画卷里边，有三个彩色人物，除了这位很快就因京城一纸调令返回朝廷中枢的高升老人，还有一个困顿于场屋多年的穷秀才，家境贫寒，有个在县城里边摆熟食案子的老丈人，最后一个，正是那个腰缠万贯、年初跑掉一头小猪、年尾跑回一头大猪的茂才老爷。

等到那个老人举家搬迁回京城，老人就变成了黑白颜色。但是等到陈平安完成了那项水利工程，辖境之内再无水涝之忧，都得到了朝廷的嘉奖，却发现那位茂才兄和穷秀才依旧是彩色，陈平安略做一番思量，只得微服私访，走了趟后者家中，正看到穷酸男人与妻子在门口道别，拍胸脯保证此次乡试定然中举，忍耐月余，你端然是举人娘子了。妇人擦拭眼泪，笑言一句，但愿文福双齐，替祖宗争些光辉，替娘子出些穷气，到时候也就拜天拜地了。

结果刚好陈平安这位郡守大人治水有功，朝廷下令破格升任一州学政，担任本次会试的主考官，他从落试卷中抽调出那位穷秀才的科场文章，将其名字圈画，算是擢升为举人了。从这一刻起，摇身一变成为举人老爷的读书人，便成了黑白颜色。至于那个茂才兄，犯病了，奄奄一息之际，依旧是彩色，陈平安百思不得其解，只得潜入对方家中，发现那人手从被单里伸出，伸着两根手指头，死活不肯咽下最后一口气。陈平安哭笑不得，只得推门而入，将桌上点着的两茎灯草的油灯挑掉一茎。众人望去，床榻上的男人这才点一点头,把手垂下,登时就没了气。小陌斜靠在门口那边,无奈摇头。

等到陈平安走出屋子,画卷一变,他与小陌似乎置身于战场的边缘地带。两军对垒,只隔着一条河,车骑、人物皆古貌,一方竖立大纛,上书"仁义"二字,另外一方兵马强盛,那位仁义君主正在与身边军师大笑道,敌兵甲有余,仁义不足,寡人兵甲不足,仁义有余,定然大胜。军师之后看对方兵马正在渡河,就与那位仁义君主建议半渡而击,不许,两军交战,大溃而败。

陈平安一直笼袖旁观,两次画卷恢复原样之后,才去往大军之中,来到那位唯一的彩色人物车旁,后者问道:"寡人错了吗?"

陈平安双手笼袖,默不作声。

"后世史书,是如何说寡人的?"

陈平安还是一言不发。

"不说史书,市坊间呢,稗官野史呢?"

这位君主满怀凄怆,热泪盈眶,重重一拍车轼,悲愤欲绝道:"总该有一句好话吧?!"

陈平安依旧没有直接给出答案:"对的事,好的事,眼前事,身后事,一时事,千古事,混淆在一起,怎么分得清楚?何况你又不是修道之人,在其位谋其政,总要照顾好一国子民的安危。身为沙场战主,总要赢下眼前这场战役。"

这位亡国之君高呼数次"仁义",身形竟然就此消散。

之后陈平安和小陌又见了不少光怪陆离的人与事。

两人月夜荡一叶扁舟,随水漂泊不定,至一古桥内,见小楼如画,闭立水涯畔,原来每逢清风明月,便可见女子缥缈身形,于回廊曲槛间徘徊徙倚,缠绵悱恻,往水中丢掷金钱。

再往后,隔着千里之遥,陈平安终于又看到一位身形彩色的风雅公子,在那市井闹市中,让仆从跪地而坐其背,命书童吹笛,命胯下仆役作弯鹤之飞,仆役起之稍慢,公子怅然,泣不成声,自言吾不得天仙矣,当作水仙去见佳人。遂起身狂奔,跃入旁边一处池塘,约莫算是投水自尽去了,只是很快仆人就捞起一只落汤鸡。

陈平安便让小陌代劳,帮忙传递书信,这样的才子佳人,即便感情诚挚是真,陈平安却也懒得当那牵线红人。

之后来到一处半山腰,有个老和尚带着一个小沙弥下山,路遇女子,老和尚只说是山下的老虎能吃人,不可亲近,必须避让。返回山中时,小沙弥神色赧然,摸了摸自己的那颗小光头,与师父说了一句:"一切物我都不想,只想山下那吃人的老虎,心上总觉舍她不得。"

陈平安忍住笑。

之后返回山中破败寺庙,天寒地冻时分,老和尚竟然劈砍木胎佛像为柴,直接开始生火取暖,转头望向借宿寺庙那位进京赶考的青衫书生。

陈平安摇头道:"和尚你做得,我做不得。"

老和尚就问:"怎就做不得了,从来拜佛不是拜己吗?"

陈平安只是纹丝不动。

于是这幅师徒下山上山、老和尚返回寺庙劈佛像烧柴的画卷,就这么一直循环反复。

最后是小陌看不下去了,忍不住与那老和尚说了一句。老和尚这才起身而笑,与小陌低头,双手合十。

雨后道遇一老媪,衣褴褛而跨骏马,鞍辔华美,显得有些不伦不类。

老媪神色和蔼,赶紧停下马,温声问道:"公子何往?"

陈平安说是往郊外探亲去,老媪说道:"路途积潦,且多虎患,不如随我去寒舍暂作休歇,翌日早行,得从容也。"

陈平安便作揖致谢。

老妇人策马缓行,领着两人沿着一条僻静小径行出三四里,隐隐见林间灯光,老妇人以鞭指向灯光,笑言至矣。

屋内可谓家徒四壁,除了木板床和桌子,只有墙上挂了盏灯笼,有妇人缓缓抬头,掠鬓,面容惨淡,之后老妇人待客之物,却颇为丰盛,皆是鱼肉,只是以盆代壶,需要陈平安和小陌折树枝为筷子,鱼肉和米饭皆冷,寻常人难以下咽,不过对陈平安来说,不算什么。饭后陈平安坐在桌旁,泥土地面崎岖不平,方才桌子就歪歪斜斜,陈平安就去屋外林中,劈柴作木块,垫桌脚,老妪道了一声谢,妇人则就灯捉虱,陈平安也不问清苦人家,为何菜肴款待如此之盛,只是掏出旱烟杆,开始吞云吐雾。妇人数次凝眸看来,欲语还休。

陈平安问道:"敢问老嬷嬷,如今是什么时节了?"

老妪笑答道:"中元节刚过,先前饭菜,正是主人家送的。"

陈平安恍然点头,起身告辞,因为就一间屋子,借宿不便,不过嘴上只说赶路着急。老妪挽留不住,只得说道:"公子沿着先前道路行至五十余里外,有驿站,我那夫君就在那边当差,驼背跛脚,很好认的,恳请公子烦为致声,催促他急送些铜钱回来,只说家中衣食都尽矣。"

陈平安带着小陌离开林中屋舍,如果不出意外,天亮时分,再看此地,多半就是但见古冢颓然,半倾于蓬蒿荆棘中。

两人不急不缓,徒步走到了那座驿站,半路路过一处规模颇大的坟茔,松柏森森。天微微亮,果然看到了一个驼背跛脚的老人,自称是某位官员的守墓人,在驿站这边当短工,而他的妻子生前正是那位官员家中的婢女,老人便说要借钱去那专做白事生意的香烛铺子，买些纸钱。陈平安就取出一些碎银子送给老人，提醒老伯别忘了在香烛铺子那边除了购买纸钱、屋舍车马纸衣诸物，最好再与铺子定制讨要一杆纸质旱烟杆，连同烟草，一并烧了。

小陌看着那个老人蹒跚离去的背影，以心声问道："公子，难道这位消息灵通的梧桐道友，已经知晓我如今的化名和道号了？"

化名陌生，道号喜烛。既然是人生之生，那也就是生灵之生了。

陈平安摇摇头："那位道友的用心，可能还要更多些意思。"

等了片刻，老人按约在那坟前烧了纸钱等物，陈平安和小陌也就更换了一幅画卷。

竟是一座祠庙，香案之上，有一份盟约誓词，上边的两种文字，一个坚若磐石，一个飘忽不定，看内容，前者是女子誓言，呈现出彩色，但是男子那边的誓词，如流水起伏晃荡，却是枯白颜色了，如灰烬一般。

原来是当地的痴情男女，经常来这座祠庙发誓，若是任何一方违背誓约，便交由神灵追究、定罪。

小陌抬头看了眼祠庙的两尊神像，一高一低，高的那尊彩绘神像，是公子面容，至于低的那位佐官，则是自己的容貌。

小陌笑了笑，万年不见，这位道友，就只是学会了这些花里胡哨的术法手段？

陈平安拿起那份与"自己"作证的誓词，叹了口气，凭借"一方神灵"的本命神通，翻检因果脉络，观看人生轨迹，可以确定，是那痴情女和负心汉无疑了。前者已经呕血而亡，沦为孤魂野鬼，尸体停灵于一处道观内，而那个男子，倒是有点小聪明，已经搬到了京畿之地，早就成家立业，攀附高枝了，宦途顺遂，飞黄腾达，因为所娶之女，是本朝大学士嫡女……陈平安作为本地神灵，心意微动，缩地山河，一步便来到了辖境边界，只是再往前，就难了。

小陌突然说道："祠庙金身开始出现裂缝了。"

陈平安点点头，举目巡视地界之内，找到了一位当地以任侠意气著称的豪客，然后托梦给此人，诉说前后缘由，赐以千金，作为入京盘缠。这位豪客梦醒之后，二话不说，骑乘骏马，昼夜不停赶赴京畿之地。

不到半月光阴，那处停灵的道观外，便有一位戟髯鬈发的豪士，挎剑跃马而驰，连过数门，背负一只鲜血淋漓的包裹，立马灵柩之前，掀髯大呼，负心人已杀之。然后豪侠解开包裹，里面装有一颗鲜血模糊的脑袋，脑袋被使劲丢出，滚走地上，正是那负心男子的头颅。

游荡在道观之外的女鬼泪眼蒙眬，向那策马离去的豪士施了个万福，感激涕零，再转身向道观内的两位当地神灵跪拜谢恩。

之后变换身份，陈平安二人变成了两位游历访友的文人雅士。

那个朋友家宅附近，传闻有一处荒废多年的鬼宅，每到夜间，粉壁之上，皆是累累白骨，面目狰狞。

有个商贾私底下与官府胥吏通气，捡了个空子，在房契上边动了手脚，将那宅子变为私有，结果成了一颗烫手山芋。请道士登坛作法、高僧说法，都不成事，反而被鬼物戏弄，笑言"有道之人，技止此乎"？

后来陈平安他们的那个朋友不信邪，自认为是饱读圣贤书的正人君子，又是官员，何惧此物，便携带几本圣贤书、腰悬一枚官印，要在那边过夜，结果被吓得差点魂魄离窍，不到一炷香工夫，就狼狈逃回，以至于一病不起，休养了十多天才见好转。见到了两位挚友，只说那厉鬼作祟得厉害，真不知道天底下有谁能够降服。

陈平安便带着小陌在夜幕中去往鬼宅，闲庭信步，对那些墙壁之上的恐怖异象，还有那些瘆人的动静声响，只是视而不见听而不闻。

小陌手持行山杖，一手负后，突然瞪大眼睛，去与墙壁上一副满是血污的嘴脸对视，后者仿佛反而被他吓了一跳。小陌这才转头，笑问道："公子，怎么办？在这边我们的剑术神通，明摆着都用不上，还怎么降妖除魔？难不成动之以情晓之以理，还是花钱从那商贾手中买下地契，咱们再往大门上边贴个封条？"

陈平安背靠廊柱，双臂环胸，看着墙壁，微笑道："天下之道，阴阳有别，幽明殊途，庸人自扰。只要能够敬鬼神而远之，就什么事情都没有了。"

墙壁那边传出幽幽一声叹息，一个彩衣女子，云鬟靓妆，袅袅婷婷走出墙壁，飘然落地："先生此语，足慰人心。"

那女鬼突然笑颜如花："那就容奴婢带公子你们去往一处百花胜地。"

墙壁上开一门，女子率先步入其中，转头招手。

小陌忍不住问道："如此弯绕，所欲何为？"

那位道友，一直摆弄这些小伎俩，图个什么？

陈平安笑道："船到桥头自然直，就当是一场路边看花的游历好了。"

陈平安差点误以为是到了百花福地。一路上奇花异草，加之那相伴而立的女子，种种风韵，不一而足。

最后来到一座华美大殿，殿外有少女好似唱名，报上了陈平安他们这两位"人间文士"的名字。

那少女年仅十四五，身姿纤细，弱不禁风，举步姗姗，疑骨节自鸣。

陈平安带着小陌跨过门槛后，望见殿上，夫人高坐，凤仪绰约，头戴翠翘冠，如后妃状。殿内侍女十数位，皆国色美人。

结果那位高坐主位的夫人，说你们二人都是饱学之士，她便开始索求唱和诗。

陈平安只是饮酒，是一种所谓的百花膏，一听说要诗词酬唱，就让小陌代劳。好家伙,小陌半点不怯场,举杯起身,直接给了数十首吟唱花草的应景诗文,而且全是小陌东拼西凑而来的集句诗。听得陈平安低头抚额,不敢见人。

那些女子倒是很捧场,一惊一乍的,似乎为小陌的才学所折服。最后还真就算小陌帮着蒙混过关了。

两人手中都还拿着酒杯,小陌笑道:"总觉得意犹未尽。"

陈平安将手中那只脂粉气略重的酒杯丢给小陌,再拍了拍小陌的肩膀:"以后多与人问剑,少跟人斗诗。"

已经置身于一处市井闹市,有老者挑担卖花,白白红红,甚是可爱。日色暄暖时分,老人卸下肩上的担子,取出一把扇子,扇动清风,哪怕不说老人是个彩色人物,只说手中折扇,确实不像村汉手中物,扇面之上是一首诗,字迹娟秀,字字是美人幽思,扇面末尾有落款。陈平安再次重重拍了拍小陌的肩膀。小陌一脸疑惑。

陈平安笑眯眯道:"不是说意犹未尽吗?巧了,背了那么多的书籍内容,一肚子的学问,货真价实的学富万车,接下来正是用武之地。"

小陌满脸疑惑不解,不过陈平安瞧着更多是装傻,微笑道:"别愣着啊,赶紧与老伯问那扇子的来源,我再假扮你的随从,你就说自己是进京赶考的书生,说不得就有一场洞房花烛等着你。"

小陌看了眼扇面,皱了皱眉头,再摇摇头:"这位小姐的诗,写得实在是……跟小陌有得一拼。"

陈平安一脸严肃道:"小陌,怎么回事!那么多才子佳人小说都白看了吗?这类诗词唱和,对彼此诗的赞扬,必须无以复加,刻画才子佳人,必定要说他们的诗词写得如何好,小说家们还要替他们写出许多好诗。"

小陌顿时头大如簸箕。之后果然如公子所说,差点就要与一位妙龄女子洞房花烛了,不过最终还是以双方更换定情信物,算是交差,过了此关。

看公子神色有些凝重,小陌立即以心声问道:"公子,是一连串算计?"

陈平安摇头道:"不是算计,是阳谋吧。"

之后陈平安变成了太平盛世的一国之君,行事荒诞不经,竟然将一位才思敏捷的少女御赐为女状元,其门前车水马龙,求墨宝诗篇者络绎不绝,其间少女见到一个在楼下苦等的年轻读书人,因其瘸腿,便措辞含蓄,挖苦一番。读书人出身豪阀,但是学识半桶水,不知那少女戏谑之意,高朋满座之时,沾沾自得,结果被人点破玄机,闹出了一场天大的笑话,从此怀恨在心,摔了酒杯,大怒一句:"活宰相之女欺负我这死宰相之子吗?"

此人谋划不断,让那少女的门户惹出了一连串祸事,所幸她的父亲位高权重,贵为吏部天官,又是清流领袖,但依旧是好不容易才摆平了一系列风波。等到一天与女儿面议此事,尚书大人才了解其中曲折缘由。之后又为女儿榜下捉婿,家中等于多了一位乘龙快婿,之后便翁婿联手,对付那个自称是死宰相之子的阴谋诡计,照理来说,结局当然是那邪不压正,人好月圆。

但是陈平安这位九五之尊的国君,偏偏就只是冷眼旁观那些闹剧,在关键时刻,没有为那个下狱的吏部尚书大人说一句公道话,更没有为那个即将流徙千里的状元郎下一道救命的圣旨,只是在那已为人妇的昔年少女即将沦为教坊乐籍之前,才下了一道密旨,然后离开皇宫。皇帝喊来那个已经人过中年的瘸腿男子,与后者一起看着远处那座绣楼,皇帝问那个男人:"遥想当年,你在此地,心中在想些什么,如今过去这么多年了,还想得起来吗?"

瘸腿男人点点头,说自己记得一清二楚。

之后得到那个真实答案的皇帝陛下,就去了那处所谓的诏狱,隔着铁栏,看着那个磕头不已的老尚书,皇帝陛下蹲下身,问这位天官大人,还记不记得当年的一句话。

满头茅草的老尚书满脸茫然,皇帝陛下就提醒他,当年第一次得知那个瘸腿年轻人被你女儿戏弄之后,你第一句话是什么?

老尚书哪里还记得清那些陈年旧事,只得继续磕头,求皇帝陛下法外开恩。

只听皇帝陛下缓缓说道:"你当时说了一句'这也罢了',然后就开始与你女儿转去商议如何收拾那个烂摊子。"

老尚书抬起头,越发茫然,自己错在哪里了?

陈平安站起身,看着那个历史上多半确有其人确有其事的尚书大人,问道:"这也罢了? 怎么就'这也罢了'?!"

最后陈平安以心声道:"开门。"

小陌叹息一声,那位梧桐道友还真就开门了。

然后他们来到一处峭壁洞府之内,见一得道之士,端坐而逝状,双鼻垂玉筋尺许,袖中有一卷金光熠熠的宝书,脚边有一支古松拐杖。

陈平安和小陌现身此地后,光阴长河便开始缓缓倒流,跛脚道人活过来,"站起身","拿起"拐杖,"倒退"行走。

得道人在乡野学百鸟语,于市井便敝衣蓬跣,高歌而行,腰悬一瓢,掬水化酒饮,风雨中辄醉卧道上,善画龙,口吐酒水在破败纸上,烟云吞吐,鳞甲生动。

光阴倒流百年之久,直到跛脚道人恢复年轻容貌,游历一处海外孤岛,岛山有遗民,民风淳朴,爱慕文字,却无师传,从无学塾,此人便写一字于掌上,传授给那些前来询问文字的稚童,一字只收一钱,数年间,铜钱堆积如山。陈平安也登门拜访,每隔一月,与这位无夫子之名却有夫子之实的得道之人请教一字,唯一的要求,是书在纸上,而非掌心,那人便让陈平安必须带酒而来。最终陈平安用七壶酒、七枚铜钱,换来了七张纸、七个字：春、书、瀺、山、剑、水、简。

这幅山水画卷，耗时最多，看那白驹过隙符的燃烧程度，差不多过去了三个月光阴。

之后陈平安与小陌，来到了最后一幅他人之人生的画卷中。

是一场大战过后，乡野店铺有卖饼者，每天黄昏时，便有一位妇人手拿铜钱，来到铺子，刚好可以买一张饼，店铺老板询问缘由，便说夫君远游未归，生死不知，家中幼儿饥饿难当，只能来这边买饼充饥。铺子老板初不疑他，只是时日一久，便发现钱罐当中，每天都会收获一张纸钱，就有邻居说是鬼物来此买饼无疑了。第二天，店铺老板将所有买家的钱财都悄悄投入水碗中，果然那妇人的铜钱入水而浮，独独不沉入碗底，店铺老板顿时吓得肝胆欲裂。第三天，妇人又来买饼，店铺老板故作不知真相，只等妇人离去，就立即喊来街坊邻居，纷纷点燃火把，去追赶那个妇人，妇人回首望去，神色复杂，身若飞鸟，若隐若现，最后众人发现一具破败棺材内，妇人已是白骨，唯有棺中幼儿如生，与活人无异，手中还拿着一个饼，见人不惧。众人心生怜悯，抱其而归，远处鬼物妇人遥遥而立，抬袖遮面，有呜咽声。之后每逢夜中，幼儿若魇不成寐，便似有人作咿咿呀呀声与轻拍被褥声，幼儿方才酣睡……在那之后的某天，终于不复见妇人，后幼儿长大成人，言笑起居，已经与常人无异，只是时常默然流泪，只因为记不得爹娘容貌……

陈平安就一直待在这幅画卷之中，什么事都没有做，什么话都没有说。小陌也不催促，就只是安安静静陪着自家公子，或走在黄昏余晖中；或站在店铺旁；或跟随手持火把的众人，走在夜路中；或坐在门外台阶外，听着屋内幼儿从惊醒到沉睡……

直到十个时辰已经用尽，小陌这天又陪着公子站在买饼铺子里边，两人就站在那碗水旁边，陈平安还是一次次看着铜钱入水不沉的景象，小陌叹了口气，以心声轻轻说道："公子，只需一语道破真相，就可以打破此地幻境，我们该走了。"

陈平安嘴唇微动，却仍是默不作声。小陌几次欲言又止，终于还是没有开口说话。

那个真相，太过残忍，可能是妇人未死，而婴儿早夭，也可能是难产，母子皆亡。就像那个始终没有返乡的男子，可能已经死在异乡了，也可能没有死，谁知道呢。

小陌猛然间抬头望去，周遭景象都烟消云散，眼前出现了一棵通天高的梧桐树，如同生长在水中。

陈平安却是低着头，恰好是俯瞰那棵如同倒悬而生的参天大树。

一棵梧桐树，满地枯黄落叶。

小陌瞥了一眼，是那一叶一世界的流动景象，走马观花，各有人生。

刹那之间，原本明亮辉煌的天地，变得晦暗不明，又有一盏灯火悬浮在水面之上，此后瞬间如天上星辰散落山野人间，渐渐稠密，光亮熠耀，百千万亿，不可计数。

小陌突然下意识横移一步。原来身旁的陈平安不知不觉，已经变成了身穿一袭鲜红法袍的模样，面容模糊，整个人的身躯、魂魄，皆由纵横交错的线条交织而成。

约莫是被一座镇妖楼大道压胜的缘故，陈平安身躯内闪过一阵阵模糊残影，魂魄交错之声、颤鸣声大作，远胜世间金石声，就像同时出现了数个剑气长城的末代隐官。

第九章
秉烛夜游

那艘风鸢渡船已经临近仙都山。

铁树山那位道号龙门的仙人果然逛过了仙都山周边万里山河,处处是断壁残垣、破败不堪的景象,百废待兴。

御风返回密雪峰,果然见弟子正和郑又乾坐在一处观景台的栏杆上闲聊。

约莫是应了那句女子外向的老话,谈瀛洲正在和郑又乾说一句:"你干啥啥不行,就是找小师叔这件事,比谁都行。"

果然的那几位师兄师姐,连同自己在内,当然是很多铁树山修士的师伯师叔。

果然不想让弟子觉得难堪,身形就悄然落在屋脊之上,做师父做到这个份儿上,也不多见了。

毕竟是一位仙人,而且不是一般的仙人,鬼仙庾谨看不见的,果然都能够一眼看分明。比如与仙都山形成三山格局的云蒸山和绸缪山,果然就都看破了障眼法,山巅所立两座石碑文字,也看得真切。

崔东山缩地山河,一步来到果然身边,笑道:"龙门道友好眼力。"

果然微笑道:"没能管住眼睛,多有得罪了。"

崔东山摆手笑道:"龙门道友这话说得见外了。"

果然环顾四周,忍不住赞叹道:"垒山垒石,已经是另一种学问,在我看来,同样是胸中有沟壑,其实要比绘画更难。搬几座山头,迁徙几条江河,拼凑成山水相依的画面也不难,难在补入无痕,相互间大道相契。只说这密雪峰上,土木、道路、花木、烟云渲染,暂时看似粗糙,实则无一不妙。等到以后再花些心思,移植古木,疏密欹斜,经营粉本,高下浓淡,就真是一处山水胜地了。"

"龙门道友过誉了。"崔东山双手抱住后脑勺,摇晃脑袋笑道,"论气象之大,比不过十万大山的老瞎子,论细微之精妙,我们落魄山那边有个老厨子,才是真正的行家里手。"

果然哑然失笑。

就像由衷称赞一个人的诗词不俗,结果被称赞之人,说自己不如白也、苏子。这让人还如何接话?

崔东山望向远处,风鸢渡船即将靠岸,便双手一拍屋脊,屁股一路滑出屋脊,最终飘落在观景台那边。

面对这个白衣少年,郑又乾与谈瀛洲都是一样的称呼,崔宗主。崔东山朝小姑娘点头致意,然后转头望向郑又乾,埋怨道:"喊啥宗主,喊小师兄!"

郑又乾只得更换称呼。

在性情随和、言语风趣的崔宗主这边,郑又乾其实是不太拘束的。

崔东山告辞一声,身形化作一道白虹,直奔风鸢渡船。

见着了刘景龙和白首这对师徒,崔东山笑着打招呼:"刘宗主,白老弟。"

白首一看只有崔东山,没有某人,顿时松了口气,笑着抱拳,破例没有与崔东山称兄道弟,而是用了个规规矩矩的称呼:"崔宗主。"

崔东山突然与刘景龙作揖道:"刘宗主辛苦辛苦。"

刘景龙只得作揖还礼。

米裕临时闭关一事,之前渡船这边已经飞剑传信密雪峰了。

崔东山以心声问道:"刘宗主何时闭关?"

刘景龙坦诚相待道:"暂时还不好说。"

崔东山当然很关心此事。以后先生在青冥天下,万一需要援手,最不犹豫且有实力给先生搭把手的,师娘除外,肯定就是刘羡阳和刘景龙了。可能会加上一个张山峰,只是那位趴地峰的高徒,对待修行破境一事,好像是真的半点不着急啊。

亲自领着一行人走下渡船,崔东山突然想起一事,揉了揉下巴,算不算无心插柳柳成荫?

自家的青萍剑宗,刘羡阳的龙泉剑宗,刘景龙的太徽剑宗,再加上龙象剑宗和浮萍剑湖,这就已经有五个剑道宗门了。

不过崔东山当下也好奇一事,张山峰怎么还没来。

蒲山云草堂的掌律檀溶已经身在仙都山,在密雪峰府邸那边,得知自家山主与陈隐官问拳一场,竟然从止境的气盛一层成功跻身了归真,檀溶抱拳道贺道:"恭喜山主。"

确实可喜可贺，武夫跻身止境，本就是天资根骨机缘缺一不可，而止境一层的气盛、归真、神到，再想破境就是难上加难了。

叶芸芸点头道："归功于陈剑仙的搭把手，这份天大人情，不用蒲山偿还，我会自己看着办。"

反正她会担任仙都山这边的记名客卿，自己又是一位玉璞境练气士，肯定不缺偿还人情的机会。

檀溶想起一桩秘事，问道："祖师堂平白无故多出个嫡传，到底是怎么回事？"

原来有个黑衣少年，化名崔万斩，在檀溶的秘密安排下，已经用一个相对不扎眼的方式，成了云草堂最新一位嫡传弟子，对外宣称崔万斩是位六境纯粹武夫。

檀溶先前得到一封叶芸芸的密信，这位掌律祖师虽然一头雾水，却也只能照做。这种事情，照理说是不合祖师堂礼制的。等到了仙都山密雪峰，檀溶才知道那位少年竟然是落魄山下宗的首任宗主。

叶芸芸摇头道："别问了。"

檀溶一瞪眼，就要打破砂锅问到底，真当我这个蒲山掌律是摆设？

"总有水落石出的一天，檀掌律不妨静观其变，反正不是坏事。"

薛怀赶紧帮着暖场，笑道："只是崔宗主怎么取了这么个古怪化名，崔万斩？"

叶芸芸想了想："好像金甲洲那边，有个成名已久的止境武夫，绰号韩万斩？"

檀溶只得暂时忍下心头疑惑，点头道："听一个山上朋友说过，真名韩光虎，是金甲洲武夫里的头把交椅，还是一个王朝的镇国大将军，战功彪炳，那场打烂一洲山河的惨烈战事，韩光虎算是主持战局的人物之一，排兵布阵，极有章法。最终与那位横空出世的剑仙徐君一起，拦下了失心疯的完颜老景，听说韩光虎因此受了重伤，跌境了，才未能参加文庙议事。"

薛怀叹息道："也是条汉子。"

一个纯粹武夫的跌境，要比练气士的跌境后遗症更大。

檀溶恍然道："就是那个辅佐、废立过六任君主的韩光虎？"

也不怪檀溶孤陋寡闻，桐叶洲本就消息闭塞，而蒲山云草堂又是出了名的不喜欢打听山外事，当初就连北边的那个邻居宝瓶洲，桐叶洲山上的修士，至多也就是听说过一些山头而已，最南边的老龙城，剑修比较多的朱荧王朝，与太平山同属于白玉京三脉道统的神诰宗，历史悠久的云林姜氏，估计再多就彻底抓瞎了。唯一知道名字的修士，恐怕就只有那个大逆不道的文圣首徒绣虎崔瀺了。至于大骊王朝的武夫宋长镜，那还是等他跻身止境后，桐叶洲才开始有所耳闻的。

檀溶突然从袖中摸出一份山水邸报，狠狠摔在身前几案上："山主，说吧，除了崔宗主这档子事，到底还有多少事瞒着我？"

薛怀板着脸，强忍着不笑出声，檀掌律今儿气性不小。

檀溶指着那份邸报，气呼呼道："天大事情，瞒我作甚？我这个掌律真是当得可以！"

这份来自大泉桃叶渡桃源别业的山水邸报，还是檀溶乘坐渡船赶来仙都山这边时，通过朋友之手才得到的。

一般而言，浩然天下一座宗字头仙府给出的邸报，都比较讲究，这里边有很多不成文的规矩，哪怕是一些个极其重要的独家消息，别家的山水邸报都不太会照抄，因为摊上个好说话的宗门，可能会睁一只眼闭一只眼，可要是遇到个脾气差一点的，就要直接开骂了，甚至兴师问罪都不是没有可能。比如在那北俱芦洲，因为这种小事而导致祖师堂不稳当的次数，一双手都数不过来。

叶芸芸一头雾水，伸手一招，将那份邸报抓在手中，快速浏览了一遍。她伸手揉了揉眉心："檀溶，不管你信不信，邸报上的这些事情，我也是刚刚知道，要是没有你拿来这份邸报，可能就算参加过落魄山下宗典礼，当了青萍剑宗的记名客卿，我还是会被蒙在鼓里。"

薛怀一下子就好奇万分了，向师父要来那份邸报，蓦然瞪大眼睛，神色凝重，心弦瞬间紧绷起来。

檀溶一看两人神色不似作伪："山主，以后咱们蒲山再不能两耳不闻天下事了。"

叶芸芸点头道："镜花水月和山水邸报，以后都交给你全权打理，要人给人，要钱给钱。"

檀溶小声问道："陈剑仙是怎么做到的？"

先前在蒲山，从第一眼看到陈平安起，檀溶就自认没有半点轻视，不承想还是低估了。

叶芸芸看了眼自家这个掌律，是我去的蛮荒天下，你问我？

檀溶忍不住感叹道："这等壮举，我这种外人，哪怕只是看一看邸报，随便想一想，便要道心不稳。"

薛怀拿着邸报，反复浏览了两遍，对檀掌律的这番肺腑之言深以为然。

隐官领衔，陆沉同行。五彩天下第一人宁姚，城头刻字老剑仙齐廷济，刑官豪素，大剑仙陆芝。这种阵仗……

此行成功斩杀两位飞升境大妖，其中一位，更是托月山大祖的开山大弟子。

联袂远游，顷刻间扫平一处古战场，随手灭掉宗字头的白花城，大闹云纹王朝，打断天下最高仙簪城，与王座大妖绯妃斗法，拖曳曳落河，剑开托月山，搬徙明月皓彩去往青冥天下，白玉京真无敌亲自接引这一轮明月……

别说——做成了，都是些想都不敢想的事情。

就连薛怀都有几分遗憾了。只恨自己不是剑修。

檀溶问道："山主,陈剑仙要是撇开一身剑术不用,只以纯粹武夫身份,与吴殳问拳,胜负如何?"

薛怀其实也很好奇此事,既然自己师父已经输了,那么只论拳法,桐叶洲能够与陈山主抗衡的,就真的只有武圣吴殳了。

天下止境武夫,不同于山巅大修士,每个千年,都有那"大年""小年"之分,差异明显,十境武夫的总数,数量起伏不大,除了中土神洲之外,其余八洲平摊下来,每洲大致就是两个,有好事者大略统计过人数,所谓的天下武运小年份,光景不好时,八洲的止境武夫,从未少于十四人,年份再好,却也不会超过二十人。

北俱芦洲那边,前些年大篆王朝的顾祐,与猿啼山剑仙嵇岳,换命而死。那么如今东边三洲的武学大宗师,除了陈平安、裴钱这对师徒,就还有大骊宋长镜、狮子峰李二、王赴愬、武圣吴殳、蒲山叶芸芸。

叶芸芸显然早有腹稿,毫不犹豫给出心中的定论："只是拳分高下的话,吴殳赢,可如果是搏命,陈平安活。"

檀溶笑道："没事,反正如今陈剑仙也算我们半个桐叶洲人氏了。"

薛怀本想附和一句,不料叶芸芸已经恼火道："要点脸!"

薛怀立即点头道："是不妥当。陈山主未必乐意承认这个说法,再者这个说法传出去,其实我们桐叶洲也颜面无光。"

落魄山只是下宗选址桐叶洲,作为上宗之主的陈平安,山下户籍、山上谱牒都还在宝瓶洲。

檀溶瞥了眼临阵倒戈的薛怀,笑呵呵道："墙头草,随风倒。"

老将军姚镇正在伏案编撰一部兵书,除了汇总毕生大小战役得失和练兵纪实,还要整理边军姚氏历代武将的武略心得。老人戎马一生,好歹给大泉王朝留下点什么。

这座府邸,大概是密雪峰唯一用上山上地龙术法的宅子,地气熏暖,气候如阳春时分。故而屋内用不着火盆,也无须穿厚棉衣、披狐裘。

姚仙之敲门而入,一瘸一拐坐在桌旁,府尹大人刚刚得到一份来自厴景城的谍报。他将那份谍报轻轻放在桌上,笑道："爷爷,这个虞氏王朝,有点意思,如今老皇帝还没走呢,礼部那边就已经秘密着手一事了,只等太子虞麟游登基,就会立即改年号为神龙元年。好像是积翠观护国真人吕碧笼,和钦天监一起商议出来的结果。不愧是跟老龙城关系亲近的虞氏王朝,很会打算盘。"

姚镇笑了笑："算不得官场烧冷灶,就怕热脸贴冷屁股,倒是不至于弄巧成拙。"

新任东海水君,是身为世间唯一一条真龙的王朱,虞氏王朝用"神龙"这个年号,显然是一种不加掩饰的示好之意。就是不知道宝瓶洲那位充满传奇色彩的飞升境女修领不领这份情了。

姚镇拿起情报，扫了几眼，笑道："虞氏如今那个太子殿下，还是相当不错的，有大将军黄山寿倾心辅佐，京城里边有座积翠观，山上还有个青篆派，又跟北边老龙城攀上了关系，等到换了新君，国势往上走，是大势所趋。"

姚仙之撇撇嘴，显然对积翠观和青篆派都观感不佳，一打仗，跑得比兔子还快，学得乌龟法，得缩头时且缩头。

姚镇将谍报重新折叠好，交还给孙子，轻声说道："也别瞧不起这些半点不把脸皮当回事的人，一来招惹他们，很容易成事不足败事有余，再者你不得不承认，很多事情，还真就只有真小人和伪君子能做成，正人君子反而做不成。"

见姚仙之还是有点不以为然，姚镇叹了口气："打败道德文章的，不是更好的道德文章，而是一些捕风捉影的下三烂的稗官野史。往往几十万字的著作心血，都抵不过后世一篇几百字的艳情小说。"

姚仙之神色郁郁，因为想到了皇帝陛下，诸多民间私刻的艳本，至今仍然禁之不绝。所幸相较于当年文人雅士几乎人手一本的"盛况"，一场大战过后，已经消停许多了。要知道当年最过分的时候，就连翰林院内当值的文官，都会有人看这些东西，就是书换了个封面而已。

姚镇笑道："官场不比治学，怎么用君子和小人，是一门大学问。用得最好、称得上'登峰造极'的人，可能还是陈平安的那位大师兄。不然你总不会以为大骊文武，都是无私心的正人、醇儒吧，是天生的能臣干吏吧？"

姚仙之揉了揉下巴："我要是能像陈先生，有这么一个算无遗策的师兄，啧啧。"

姚镇摇头道："你就是站着说话不腰疼，其实有这样的师兄，压力很大的。都不说什么师兄是绣虎了，像那宝瓶洲的风雷园，你信不信，如果刘灞桥没有师兄黄河，说不定他如今都是玉璞境剑仙了。李抟景一走，一旦继任了园主，就由不得他喘口气，练剑有丝毫懈怠了。但正因为有个黄河，刘灞桥就没有了那种一往无前的心性，我相信黄河之所以会赶赴蛮荒天下战场，除了自己确实想去那边练剑，也是要给刘灞桥一点压力。"

一个家族，一个门派，大抵如此，当某一人太过瞩目，其余人等难免黯淡失色，旁人要么生出惰性，觉得躺在大树底下好乘凉，要么容易提不起心气。比如他们姚家，何尝不是一样的道理。

姚仙之试探性问道："爷爷，你真不再劝劝陈先生？"

要是爷爷真铁了心，极力劝说陈先生担任大泉王朝的国师，不敢说一定成，终究还是有几分希望的。

姚镇摇头笑道："老而不死是为贼，倚老卖老更惹人厌。多做成人之美的事，少做强人所难的事。"

姚仙之知道爷爷心意已定,就不再多说什么。

不料姚镇笑言一句:"再说了,要那虚名做什么,大泉真要遇到什么难关,需要你跟仙都山这边打招呼吗? 我看用不着。"

姚仙之赞叹不已:"姜还是老的辣。"

姚镇重新提笔写书,轻声笑道:"人生百味,无盐不可,无辣不欢。"

方才正写到武将遴选一事,与孙子一番闲聊,没来由想起一句,便写下"刚健而不妄行"一语。

姚镇只写了几个字,便又搁下笔,转头望向窗外。

大哉乾乎,刚健中正,纯粹精也。云行雨施,天下平也。

兴许总有那么几个道理,可能万年之前是如何,现在就是如何,万年以后还是如何吧。

黄庭头戴一顶芙蓉道冠,背长剑,凭栏眺望山外的新建渡口。身边站着那位墨线渡店铺掌柜负山道友。

于负山趴在栏杆上,笑道:"这仙都山,瞧着家业也不算大嘛。"

只有一座仙都山,虽说也有几座山峰,适宜修行,约莫能够支撑起五六个地仙修士开辟府邸、道场,可对于一座宗门来说,山水还是显得有几分贫瘠了。

黄庭有些心不在焉,自顾自神游万里。

于负山问道:"黄姑娘,帮咱俩牵线搭桥的那个家伙,到底什么来头,能够让你担任首席客卿?"

那个神神道道的避雨蓑衣客,于负山确实看不出对方的道行深浅,要防贼。

总担心这家伙,要跟自己最心仪的黄姑娘发生点什么。是个劲敌。

于负山得知黄庭走了一趟五彩天下,她如今已经是一位玉璞境剑仙,故而太平山重建一事,于负山可谓踌躇满志,能够得一块太平山的祖师堂玉牌,就算需要自己砸锅卖铁也认了,绝对心甘情愿,不皱半点眉头。

作为远古负山鱼出身,还是个元婴境修士,他跟一般练气士的修道路数,还是很不一样的。可惜走江化蛟一事,门槛太高,以前是不敢贸贸然行事,因为大道出身的缘故,一旦走水,就需要"负山"而行,山的品秩越高越好,这就牵扯到了一场极为凶险的山水之争,故而未来那场走江,少不得会闹出些风波。何况也不是一次走水,就一定能够成功的,就像早年大泉埋河那边的那条鳝鱼精,不就被埋河水神娘娘阻拦了一次又一次?

所以浩然天下的上五境精怪之属修士,选择不多,要么是像那正阳山的搬山老祖那样,担任仙府的护山供奉,或者类似投靠云林姜氏这样的豪阀,得个谱牒身份,不然就只能是如梅花园子酡颜夫人一般,远遁倒悬山,寻一处安稳道场。所以于负山最早的打算,是游历一趟皑皑洲,找那韦赦,看看能否被这位德高望重的老神仙青眼相加,成为一峰之主。韦赦有那"三十七峰主人"的别号,其中炼日峰、拜月山在内的几个山头,早就名动浩然,都是精怪之属在其中修行。

黄庭也不计较于负山靠着言语占点小便宜的心思,只是提醒道:"在这仙都山,记得收一收脾气,谨言慎行,不要太把境界当回事。"

于负山玩笑道:"我好歹是个老资历的元婴境修士,加上这份大道根脚,在这仙都山,还不得横着走?"

黄庭忍不住笑道:"元婴境很了不起吗?"

横着走?一个不小心,是要横着走。

于负山其实本就没把自己的境界当回事,只是想着能够和黄姑娘多聊几句,继续没话找话:"难不成仙都山里边,藏着某位世外高人?"

于负山眼角余光打量着女子的笑颜,真美。倾国倾城,怪不得自己一见倾心。

可惜黄姑娘能够得到自己的心,却未必能够得到自己的身子。

瞧见一道远游归来的御风身形返回密雪峰,是那个名为果然的外乡修士。

黄庭便问道:"铁树山,总听说过吧?"

于负山忍俊不禁道:"我就是个聋子,也肯定听说过铁树山啊。"

如果说投靠韦赦是一个不错的选择,那么对于他们这些精怪出身的修士来说,中土神洲的铁树山,就是一处心神往之的圣地。

宗主郭藕汀,道号幽明。这位飞升境大修士,传闻曾经一刀劈开黄泉路,即便幽明殊途,仍然在冥府路途上,成功将一个鬼仙斩杀,并且全身而退。郭藕汀战力之高,杀力之大,绝不是南光照之流的老飞升境可以媲美的。火龙真人曾经有一句笑谈,亏得仙人之上、十四之下,就只有一个境界。

可惜早年的桐叶洲,山上消息太过闭塞,关于中土铁树山的奇人异事,翻来翻去只有一些老皇历。

于负山就只是个仙家渡口的铺子掌柜,本就是一场避难,都称不上什么小隐隐于市。

天下有两处,未来必须得去。除了"不开花"的铁树山,就是位于彩云间的白帝城。

黄庭继续问道:"那个叫谈瀛洲的小姑娘,已经见过了?"

于负山点头道:"见过几次,小姑娘身边总跟着个小精怪,我劝了俩孩子几句,可千万别在山外这么乱逛,很容易出事的。"

如今浩然天下世道是太平了,可对于他们这些山泽精怪出身的修士而言,却是一种实打实的乱世,境界高还好说,早点在书院那边录档在册,也算得了一份路引和一张护身符,可那些地仙之下的妖族练气士,尤其是下五境,现如今谁都像是一裤裆的黄泥巴,要不是大伏书院山长是程龙舟,以及三座书院很快就给出了一份明确律例,否则桐叶洲的本土妖族,甭管是否开窍炼形,估计只会落个十不存一的凄惨下场。

于负山是个闲不住的,平时喜欢出门逛荡,将青萍、谪仙和密雪诸多山头早就逛了个遍,和谈瀛洲、郑又乾俩孩子算是混得很熟了。

"按照铁树山的谱牒辈分,小姑娘只需要喊郭藕汀一声师祖。"黄庭为于负山泄露天机,"你说谈瀛洲在山外游历,容不容易出事?"

确实容易出事,只不过是那些招惹小姑娘的人。

于负山满脸错愕,不敢置信:"什么?!"

那个小丫头片子是郭藕汀的徒孙辈?才发现,原来自己离铁树山竟然如此之近?

黄庭点头道:"谈瀛洲的师父,也就是被你说成是名字没取好的那个果然,其实是郭藕汀的小弟子,不是你误以为的地仙境界,而是一位货真价实的仙人,曾经在南婆娑洲,与剑仙曹曦联手守住了那座镇海楼,在文庙那边,战功不小的。至于杀力嘛,说句难听的,随随便便用一根手指头捻死个元婴境,一点难度都没有。"

于负山咽了口唾沫。赶紧仔细思量一番,看看自己有无不得体的言谈举止,幸好没有与那位道号龙门的果然兄勾肩搭背。

黄庭问道:"白帝城郑居中的关门弟子,叫什么来着?"

于负山顿时艳羡不已:"好像是个天之骄子,狂徒顾璨。据说出身宝瓶洲骊珠洞天,不知怎么就成了郑先生的嫡传,真是洪福齐天哪。"

于负山可不敢如黄庭一般,一口一个郭藕汀、郑居中,他也没有黄庭的那种心性。也不怨自己胆小,因为不是剑修嘛。

等了半天,也没等到黄庭的言语,于负山只得小心翼翼问道:"然后?"

黄庭总不可能随便拎出个顾璨,难道那个名叫郑又乾的小精怪,跟白帝城又有什么渊源?

于负山眼睛一亮,伸手拦住黄庭的话头,自问自答道:"我明白了。那头小精怪,是那白帝城琉璃阁一脉的嫡传弟子?"

肯定是了!

白帝城郑先生有位师弟,名为柳道醇,是那座名动天下的琉璃阁的主人,而柳道醇正是精怪出身,名气很大的。

自己也算举一反三了吧?

一般来说,浩然修士名气够不够大,是有些古怪方式可以验证的。

比如顾清崧骂过的,柳道醇惹过的,桐叶洲听说过的,参加过竹海洞天青神山酒宴的,倒悬山师刀房某座影壁上边有名字的。这些修士,最好别去招惹。顾清崧能骂,柳道醇敢惹，除了双方自身道法造诣不俗之外，各自还有些旁人羡慕不来的原因。

一个师父是那白玉京三掌教，虽说陆沉不认这个大弟子，但是陆沉留在浩然天下的那几位嫡传弟子，像曹溶、贺小凉，都对顾清崧这个不记名的大师兄极为礼敬。

另外一个，师兄是郑居中。

只说当年龙虎山大天师为何下山一趟，当真需要背仙剑万法，甚至还随身携带了那方阳平治都功印？降妖？想那柳道醇不过是玉璞境，大天师赵天籁却是飞升境，何必如此兴师动众？说到底，剑、印在手的赵天籁，还是在提醒白帝城，或者说是提醒郑居中这个给柳道醇当师兄的魔道巨擘。贫道这趟下山，本是降妖而已，那就别闹到最后，逼着贫道一同"除魔"了。

黄庭摇头道："按照文庙那边的文脉道统来算，郑又乾是正儿八经的儒家门生。"

于负山疑惑道："那咱们聊顾璨做什么？"

黄庭却突然不愿意多说什么了："等明天庆典，你就都明白了。对了，等到庆典结束，我们不着急离开此地，你可以跟我一起去青衣河落宝滩那边，听一听小陌先生的传道。"

于负山问道："传道？谁？"

传道二字，在山上可是极有分量的说法，何况还是黄庭说的。

黄庭笑道："年纪比你大，境界比你高，见识比你广。"

于负山犹豫了一下，点头道："回头旁听，看看此人道法到底高不高。"

黄庭一笑置之。

她记起一桩怪事，在小龙湫那边，陈平安当时去往野园，那些作为山水禁制之物的照妖镜，竟然当场粉碎。

同样是密雪峰宅邸，敕鳞江老妪裘渎与少女胡楚菱，坐在一张芦苇、蒲草编制而成的草席上。

按照山上品秩划分，草席只是件灵器而已，冬暖夏凉，山下有钱的将相公卿，也能买得起。草席四周，搁放四件席镇，是四条小巧玲珑的赤金走龙，形态纤细，栩栩如生。龙首双角，长吻细颈，龙尾回勾，由细长金条铸造而成，錾出鳞纹。

裘渎小心翼翼取出一些物件，轻轻搁放在草席上。

不比这张草席，这些大渎龙宫旧藏之物，说是价值连城，半点不为过。

曾经掌控天下水运流转的蛟龙，作为江湖渎海的主人，珍藏无数，故而斩龙一役过后，大大小小的龙宫遗址，就与那破碎秘境，成了山上公认的两大机缘。

草席之上，有一颗大如拳头的夜明珠，两把宝光荧荧的古镜，一座可以同时摆放高低两支蜡烛的青铜蜡台，还有一把碧绿拂尘。此外还有一些相对"平庸廉价"的宝物，数量众多,暂时并未取出,都被裘渎放在了一件咫尺物和一件方寸物里边。

裘渎神色慈祥,柔声道:"醋醋,有喜欢的,就挑两样,其余的,我都会作为你的拜师礼,送给仙都山和陈剑仙。"

不管如何,都要借着明天举办庆典的机会,帮助醋醋向那位陈剑仙讨要个弟子身份,哪怕暂不记名,都是无妨的。实在不行,就退一步,让醋醋与那崔宗主拜师,成为一宗之主的嫡传弟子。

胡楚菱伸出一只手掌,手心抵住那颗夜明珠,轻轻摩挲,再拿起那把拂尘,轻轻一挥,搭在胳膊上,装了装神仙风范,少女乐不可支,放下拂尘,又拿起两把古镜把玩一番,最后全部放回草席,拍了拍手掌,微笑道:"瞧着都蛮喜欢的,阿婆帮我挑选一两件就是了。"

裘渎摇头道:"修行路上,眼缘好坏,很重要的。醋醋,你得自己挑。"

胡楚菱视线游弋,最终一只手掌轻轻拍打竹席,再伸手指了指那赤金走龙形状的席镇,嫣然笑道:"阿婆,我就要这两件了。"

裘渎笑着点头,对于醋醋的选择,她没有说好,也没有说不好。

裘渎只是伸出干枯手掌,抓起一把镜面泛起银白色的镜子,轻轻呵了一口气,拿手腕擦拭一番,露出一抹缅怀神色,轻声道:"此镜名为取水镜,可向太阴取水。修士持镜对月,能够汲取明月精华,修行水法的修士,最适宜拿来炼制本命物了。曾经是小姐的嫁妆哩。"

胡楚菱指了指另外那把镜面泛起层层金色涟漪的古镜,与取水镜是差不多的样式,就像一双道侣,好奇问道:"阿婆,这把镜子呢,又有什么玄妙?"

裘渎笑着解释道:"平时只需要放在日光里,就可以温养古镜,如修士吐纳一般,妙不可言,可以积攒日光,冬寒时分,修士只需浇筑些许灵气在镜面上,光射百里,亮如白昼。传闻修士将此镜悬空,步行光亮中,那么就算走在幽冥路上,都能够万鬼不侵,只是这种事情也没谁试过,不知真假。"

这两把古镜,曾是一位云游四方的得道真人,做客大渎龙宫时给出的礼物,品秩不算太高,只是法宝,却是那位道门真人亲手铸造锻炼之物,故而意义非凡。

可惜当年那位道人拜访龙宫时,裘渎还年幼,未能亲眼见着那位陆地神仙,只知老一辈的龙宫教习嬷嬷提及一个道号——纯阳。还说这位道长来历不明,放诞不羁,说话口气却比天大,曾经说得满堂主宾一愣一愣的,什么天下地仙金丹无数,可惜皆是伪。

道士手持筷子,敲击酒盏,作一篇《敲爻歌》,传闻龙宫那边有史官记载这篇类似道诀的文字,丝毫不敢掉以轻心,甚至还专门篆刻在极为珍稀的青神山竹简之上,但是不到三天,竹简上边的文字就自行消散了。

最玄妙之事,还是当初所有在座主宾修士,如出一辙,竟然都只记得那片道诀的末尾一句："炼就一颗无上丹,始知吾道不虚传,若问此丹从何来,且向纯阳两字参。"

照理说这么一位游戏人间的得道高人,不说肯定可以享誉天下,名动一洲总归是不难的,多多少少都该有一些仙迹轶事。但是这么多年过去了,裴渎始终没有听说关于那位纯阳真人的半点消息。

至于那座不起眼的蜡台,实则是一座灯衢,按照山上的说法,属于那种螺蛳壳道场。若是点燃龙宫秘制的两支蜡烛,修士就可以入驻其中,初看皆是一间小屋,推开门后,便是一座海市蜃楼的通衢大市,唯一的区别,是一昼一夜。

其实两镜一蜡台,三物可以相辅相成,最终两座灯衢幻境,等同于昼夜衔接为一,日月配合结刀圭,功德圆满金丹成,拂袖长生路上归。所以最适宜地仙之下的一双山上道侣,结伴修行,事半功倍。

胡楚菱眨了眨眼睛:"阿婆,我是不是挑了两件最不值钱的物件啊?"

裴渎连忙摆手,开怀笑道:"不是不是。"

胡楚菱见师父不愿多说,也就不多问了。

裴渎虽然修行境界不算太高,道龄却长,见识之广,更非一般地仙能比,胡楚菱的选择,妙在一个心诚。方才胡楚菱是有意选她以为不值钱的物件,而事实上,少女的误以为,成了歪打正着,只说那几条作为席镇的赤金走龙,便极有来历。

斩龙一役发生之前,世俗王朝曾用一种古礼祭祀山川,祭祀陆地山岳用"埋",祭祀江湖渎海则用"沉"。这四件被裴渎用来当作席镇的赤金走龙,便是浩然天下历史上首位女皇帝"埋土沉水"大典中的关键祭祀之物。

不过当年总计十八条,桐叶洲大渎龙宫这边,只是从东海龙宫那边分得其中一条,之后通过各种隐蔽手段,才又收集到了三条。

在万里燐河那边摆摊子的剑修陶然,是第一次踏足仙都山。反正山中也没有一个熟人,他独自住在密雪峰一栋宅子里边,乐得清闲,至今也未能瞧见那个自称是"陈平安"的青衫刀客。

张山峰当初离开落魄山后,掐着日子,独自乘坐一条老龙城跨洲渡船,在清境山渡口那边下船,因为听说青虎宫的陆老神仙和陈平安是好友,而且都是道门中人,想来不会太过嫌弃自己的境界。不料那位陆老神仙,堂堂元婴境老神仙,何止是不嫌弃,客气得都快让张山峰误以为自己是青虎宫的下任主持了。张山峰好说歹说,陆老神仙才舍得放自己离开,亲自一路送到了渡口不说,还陪着张山峰一起登上渡船,与那位渡船管事客套寒暄了一会儿,最终帮忙讨要了一间天字号屋子,老神仙这才下船。

在下一座仙家渡口下船,离着仙都山还有些距离,但是有渡船可以直接去往墨线渡,最终张山峰在一个复国没几年的王朝边境开始徒步游历,反正算好了时间,绝对能赶上明年立春那天的宗门庆典。年轻道士张山峰背剑匣,独自一人行走在夜幕中。

张山峰从袖中摸出一张黄纸材质的挑灯符,以双指拈住,高高举起。

老真人梁爽带着弟子马宣徽,离开洛京积翠观后,很快就找到了这个名叫张山峰的趴地峰嫡传。

老真人没有直接现身,而是找到了那个暗中护道的袁灵殿,没有藏掖身份,抚须笑道:"贫道梁爽,与火龙真人只见过一次,虽说抢了他的外姓大天师身份,但是与你们师父相谈甚欢。你就是那个指玄峰袁灵殿吧,一身道气很重啊。"

袁灵殿打个道门稽首:"晚辈趴地峰袁灵殿,拜见龙虎山梁天师。"

梁爽说道:"火龙真人如此偏心张山峰,你们这几个当师兄的,还能够保持这份心性,趴地峰确实了不起,门风之好,几乎可以说是独此一家了。"

袁灵殿洒然笑道:"拜师就拜火龙真人,这本就是天下公认的事实。"

其实师父对这种说法,颇不以为然,贫道也没个飞升境的徒弟啊。

但是某位师兄曾经很快就添上了一句"收徒就收张山峰",立即让师父开心得不行。

在修行一事上,袁灵殿不觉得自己比谁差,唯独在这种事情上,是真心敌不过那几个同门。

先前在清境山渡口,袁灵殿悄然现身,走了趟青虎宫,得与陆雍亲自道谢一声。

每位趴地峰修士在外游历,礼数是不缺的。

陆雍当时得知对方是北俱芦洲的指玄峰袁灵殿后,久久无言。他对北俱芦洲的山上典故所知甚多,撇开袁灵殿是火龙真人的高徒不说,只说在剑修如云的北俱芦洲,一个都不是剑修的玉璞境道士,能够被说成是"打个仙人,不在话下",袁灵殿战力之高,可想而知。

梁爽问道:"什么时候去仙都山?"

袁灵殿说道:"还是看小师弟自己的意思吧。"

梁爽又看了几眼年轻道士,惋惜道:"可惜纯阳道友不在,不然你师弟未来结丹一事,气象只会更大。"

袁灵殿笑道:"这种事不强求。何况在我看来,小师弟有无吕祖指点,差别不大。"

梁爽啧啧不已,不愧是火龙真人教出来的弟子,说话都是一个口气,不过袁灵殿的这个说法,老真人还是不太认可的:"'纯阳'二字,意思很大的。"

袁灵殿笑着点头,师父其实提及过那位道号纯阳的道门中人,而且评价极高。毕竟是一个能够说出"一粒金丹在吾腹,始知我命不由天"的修道之人。而师父对纯阳真人的评价,其实就两句话:"柳七和周密的柳筋境,一步登天,一个率先开辟道路,一个又垫了几块台阶;皑皑洲韦赦的元婴,与青冥天下姚清在此境的斩炼三尸,难分高下。吕嚣金丹第一,天下无双。"

梁爽与弟子马宣徽,和袁灵殿一起远远跟在张山峰身后。

年轻道士张山峰手持符箓,夜幕中一点光亮。

陈平安之前在定婚店外的敕鳞江畔,跟老真人梁爽讨要了一份龙虎山天师府的传度、授箓仪轨。

便是崔东山,也不敢说自己懂得全部的过程,用梁爽这位龙虎山外姓大天师的说法,就当是陈道友提前观礼一场了。

梁爽看着前边那点光亮,抚须而笑,有感而发。

秉烛夜游之人,自身在光明中。

第十章
骑驴找驴

天边火烧云，晚霞行千里。

一条名为翻墨的龙舟渡船在一处仙家渡口靠岸，一行人准备更换渡船，去往黄粱国。

队伍中为首的，是个大摇大摆走下船去的青衣小童，两只袖子甩得飞起，身边有个少女，腰悬一方抄手砚，手持绿竹杖。身后是一位儒衫青年，带着个扈从模样的黄衣老者。老者状貌奇古，鹘眼鹰睛，只因为瘦骨嶙峋，便像是穿了件极为宽松的法袍。相较之下，那个年轻男子就显得平淡无奇了。

他们是要以观礼客人的身份，受邀去参加一场开峰庆典。

那个走路带风的大爷，当然就是落魄山的元婴境水蛟、祖师堂供奉陈灵均了。

这次作为山主陈平安嫡传弟子的郭竹酒，也跟着陈灵均一起出门。而山崖书院的贤人李槐，与自号嫩道人的蛮荒桃亭，属于蹭吃蹭喝，远游散心。

桃亭除了是鼎鼎大名的嫩道人之外，还拥有另外一份关牒，是南婆娑洲的山泽野修，道号龙山公。

跟着他们的，或者说带路的，还有衣带峰的两位练气士——宋园和师妹刘润云，后者肩头趴着一头慵懒蜷缩起来的年幼白狐。

距离重新登船还有一个时辰，陈灵均就在渡口选了一处临水酒楼，打算饱餐一顿，喝个小酒儿，好好祭一祭五脏庙。毕竟翻墨龙舟是自家渡船，在上边大吃大喝，不像话。那些珠钗岛女修，嘴碎得很哪，要是传到某个笨蛋丫头的耳朵里，少不了又要挨几句有的没的的闲话。

陈灵均在酒楼大堂，踮起脚尖，双手扒在高高的柜台上边，伸长脖子看着墙壁上边的木牌菜单，与店伙计点菜，结果听说这个名叫珍馐楼的地方，竟然还有一桩他陈灵均闻所未闻的新鲜买卖。原来如今一洲南北不少仙家渡口，都开设有珍馐酒楼，修士只需要在酒楼这边给一笔神仙钱押金，就可以飞剑传信给各个渡口的剑房，酒楼得了消息，就可以点菜，珍馐楼会用仙家秘制的食盒装上各色山珍海味，帮忙送到山门口那边，保证滋味与堂食一模一样……

只是那笔额外的路费，得按山水路程计算。

青衣小童愣了半天，陈大爷今儿算是开了眼界了。

生意还能这么做？只是偏偏自家的牛角渡，还有稍远一点的红烛镇，怎么就没有开设一座珍馐楼？

李槐难免有几分猜测，不会又是董水井的手笔吧？这种勾当，真有生意？

因为人多，拼桌不像话，陈灵均就要了个雅间，十枚雪花钱起步，很快就摆满了一桌菜肴，陈灵均要了两壶酒，跷起二郎腿，抿了一口仙酿，转头望向窗外，渡口那边，陆陆续续有几条私人符舟靠岸，不至于横冲直撞，但是无一例外，都会抖搂一下符舟的迅捷。陈灵均瞥了眼符舟上边的人物，多是年轻男子，带着莺莺燕燕，他们就像额头上刻了俩字：有钱。至于看人的眼神，也就俩字：穷鬼。

嫩道人只是小酌，护道一事，不可马虎。贪杯误事？不可能的事，只是姿态得有。天晓得会不会又被老瞎子拽入梦中，踩上几脚。毕竟老瞎子做事，从来只看心情，全然不讲道理的。

上次护驾有功，老瞎子难得良心发现，"随手"丢了一本古谱在桃亭身上，是上半部的《炼山诀》。这些时日，桃亭没有片刻懈怠，都在闭关，当然对于桃亭这种巅峰大修士来说，所谓的"闭关"，就不是那种寻常飞升境修士一般意义上寻一处山水秘境的趴窝不动了，而元婴、飞升两境修士，一直被山上调侃为"千年王八万年龟"，桃亭当然不至于如此寒酸。

桃亭作为远古攮山一脉的老祖宗，当之无愧的开山鼻祖，与身为旧王座大妖的搬山一脉袁首，完全是一个辈分、道龄相当的蛮荒大妖，由于双方都跟山不对付，自然而然就有了一场无形的大道之争。要说驱山徙岳一事，桃亭自认不比袁首差半点，唯独在炼山一道，逊色颇多，简单来说，就是搬山、攮山，两者本领相仿，但是"吃山"的本事，桃亭确实比不过袁首。

在强者吃肉、弱者被吃肉的蛮荒天下，双方起了冲突，打不过的一方，就只能避其锋芒了，逃呗。

遥想当年，年轻气盛的桃亭，曾经野心勃勃，试图凭借本命神通，滚雪球一般，堆砌出一座高山,放出话去,要比那蛮荒大岳青山,还要高出一座"青山"。

至于绯妃和仰止那两个老婆姨之间的腌臜交易,骗骗一般修士没问题,对于山巅大妖来说,岂会不知内幕。桃亭不稀罕学,何况朱厌也是个不喜欢建立宗门的,桃亭当年就只好狠下一条心,富贵险中求嘛,看看有无机会,在十万大山边缘地界,今天偷一座,明儿搬一座,等到吃饱了,再去与朱厌分个高低,结果……就被老瞎子抓去当了条看门狗,那段难以启齿的惨淡岁月,能不想就不想了。故而能够从老瞎子手里得到半部《炼山诀》,是桃亭做梦都不敢想的美事。

他们此行的目的地,是一个名叫黄粱派的山上仙府。

梦粱国境内,除了那个有望跻身宗门的云霞山,还有个不容小觑的仙家门派,便是黄粱派了。大战之前,黄粱派在宝瓶洲是个能算"二流垫底很勉强、三流拔尖又委屈"的山上仙府,如今整个宝瓶洲南边山头破碎无数,黄粱派的门派地位也就跟着水涨船高了。

那些与祖山不接壤的"飞地",相隔一远,学那上宗下宗,就有了"上山下山"之分。黄粱派正是处州衣带峰的"上山"。

掌门山主是个年纪很大的"年轻"金丹,不过是一位剑修。当年他曾经派遣一位关门弟子,去往骊珠洞天寻求机缘,结果竹篮打水一场空,并无收获,白给了一袋子充当过路钱的迎春钱不说,修士也未能相中心仪的宝物。为了与那个国势蒸蒸日上的大骊宋氏笼络关系,就用那袋子剩下的金精铜钱买下了骊珠洞天西边的一座山头,后来虽忌惮大骊铁骑的威势,但也没有贱卖了山头、搬迁离开。其实掌门也有些私心,那位后来搬迁到衣带峰结茅修行的金丹境祖师在门派里边人缘极差,掌门眼不见心不烦,就恭请师伯坐镇衣带峰。

当时买山头的价格不便宜,但事后证明简直是白捡,是用一个极低价格入手的。

前些年想要与黄粱派购买衣带峰的山上势力就有双手之数,出价何止翻了一两番,根本就是有价无市的行情。尤其是等到落魄山那位年轻剑仙,联手龙泉剑宗的刘羡阳,大闹正阳山,一战成名,落魄山顺势首次闯入宝瓶洲修士视线中之后。北岳披云山、落魄山、龙泉剑宗,无论与谁沾上点关系,都是一份不可想象的山上香火情。

唯一的小问题,就是北岳夜游宴一事,总感觉是个无底洞。不过也早早看开了,反正中岳地界,大山君晋青也开始下黑手了。逃得过初一,逃不过十五。

再等到那份出自山海宗的山水邸报传遍浩然九洲,等于将那个隐官称呼和名字身份昭告天下了。

黄粱派就越发头疼了,如果说以前商议购买衣带峰的价格是高价,那么如今堪称天价!问题在于那个金丹境祖师对于祖山的答复,很简单:不卖。所以这次掌门趁着一位嫡传弟子跻身金丹境的开峰典礼,暗中与那位师伯来了一场君子之约,如果能够邀请到落魄山修士观礼,娄山这边就不再提及售卖衣带峰一事,可如果落魄山那边婉拒此事,师伯就得亲自走一趟祖师堂商议此事了。

郭竹酒好奇问道:"小宋仙师,你们黄粱派,与那座已经从七十二福地除名的黄粱福地有关系吗?"

传闻倒悬山上边曾经有座卖忘忧酒的黄粱铺子,卖酒的老掌柜,好像是一位杂家祖师?

至于"小宋仙师"这个称呼,是郭竹酒有样学样。

宋园是衣带峰那位老金丹修士的关门弟子。

最早好像是师姐裴钱喊出来的,后来落魄山那边所有人就跟着喊了。

宋园笑着摇头道:"郭姑娘,这我还真不知道,从不曾听师父说起过。"

黄粱派是个历史悠久的老门派了,祖山名为娄山,位于黄粱国槐安府鳖邑县,盛产金丹。

历史上曾经有过十几位金丹境地仙,但是就是死活出不了一位元婴。

当然,所谓的"盛产金丹",也只是相较于曾经的宝瓶洲而言。

黄粱派邀请落魄山修士参加典礼,也就是试试看的事情。根本不奢望那位剑气长城的末代隐官会光临娄山,甚至不觉得落魄山会有修士登山。

成了,是意料之外的天大荣幸;不成,也是情理之中的事情,总要试试看。

不料落魄山那边,很快就以雾色峰祖师堂的名义回信一封,是大管家朱敛的亲笔回信,措辞极其客气,说山主如今在外未归,只能让陈灵均与郭竹酒代为参加庆典,在信上顺便介绍了两人的身份。

得到这封回信,黄粱派甚至专门为此召开了一场祖师堂议事。

不说那陈灵均是一位元婴境,便是那个名叫郭竹酒的女子,竟然是陈山主的嫡传弟子,关键她目前还是小弟子,按照山上的谐趣说法,可以算是半个"关门弟子"。

刘润云对那个青衣小童模样的落魄山元婴境供奉很熟悉,对方经常找爷爷一起喝酒侃大山,喊爷爷刘老哥,喊自己刘姐姐,乱七八糟的辈分。爷爷私底下说过,这位陈老弟大道前程了不得啊。刘润云实在是很难将那个混不吝的青衣小童,与一位元婴境老神仙挂钩。

倒是那个叫郭竹酒的少女,让刘润云倍感兴趣,好像前不久才来到落魄山,反正是生面孔。

只是对方的身世背景,境界如何,都不清楚。

如今衣带峰的镜花水月是一绝,连山上黄粱派都有所耳闻了。

看客寥寥,好像一年到头就两三人,但是每次都出手阔绰得……吓人。没几年工夫,就怎么都有两枚谷雨钱的入账了,以至于爷爷到最后,便干脆睁一只眼闭一只眼了。

反正孙女刘润云也从不需要花枝招展、搔首弄姿，与那南塘湖青梅观的周仙子，就不是一个路数的镜花水月。

酒足饭饱，陈灵均结账完毕，离开酒楼，拍着肚子，带头登上那条去往黄粱渡的渡船。

嫩道人方才倒是想要抢着付钱，奈何根本争不过这个景清道友。

郭竹酒笑眯眯问道："既然不放心，为何还要下山远游？"

师父曾经说过，每次陈暖树去州城那边采购，一路上都会有个家伙暗中跟随。

陈灵均白眼道："哪有。"

郭竹酒又问道："你知道我在问什么？"

陈灵均斩钉截铁道："不知道！"

郭竹酒呵呵一笑，陈灵均便有些心虚。

李槐听得一头雾水，你们俩这是在打哑谜呢。

等到宋园和刘润云去往别处屋子，郭竹酒几个就先在陈灵均的住处坐下，她问道："有很多这样的人情往来吗？"

陈灵均使劲点头道："多，茫茫多。越是大门派大仙府，这样的事情，就越是频繁，层出不穷的名头。除了黄粱派这种金丹境修士的开峰仪式，还有山上婚嫁，结为道侣，也是大事，总得给份子钱的，再就是老祖师闭关成功，出关了，总得办一场吧，祖师堂那边收徒弟了，更换掌门或是山主，某某破境了，主要是年轻娃儿，跻身了中五境的洞府境等等，都得礼尚往来。"

陈灵均起身弯腰，给郭竹酒三人都倒了一碗茶水："不过在咱们家山头这边，以前都是老爷一个人跑，老爷把事情都忙完了，轮不到我们分心这些庶务。"

郭竹酒笑问道："会不会嫌弃我们俩……不够牌面？"

浩然天下的繁文缛节，只会比这些五花八门的典礼更多。

陈灵均大笑起来："开玩笑，就咱俩，随便一人出马，黄粱派那边都要觉得烧高香了，祖坟青烟滚滚……"

陈灵均赶紧补了一句："这种话，也就是自家人关起门来随便聊聊，不当真，不当真哈。出门在外，给别人面子，就是给自己面子，这个道理，啧啧啧，学问比天大了。"

嫩道人点头赞许道："灵均道友，还是为人忠厚处世老到啊。"

闲聊了几句，李槐就带着嫩道人去往别处屋子，一行人相互间都不相邻，当然是钱没到位的缘故。

陈灵均也破例没有抢着结账。因为这笔路费，是衣带峰宋园替衣带峰和黄粱派掏的腰包，所以陈灵均先前在渡口购买登船木牌时，就早早挑好了屋子，宋园都没机会跟渡船讨要最好的几间屋子。

渡船升空,云海滔滔,大日坠入海窟一般。

等到这条渡船进入黄粱国地界,李槐走出屋子,来到船尾甲板那边。嫩道人很快就跟着来到这边,凭栏而立,视线游弋,大地山河尽收眼底。他点点头,突然眯眼道:"哟,灵岳分正气,仙卫借神兵。娄山那地儿的山水,有点意思。"

斗柄璇玑所映,山如人着绯衣,小小葫芦择地深栽,现出长生宝胜挂金鱼袋。

嫩道人越看越惊奇,抖了抖袖子,探出一只手,掐指算。

作为撼山一脉的祖师爷,对于天下的"来龙去脉",那是看一眼就分明的。

李槐只得以心声提醒道:"别乱来啊,人家辛苦经营了十几代,我们又是客人。"

嫩道人委屈道:"公子,这话说得教人伤心了。我说话的火候,做事的分寸,不敢与公子比,与那陈平安,总是伯仲之间的。"

李槐一笑置之。

嫩道人试探性问道:"公子,我瞧见一处地方,颇有来头,去一探究竟? 不动手,近距离看几眼。说不得就是一桩不小机缘。反正在黄粱派和云霞山的眼皮子底下,这么多年都过去了,两拨人也没能发现,又不在他们山头地界之内,按照浩然天下的山上规矩,可就是能者得之的事了。"

反正离着黄粱派的开峰庆典还有小半个月光阴,闲着也是闲着。

李槐赶紧摆手道:"别,你要去就去个儿去。只要不坏规矩,都随你。"

之前跟裴钱一起游历北俱芦洲,李槐落下心理阴影了,差点就要亏钱。

嫩道人问道:"真不去?"

李槐摇摇头。

嫩道人叹了口气:"公子不去,我也不去了。"

一场唾手可得的机缘,囊中物就这么没了,就像一只煮熟的鸭子已经搁在桌上了,没奈何公子不肯上桌啊。

李槐问道:"机缘不小?"

嫩道人误以为事情有了转机,沉声道:"不小!"

李槐笑道:"很好很好,可以彻底死心了,反正我去了,肯定只会失之交臂啊。"

嫩道人呆滞无言。总觉得不对,偏又觉得好像有那么点道理。

嫩道人长叹一声,罢了罢了。

嫩道人经常会被那个叫郭竹酒的小姑娘瞧得有点发毛。

如今关于嫩道人的传闻,众说纷纭。一种说法,南光照是被嫩道人做掉的,只是碍于文庙的规矩在,做得隐蔽了,便用了个豪素的化名。还有一种说法,南光照之所以会被剑修豪素割掉头颅,是因为鸳鸯渚一役,与那位横空出世的嫩道人一场斗法,伤了大道根本,不得不返回宗门闭关养伤,才被豪素捡漏。至于第三种说法,便是嫩道人确实出身灵爽福地，还是一位深藏不露的老剑仙，真名便是豪素，是剑气长城的刑官。

嫩道人对此当然是全然无所谓的。反正都是自己凭本事挣来的名声，至于真真假假的，根本不重要。只要老瞎子本人不反对，就算你们浩然天下说自己是老瞎子的师弟又何妨，师兄都成。

船头那边，陈灵均和郭竹酒刚好也在赏景，因为个子矮，陈灵均就只能将下巴搁在栏杆上边。

郭竹酒突然笑道："以前在避暑行宫，师父说到过你，说你就是那个永远抢着结账的人。"

陈灵均有些难为情，听出意思了，老爷是在说自己傻呗。

郭竹酒继续说道："师父还说，这不是傻，只是在等一个跟他抢着结账的朋友。"

等到了，是江湖。等不到，也还是江湖。

青篆派山头所在，是一处破碎秘境旧址，虽然不在洞天福地之列，但也算是一处实打实的风水宝地。

作为景点之一的系剑树这边，今天难得如此热闹，因为有两拨贵客来此游览风景。

一方来自荣辱与共的虞氏王朝，太子殿下虞麟游，携小字青奴的妻子竺薰，一起做客青篆派。另外两位是别洲修士，属于名副其实的"过江龙"，一位身穿黑色长袍的俊逸公子，腰悬一枚老龙布雨佩，正是宝瓶洲老龙城的少城主符南华；还有一位老龙城侯家的年轻俊彦，名为侯道，此人与那位担任五溪书院副山长的侯勉，在家谱上边是同辈。

侯家是最早与虞氏老皇帝搭上线的，双方一拍即合。而侯家在老龙城，本就是符家的附庸。

作为东道主的青篆派，此次待客的排场不小，除了掌门高书文，还有负责看管系剑树这处景点的戴塿。两位金丹境地仙之外，还有青篆派管钱的女修苗渔，以及一帮祖师堂嫡传弟子。能到场的，都来了，不敢有丝毫怠慢。

唯独掌律许柏，是祖师爷高书文的嫡传弟子，当下在外忙碌，算是错过了这个攀附贵人的机会。

高书文指向那棵古树上悬挂着的一把古剑，笑着介绍道："符兄，侯公子，此剑是剑仙陆舫的佩剑。陆舫早年来这边游历，醉酒后就随手悬挂在此了。"

戴塿心中腹诽不已，自家高祖师真是会做人，两位贵客，都不得罪。

一位元婴境瓶颈剑仙，即便是在以前的桐叶洲都算是头等大人物了。何况陆舫是山泽野修，一旦破境，就有机会成为一洲首位上五境山泽野修。关键陆舫还是姜尚真的山上挚友，可惜陆舫无缘无故消失多年，就连在那场战事中都没有现身。只有些小道消息，说陆舫去了东海观道观，以"谪仙人"身份，在那边寻求破境契机。

符南华在心中默念了两遍陆舫的名字。

陆地行舟？怎么取了这么个不吉利的名字。

符南华转头望向虞氏太子，歉然道："本该是我亲自去往洛京拜会太子殿下，只是这次跨洲南下，要顺便在这边见几个生意上的伙伴，他们都是别洲修士，担心若是在洛京那边碰头，太子殿下如今负责监国，难免为此分心，只好让高掌门邀请太子殿下来此一叙，于礼不合，我必须与太子殿下道个歉。"

说到这里，符南华竟是向虞麟游再次作揖行礼，算是赔罪。

虞麟游赶紧作揖还礼道："符仙师言重了。"

如今一洲皆知，虞氏王朝的幕后金主，既是明面上的侯家，更是侯家身后的老龙城符家。如果没有符家明里暗里的鼎力支持，虞氏王朝的重建事宜，绝对没有如此之快，就更别说一举跻身桐叶洲十大王朝了。

只不过如今十大王朝，几乎半数，都有类似符家这样的幕后人，有些行事跋扈，有些比较含蓄，影影绰绰，若隐若现。所以虞麟游此次跟随高书文来到青篆派，已经做好了在符南华这边受些闷气的心理准备。

老龙城城主符畦闭关已经足足两年。其实战后这些年，符家都是符南华在打理具体事务，与符南华争夺城主之位的两个最大竞争对手——兄长符东海和姐姐符春花，其实都等于正式退出了老龙城的城主之争。

但是在符南华还是个观海境修士时，符东海和符春花两人就都已经是金丹境地仙了，而且各自管着一条商贸路线，做得都不差。可即便如此，符畦似乎还是最为偏心符南华这个幼子，闭关之前就召开了祠堂议事，说他此次闭关，不管成功与否，明年开春后，符南华都会继任老龙城城主。

符畦在闭关之前，其实就已经将长子长女外派出去了，两位地仙，就像是离京封王的藩王。反正老龙城家底厚，曾经在老龙城以北的宝瓶洲各地买下数量众多的山头、宅邸，已空置多年。

符南华明媒正娶的妻子是宝瓶洲云林姜氏的嫡女，所以太子虞麟游怎么都没有想到，对方在自己这边会如此温文有礼。

此外有位负责掌管一件攻伐半仙兵的符家老祖，于符南华来说，类似山上的传道人，已经闭关将近二十年。一旦他出关，符家就有可能多出一位玉璞境，如果城主符畦也成功破境，符家就可以同时拥有两位上五境修士。

竺薰扯了扯夫君的袖子，太子殿下笑着点头，以眼神示意她不用忌讳太多，竺薰这才轻声问道："符仙师，听说你们符家女子多豪杰，而且在家族地位很高，甚至不少女子都曾担任过老龙城城主？"

符南华笑道："确实如此，我们符家从不重男轻女，外人甚至还会觉得我们是不是重女轻男。"

竺薰对这位温文尔雅的少城主确实印象很好。一半是眼缘,一半还是人比人、货比货的缘故。

只说那个在十大王朝里边名次垫底的金琥国,当今天子的得位过程,不可谓不曲折,好像涉及别洲修士跟本土修士之间的一场角力,最终是皑皑洲一个宗门胜出,地头蛇未能压过过江龙,导致金琥国京城几乎半数庙堂重臣,那些大小九卿衙门的一二把手,都由这个外来宗门暗中点名,皇帝只负责下诏。

传闻这个宗门的仙师,在金琥国文武大臣那边一言不合,就跟训儿子一样,指着鼻子骂。

后来是天目书院的一位副山长温煜,亲自走了趟金琥国,那个等同于金琥国太上皇的外乡仙府才收敛许多。

没过多久,就有一位在天目书院拥有君子头衔的老儒士,和一位大伏书院名叫杨朴的年轻贤人,分别担任金琥国的礼部尚书和鸿胪寺少卿。

不知怎么回事,很快玉圭宗的那个姜氏云窟福地,平白无故借给了金琥国一笔不收利息的巨款,并且指名道姓,要让那个叫杨朴的鸿胪寺少卿负责这笔款项的所有支出。一个鸿胪寺官员,如何管得了财税度支事,岂不是乱套了,金琥国朝廷只得临时设置了一个度支都尉的过渡性官身,算是为杨朴量身打造的。

虞麟游小声道:"冒昧问一句,符仙师如今的境界?"

若是元婴境,邀请对方当个虞氏王朝的国师又何妨?

符南华自嘲道:"说来惭愧,只是金丹。"

作为青篆派仅有的两位金丹境地仙,高书文闻言,面无表情,神色自若,戴塬则板着脸偷着乐。

一个如此年轻的金丹境地仙,说自己很惭愧,那么这会儿的金丹境修士其实仨,谁最年长?停滞最久?反正不是我戴塬嘛。

那个姓苗的婆姨,微皱眉头,结果就对上了符南华身边一位佩刀婢女的冷冽视线。这位青篆派管钱的女修,瞬间只觉得背脊发凉,立即收敛神色,再不敢造次。

南北相邻两洲的关系,有了翻天覆地的变化。

以往宝瓶洲,南边来的,都是大爷。如今桐叶洲,北边来的,都是狠人。

符南华还真没那个闲心,有意调侃高书文和戴塬这两位老金丹。毕竟自己相较于昔年的某些同辈修士,何尝不是个"老金丹"了?

想当年游历骊珠洞天的一行人中,都不说如今算是半个亲戚的姜韫了,只说那个云霞山的蔡金简,那会儿无论是修行资质还是机缘收获,符南华都是居高临下看她的,结果如今连她都是元婴境了。早早入主绿桧峰,跻身元婴境后,更是成了云霞山祖师堂座位极其靠前的女子祖师。自己却连金丹境的瓶颈都未曾见着。也亏得云霞山未能跻身宗门，不然去那边道贺，再与蔡金简见了面，符南华都不知道与她可以聊什么。

至于某个人，就更不去说了。符南华只是想一想就觉得糟心。从一开始的不甘心，到彻底死心，再到寒心，最后干脆能不想就不想。曾是那么个蝼蚁一般的少年泥腿子啊。符南华心中幽幽叹息一声，往事不堪回首。

既然不忍回头看，那就朝前看吧。

听说耕云峰峰主黄钟侯立下了一桩大功、奇功，等于帮助云霞山渡过难关，以至于那位女子山主很快就召开祖师堂议事，通过了一项决议，黄钟侯即将破格以金丹境担任云霞山的新任山主。

黄钟侯也是云霞山历史上首位金丹境山主。

符家已经收到了一封邀请函，符南华这次返回宝瓶洲，很快就要去往云霞山参加新任山主的继位庆典。

符南华与蔡金简关系熟稔，与那个酒鬼黄钟侯倒是一直没什么交集，从来就不是一路人。

既然几处景点都已逛过，高书文就识趣地带人离开了，只留下两拨外人闲聊，作为系剑树的主人，戴塬当然得继续陪着客人。

虞麟游与符南华又聊了些场面话，就带着妻子告辞离去。

符南华下山之前，虞氏太子殿下肯定还要私底下找他一次的。

符南华对戴塬笑道："我初来乍到，对青篆派所知甚少，不知戴仙师如今在贵派具体担任什么职务？是掌律祖师，还是管着财库？"

戴塬毕恭毕敬答道："回符仙师话，鄙人才疏学浅，不堪大任，但是承蒙高掌门厚爱，如今除了管着系剑树，还有一口绿珠井的生意，也是我在打理。"

当然不信对方的这些鬼话，以老龙城符家的手段，估计自家青篆派的底细、祖宗十八代，早就被摸了个门儿清。

符南华先是微微皱眉，似有不解，只是很快便恍然道："想来是高掌门担心戴道友手上庶务太多，耽搁了修行。"

可怜戴塬，一颗心才起，又落下了。

符南华又问道："那么戴道友在洛京那边？"

戴塬答道："承蒙陛下器重，如今忝为内幕供奉。"

符南华说道："我听说虞氏王朝的内幕供奉，虽然并无高低等级划分，只是内部也有个先后名次？"

戴塬小心翼翼道："总计三十余人，我算是中上名次。不过我们高掌门是次席供奉，仅次于积翠观的护国真人。"

符南华嗯了一声，随口说道："以青篆派在虞氏王朝的地位，供奉数量和名次，好像都有些与身份不符。"

戴塬却是一下子心肠滚烫起来。

先有崔仙师，后有符仙师，都算是主动找上的自己。莫不是传说中的双喜临门?!

自从在太平山那个是非之地遭受了那场无妄之灾之后，自己好像就开始时来运转了。

是不是找个机会，回头去太平山遗址那边敬三炷香?

回头来看，那可是自己的一处福地!

与符南华分别后，戴塬走出一段山路，去往绿珠井那边，发现高柏好像在半路上等自己，他只得捏着鼻子喊了声"师伯"。

高柏作为高祖师的嫡传弟子，若是只论谱牒辈分，戴塬确实得喊对方一声师伯。可问题在于山上有山上的规矩，戴塬是实打实的金丹境地仙，对方却只是个龙门境，双方至少都该以平辈而论，甚至在一些个规矩稍重的门派，对方还得乖乖执晚辈礼，结果这家伙，仗着自己是高祖师的得意弟子，以及那个掌律身份，平日里见着了自己，还是一口一个戴师侄。

高柏笑问道："戴师侄，今儿瞧着气色真是不错，难道是要闭关破境了?"

师尊私底下与自己说过，戴塬这个家伙，除非运道极好，在山外另有机缘，不然这辈子就要在金丹境撂挑子了，不用太当回事。

戴塬微笑道："哪里哪里，都说金丹难觅，瓶颈更是没影儿的事，不过是人逢喜事精神爽。"

年末时节，沿途依旧是山花烂漫的景象，符南华缓缓散步回山中下榻的府邸，习惯性低头呵了口气，眼前白雾朦胧，他抬头搓了搓手，说道："侯道，接下来我这趟去五溪书院拜会侯勉，只能说是试试看，成与不成，不做保证。"

要说服侯勉返乡祭祖，难度不小。侯勉作为庶子，曾经在家族之内受尽委屈，而且绝不是那种遭受些刻薄言语之类的小事。换成符南华，一样会选择与家族撇清关系，老死不相往来，不与侯家翻旧账，就已经很宽宏大量了。

侯道点头道："试试看吧，实在不行就算了。"

侯道无奈道："要是在符家，肯定不会出现这种糟心事。不是钱不钱的问题，而是家风。不然我们侯家再没法子跟符家比底蕴，几十两银子的药钱，会掏不出?"

符南华笑道："解铃还须系铃人，你爷爷如果愿意亲自露面，主动向侯勉认个错，把握就大了。"

侯道倍感无奈，只是摇摇头，为尊者讳，不好说什么。

家家有本难念的经。

对于老一辈人来说，面子一事比天大。

符南华并没有就事论事，往侯道伤口撒盐，只是说了句意味深长的言语："侯家攒下今天的家底，正因为如此，有今天的困局，也是因为如此。"

侯道叹了口气。

符南华笑道："你以后要是当了家主，还是有机会弥补的。毕竟当年在家族里边，就数你与侯勉余着一点香火情。当年我去观湖书院，侯勉唯一愿意提及的侯家人，就只有你了。"

侯道点点头："就像你方才说的，侯勉能够成为书院副山长，自有道理。"

之前老龙城符家在内几个大姓所有的跨洲渡船，都已被大骊朝廷征用，经由水神走镖护送，通过归墟，去往蛮荒天下。总计六条渡船，其中有范家的桂花岛，孙家的山海龟，而符家除了那条上古异兽的吞宝鲸，还有一艘出钱请墨家打造的浮空山，曾经被誉为"小倒悬"，其实这就是后来大骊王朝山岳舟的雏形。但是老龙城所有的大姓家族，除了丁家之外，好像一夜之间，就都多出了一条跨洲渡船，山上有小道消息说，是大骊宋氏的手笔，等于半卖半送给了老龙城。

符家之外，孙、方、侯、丁、范都曾是老龙城的大姓。

老龙城失去那座云海后，符家依旧拥有三件半仙兵。

范家昔年被侯家视为符家的一条看门狗，靠着一些残羹冷炙，吃不饱饿不死混日子而已。

但是如今整个宝瓶洲，谁敢小觑范家，只因为范峻茂，也就是范二的姐姐，贵为一洲南岳女子山君，足可与符家平起平坐了。

如今丁家的处境最为艰辛困顿，因为昔年最大的靠山是南边桐叶宗的那位祖师堂嫡传，更是掌律祖师的关门弟子。结果丁家先后经历了两场变故，一次是招惹了个外乡武夫，导致整座老龙城都陷入一场巨大的风波旋涡；再就是那位名义上算是半个丁家女婿的别洲修士所在的宗门桐叶宗，从昔年的一洲山头执牛耳者，变成如今这般田地。桐叶宗都这样了，一个所谓的嫡传修士，又能折腾出什么风浪？更何况此人的传道恩师，还叛出了桐叶宗，转投了玉圭宗，结果非但没有担任下宗的宗主，反而如石牛入海，在书简湖真境宗那边彻底没了消息。据说是被姜尚真做掉了。如此一来，丁家处境就越发尴尬了。

符南华自嘲道："比上不足比下有余。"

片刻之后，符南华突然以心声笑道："待在我身边，委屈你了。"

那位婢女面无表情道："命不好，没法子的事情。"

符南华一时语噎。

这名女子，是父亲符畦闭关之前帮符南华招徕的一位随从和死士。

符眭也没有细说她的根脚，符南华至今只知道她叫青桃，是中土人氏，但是早年跟着师父和两位师姐走过一趟桐叶洲，事成之后，就分开了，她奉师命单独北上，师父让她去找个人。青桃从未说过自己的真实年龄，但是也没有跟符南华隐瞒实力，她既是一位金身境武夫，也是一位金丹境练气士。

在外人眼中，婢女青桃站在符南华身边，看着像是身边解语花。但是符南华总有一种错觉，自己身边其实跟着一块冰，让人遍体生寒。

去年冬末，符南华在回家途中，遭遇一场精心设伏的阴险暗杀，出手解决掉那拨刺客的，正是婢女青桃，从头到尾，符南华都只需要作壁上观。

青篆派真正的底蕴所在还是被誉为"白玉洞天"的那处山市，山巅有一座雪湖，积雪千年不化。湖水结冰，每过百余年，就会出现一座半真半假的白玉宫阙，琼楼玉宇，人烟稠密，师门嫡传凭借祖师堂金玉关牒才能进入其中，机缘不断，当代掌门高书文就在山市中得到了一桩仙缘。不过白玉洞天是青篆派自封的，如今又自封了一个说法——小骊珠洞天。

有个蹲在栏杆上边的清瘦少年，眉眼极长，给人一种冷峻锋芒之感。

山泽野修出身的少年，此刻嘴里叼着一根甘草，腋下夹着一把刀。

栏杆旁，还有个不停咳嗽的高大老人。

少年随口吐掉嚼烂的草根，问道："韩老儿，那绿珠井的井水，真的喝几口，就能让女子容光焕发，年轻几岁？"

老人笑了笑，双指并拢，轻轻敲击两处窍穴，止住咳嗽："骗鬼的话你也信。"

"那么唤龙潭，也肯定没有蛟龙啦？"

"就是条蛟龙之属的后裔，血统不正，搁在市井里边，就是出了五服的疏远关系。大道成就有限，撑死了跻身金丹境，就算走到断头路的尽头了。"

"你一个武夫，随便瞥几眼，都能看出这些山上门道来？"

"没吃过猪肉，还能没看过猪跑？"

少年直愣愣瞧着远方，问道："韩老儿，青虎宫那边，是真的一颗羽化丸都没有了，还是不愿意卖给咱们？"

老人笑骂道："臭小子，与人言语之时，要看着对方的眼睛，这点规矩礼数，都不懂？以后休想从我这边学走一拳半脚。"

少年依旧没有转头，自顾自说道："既然符南华和老龙城的名号不管用，你倒是直接报上自己的名字啊，金甲洲的韩万斩，拳压一洲的大宗师，很能唬人的。放在桐叶洲，韩老儿你的江湖地位，差不多等于武圣吴殳了吧？可能还要更高点？"

老人摇头道："听符南华说过，青虎宫陆雍与山下武夫一直就有过节，恩怨不小，所以最不待见我们这些武把式，何况我还是个外乡人，就算报上名号，陆雍还是不会太当回事的。"

少年嗤笑道："那他们还白送给蒲山云草堂两炉羽化丸？

"那个蒲山叶芸芸，撑死了也就是个归真一层的止境武夫，打得过你？"

老人洒然笑道："以前胜负当然没悬念，现在难说了。"

少年皱眉道："还能笑得出来？"

"拳脚输给女子，又不丢人。要是碰到了裴杯，谁不输拳。"老人伸手轻拍栏杆，"再说那郑丫头，中土神洲的郁狷夫，青神山的纯青，年纪稍微大一点的，还有皑皑洲雷神庙的那个柳岁余，她们都是出类拔萃的女子武夫。尤其是郑丫头，嗯，也就是落魄山的裴钱，我是很看好她的。"

少年没好气道："你都念叨她多少遍了，烦不烦。"

被少年称呼为老韩的武夫，正是金甲洲的武学第一人韩光虎。

早年倒悬山师刀房那边有一座影壁，就像山下官府衙门的张榜悬赏通缉，上面贴满了悬赏名单。

当年陈平安第一次游历倒悬山，就曾看到三个熟悉的被悬赏的名字：绣虎崔瀺，墨家游侠许弱，大骊藩王宋长镜。

师兄崔瀺，有六张之多，悬赏人来自四洲。由此可见，当年的绣虎，在浩然山上是何等不受待见。许弱和宋长镜也各有一张，悬赏前者的张榜人署名"峥嵘湖碧水元君刘柔玺"。至于悬赏大骊宋长镜的那个人，署名金甲洲韩万斩，也就是这个少年嘴里的"老韩"。

韩光虎笑道："你们宝瓶洲真是可以，风水怪得很，这些年打得老夫一张老脸噼啪作响，火辣辣疼哪。"

少年名叫简明，来自宝瓶洲，出身于昔年朱荧王朝的一个藩属小国。

不过简明的故国山河却不是被妖族大军打碎的，而是早年大骊铁骑南下，石毫国作为朱荧独孤家的藩属之一，为了阻挡他们，打光了所有精锐兵力，最终死守京城，宁死不降。但是大骊王朝并未因此针对石毫国，反而对石毫国颇为优待，准许其复国，之后就是皇子韩靖灵登基了。

简明给自己取了个不伦不类的三字道号——越人歌。

简明从袖中摸出一块玉佩，轻轻摩挲。玉佩一面篆刻有"云霞山"三字，一面篆刻有云霞山的一段道诀诗歌。是如今少年面容的简明，在年龄也是真正少年时，无意间在一个风雪天捡到的。

从远处走来一个身穿厚重棉袍的中年男子，腰间悬配一把长剑。

简明立即跳下栏杆，神色恭敬，称呼了一声"曾先生"。

照理说，简明应该称呼对方为师父，只是师徒双方有过约定，在外不以师徒相称。

中年男人点点头，走到老人身边，一起眺望绿珠井那边的风景。

简明腋下夹着的那把刀，据说是曾先生早年送给某人的，让他去帮忙取回。若是能够成功取回此刀，就答应收他为不记名弟子。

作为收徒礼，此刀被赠送给简明。所以简明很早就只身一人，跨海南下桐叶洲，走了一趟大泉王朝的蜃景城。然后按照约定，得手之后，就在清境山那边等着。

这把刀，正是那把在姚岭之手中丢失的名刀，大泉王朝的镇国重器，法刀名泉。

“曾先生，既然都到了桐叶洲，还是不能说为何把我喊来这儿？”

老人有些不耐烦，聚音成线，询问身边身份不明的曾先生。距离双方上次见面，一百多年了，曾先生容貌还是没有丝毫变化，可问题在于对方当年却自称是纯粹武夫。

此刻山中道路上的苻南华、贴身侍女、侯道，加上山顶此地的韩光虎、简明和这位曾先生，他们这一行人，就像一场饭局，朋友喊朋友，人越来越多。

曾先生笑道：“不着急，再等个几天。”

韩光虎想起一事，笑问道：“马癯仙真是被那个年轻隐官打得跌了境？”

曾先生点点头：“千真万确。”

韩光虎好奇道：“是裴杯的这位大弟子不济事，还是陈平安太厉害？”

曾先生笑道：“可能两者都有吧。”

韩光虎疑惑道：“你好像对这个年轻人很了解？”

曾先生摇摇头：“不算如何了解，只是早年交过一次手。当时我去宝瓶洲那边收一笔旧账，很凑巧的事。”

想起当年石毫国境内，风雪满天，有个身穿青色棉袍的年轻人。

韩光虎瞥了眼曾先生腰间的那把长剑：“要我看啊，山上的四大难缠鬼加在一起，都不如你们这个行当。”

剑鞘是真，却是障眼法，鞘内所藏其实是一把直刀。

这位曾先生，是一位赊刀人。

当然不是说世间赊刀人就一定都要佩刀。

之所以知晓剑鞘藏刀一事，是因为韩光虎年少时亲眼见过，那会儿他才刚刚开始练拳，学了些中看不中用的花拳绣腿，等到曾先生出现后，才真正能算开始习武，这才有了后来的金甲洲韩万斩，有了那个拳压一洲的武夫韩光虎。

曾先生微笑道：“我就当你是夸奖了。”

韩光虎问道：“苻南华身边那个小姑娘，是不是当年潜入虞氏王朝洛京，割走皇帝脑袋的那个人？”

曾先生笑道：“她哪里做得成，是她师父动的手。”

韩光虎啧啧称奇道：“全是些奇人怪事。”

曾先生点头道："既然是万年未有之大格局,那就肯定是大鱼看甚大网都进出了。"

韩光虎说道："有机会,一定要见识一下陈平安的拳脚到底有几斤几两。"

曾先生用眼角余光打量了一下半个徒弟的简明,重新眺望远方。

天下武夫谁敌手。曹陈。

缺月疏桐,风吹晕生,窸窣古莽,山河同照。

下一刻,天地景象蓦然如一枚铜钱翻转,再无那棵梧桐树。

只见一位白衣飘摇的青年,身躯庞然,盘腿坐在一片金黄树叶之上,身形如山岳巍峨,那些落叶如金色之海。

年轻面容,神色却显得极为老态,尤其是一双眼眸,一金黄一雪白,如日月共悬。相比之下,一袭鲜红法袍的年轻隐官,和手持行山杖的小陌,就像两粒芥子,漂浮在海面之上。

陈平安此刻腰悬双刀,掌心抵住刀柄,一把夜游长剑,悬停身侧,仰头看着这位身躯便是镇妖楼的古老存在。

记得之前在蛮荒天下,凭借三山符,曾经路过一座大岳青山,好像那位山君的相貌,与眼前这位,便有七八分相似。

道号碧梧的大岳山君,重瞳八彩,披发,身穿绛衣,脚穿一双草鞋,一身古幽道气。

只是不知山君碧梧,与这棵梧桐树又是什么关系。

文庙最早的记录,相对比较简单,在那些老皇历的前边,将天地间的某些存在粗略划分为"神异""古怪"两种。

小陌轻轻旋转手中绿竹杖,微笑道："道友,法相这么高,看得我脖子酸。"

这次游历,也就是跟在公子身边,小陌才这么好说话,如果是在万年之前,早就试着来一次刨根见底了。

远古时代,何其天高地阔,疆域广袤,现在五座天下加在一起,版图也远远没有达到之前的规模,人族的数量,早期根本就不值一提,所谓的繁衍生息、开枝散叶,不过是苟延残喘,勉强求活罢了。等到术法如雨落人间,各种出身的修士如野草一般蔓延,而人族作为先天最适宜修行的万灵之首,简直就是"天生道人"一般,以至于几乎所有的种族,想要成为地仙,通过两座飞升台,想要生生不朽,都需要炼形为人,才能在修行一事上走得高远。

可作为妖族出身的小陌,最终依旧是人间大地之上站在最高处的那一小撮"道人"之一。

他笑了笑,缩小身形,变成与两位不速之客同等身材,一双眼眸也恢复正常,一身碧绿法袍,唯有两只袖子极长,他一步跨出,拖曳两只大袖,径直来到金色落叶地界边缘,不再向前多走半步路,双袖笔直落地,自我介绍道:"道号青同。"

只见那位黄帽青鞋绿竹杖的飞升境巅峰剑修,眯眼笑道:"小陌,道号喜烛。"

青同看了眼那一袭鲜红法袍,除了悬停一把长剑,还有张符箓,因为陈平安在最后一场幻境天地中,滞留太久,这是第十一张符箓了。

青同感慨道:"多年没有见到这种忽然符了。"

陈平安说道:"忽然符? 好名字。"

按照《丹书真迹》记载,此符名白驹过隙符,别称月符。

每当一张符箓燃烧殆尽时,便有一匹白驹跳跃,一闪而逝状。

青同点头道:"这张符箓,是陆掌教首创,脱胎于道祖的那张大符万年桥,当年被陆掌教取名为忽然符。"

当年陆沉还未远游青冥天下,更不是什么白玉京三掌教,乘舟泛海多年,曾经离船登上桐叶洲,专程造访镇妖楼,跟陈平安差不多,"游山玩水"一趟。陆沉在路途中,闲来无事,便绘制出这张忽然符,只是符箓材质,极为罕见。陆沉当初掬水画符,所掬之水,正是光阴长河,这张忽然符的门槛之高,可想而知。

悬停在陈平安身侧的这张符箓,显然是被某位高人简化了,青同之所以可以断定不是陆沉亲手作为,是因为青同在符箓上看到了另外一种道法真意。

远古时代,青鸟翩跹,有"背负青天"的美誉,来往于天地,传递天庭敕书,白驹过隙,则只游走在光阴长河之中。

青同笑问道:"你是怎么发现我的?"

先前陈平安和小陌刚刚进入镇妖楼时,小陌是抬头看天,走在小陌身后的青衫剑仙,却是低头看地,甚至还踩了踩地面。

两人的视线,其实都没有错。一个抬头看梧桐树的真身所在,一个却是低头望去,仿佛与眼前这位岁月悠悠的道人"对视"而语。

陈平安嗓音沙哑,略带几分讥讽语气:"你既然对我的身份有所猜测,还敢睁眼俯瞰吗?"

青同开始挪步,却是侧过身,走在那条金色落叶与太虚境界接壤的边境线上,好奇问道:"你是怎么知道此事的?"

"怎么知道此事的?"陈平安冷笑道,"难道不是我来问你这个问题吗?"

"敲定此事"的修道之士,除了联袂走过一趟家乡小镇的三教祖师,恐怕就只有陆沉、邹子了。

邹子肯定不会节外生枝,而陆沉在离开剑气长城后,不曾来过桐叶洲,只是去了宝瓶洲和北俱芦洲。

小陌听得有些摸不着头脑,身份? 公子还有什么身份,能够让青同如此忌惮? 先前听这青同的口气,都比天大了,明摆着都不将剑气长城的隐官身份当回事,是跟那位有关?只是不对啊,如果真与那位有关,青同还敢这么推三阻四,故弄玄虚?早就跪在地上磕头完事了吧?

五至高之一,持剑者。

一棵梧桐树算什么?砍柴生火做饭吗?那也得讲一个配不配啊。

陈平安笑道:"青同猜测我是那位远古天庭共主,也就是连三教祖师都很忌惮的那个'一'。以至于道祖还专程在小镇那边与我聊了一路。"

这件事,是第一次与小陌说。

小陌闻言,沉默片刻:"是也正常,不对,如此才是。"

陈平安没想到小陌是这么个答复。

小陌能在落魄山混得那么风生水起,不是没有理由的。就凭这句话,就能够稳居前三名,足可与开山大弟子裴钱的那句"师父境界不得翻一番计算",打一打擂台。

这就是年轻山主冤枉小陌供奉了。

小陌"封禁"了一部分自己的记忆和情感后,跟随陈平安一路游历,比如在大骊京城内,他早就有过类似的感觉了。当时小陌就觉得身边的公子,很像那个曾经亲眼见过的"人"。

只是正因为很像,小陌之前才觉得不可能,似是而非,所有相像之人、事、物,当然都不真是。可如果身边公子真是"那个人",小陌也无所谓,甚至颇为期待。

万年之前,那场登天一役,小陌因为自身剑术一脉道法传承的关系,再加上某些个人恩怨,并未递剑,最终跟碧霄洞洞主如出一辙,选择作壁上观,从头到尾都没有走入战场。

那位道友差不多和小陌一样,从头到尾都在袖手旁观。如果说万年之后,又有一场登天,小陌愿意追随身边人,一同登高。

有此想法后,小陌顿时神采奕奕,不如将这棵万年之前寻常不过的梧桐树,拿来练练手?

不过小陌本就没把这个青同放在眼里,所以更大的念头,还是破境,必须赶紧破境,不跻身十四境,根本不够看。

当初只是仰止加上朱厌,就可以让自己束手无策,无功而返,何况万年之后,当下十四境修士的数量,几座天下加在一起,还能说是屈指可数,但是等到三教祖师散道,就会多了,因为那会是一场前无古人后无来者的最大"道法雨落"。

"可曾听说过一句邹子谶语?"青同自问自答道,"肯定听说过,并且早就仔细思量过一番了。以你一贯谨小慎微的心性,必然是有备而来。"

是那句只在山巅流转的谶语:凤随天风下,高栖梧桐枝,桃李春风花开日,凤死清秋叶落时,朴素传幽真,遂见初古人。

陈平安淡然道:"不当真就是了。"

这是郑居中说过的一句话,用在此时此地,很应景。

青同似乎怎么都没想到是这么个答复,微微歪头,打量着这个名动数座天下的青衫客。

浩然、蛮荒、青冥、莲花、五彩,皆知此人姓名了。

青同停下脚步,转头问道:"我已经回答过问题,轮到你了。"

陈平安说道:"骑驴找驴,是个再明显不过的提醒。"

青同最早为两位登门恶客安排了两头驴子,骑驴看山河。

当时陈平安与小陌看似随意说了句"既来之则安之"。

来到什么地方?

比如曾经有一位至高存在,偶尔会沿着两座飞升台,拾级而下,来到人间。而这座天地,其实一直是条极其隐蔽的"下坡路"。之后的诸多"一叶障目",相比此事,可算小儿科了。

这棵梧桐树愿意这么猜,陈平安当时也就骑驴下坡,乐得借坡下驴。

小陌一方面惊叹于自家公子思虑周密,一方面腹诽不已,你这棵梧桐树,万年修道,得了个文庙的护身符,既无天敌,也无忧虑,结果就只是修出了这么些花花肠子?

青同恍然道:"陈清都会挑中你担任末代隐官,不是没有理由的。"

小陌提醒道:"青同,对老大剑仙还是要尊敬一点。"

青同闻言有些疑惑,你一个曾经都跟元乡、龙君打生打死的妖族剑修,怎么开始对陈清都如此尊敬了?

"这般待客殷勤,比晚辈当年误入藕花深处,要有意思多了。"陈平安手心轻轻敲击刀柄,"前辈可谓处心积虑,用心良苦了。"

比如只说那第一幅幻象天地,那位棋待诏视线所及就是一座崭新天地。天地景象,就会从一幅水墨写意画,变成一幅纤毫毕现的工笔画,同时从只有黑白两色的山水画卷变成一幅青绿山水画。

之后遇到那山野老媪,寓意"天外有天,人外有人"一理。故而等到陈平安以彩云谱镇住那老媪和妇人,便有"后世棋道,已经如此之高了吗"一语。

陈平安实在是懒得与对方拐弯抹角,便干脆揭穿那层窗户纸,直言一句:"想来棋道如世道,总归是向高处走的。"

何况青同还有一种更深层的用意。陈平安是那个一,是棋待诏,故而才能够拥有"看一眼,天地生"的通天造化。与此同时,那个一,又是隐居山野不问世事的老媪、妇人,陈平安反而变成了后世人的另外一个"一",两者一场重逢,前者对待当今世道,便有陌生之感。

陈平安与小陌分开，独自去官道上看书时，书页一片空白，陈平安当时便起过自然而然的一个心念，觉得这棵梧桐营造天地的手段太过粗陋，只能算是山水贫瘠，换成自己，只会滴水不漏……

而这本身就是青同的一种巧妙试探和微妙暗示。我青同做不到，你这个一可以。

只是陈平安总有一种说不清道不明的感觉，好像青同处于一种极为矛盾的境地，既早早认定自己是那个一，却又不敢相信，或者说不愿意相信自己真的是那个存在。

身形佝偻的陈平安，盯着远处那个青同，冷不丁问道："你如今是什么实力？"

小陌一听就知道会很有意思。因为小陌知道自家公子，面对一位山上前辈，极少直接用一个"你"字作为开场白。那么接下来，就绝对不会是一场点到即止的切磋了。

青同微笑道："大概相当于一个飞升境，半个武夫神到，会几张大符。"

陈平安点点头。

两人之间，瞬间出现一条鲜红长线，以及余音袅袅的一句言语："那我就不用担心会打死前辈了。"

图书在版编目(CIP)数据

剑来37：只是朱颜改 / 烽火戏诸侯著 . —杭州：
浙江文艺出版社，2023.5(2024.8重印)
ISBN 978-7-5339-7190-8

Ⅰ.①剑…　Ⅱ.①烽…　Ⅲ.①长篇小说—中国—当代
Ⅳ.①I247.5

中国版本图书馆CIP数据核字（2023）第044269号

选题策划　柳明晔
责任编辑　关俊红
营销编辑　宋佳音
封面绘图　温十澈
责任印制　张丽敏

剑来37：只是朱颜改
烽火戏诸侯　著

出版　浙江文艺出版社
地址　杭州市环城北路177号
邮编　310003
电话　0571-85176953（总编办）
　　　0571-85152727（市场部）
制版　浙江新华图文制作有限公司
印刷　杭州杭新印务有限公司
开本　710毫米×1000毫米　1/16
字数　327千字
印张　16.25
插页　2
版次　2023年5月第1版
印次　2024年8月第2次印刷
书号　ISBN 978-7-5339-7190-8
定价　48.00元